遇见

许兴阳 著

团结出版社
UNITY PRESS

图书在版编目（CIP）数据

遇见 / 许兴阳著. -- 北京：团结出版社，2023.11

ISBN 978-7-5234-0681-6

Ⅰ．①遇… Ⅱ．①许… Ⅲ．①长篇小说－中国－当代

Ⅳ．①I247.5

中国国家版本馆CIP数据核字 (2023) 第230115号

出　版	团结出版社	
	（北京市东城区东皇城根南街84号　邮编：100006）	
电　话	（010）65228880　65244790	
网　址	http://www.tjpress.com	
E-mail	65244790@163.com	
经　销	全国新华书店	
印　刷	三河市华东印刷有限公司	
开　本	170mm×240mm　　1/16	
印　张	19.75	
字　数	344千字	
版　次	2024年1月第1版	
印　次	2024年1月第1次印刷	
书　号	978-7-5234-0681-6	
定　价	89.00元	

遇见即注定——序《遇见》

龙尚国

不声不响，兴阳的长篇小说《遇见》就准备出版了。我们认识7年，共事1年，我只知道他擅长的是文艺评论、是教学科研、是课堂讲座。他是中国文艺评论家协会会员、是中文系的教授，因此，潜意识里，我以为他是不擅长文学创作的。没想到，长篇小说《遇见》就这样在我眼里横空出世了。

很幸运成为《遇见》的第一个读者，因为兴阳的信任。我阅读首稿时是27万多字，集中用了几天时间读完，然后就给兴阳提了一堆意见和建议。不久，兴阳给我返回了修改稿，少了近两万字。我有些诚惶诚恐，我的那些意见建议，是阅读后的第一感觉，是初感觉。因为没有细读深读，因此，这种感觉绝对不可能准确，更不一定正确，但兴阳还是以一个学者的态度，非常认真地对待了。

《遇见》写的是介水镇大学生梦依萍与"有求必应杂货店"店员燕舞扬的爱情故事。爱情是个古老的话题，《诗经》里就随处可见；但爱情又是个永远新鲜的事情，相对于个体来说。两个人从年轻时相遇相知，然后一辈子的相爱相杀，或者说是情感的自相绞杀，读来让人叹息，不仅要掩卷长思，欲罢不能。面对书中主人翁的感情纠缠，我就总想检视自己的感情生活。

《遇见》描写的是平凡人的故事，它是生活化的，甚至是碎片化的，但正因为这样，大量生动的、鲜活的细节随处可见，而这些细节的背后，是一个时代的不断发展与变化。20世纪80年代以来六盘水公开出版的长篇小说，我几乎非常认真地读过，我认为，《遇见》在这些作品中，属于上乘。

来到六盘水师范学院工作，是我人生的意外；能够再到文学与新闻学院，与兴阳教授共事，更是我的另一种"遇见"。我与兴阳教授的人生履历不同，受到的教育轨迹各异，但我们处得相当融洽。我的粗糙，与他的严谨，形成了某种意义上的互补。在这里，无论生活还是工作，都相当愉悦，我知道，在我退休之前的最后几年，这就是我生命中的注定。

长篇小说更多地关注人物命运，在《遇见》中，作者通过那些琐碎的、温馨的细节描写，反映着一个大时代的变迁；在现实生活中，我们同样也在见证着时代变迁。我们，何尝不是《遇见》之外的遇见？遇见，即注定；注定，即缘分。

是为序。

2023年10月10日

（注：龙尚国系六盘水师范学院文学与新闻学院党委书记，六盘水市作协副主席）

内容简介

虽来自农村，但家境良好的介水镇大学生梦依萍与介水镇上"有求必应杂货店"的穷店员燕舞扬一见钟情，却因两家"世仇"而被嫌贫爱富的养父母拆散。后梦依萍辍学去武汉，燕舞扬二下深圳后再返介水，其间虽各自组成了家庭并有了孩子，但两人并未忘记彼此，而生活仍要继续。于是他们在社会底层苦苦挣扎：曾考上浙大却因家贫而无法前去上学的燕舞扬立志带领家乡的父老乡亲共同致富，于是条件渐好的他边经商边与同村的同学万家好共同出资免费为燕家庄筑路，并促成一期旅游项目建成运营；同时，他自修大专、本科并考上研究生，任教于大学，继而供职于市委办，官至副秘书长；梦依萍卖过成衣，干过库管，经营过酒店，投资过运输业。然命运多舛：燕舞扬于四川珍城遭遇过车祸，并在探望母亲、协调二期旅游项目落地途中，被劫遭打失忆，沦为乞丐，流落街头十五年；梦依萍与丈夫经营的公司破产，身负巨债，二人离婚后，丈夫抑郁自杀。期间，在各级各地政府的大力支持下，曾受燕舞扬鼓励，与其关系不错的同学、友朋和先富的燕家庄村民携手，成功使旅游二期项目落地，并实现了燕舞扬一直追求的产业兴、人民富、环境美的乡村图景。燕舞扬的儿子燕秋生寻父过程中遇见梦依萍的女儿冯薇薇，终解开父亲与其母之间的秘密，后成功解救遭控制的燕舞扬。记忆恢复后的燕舞扬终于与梦依萍步入婚姻殿堂，并与儿子一起捐资千万助力乡村振兴。

目 录

CONTENTS

第一章　贫不坠志

凌晨四点多，一声声巨大且高低长短不一的"哼哼……"声便凌乱地蹦落在安徽宪城西南的村落上空，被惊醒了的年纪大些的村民们知道屠夫万来财正带着独子万招财杀猪。稀疏零落的灯渐次亮了起来，燕家庄人新的一天开始了。

昨天刚刚从深圳回来的燕舞扬是年轻人中少有的早起者之一。听着一墙之隔猪的哀号与挣扎，他有些哭笑不得，因六年前的十八年间从未被吵醒过，而今倒不适应了。邻居越墙而过的灯光把院子切成了黑白两块，他眨了眨眼，方渐渐看见父母也未开灯，正有条不紊地操持着家务。洗漱后他想出去溜达溜达，便与父母打声招呼，小心翼翼地拉开用杂木拼凑几欲坠落的院门，往右走了出去。闭眼都能知道院子的左边那喧嚣、紧张、热气腾腾而又血腥的屠宰现场，毕竟二十多年来，他曾兴致勃勃地看了无数次，现在却想逃离。

八月初的雨后，村路泥泞不堪，他借着微微的天光小心地避着水坑，可是到公路的几百米中还是两次踩中，那一瞬间心中仿佛被什么堵着了似的。单车道公路的坚硬让他长出了一口气。往南十余里处是县城，初高中求学之地，熟悉又陌生；往北近百里是介水镇，是他此次回来后要去谋生的地方，据说有所大学，虽心向往之，但从未去过。20世纪90年代的中国虽已改革开放十几年，但绝大多数的农村仍较为落后、闭塞，作为农业县的安徽宪城尤其如此。燕舞扬出生时，三个哥哥和两个姐姐都已成家立业，加之大哥和母亲体弱多病，家境甚为贫寒。虽于20世纪庚午年考上了大学，却因交不起学费放弃学业到外面打了几年工，丙子年才回来，准备到介水镇帮姑父的分店做生意。

灰色的天空很低，悬挂着的星辰已经不太多，沉静中颇有些肃穆。没有路灯的公路如失去了生机般仰卧着的臃肿蟒蛇，斑驳、僵硬而苍白。偶尔驶过的车辆打破旷寂，他却不得不提前躲避可能溅起的泥水，因为年久失修，路面上布满了大大小小的坑洞。空气中混合着初秋各样果实的味道，醇厚醉人，熨帖着他微堵的心。何时才能修成如深圳那样夜晚仍亮如白昼的6-8车道的公路啊？他小心地穿过公路，来到全村共有的池塘边。四周都是高大的树木，阴阴的，不见一点天光。走在因砂型土壤偏多而平坦干爽的池边小路上，听着水面上、菜园中不时传来游鱼的喋喋和虫豸的鸣叫，烦闷与失落渐渐离他远去。

当他辗转漫游到灌河河堤时，天已大亮。弥望的是浩浩荡荡随风摇摆的芦苇叶子，两岸都是。偶尔出现的一片沙地，如万千绿玉中的一点黄金，金镶玉似的随意抛洒在河滩上。芦苇丛中是一条银带，微波荡漾，已有渔夫泛舟其上，歌声缥缈，如梦似幻。河天衔接处是云蒸霞蔚的云朵，各样水鸟翩跹不绝。

远处突然传来跑步的声音，他侧头一看：晨跑者一米七多的个头，穿着白色的运动服，帅气、阳光而充满活力，似乎是表爷万来财的孙子万家鑫。

燕舞扬热情地打着招呼："是家鑫吗？"

"啊！这不是表哥吗？哈哈，好久不见，你比原来瘦些，但更精神了。"万家鑫"呼呼"地喘着气说道，随即紧紧地握着燕舞扬的手，打量着这个其貌不扬、个子不高却被左邻右舍始终赞不绝口的表哥。

"是好久不见，因你一直在外地读书，我从深圳回来几次都没见到你。是不是放假了才回来的？"

"可不是嘛。听说你在深圳混得不错，一直想联系你，但没成功。"

"打个工，能果腹而已。你上大学了？"

万家鑫指了指运动服上的LOGO："你看。"

"上海财大？不错啊，你小子。"燕舞扬扬起拳头，轻轻地锤击着万家鑫的臂膀，既羡慕，又失落，心中钝钝地疼。

"学校就那样，现在已经大二。你与我哥同学，我还不知道你的水平？听我哥说：当年如果不是表婶和大表哥生病，家中供不起你上学，估计你浙大也毕业了吧。"

燕舞扬强自欢颜，忙转移话题："读的什么专业？"

"经济管理。爷爷让读的。其实，我更喜欢旅游管理。看看我们家这边有河，有山，有徽派建筑和文化……旅游资源十分丰富，如果能开发出来，父老乡亲不至于如此苦啊！"万家鑫边说边指着河滩、芦苇、渔夫、河水和远处的山。

燕舞扬暗暗思忖：这小子书没白读，虽经历少些，但眼界还是有的。"父老乡亲确实苦，和深圳没法比，与上海差得更远，但又有什么办法？"

万家鑫若有所思地点点头："目前确实没有办法，不过……"

"不过什么？"

他看着燕舞扬，双手紧握着："暂时解决不了，不代表永远解决不了。你知道我家的情况——爷爷宰了一辈子猪，家境还可以；爸爸初中没毕业就跟着爷爷从事屠宰生意并扩大了业务；哥哥家好虽大专毕业，但现在武汉经营房地产，据说还不错。我呢，现在学经济管理，未来如果能在上海立足，赚了钱，可以家族投资的方式开发此地，带动父老乡亲们一起致富……"

回来的路上，两人又到村小和乡联合中学转了转，发现：校舍破败、设备陈旧，暑假中的学校更是一派清冷和暮气。

其实，宪城一高读书期间，燕舞扬就有了充分利用家乡富足资源，改变乡亲们贫穷的生活现状的念头。因为求学而不得的经历让他深深体会到了贫穷的滋味。六年紧张、繁忙甚至因贫穷而不乏屈辱的深圳打工生活不仅加剧了这种体会，更使他在对比中坚定了这个想法。随后的几天，万家鑫总是到燕舞扬家，一聊就是好几个小时。

第二章　初次遇见

八月中旬的一个早晨，燕舞扬拎着简单的行李辞别了父母，坐着公交车，一路颠簸着来到了陌生的介水镇。九点多的天已有些闷热，烈阳热情四射，稍一活动就一身汗。在司机的指引下，燕舞扬终于找到了姑父的"有求必应杂货店"。店面不大，正对介水高中，不远处还有所邻省的名为颍上大学的高校，经营着一些干货及日常用品，生意还算可以。自此，一有时间，他便到附近转转，不久便对介水镇有了大致的了解。镇子位于宪城东北，灌河东岸，距县城城区一百二十多里，历史悠久，颇有些文化底蕴。境内有县级文化保护地两处：兴隆锦绣城和山西会馆遗址。介水镇在春秋时就有了商贾云集的繁荣景象，人们的商品意识自古就十分强烈，而致出现"徽帮""徽商"。兴隆锦绣城因72眼古井而得名，山西会馆遗址内雌雄两棵银杏树树高均达28米以上，树粗3米左右，是古老介水的见证。

对因家贫而不能上学的他来说，颍上大学有着独特的吸引力。为此他趁表哥在店期间于下午专门去仔细地踅摸了一圈。朝西的校大门左右各竖立着5米左右高有些巍峨的水泥方柱，一副涂了银粉色的大铁门悬挂其上，紧挨方柱的门卫室房间中安放着电视。学校左边是两层小楼，二十余间房子，黄色的门朝南向，有些斑驳，门前栽种些白玉兰，盛开的花朵散发出馥郁的香味。右边有七八幢楼房拔地而起，一律面朝南，作为教室，颇为沧桑与古老。三个操场并排，有篮球场、足球场、羽毛球场、网球场等，跑道的外围是单双杠及其他几样健身器材，靠近学生宿舍。穿过操场，一条小河明晃晃地展现在燕舞扬面前。背靠小河，面向北方的还有几排楼房，是办公室、室内体育场、实验室、图书馆、食堂、商店和部分老师住宿之地。据门卫介绍，学校占地一千多亩。

下午四点多，太阳西斜，满天的白云团团簇簇地涌堆在天际，为蓝色幕布平添一种柔和与动感。微风轻抚着脸颊，微热中略感舒爽。介水镇向南的路面较为平整，行人不多，高低不一的建筑倒显出规划的落后。路边偶尔嬉闹的孩子和路过的留校大学生给本来较为滞闷的街衢带来些生机和活力。勤劳的店主或忙于整理货物，或清扫着门前的垃圾并泼水以降温减尘。一条十字形大街连接着新开发的小区和街道。向西通往宪城灌河，向东可到新修不久的环城路，向南则是通往燕舞扬家和宪城县城的方向。

晚上的温度虽然降了下来，但小店还是较为闷热，躺在床上的燕舞扬翻来覆去：这就是未来要生活的地方？生活难道就是这样一场场不期然的遇见，或者一次又一次的迷途？遇见了应该认识或不该认识的人，遇见了如意或不如意的事，并于一次次迷途中找到目标与方向。但不论如何，还是得正视现实，放下不快，做好生意，先把日子稳定下来再说，毕竟还有带领乡民致富的梦想在。理顺思路之后，燕舞扬便鼾声四起，直到凌晨5点才被蚊子叮醒。燕舞扬睡意全无，于是打开灯，拿出随身携带的《老子·庄子·列子》读了起来。看着看着，他兴味大增，尤其是《庄子》部分，不觉技痒，拿出纸笔，涂抹起诗歌来。

第二天早上七点的广播声把沉浸在阅读和创作中的燕舞扬带回了现实。不承想，这个广播声一直伴随着燕舞扬，直到十年后离开宪城。

不到一个星期，生意中应注意的基本问题及商品的价格，燕舞扬已了然于胸。随后，姑父就把店面交给了他，而去打理另外一家较大的铺面了。

经过一个前来购买日用品的学生介绍：颍上大学的一年级新生在八月三十日到三十一日报到，九月一日星期天学生将开始领取教材，接受入学教育……九月二日正式上课，燕舞扬的内心竟是有些火热：自己能否自学考试，为以后离开这个地方、致富乡民做准备？他立即联系了同学和熟人，了解自学考试情况，决定先拿个大专文凭再说。不几天，同学送来汉语言文学自考资料，自此燕舞扬边做生意边学习。

一天，太阳不是很烈，空气中弥漫着麦子的香味，不知疲倦的燕雀嘤嘤扰扰，身姿曼妙的蜻蜓轻盈翻舞，因没有顾客，燕舞扬正沉浸在学习当中。突然，门外传来女声，嗓音有些沙哑，音调低平，不像绝大多数女性的声音响起："老板，您好！"

"嗯，您好！有事吗？还是买什么东西？"燕舞扬抬起头，悠悠地问道。来人约一米六五的个头，长发披肩，瓜子脸别有风致，丹凤眼、双眼皮，左下巴处一枚黑痣使得整个脸部平添了魅力；微笑中露出两排贝齿，因为右上部的一颗虎牙而不太整齐，却也因此给人另一种引力；发育良好的身材，颇为时尚的衣服。

"老板，我想买蚊香或者灭蚊灵，有吗？"地方口音中夹杂一些普通话。

"哦，有蚊香，但没有灭蚊灵。如果想买灭蚊灵，下次再来就会有了，我会立即进货，好吧？"征询中有些尊重的调子，让她芳心有些受用。她仔细打量了一下这个戴着眼镜的年轻老板：个头中等，皮肤白净，举止斯文，得体的衣衫，眼神清澈，没有丝毫的世俗气。买了东西，走出店后，她特意回头看了看颇有个性的店名，微笑着离开了。

燕舞扬并没有把这个女顾客放在心上，毕竟各样顾客来来往往可没什么大惊小怪的。其实，如果燕舞扬知道自己未来的一生将和她总是纠缠在一起，不知当作何想。

第三章　红黑胎记

一段很长的日子里，燕舞扬忙着打货、理货，闲下来就学习。其间，才逐渐了解到那位女顾客叫梦依萍，是颖上大学的一年级新生。梦依萍总是会在下课或者放学后来店里买些小东西，问一些稀奇古怪的问题，燕舞扬一如既往地周到接待并耐心细致地解答。

大约是两个月后的一个周六下午，燕舞扬刚刚吃完饭，正忙着洗刷碗筷，突然传来一阵敲门声，燕舞扬头没有抬地应道："请进！"

"燕老板，您好！"一个颇为熟悉的声音传来。

燕舞扬知道梦依萍来了，便放下碗筷，抬头看去：浅黄色碎花上衣，下着齐膝短裙，腰部收束，披肩发梳成了马尾辫，左右晃动着，显出俏丽活泼的样子。

"小梦，周末没回家？"燕舞扬略感意外。

"回哪个家吗，我家在武汉，偶尔也会去介水乡下看望姥姥。"梦依萍脸上带着些委屈和娇嗔，让燕舞扬心头怔了怔。

"哦，家在武汉，您怎么不在那儿上大学？"燕舞扬满带疑惑地问道。

"还不是高中学籍管得严，高考不能在武汉考，所以初三就回到户籍所在地上了，然后考上了这里的大学。"梦依萍无奈地答道。

燕舞扬有些恍然，便满含歉意地道："嗯，是我忘记这条规定了，对不起！"

"没关系的，燕老板太客气了。您在忙什么呢？是不是在理货啊？"梦依萍问道。

"我在刷碗呢。"

"燕老板真厉害，既要做生意，又要做饭……"梦依萍颇为真诚地道。

"哪里哪里，这不是没事嘛，做个饭有什么，生活就是这样，不足挂齿。"

燕舞扬摇摇手。

"额，您在看什么书呢？"梦依萍拿起放在柜台里面的书，有些诧异地望着他。

"乱看，打发时间而已。"燕舞扬忙不迭地答道。

梦依萍一翻《古代汉语》，全是繁体字，自己认识的很少。再翻翻书脊，上面标注着"自学考试"字样，立即明白这位年轻的老板在学习。没想到一个小店的老板都如此有追求，而自己考上大学后就有些不求上进，真让人汗颜！瞬时，她白皙的脸上有些泛红，期期艾艾地道："燕老板，不好意思，未经您允许，我就翻看了您的东西。"

看着梦依萍害羞的模样，燕舞扬连忙安慰道："没关系的，没关系的，您也算老顾客老熟人了，哪有那么生分的？"

梦依萍露齿一笑："那就好。"

看着那熠熠闪光的小虎牙，燕舞扬略微失了一会儿神。空气稍微有些凝滞，满面娇羞的梦依萍走近柜台里面的燕舞扬，坐在右手边的椅子上，低头翻阅着燕舞扬的书。

良久，梦依萍方道："您打算自学考试，拿个文凭？"

"嗯。闲着无聊。"燕舞扬笑说。

这个小老板有追求，估计小镇留不下他，梦依萍暗暗地想。她一双眸子灼灼地看着他，忽地伸出玉葱般的大拇指："佩服！"

燕舞扬忙摆手："没什么，没什么，呵呵……对了，请问您学的是什么专业？"

"旅游管理。因为我喜欢旅游。"

"哦，挺好的专业。"

又是旅游管理，万家鑫也想学这个专业，难道这是天意？如果未来能一起共同开发灌河两岸的旅游资源，岂不美哉？不过，现在考虑这些还为时尚早。似乎有什么东西微微触动着燕舞扬的心，他摇了摇头，无奈地笑了笑。一时间，他想起车尔尼雪夫斯基曾经说过的一句话："美的事物在人们心中所唤起的感觉是明朗的喜悦，近似在亲爱的人面前洋溢于我们心中的那种欢喜。"是因为少女健康而又青春的美，还是几个月过于紧张地忙着学习、做生意需要放松？窗外的鸟声打断了燕舞扬的思绪，问道："您周末不回家，又刚刚考完试，也没有很多的学习任务，为什么不去找你同学玩？"

"我是从初三才转回来上学的，三四年来同学不多，而能谈得来的就更少。

更何况高三一毕业，很多人都不上学了。大学刚开学，很多人也不熟悉。"

"既然没什么事，您就帮我理理货，行不？"燕舞扬问道。

"可以，这个我熟悉。为您服务，我很荣幸！"梦依萍快人快语地答道。

两人一边理着货，一边有一搭无一搭地说着话。随着交谈的深入，燕舞扬渐渐了解了梦依萍更多的信息。出生介水的梦依萍兄妹三人，她排行老大，五岁左右便被父母送给不能生育的姨妈。自此，梦依萍就随养父养母在武汉生活。做生意的养父母对其极尽宠溺，完全把梦依萍当作自己的亲生女儿呵护着。但善良的梦依萍并不娇惯，看着辛苦赚钱持家的养父母，时常会帮着干些家务。回宪城读书，梦依萍就借住在介水镇堂兄家，周末或放假才到乡下姥姥家或回武汉。不过梦依萍给燕舞扬的感觉好像就是一片无根的浮萍，总是漂来漂去的。这种感觉后来一直伴随着燕舞扬。

梦依萍突然指着燕舞扬右手的尺骨茎突一小块类似红桃的皮肤问："老板，这是您的胎记吗？"

燕舞扬故意调笑道："不是啊，是您刚刚碰的，所以变红了。"

梦依萍的脸突然变红了，小声地说："那好，我来给您揉揉吧。"

"啊！"燕舞扬有些不自在起来，脸也有些发烧，本能地把胳膊挪离了梦依萍。不过，他发现对方的眼神慌张地闪避着，脸颊绯红。空气中弥漫着令人不安的元素，梦依萍的心"怦怦"地跳着，时间似乎停滞下来。

"好吧，您揉揉，看看能不能消失。"过了好一会儿，燕舞扬把胳膊慢慢地伸向梦依萍，小心翼翼地说。

"嗯。"梦依萍声若蚊蚋。

当手指挨着他的手腕时，梦依萍感觉心跳加速，血液奔涌，自己整个身子似乎都在轻轻地颤抖。一阵阵晕眩紧紧地压抑着他，但内心却有一种渴盼：既想使自己尽快摆脱这种压抑，又希望梦依萍的轻揉不要停下。良久，燕舞扬方道："红色消失了吗？"

"哼，您骗我，这应该是胎记。"

"确实是胎记。"燕舞扬挠着头，尴尬地说。

"为什么有胎记呢？"梦依萍睁着大大的丹凤眼，睫毛忽闪忽闪的，满脸疑问。

"胎记在医学上称为母斑或痣，是皮肤组织在发育时异常的增生，在皮肤表面出现形状和颜色的异常。胎记可能在出生时发现，也可能在初生几个月后才慢慢浮现……"

"原来是这样啊。燕老板，您懂得这么多，挺渊博嘛。"梦依萍道。语气中含着一丝调侃，却又夹杂着仰慕和赞叹。

"谈不上渊博，只是因为长有胎记而去查找过一些资料而已。"燕舞扬连忙道。

梦依萍薄笑微噴，一双透亮的眸子盯着他，又继续问道："老板真谦虚啊。那您的胎记为什么是红色的？而有的胎记又是黑色的呢？"

"红胎记也叫鲜红斑痣，在医学上将红胎记分类为静脉畸形的一种，损害初期表现为数个淡红、暗红或者紫红色的斑块，形状不规则……而由于外胚叶神经缺损所导致的色素细胞分泌异常增多，同时黑色细胞累积，包绕着毛乳头神经，色素细胞通过神经传导于表皮形成的斑块叫黑胎记……"燕舞扬侃侃而谈。梦依萍则睁着大眼睛滴溜溜地看着他，一会儿憨憨地笑笑，一会儿手托香腮做沉思状。

"老板，厉害！"梦依萍竖起大拇指朝着燕舞扬点了点，嘴唇上扬，左上唇的黑痣微微地动着，浅浅一笑，露出右上虎牙，一副娇媚的样子。

"别'老板''老板'的啦，您就叫我舞扬吧，其实我并不比你大几岁。另外，我只是个帮忙的小伙计而已。"

"不会吧，这家店不是您家的？我看您基本准时开门，关门也很晚。"她满腹疑问地道。

听完燕舞扬的解释，她蟒首微点："好吧，那就叫您舞扬，您叫我小梦或者依萍都行。听您一席话，感觉您看了很多书，您为什么不继续读书呢？"

燕舞扬无奈又打趣地道："家穷母病，兄妹又多，只有流落江湖啊！"

"嗯，您很搞怪哦，我喜欢，呵呵……"梦依萍也打趣道，搞得他满脸无奈。

话锋一转，又听梦依萍道："舞扬，您终于解开了我心中的疑问，因为我身上也长了胎记，不过是黑色的。"

"哦。我能看看吗？"燕舞扬随口问道。

霎时，梦依萍娇晕顿生，红及纤长的脖颈，目含羞惭之色。燕舞扬见此情景，心知唐突，其胎记应该长在较为私密之处，不宜向外人展示。于是便赶紧说道："不好意思啊，我不是故意的。"

梦依萍听完，用上齿咬着下嘴唇，摇了摇头，目光忽然变得凝定了许多，似乎要下一个什么重大决心。沉静了一会儿，她轻声而坚定地说道："给您看看吧。"

只见，梦依萍低下头，把自己的齐膝短裙缓缓拉起。见她如此举措，燕舞扬脑袋"轰"的一声炸裂开来，呼吸变得急促，满面潮红，赶紧瞟了一下对方浑圆如玉的大腿，果然在其髋骨至膝弯中间靠上部分有一个细小呈"人"形的黑色胎记。随后燕舞扬便收回目光，也不敢看梦依萍，唯有心脏剧烈地跳动。一时间，两人都陷入了沉默。外面的阳光还在放肆，喧嚣着整个世界。

　　默默地看着梦依萍似喜似惧、载嗔载怨地离开小店，自己好像飘在云端一般，直到深夜躺在床上，鼻端总是飘散着梦依萍独特的体香。一边是高强度脑力劳动的疲乏，另一方面却是辗转反侧地睡不着，脑中闪现着家、爱情、少女、学生、未来、希望、前途……又夹杂着梦依萍的一颦一笑和曾经交往的点点滴滴。燕舞扬初尝失眠的滋味。

　　那天下午从小店出来后，骑着自行车的梦依萍忽然听到有人大声地喊她："红丽，你骑车到哪里去啊？"谁在喊我乳名？她从恍惚中清醒过来，定睛一看，是多年不见的表姨，便应道："呵呵……准备到我姥姥家。"

　　"死妮子，发什么呆嘛，连到你姥姥家的路都不知道啦！"

　　"啊！"梦依萍的脸瞬间红云飘飞，随后调转车头，落荒而逃，嘴里不知道嘟囔着什么。

　　晚霞漫天，风如母亲的手轻抚着发丝，送来阵阵秋意。一路上，她脑海里都是燕舞扬的影子，好几次差点撞到路边的行人。到姥姥家的时候，晚饭已备好，虽然较为丰盛，可是满腹心事的梦依萍吃得并不如以前那么香，而姥姥还是像平时那样，不停地为梦依萍夹着菜。

　　"乖孙女，心中有什么事，和姥姥说说呗。"吃完饭，姥姥宠溺地摸着梦依萍的头，体贴地问道。

　　"姥姥，没什么事。"梦依萍心如撞鹿，赶紧收拾心情，慌张地否认着。

　　"红丽啊，姥姥还不了解你吗？乖孙女长大了，女孩家的心事来喽。不和我讲，我也不勉强，姥姥只给你一个建议：开心就好！人活一辈子会遇到各种各样的事情，想处理好不容易，但不论怎么样，都不要勉强自己，一定要开开心心的啊！"姥姥颤巍巍地开导她，干枯的手缓缓地梳理着梦依萍乌黑稠密的长发。

　　"嗯，姥姥的话我记住啦！还是姥姥对我好，呵呵……"梦依萍乖巧地靠在姥姥怀中，神思又跑得老远老远。

　　吃罢饭，为了不被姥姥发现自己的心思，梦依萍便麻利地收拾着厨房，又陪姥姥聊会儿天，看会儿电视，却总是心不在焉，不久便被姥姥打发去休息了。

　　唉，我这刚上大一就喜欢上家穷却有志向的小伙计，养父养母知道了会有什么反应啊？听很多人说，一谈恋爱就会影响学习，那该如何是好？该怎么办呢？能不能边谈恋爱边搞好学习？如果真是如此，想来疼爱自己的养父养母不会反对吧，毕竟我今年一月一日的生日早就过了，已经十八周岁了，也不算早恋，呵呵……我的爱我做主，管别人那么多干什么！自己一认识他，就暗暗喜欢上了，好几个月过去了，这家伙怎么就没有反应呢，真是一头迟钝的笨猪啊。好在今天终于有了机会，了解了一下对方，还是很满意的。个头虽然不高，但温文尔雅，谈吐谦和，待人接物得体，为人大方，和自己看过的影视剧及小说中的理想恋人非常接近。至于家境，无所谓嘛。嘿嘿……舞扬，我吃定你了！

　　梦依萍翻个身，突然想到自己有些花痴，便不好意思起来，摸摸脸，吓了一大跳：温度超高！哎呀，不能再胡思乱想了，还是好好睡一觉，暂不要让姥姥发现自己的心事才好。又翻个身，闭上眼，可满脑海都是燕舞扬。她摆摆头，清除一下，清醒了一会儿，可下一瞬又塞满了脑子。就这样，时而清醒，时而恍惚，梦依萍自己都不知道何时睡着的。

第四章　河边邂逅

　　第二天吃过中饭，趁姑父上货，燕舞扬独自一人来到灌河边。虽刚入秋，但天已颇冷，刮着稍显寒意的微风。远望是枯黄的野草和根根瘦削的藤蔓。脚下的细沙轻柔地传来"沙沙"的响声。浅滩中是一汪一汪的河水，清澈见底。

　　"梦依萍啊梦依萍，你还个是学生，年纪并不大，有很多东西认识得还不够；你虽然身世有点坎坷，但毕竟家庭还很幸福，养父母待你很好。而你为何偏偏喜欢我，又如此主动呢？如果我们间的恋爱在学校传开，那将对你影响很大。我得阻止这种行为的发生。找机会和她好好聊聊，把道理和利弊讲清楚。"燕舞扬自言自语地道。

河水平缓地流淌着，对岸的一艘抽沙船在轰隆地作业。燕舞扬顺流而上，来到一处沙坡上坐下。

"如果她不愿意，该怎么办？"燕舞扬随手拔了一根野草，放在嘴中咀嚼着，枯干的秸秆有股淡淡的香甜，似梦依萍若有若无清爽的体香。空中的阴云变幻着，一会儿是梦依萍的脸型，一会儿是梦依萍的胎记，忽然又变成一匹奔马……燕舞扬的心在不停地翻腾着。

"哎，自己到底怎么了？难不成也喜欢上了她？"

估计姑父差不多完成了上货，燕舞扬便从河滩往回走，刚刚走到河堤，就见北边有女子骑着自行车驶来，似乎是梦依萍。燕舞扬便站住，稍等片刻，果然是她。

"嗨，舞扬，这么巧！"梦依萍老远就招手，打着招呼。宽松的无领花点衬衫配着黑色镶金边长裙，红色无根运动便鞋，一副休闲打扮。轻快地跳下车，梦依萍便来到燕舞扬身边，娇喘微微，一双明亮而热切的大眼睛闪烁着青春的活力和笑意。

"你一个人怎么到这地方来啊？有些不安全的。"希冀中故意带些责怪。

"没有什么，以前经常和同学们到这玩呢。刚从姥姥家过来，想散散心，便拐到这儿，没想到遇见了你，呵呵……"

"嗯。那我们就走走，聊聊天吧。"燕舞扬正好想利用这个机会劝劝她。

"好啊。"她爽快答道，"舞扬，你相信一见钟情吗？"

"额……"燕舞扬眼冒黑线，一时无语。

"我就相信！"不等燕舞扬说话，梦依萍直率地道。燕舞扬准备好的一番说辞瞬间被击得粉碎。

待梦依萍的情绪有些平复，燕舞扬从关心她的学业着手，讲了学习的重要性……梦依萍不时点点头，赞同地表示自己会接受并在以后的学习中注意。看到时机成熟，燕舞扬便谈了学生要以学业为主，委婉地要求她把更多的精力放在学习上。他敏感地发现，梦依萍越听越沉默，满脸的喜悦渐渐消失，甚至有些怒容。燕舞扬只好闭口不言。

"舞扬，我今天把话说明了。我一看见你，就喜欢上了你。我就想问问你，你喜欢我吗？"梦依萍用她独有的低沉沙哑嗓音直截了当地问，点漆般的眸子直盯着他。

燕舞扬没想到梦依萍如此直接，一时踌躇无计。按说自己这个年纪，又是单身，面对着如此漂亮的女孩说自己不喜欢对方是不可能的，更何况自己或许是梦依萍的初恋，如果直接拒绝，会深深地伤害到她。目前还是先稳住对方的情绪再说。至于以后，待梦依萍毕业，随着年龄的慢慢变大，明白的事理该会越来越多，或许一切都会变化。想到此，燕舞扬深深地吸了一口气：

"依萍，和你说个真心话，我也喜欢你，但不是爱情意义上的喜欢。我说这句话的意思，你不要误解，毕竟你既漂亮又聪明，每一位有着正常欲求的男子都会喜欢你。几个月的接触和了解，我知道你是一位善良、向上的好女孩，经过奋斗和家人的帮助，你应该会有一个幸福而美好的未来。你喜欢我，我很高兴，也很感谢！可是你年纪太小，我们间的未来有很多不确定的因素，而你的不确定性更大。所以我建议：把我们的关系定位为普通朋友，你喜欢我是你的自由和权利，我无权剥夺……"

"不要说了！"梦依萍愤愤地打断了燕舞扬，眼中分明已有些潮湿，绯红的双颊轻微扭曲着。

"我已经十八周岁了，你也并不比我大多少。我知道你喜欢我就够了！我会把你的喜欢变为对我的爱！"抛下这句话，梦依萍便跨上藏青色自行车，像一片云，飞快地消失在燕舞扬无奈的视野之中。

猝不及防的语言似一枚炸弹，使得燕舞扬怔在河堤上好一阵："这姑娘也真够直率的，下一步该怎么办？"一想到几乎每天都有可能和她见面，他的头就有点大。还是不要激怒她，先稳住，慢慢劝说吧。

随后的几天，梦依萍也无太出格的举动，燕舞扬紧绷的心渐渐松弛下来。只要见梦依萍到店里，燕舞扬总是不停地和她讲一些无伤大雅的事，以免她拿各种各样的问题来问自己。可梦依萍不是主动打断他，就是围绕讲述内容故意惹他生气。

一天晚上，梦依萍又到店里："舞扬，你有《钢铁是怎样炼成的》吗？我想借来看看。"

燕舞扬心中一动：这不是钱钟书《围城》中的情节吗？难道图书馆没有？竟然还打算看这样的小说，倒还小瞧了她。

"嗯，我有。不过，不在手边，放在家里面。一旦回去，我就把它带给你，行不？"虽然家穷，但却有很多藏书，都是省吃俭用购买的，不过却没有这本书，大不了利用周末专门去买一本。

"谢谢你！"梦依萍忽闪着一对明眸，充满感情地道谢着。不过她眼中转瞬即逝的一丝得意却没被燕舞扬发现。她暗中握了握手，满心喜悦地离开了。

周末，燕舞扬来到宪城最大的书店，很快找到了《钢铁是怎样炼成的》。回来的路上，他自然想到了梦依萍，想到了和她认识以来发生的大大小小的事情，想到了自己的未来……可总是剪不断，理还乱。难道自己真的喜欢上了她？这可如何是好？到了小店，燕舞扬拿出笔，在《钢铁是怎样炼成的》扉页写下了四个字："饶恕自己！"也没署名和时间，便于梦依萍再次来店时给了她。

日子就这样慢慢地滑过，不久期末考试到来。在备考期间，梦依萍倒是安静了很多，来店的次数明显减少。燕舞扬专注于年关货物的营销和收账，也无暇去想得太多。半年就这样过去，但燕舞扬和梦依萍的心都有了不同的变化。随着春节的临近，燕舞扬在面对着诸多说媒者、提亲者的时候，内心的挣扎也只有自己才能体会了。

春节期间，万家好、万家鑫两兄弟频繁地与燕舞扬走动，三人在带领父老乡亲致富上达成一致，并为村小和乡联合中学捐助了一批运动器材和学习用品。为此，乡政府还下文表彰了他们并派人动员燕舞扬到乡政府任文书，但在仔细考虑之后，他拒绝了。因为燕舞扬明白：没有足够的人脉、资金和相关的资源，至少在目前是实现不了三人梦想的。

临近春节，他收到了十多封资助学生们汇报现状和取得的成绩的来信，很是高兴。燕舞扬决定再资助3位贫困学生。他算了算：从高中毕业到现在的六年半里，已先后资助了15位学生。不过，他并不打算将这样的事情告诉任何人。

第五章　初吻情满

丁丑年的早春在一场不大的雪花中到来。宪城二月的柳树早早地醒来，枝条上已经萌蘖出浅浅的绿色嫩芽，似十二三岁少女的眉，淡远含情。善解人意的春风吹拂着人们的心扉，盘旋了许久的冰冷悄然离去。

在梦依萍的建议下，养父母并没有在武汉过春节，而是早早地关了蔡甸区沌口汉阳造纸厂（晨鸣纸业）附近的店，回宪城过年。寒假期间，梦依萍经常去介水镇，到"有求必应杂货店"，与燕舞扬见见面、聊聊天；偶尔找同学、朋友玩，与其关系好的同学就起哄："红丽，恋爱了吧。""交代一下，谁是你的男朋友？"……梦依萍总是矢口否认，不过其慌乱的神态和满脸的绯红并没有逃过曾经高中的闺密陈新枝的眼睛。

于是一次同学聚餐后，身材苗条、脸部圆圆的陈新枝便悄悄拉着梦依萍来到了自己家。经不住陈新枝的狂轰滥炸和软磨硬泡，梦依萍终于把自己和燕舞扬的事情和盘托出。

长相颇为俏丽的陈新枝听完，便调侃道："我说最近一段时间你怎么搞的，要么发呆走神，要么神经兮兮，经常不找我玩。刚开始我以为是你爸妈管紧了，后来听其他同学说你可能在谈恋爱，我还不相信。既然这样，作为你的闺密，我得问你几个问题。第一是你真的喜欢他吗？"

梦依萍认真地点了点头："可以用一见钟情来说吧。"说完，俏脸已是红晕满布。

看到梦依萍如此娇态，陈新枝轻轻地搂着梦依萍的双肩，不无怜惜地说："嗯，看来某人已经情根深种，中毒不浅啊！完了，完了！我再问你，他至少比你大五六岁，你了解他吗？尤其是他有没有女朋友？"

"啊！这个……这个……我还真不知道！"梦依萍杏眼圆睁，支支吾吾地道，内心不由得紧张起来。

"人们都说恋爱中的女人智商为零，以前我不信，现在才算是明白了！"陈新枝用指头点了点梦依萍的脑袋，调笑道。

为了缓解梦依萍的焦虑，她呵呵一笑，打趣道："红丽，没什么大不了的，估计他还没有女朋友，下次见面再拷问拷问呗！"

梦依萍紧蹙的双眉方慢慢舒展开来，心中暗暗祈祷：希望燕舞扬还单着。陈新枝看到梦依萍这副模样，知道梦依萍确实爱上了燕舞扬，但她心中明白，这种恋爱多半是不会成功的，因为来自女方家庭的阻力太大，但又不能对梦依萍直接说。于是，在梦依萍平复了内心之后，陈新枝又轻声细语地问："第二个问题是你爸妈知道这件事吗？"

听到这句话，梦依萍娇躯一颤，摇了摇头。一阵沉默之后，梦依萍扭头看向陈新枝，发现她在回避自己的眼神。梦依萍欲言又止，随后慢吞吞地说："新枝，我知道因是学生而不应该去谈恋爱，更何况对方基本上是一无所有的穷光蛋！不过我已经十九岁了，而且我管不住自己，自从我看到他开始，我就喜欢上了他！年纪比我大才有安全感嘛。你知道的，从初中到现在，追求我的人很多，有的比他高，有的比他帅，有的家境好……但我就是没有那种感觉。你说我该怎么办？"说完，梦依萍已是眼含热泪。

陈新枝见状，赶紧找纸巾为梦依萍擦拭，并不停地轻拍她后背。看到这个平时泼辣的闺密为情落泪，陈新枝自己也不禁为之感动。一时间，屋中寂静无声，两个女孩各自想着心事。最终，还是年纪稍长的陈新枝打破了平静："亲爱的，我看这样：你还是以学习为主。当然，恋爱还是得进行不是？那就先多了解对方。同时，要做好保密工作，尽量不让同学们知道，因为这样的事情传得很快；先不要着急告诉你爸妈，毕竟你还是学生，一旦发现你谈恋爱，他们肯定会反对的。你认为呢？"

听完这些话，梦依萍心中一直纠结的东西稍稍理顺了一些，便反过手抱住了陈新枝，哽咽地点了点头。

父母在正月初八就到武汉去了。梦依萍便到姥姥家住下，静等开学，偶尔也出去转转，多是骑着自行车前往河堤和河滩，一方面是散心，另一方面是想碰到那个自己日思夜想的人。可每次都是兴冲冲而去，满怀失望而回。折腾了几天，梦依萍不仅睡眠不好，且内火特旺，嘴角竟然出现了几个水泡。爱美的她恨死了燕舞扬，却又无处发泄。好在姥姥细心，一面耐心地安慰她，一面给她熬各种各样的去火汤汁。终于在开学前一天，嘴上的水泡消了下去，可她心里也把燕舞扬骂了个几万遍。

正月十六中午一放学，梦依萍就立马奔往介水镇的"有求必应杂货店"。远远看去，她发现正在忙碌的燕舞扬竟然有些憔悴，心中对他的恨陡然消失得无影无踪。梦依萍对自己的情绪变化感觉到奇怪，怎么就恨不起来呢？真是不让人活了！正在胡思乱想的时候，突然听见有人叫自己："梦依萍，过来了？进店坐坐吧！"燕舞扬落落大方地招呼着。

慌乱中，梦依萍俏脸通红，轻轻地"嗯"了一声，便走进店中。燕舞扬给她倒了杯水，细细地打量了她一番：大眼圈有些黑，人也明显瘦了。他轻轻地叹了口气，也不去言明，而是和她东拉西扯，恨得梦依萍牙痒痒。

下午放学后，梦依萍又彳亍在路边，想找燕舞扬聊聊，可是犹豫再三，还是放弃了。因为她想起了陈新枝的话：不要太着急，不要让更多的人知道！可自己内心总空落落的。同时，梦依萍觉得，必须赶快弄清楚燕舞扬有没有女朋友。于是，她决定晚上再去见燕舞扬。

吃过晚饭，处理些社团事情，已经是十点多，梦依萍来到"有求必应杂货店"，老远就发现里面一点灯光都没有。她的心不由得一阵失落，独自一个人徘徊在路边。回寝室穿了一件厚衣服后，她又朝商店走去，终于发现了燕舞扬的身影。梦依萍突然感觉有些紧张，不仅喉咙发干，手心也有些微汗，轻轻地摇了摇头："真没出息，唉……"

不过，她也发现柔和的灯光下，燕舞扬忙碌和专注学习的样子好有魅力。梦依萍摸摸自己的脸，感觉有些发烫，心中暗暗叫苦："红丽，你是死定了啊！"正在彷徨无定的时候，屋内突然传出询问的声音："谁呀？如果有事就进来吧。"

梦依萍红着脸，忐忑不安地走进了店内。燕舞扬抬头一看，好个活力无穷、轻盈飘逸的梦依萍。披散着的秀发已然盘在头顶，如高耸入云的青山，随着娇躯的摆动而轻盈地晃着；羞红的脸蛋在白色绒上衣的衬托下更显娇艳；下身穿着一条重色厚裙，修长的腿包裹在黑色紧身裤中。梦依萍为了见自己，又换了一身衣服。唉，这个女孩真有股韧劲！

"哦，是依萍啊，来来，有什么事坐下说吧。"

梦依萍坐下后，嗫嚅道："舞扬，对不起！我没有打扰你吧，我……"

"没关系的，毕竟离四月份的自学考试还早着哩。再则，我这不是什么紧急的事，这次不过，下次再考；今年不过，明年再来。不要为我担心！你寒假过得还好吧？"

不问还好，这一问，让梦依萍心中五味杂陈，一时间不知该如何回答，伶牙俐齿的她吭哧了好一会儿也没说出一个字，到最后竟然流下了眼泪。看到梦依萍梨花带雨的娇柔模样，燕舞扬后悔不已，心中升起要拥抱她、保护她的念头，可他还是控制住了。店里静得可怕，唯有梦依萍轻轻啜泣的声音来回撕扯着燕舞扬的心，惭愧、爱怜、同情、歉然、不安……各种各样的情绪纠结着。几分钟后，梦依萍渐渐平息下来，睁着一双噙满泪水的眼看向燕舞扬，小声地说："舞扬，我想问你一个问题，希望你能诚实地回答我，可以吗？"

燕舞扬认真地看了看她，敛了敛容道："可以，你问吧。"

梦依萍擦干眼泪，深深地吸了一口气，然后沉声问："舞扬，你有女朋友吗？"

"啊！这个……这个……我……"燕舞扬瞬间懵了，没想到梦依萍会问这个问题。说"没有"是诚实。可是，这个答案会给自己和梦依萍带来什么，自己心里很清楚。说"有"是欺骗。这有悖于自己的做人原则，他内心很抵触，但或许能够终结与梦依萍的情感纠葛。燕舞扬一时间彷徨无计，抬头看向梦依萍。发现她正圆睁着一双秀美的大眼紧紧地盯着自己，满含着期待和不安。燕舞扬知道自己已没有退路，于是他轻吐一口气，缓慢而清晰地说："没有。"

听到这句话后，梦依萍破涕为笑，突然扑到燕舞扬身上。燕舞扬还没来得及反应，梦依萍迅速地踮起脚，抬起头，用温润的柔唇有力而迅速地亲了一下他的腮，接着便跑出了杂货店。

回宿舍前，激动又兴奋的梦依萍在学校操场旁的小河边坐了很久。冷静下来之后，她心中倒有了些不安：一是不知道燕舞扬的心思，二是父母那边如何面对。是不是应该采纳陈新枝的意见：先搞好学习，等年纪再大些或者毕业了再跟爸妈说？可是燕舞扬会等自己吗？毕竟他二十多岁了。再退一步说，即使燕舞扬能等自己，如果爸妈那一关过不了，岂不白白耽误了他几年？想到此，梦依萍不由地打了个激灵，这才感觉到早春的寒意，头有点晕眩。看看手表，发现快十一点了，寝室门要关了，梦依萍赶紧跑回宿舍。这一夜，曾经没心没肺、倒头便睡的梦依萍再次尝到了失眠的滋味。

第六章　心结解开

自开学第一天那一吻之后，燕舞扬突然感觉自己有点害怕梦依萍的到来。因为他担心她是一时冲动而喜欢上了自己，担心随着梦依萍年龄的变大和心智的成熟而离开自己，担心梦依萍父母的阻挠……可内心又有一丝丝期望，期望能见到她。

燕舞扬在梦依萍颇为主动的行为中了解了她，稍稍地走进了她的内心，知道她实际是个缺乏安全感的女孩，因为亲生爸妈把她送人，虽然她自己还没意识到。燕舞扬想给梦依萍一个安全的港湾，虽然自己的收入不多，但目前还算稳定。因为自己的用心经营，店里面的销售额稳步上升，姑父为了鼓励他，便采取底薪加销售额20%的方式给其发工资，更是激发了燕舞扬的干劲，也让他对未来充满了信心。只要她愿意和自己同甘共苦，没有什么克服不了的。更何况未来的日子永远就是眼前的样子吗？至于谈恋爱，如果双方你情我愿，都爱着对方，且是奔着婚姻去的，暂时被别人议论，被他人不看好……又如何？关于婚姻，父母早已亮明了观点：尊重自己的选择。而梦依萍的父母是何种态度，现在还不得而知。既然不可避免地要与梦依萍见面，先交往交往，进一步了解再说。

释然后的燕舞扬不仅不再害怕见到梦依萍，反而多了些渴望，由此而激发出他对生活空前的热情，整个人的状态和气质也随之变化，难道这就是爱情的魔力？梦依萍当然敏感地察觉到了，心中暗暗高兴，随后的几次见面进一步证实了自己的想法。少女的浪漫情怀使得她对未来充满了无限憧憬。

四月底的一天，因为颍上大学春季运动会的召开，听着一阵阵的呐喊助威声、欢笑声、话筒声……正在看书备考的燕舞扬颇感无奈，恰好梦依萍来到店里。他发现梦依萍明显和往常不一样：一套宽松的运动服也掩饰不了发育良好的身材，浑身活力四射，马尾辫摇来晃去，平时白皙的脸颊上呈现一种健康的薄红，便问："你参加了运动会？"

梦依萍蟒首微点。燕舞扬大拇指一竖，微微一笑，做出点赞的样子，梦依萍霎时笑靥如花。

燕舞扬赶紧定下心神："来，坐下。我给你倒杯茶喝。"梦依萍依言而坐。

燕舞扬关心地问："你参加的是什么项目？"

"一千米。"

"结果如何？"

"第二名。"

"真不错！没想到你这么厉害。"

"那当然啦！你怎么表示啊？"

"嗯，呃，这个……你来选择，如何？"

梦依萍一听，俏眉轻扬，黑白分明的美瞳轻盈地转了转。一会儿，秀美的脸放松开来，贝齿微露，轻笑道："你请我吃饭呗！"

"好吧，地点你来定。"

吃饭的地方距离颍上大学很远，干净而静谧。征得梦依萍同意，他又点了几瓶啤酒。两人宛若认识了很多年的老朋友，推杯换盏。不觉间酒已下肚，本就豪爽的梦依萍渐渐抛开了女孩的矜持，一双美目不停地盯着燕舞扬。酒酣耳热之际，燕舞扬也含情脉脉地注视着梦依萍。

饭后，两人一起来到灌河边。四月的宪城昼夜温差颇大，因此晚上还是有些寒意。河堤的垂柳早已绿丝万千，春虫在草丛中鸣唱着。坐到河滩一处较高的埂坝上，两人谁也没有说话，默默地看着满天繁星。一阵微风吹来，梦依萍不自禁打了个喷嚏。燕舞扬脱下外套，递给她。她故意没接，燕舞扬略一迟疑，站起给她披上。感受着燕舞扬的细心呵护，闻着外套传来的男子气息，她内心的柔软被狠狠地触动着，一下冲垮了几个月来的心防，她轻轻地啜泣着。

他想给梦依萍安慰，可又不知从何说起，一时间手足无措。燕舞扬侧头看着梦依萍因抽泣而轻微颤抖着的娇躯和瘦削的双肩，他挪动了一下，轻轻地环抱住她的双肩。就这样，过了好一会儿，梦依萍不再颤抖，啜泣声也渐渐消失。闻到燕舞扬身上传来阵阵成年男子的味道，梦依萍深深地迷醉着，内心深处涌起一股股幸福感，好似百米冲刺到了尽头，酒劲和寒意的双重刺激也比不上对方身上的温暖。梦依萍好想就这样永远静静地躺在燕舞扬的臂弯里。

梦依萍梦呓般地问："你喜欢我吗？"

燕舞扬深吸了一口气，坚定地道："喜欢。"

梦依萍娇躯轻微地晃了一下，叹口气，闭上了眼。过了一会儿，梦依萍转过脸，面对着燕舞扬，吐气如兰，幽幽地道："我的心你知道。"

燕舞扬点点头，然后在梦依萍光洁的额头吻了吻，他能明显地感觉怀中温热的身子颤了颤，便在她柔嫩的耳边絮絮地说："其实你的心思我一直都明白，我也喜欢你！只是因为你还小，又是学生，我不想耽搁你的前程，所以我一直很犹豫。春节前后，面对着众多的说媒人，我认真地想了想我们的关系，说个实话，我那时候才开始正视我们的情感，也才深深地感到有些放不下你……"

梦依萍听到此，转个身，抽出右臂，环住了燕舞扬，晶亮的双眸挂满了泪珠。燕舞扬掏出纸巾温柔地擦拭着，又道："开学第一天，你就给了我一个惊喜，但我仍然还不能确定未来我们该如何走下去。你涉世未深，可以不去考虑很多，但我需要思考的更多。我们要想一辈子在一起，你需要面对的东西很多，比如学业、工作等，尤其是你父母对我们相处的态度……"

"我已经十九岁了，只要你愿意，我会竭尽全力去争取！"梦依萍以一种决绝的语气打断了燕舞扬，诱人的明眸在夜间熠熠闪光，环抱着他的右臂又用了些力。

燕舞扬郑重地点了点头，也用力抱了抱她，闻着散发自她身上的独有体香，一时间柔情满腔，爱意横生。燕舞扬的右手握着梦依萍柔软的左手，两人什么也不说，只是互相静静地感受着彼此的心跳和体温。星星布满了整个夜空，深邃而神秘，他们知道：彼此的人生第一次有了重要的交集，而前面的路却又充满了太多的未知。

不知何时，夜游飞鸟的刺耳叫声惊醒了缠绵中的他们。燕舞扬平复一下粗重的气息，方道："对不起，我……"

梦依萍用手捂住了燕舞扬的嘴："不要说对不起……我感觉好快乐，好幸福……"呢喃中满是少女的羞涩，看得燕舞扬心神激荡，又低头吻了吻梦依萍："萍儿，你真的愿意和我一辈子在一起吗？"

"当然了，这还用问吗？"梦依萍抬起头，一双娇媚的大眼睛充满疑问地看向燕舞扬。

燕舞扬听完，便认真地说："那好，你得听我的一些建议，好吗？"

梦依萍发现燕舞扬变得严肃了起来，也收敛了心神，郑重地点了点头。

"第一，为了父母，为了你，也为了我，你必须好好学习，把成绩搞好！不能因为和我交往而耽搁了前途。另外，春节期间我和几个谈得来的同学、朋友打算用十到二十年时间带领父老乡亲们致富，初步定下的方向是进行旅游开发。你学的恰好是旅游管理专业，所以于情于理你都要学好专业知识。

"第二，出于对你的保护，尽可能地不要让别人知道我们交往的事情，避免不必要的麻烦，特别是不要让你父母知道。你今年十九岁，在你父母眼中你还是个孩子，他们不会相信你的选择，更不会相信什么爱情。除非你经济独立了，我们才可能有未来！

"第三，除非你不理我，主动离开我，我绝不会先离你而去，因为活着艰难，爱也不易，我不想浪费感情和生命。"

梦依萍静静地听着，不时地点着头。燕舞扬接着说："萍儿，我很喜欢你！既然我们选择了彼此，让我们风雨同舟，共同面对未来，共同克服困难，好吗？"梦依萍听完，娇羞而兴奋地紧紧抱着燕舞扬，连连点头。

之后，梦依萍详细地询问了旅游开发的事情，突然发现自己的梦想竟然与燕舞扬的未来规划高度重叠，于是她暗暗下了决心：为了能与燕舞扬走到一起，务必用心学习专业知识，积极参与实践活动，大学期间把导游证拿到手；学习之外努力结交旅游开发、管理、经营等人才，等等。

自从那晚河边深谈，燕舞扬和梦依萍的心结彻底解开，二人的关系开始隐秘而平稳地发展着。学习任务完成后，他们偶尔会在周末或假期的时候约会，有时骑车到周边转悠，有时乘车前往宪城其他地方漫游，更多的是牵手游荡在灌河滩，浪漫的足迹踏遍了灌河两岸。

第七章　初试身手

　　日子在燕舞扬和梦依萍看来，总是过得飞快。这年四月，燕舞扬参加了自学考试，四科全过。

　　六月初的一天，燕舞扬看了中央电视台对今年夏秋降雨形势分析的一个专题片后，敏锐地捕捉到了一个商机：抗洪物资的储备与销售。在征求姑父与表哥的意见后，燕舞扬东拼西凑了近十万元，悄悄购买了大号储物袋、铁锹、长筒雨靴、雨衣、尼龙绳、矿灯帽、手电筒等。

　　暑假刚开始，爸妈便催着回武汉，梦依萍只好依依不舍地离开了宪城。临别前的一幕又浮现在了燕舞扬的眼前。那是七月上旬，宪城的天气异常燥热。二人相约晚上在河堤的老地方见面。燕舞扬早早到来，远远看见梦依萍袅袅婷婷地走近。她上身穿着宽松的月白色纱质短袖，下垂感颇强的衣料衬出略显瘦削的身材，却也尽显玲珑的曲线；下身是一袭黑色碎边短裙，肉色长筒袜衬托着一双纤细修长的双腿。真是个早熟而独具魅力的孩子，怎么看也不像一个十九岁的学生，燕舞扬深感自己正一步一步地沦陷在二人情感的泥淖中。

　　直到梦依萍独有的体香塞满了呼吸，燕舞扬方才回过神来。抓住她伸过来的纤弱无骨的双手，看着她开心的笑容，燕舞扬的心似乎漏跳了半拍。因走路而微喘的梦依萍立即把娇躯完全贴合在燕舞扬的身上，透过单薄衣衫传来的触碰和体温，加剧了燕舞扬的心跳。良久，二人方从热吻和拥抱中平息下来，便携手漫游到河边。渐凉的晚风，柔软的沙子，阒寂的河水，和喜欢的人牵手，梦依萍想余生都这样度过，可是一想到马上要离开，心中忽然多了万千的不舍。她紧了紧手，拉过燕舞扬："我明天就要回武汉了……"

　　"我好舍不得你！"二人异口同声地说。听到对方的话语，两人会心一笑，又紧紧地拥抱在一起。

"回去以后，好好陪陪你爸妈，要做一个懂事的乖乖女，听见没有？"燕舞扬边说边捏着梦依萍的俏鼻。

梦依萍伸手打着燕舞扬的手，羞红着脸，嗔道："讨厌，我知道了。"

燕舞扬双臂环着梦依萍的腰，抱起梦依萍旋转着，突然陷入沙坑，两人一起跌倒。梦依萍压在燕舞扬的身上，盯着他，一双美丽的大眼睛无由地布满了雾水，喃喃道："舞扬，我爱你！"

燕舞扬静静地看着梦依萍，轻轻地揩去她的眼泪，道："我也爱你，依萍！认识你已近一年时间，我知道你是个好女孩。如果你能成为我的新娘，我会一辈子好好地爱你，疼你！除非你主动地提出分手而离开我……"

"不要说这种不吉利的话。到一定时候我会和爸妈说，相信他们会同意的。"

"我把初吻都给了你，哪怕不能一辈子在一起也没关系，因为你是我爱的第一个人！"梦依萍说完，又吻了吻燕舞扬。

燕舞扬紧紧抱住了梦依萍，默默地。那一夜，他们很久才回去。

七月中下旬的灌河如一条暴躁的猛龙，两岸频频出现洪灾，"有求必应杂货店"的抗洪物资销售一空，名声大噪的同时，也让燕舞扬狠狠赚了第一桶金。自此，姑父和表哥完全把店面的事情交给燕舞扬打理，而生意也越来越好。不几年，燕舞扬又出资盘下了临近的几个门面，不仅临售，兼营批发，不断吸引着周边乡镇的批发商，合作伙伴也从安徽延伸到河南、湖北等省，生意越做越大。此为后话，暂且不表。

可也正是这次洪水，让他清醒认识到带领乡民致富的困难：如何解决每年夏汛时波涛汹涌的洪水；如果不掌握灌河水文资料，不结合水情去化解洪灾，并整合现有资源，精心筹划一切，旅游开发只能是纸上谈兵，再多的投资也无济于事。好在来介水近一年时间，燕舞扬结识了颍上大学的诸多专家、教授和学者，通过梦依萍，借阅了地理学、水文学、经济学、管理学、文化创意产业、生态文化旅游开发等方面的书籍，恶补了相关知识。

暑假还未结束，梦依萍便提前回到了宪城，给燕舞扬带了很多武汉特产。

"萍儿，暑假在武汉过得还好吧？"燕舞扬边问边牵起梦依萍白皙的纤手，漫步在去往河边的路上。向晚的微风吹起梦依萍秀美的长发，夏末的路边是葳蕤的草木，背后是漫天的彩霞。听见燕舞扬的问话，梦依萍的蛾眉不禁皱了皱，想起暑假期间父母和自己谈的几次话，心中竟隐隐有些不安。

放假后回到武汉的梦依萍经常发呆和走神，有时还毫无来由地傻笑。这种不太正常的举止，首先引起了母亲张瑛的注意。一天上午，张瑛帮丈夫梦盘如把货送到摊位以后，便回来暗暗观察。发现梦依萍时而轻颦薄笑，时而双眉紧锁，时而长吁短叹，时而呆呆发愣……女儿心中可能有心上人了，该和她谈谈了，毕竟女儿已经十九岁了！自己不也是这个年龄认识了她爸并结婚的吗？

　　推门而入，张瑛喊过梦依萍，亲昵地拉着梦依萍的双手，温言问道："女儿啊，这次放假回来，妈发现你长大了，也懂事了。不过呢，也发现你心事多了，能和妈妈谈一下吗？让妈妈帮你参谋参谋，好不好？"

　　梦依萍一惊，立刻想起燕舞扬的忠告和建议，慌乱地低下头，嗫嚅着："妈，我没什么心事，就是……就是……回武汉已经这么长时间，有些想宪城的同学了……你知道新枝吧……我想她啦！"说完，从不说谎的梦依萍脸颊已经红云一片。

　　听罢，张瑛无奈地摇了摇头，叹息了一声，半晌方说："红丽，我的乖女儿，你是我们家唯一的孩子，爸妈都很疼你，也希望你一辈子安安康康、幸幸福福。作为一个女人，妈了解女人。你有心事是肯定的，你现在不想和妈说，妈也不勉强。但有几句话，我必须和你讲。学习上，尽力就好，不要太勉强自己，找个合适的工作，干什么都有一碗饭吃。生活上，你在宪城上学，我们不在身边，也不能照顾你，在你堂哥嫂家住，要处理好关系；需要什么，和爸妈说。"

　　张瑛顿了顿，咳嗽了一下，接着说："感情上，妈希望你慎重些。红丽啊，你现在年龄说大不大，说小不小，妈最担心的就是这件事！老辈们有句话说得好：男人怕入错行，女人怕嫁错郎；话粗理实，你一定要把持好感情上的事。有了喜欢的人没有啊？乖女儿，呵呵……"

　　看着母亲虽四十多岁但已沧桑的脸，梦依萍尴尬地摇了摇头。见此情景，张瑛知道再也问不出个所以然，便半开玩笑半旁敲侧击地说："没有最好！倘若以后有了喜欢的，爸妈要把把关哦！我女儿这么漂亮，又懂事、能干，一定得找一个家境好，长相好，配得上的小伙子。任谁也不能随随便便就把我的宝贝骗走了！"

　　"妈！"梦依萍羞红着脸嗔怪地瞅着母亲，摇晃着双手，"好了，妈，我知道了，我会记住你的话。这都中午了，还没做饭，我帮你吧。"说罢，便拉着母亲的手走进了厨房。

　　随后，父亲也和梦依萍谈过类似的话，心思玲珑的梦依萍怎能不知其想法，暗叹燕舞扬的睿智。但一想到燕舞扬来自农村，家中兄妹众多，长相也不帅，梦依萍心中倒多了些不安。然和燕舞扬相处时甜蜜、幸福的一幕幕浮现眼前的时候，快乐和无惧又瞬间充溢她的胸口，她坚信：事在人为，有情人终成眷属！

……

此时一听燕舞扬的询问，梦依萍突然发现自己在这短暂的分别中，自己的心又和燕舞扬靠近了不少。"嗯，过得还行！只不过就是想某人了！"梦依萍俏皮地朝燕舞扬伸了伸舌头，做了一个鬼脸，拉着他问，"你想我了没？"

"你说呢，小傻瓜！"燕舞扬抬起手点轻轻地点了一下梦依萍光洁的额头，"你可把我害惨喽，有时想你想得睡不着。嘻，以后不叫你梦依萍啦，就叫你害人精算咯，行不行啊？"

"不行！"梦依萍示威般地举起粉拳，朝燕舞扬挥了挥。

燕舞扬故意夸张地后退了两步，并朝梦依萍喊："害人精！害人精……"

梦依萍在后面挥舞着拳头，边追边嚷："坏蛋，坏蛋，你是个大坏蛋！"

嬉闹了一阵，燕舞扬故意放慢了脚步，便被梦依萍抓住，一阵粉拳之后，两人气喘吁吁地拥在一起，相视而笑。看着巧笑嫣然的梦依萍，燕舞扬不禁又是情热，而梦依萍也是心神激荡，二人便吻了起来。后来听燕舞扬说凭借抗洪物资赚不少钱后，梦依萍心想：这家伙经商头脑不错，如果结婚了，爸妈的生意有人接手了。

这天晚上，躺在床上的梦依萍仔细看了看燕舞扬开出的让其从颍上大学图书馆借阅的书单，很佩服其毅力和涉猎面之广，并暗暗下定决心：无论如何，也不会和自己的初恋、挚爱分手，要义无反顾地得到燕舞扬！自此以后，他们见面的频率渐渐增加，卿卿我我中不仅增进了两人之间的了解，也提升了彼此的依恋。

第八章　修路逐梦

随着生意的扩大，燕舞扬的收入越来越高，为家乡做出贡献的念头越来越强烈。先从什么地方入手好呢？他一直在思考着。

一天晚上，梦依萍又来到店里。送走客户后，他说："依萍，有件事，我想征求一下你的意见。"

看着他刚毅严肃的面孔，她点点头。

"依萍，你知道我家以前很穷。但你不了解的是燕家庄左邻右舍极有爱心，在我妈和大哥生病期间，他们付出了很多，我一直记着他们的好，总想在有能力的时候，找个机会回报。现在我想做这件事，你有什么好的意见和建议吗？"

"哦，你来问我这么重大的事啊。我可能会让你失望的，毕竟我既不太了解燕家庄的情况，也不很了解你未来的规划。不过……是不是可以考虑修路？因为我到姥姥家的路就很糟心：晴天一身灰，雨天满身泥……唉，不说这个了。可能燕家庄那边要好些……"梦依萍若有所思地说着。

听着梦依萍的话，燕舞扬时而点头，时而皱眉，直到梦依萍拉了拉他的衣袖，他方才从凳子上站起，在店里边走边说，"你说得对：修路。要想富，先修路嘛。燕家庄的路确实不好！以前没感觉，回来后将其与深圳一对比，天差地别啊！不过，修路需要什么资质？符合不符合国家政策？修哪些路？需要投资多少？乡政府、村两委支持不支持？谁来具体负责……"

"是啊，事无巨细，你得考虑清楚了，毕竟介水生意还需要你打理。"

"对，必须考虑清楚。看来首先得安装固定电话，否则跑来跑去的耽误时间。另外，得好好咨询咨询专业人员和熟人……谢谢你，萍儿！"

"不要这么客气，太生分了不是？如果需要我帮什么忙，你尽管开口，老梦家还是有些人脉的。听见没？"

"遵命！"燕舞扬爽朗地笑了笑。

随后两人针对修路细节，又进行了深入交流。梦依萍方在寝室关门前，依依不舍地与燕舞扬吻别。

第二天，燕舞扬便在店里安装了固定电话。随即联系上同学万家好，将情况一说，两人一拍即合，决定共同注资：万家好负责与燕家庄村两委沟通，规划路线，预算资金，寻找工程承包方并确保工程质量等；燕舞扬邀请颍上大学土木规划学院专家实地查看现场，制定、完善修路方案并提交乡政府、村两委，咨询相关政策等。

接着的几天，好消息不断：乡政府和村两委大力支持修路，修路方案得到燕家庄村民的认可，整个工程交由万家好督办，预算经费在两人可承受的范围之内……

那年的国庆节，工程正式开工。乡政府高度重视，专门派副乡长出席了在燕家庄村小学举行的开工典礼。典礼上，副乡长、村支部书记燕来贺和燕舞扬先后做了激情洋溢的讲话，很多村民激动得热泪盈眶。随后，筑路工程在红彤彤百万响鞭炮声和震天响的锣鼓声中开始。一时间，机器轰鸣，彩旗招展，人欢马叫，热闹非凡。

工程在一个多月之后完成，为了确保质量，燕舞扬从颍上大学请来了规划学院院长完颜烈，万家好则借助从事房地产的便利，专门请来了宪城县权威的工程质检中心主任郝斌。"郝主任，这边请。让我们先从村小开始吧。"燕来贺笑逐颜开地做个邀请的姿势。

干练的郝斌站起，离开了村小会议室的椅子，拉着身边的完颜烈，笑道："这才是真正的专家，完颜院长和我也是老熟人了，一起去看看。"

完颜烈展颜道："好，一起。"

燕舞扬自告奋勇，充当起了向导："完颜院长、郝主任，此次施工我们不仅修了村里村外的路，还修了村小的操场，前面三十米就是，二位请看。"

"嗯，以何物筑底？基础层多厚？河砂与石灰的配比是多少？"完颜烈抛出一系列的问题。在听了万家好回答后，他满意地点了点头。

随后，燕舞扬带领着二人，在村支部书记、村两委代表、村民代表等陪同下，先后检查了村两委办公室小路、村落民居间的小路、环村公路。

当一行人来到池塘时候，郝斌不禁发出感叹："没想到这个池塘面积如此大！"

燕来贺快人快语："是的，有四十多亩。村里面的主要收入也是靠这个。

每年春季投放几十万尾鱼苗，腊月初捕鱼，按人头分给每位村民，余下部分拉到市场出售，作为村里面的活动经费。"

燕舞扬立即道："完颜院长、郝主任，请问二位，如果借助这个池塘，搞搞旅游如何？"

完颜烈道："你小子想法挺多，不过……搞旅游还是挺不错的，一是此地位置好，一边是宪介公路，一边是河堤，且距离宪城二十多里，到介水、颖上大学不到一百里；二是此次环池塘修了路，人们进出方便，即使开车也没问题；三是池塘周边没有民居，全是老百姓的田地，以后建起宾馆、民宿，组织开展烧烤、露营等活动就挺方便。舞扬，你不是与旅游学院的靳小媛院长很熟吗，找她过来给此地把把脉，我看未来可期啊。"

"谢谢完颜院长！您这一说，可把我的思路打开了。回去我就找靳院长，呵呵……"

"看把你乐得，舞扬。来的路上，你的同学家好可没少吹捧你，我就纳闷了：一个高中生就那么厉害了？如今一看，还真冤枉了家好啊。"郝斌颇为真诚地说着。

万家好打趣道："郝主任，我仅仅给您介绍了他的一部分光辉事迹，以后有空，慢慢向您汇报。"

一行人都被逗得喜笑颜开。当走到河坝，回望蓝天白云下河堤、池塘、燕家庄三者间大大小小的路全面贯通且硬化，所有人心情大好。看着属于燕家庄的整修一新、水泥铺设的坝顶，坐在安放两侧的石椅，完颜烈、郝斌对燕舞扬、万家好的佩服之情渐趋增加。

十一月的微风虽然有点冷，但坐高远眺使得人们心中极为舒爽。燕舞扬看着人们满意的表情和远处极富特色的风景，不禁对未来充满了期望。

晚上酒席间，在郝斌的推介下，万家好又依规拿到了两个大型房地产项目；完颜烈则不停地给燕舞扬脱贫致富的梦想出谋划策。

回到介水，已经十点多，商店门前立着梦依萍。甫一见面，梦依萍接连几个喷嚏，燕舞扬赶紧开门，将其拉进店里。听燕舞扬兴致昂扬地讲着今天验收的情况，梦依萍很开心却又有些失落。最近也不知道是天气原因，还是体质问题，梦依萍感冒了好几次。看着娇弱的梦依萍，燕舞扬爱意横生，温柔地吻了吻梦依萍香腮，便试探着问："萍儿，我们租个房子，如何？"店铺中虽然有住宿的地方，但那毕竟是姑父的，而且地点小，离学校又近，梦依萍进出并不方便。

"啊！那怎么行？我现在可是住在堂哥家，如果让他知道我在外面租房住，爸妈会马上知道的，我还不是死定了！"梦依萍皱眉嗔着，心中却暗自得意："傻瓜，总算不枉我感冒几场，嘿嘿……"

"这倒也是。不过……我们租了房子也不一定天天去。另外，你也可以和堂哥说想住在校内。行不？"

梦依萍顺水推舟地低声应道："好吧！"说完，已是满面娇羞。燕舞扬紧紧地抱着梦依萍，热烈地吻着。当燕舞扬说要找靳小媛谈燕家庄旅游开发的时候，梦依萍倒是吃了一惊，反复告诫其不要透露两人之间的关系。

第二天下午，因完颜烈的介绍，燕舞扬到颍上大学顺利找到了旅游学院院长靳小媛并约好了一块去燕家庄的时间。

随后几天，燕舞扬在离商店和介水高中好几里的地方租到了一间房，并添置了必要的生活用品。十一月底的一个周末晚上，燕舞扬把梦依萍带到了租住处。

"啪。"随着燕舞扬拉开灯，柔和白光如潮水一般弥漫在屋中。看着屋中略显简陋的布置，梦依萍并没在意，反而觉得颇为激动，因为她明白：这正是自己想要的！把一切无怨无悔地交给自己的最爱，哪怕不能厮守一生！更何况对方也深爱着自己！

看着一副满意表情的梦依萍，燕舞扬轻轻地环抱住她："我的心你懂，我是奔着结婚才与你相处的。我真的很喜欢你！我曾经说过，除非你先放弃了我，否则我绝不会离开你！"

凌晨六点，燕舞扬走在初冬无人的路上，满身充溢着一种从未有过的仅属于男人的巨大幸福和自豪。原来世界如此美好！天地如此广阔，又如此简单，似乎一步就能跨越千万里！

第九章　蓝图初定

随着店面的扩张，事情越来越多，燕舞扬不仅要管理姑父的店面，还要经营自己盘下的商店，不得已便将看店面的事情交给了几个新聘的店员。

"靳院长，到了，我们下车吧。"待车一停稳，燕舞扬便站起招呼着，与早就在路边等候的村支书燕来贺见面、互相介绍。

"哎哟，这地方比完颜院长描述的要好很多。"一头短发，戴着墨镜的靳小媛发出一连串的赞叹。

"还行吧。请您往右走，先看看池塘。"

看着瓦蓝瓦蓝的如刚淬过火的细腻瓷器般的天空，天空上点缀着的白而绵软的长毛绒，天空下一碧汪洋的宽阔水面，水面上悠闲的白鹅、鸭子和水鸟，爱浪漫的靳小媛一下被震惊到了："小燕，这就是你老家？"

"是啊。靳院长有什么指示？"燕舞扬促狭道。

"不敢。这里太美了！如果你信得过我，我会把这里打造成一个超级旅游中心。"

"那感情好啊！希望靳院长不要忘记今天的话，以后我可是赖着你了，哈哈……"

"啊！你个小燕，油腔滑调的。"

"没有，没有。"燕舞扬很感舒畅。

"水面宽阔，可以投放游艇，还可以组织垂钓比赛、写生大赛、游泳比赛。为了增加美感，可以种植些异品荷花，养殖一些鸳鸯、鸬鹚、野鸭等水鸟。周边都是田地，原生态，不错不错。记住了，千万不要随意建房！协调当地政府，请专家规划好，利用好，保留一些原始状态下的田地，以后可进行生态旅游规划，大面积种植2-3种蔬菜、花卉、水果等，即可观赏，也可创收。当然，建房也不是不行，但一定要划分功能区，在不破坏生态的原则下，将民宿、宾馆、餐饮、停车、游乐等科学布局，方能可持续发展……"靳小媛完全沉浸在自己的世界中，燕舞扬则不时地在本子上写着。

"那边的几座坟墓需要迁走，否则太煞风景！直径在15厘米以下的尚未长起来的杂树应用风景树替代，其他保留，以彰显原始风貌。路修得不错，很厚实，又是双车道，完全够用，不过路两边需要进一步美化、打磨。要确保水质不被污染……"听得燕来贺直点头，深感前景光明却又责任重大。

路边干活的村民也是啧啧赞叹，深以为然，不由地议论纷纷，对燕舞扬大加赞赏：

"燕务尘自己虽没文化，可是种地的技术在方圆几里都能排得上号。他这个孙子也是有出息，哪怕未上大学。"

"可不是嘛，龙生龙，凤生凤，生个老鼠会打洞，燕舞扬他爹，燕务尘二儿子燕清义确实不赖，大字不识一个，却愣是把整个村子管理得井井有条，关键还很服众。"

"大儿子燕清仁是个吹拉弹唱都会的豫剧老把式，逢年过节可少不了他，我就好这一口。"

"你家又少了他三儿子燕清礼了？红白喜事、安灶筑院、动土迁坟……没他可不行。"

"我更佩服四儿子燕清智，据说已经是临县的县委书记，还是个改革先锋，说不定哪一天调到我们县当县太爷，我们也就享福了。"

……

听着村民的议论，燕舞扬却心无旁骛，他在专心致志地记录、学习和消化靳小媛所说的一切。池塘一转完，燕舞扬又带着她来到坝顶。

"看来这个地方的位置和颍上大学差不多，也是靠着公路与河堤，不过这一段靠着上游且原生态资源保存得很好。我们曾经针对颍上大学附近河滩的旅游开发进行过探讨，但没有结果，毕竟汛期问题难以解决。咦，左前方是什么？"靳小媛充满疑惑地问道。

"是老河坝，1960年代曾冲毁过。"燕来贺道。

靳小媛方仔细地打量了一下老支书：脸上沟纹纵横，满面虬髯，半数已经花白。她沉吟半晌方道："哦，倒可以废物利用……"

燕舞扬连忙问道："如何利用，靳院长？"

她纤手一指："位于上游的老河坝基本与新河坝垂直，这样就能将汛期靠岸的大部分洪水挡住，如果再靠着老河坝修建一座可以浮动、闭合的橡胶坝，即可形成较为完整的水上乐园，从而不担心娱乐设施被洪水冲走。另外，可开展沙滩排球、沙滩雕塑、日光浴等；可充分利用芦苇进行文创产品的开发，可在非汛期进行观鸟亲子活动、写生大赛、游泳比赛、垂钓比赛、捉鱼大赛等。"

"听君一席话，胜读十年书。靳院长，舞扬今天收获颇丰，务必赏光一块吃个饭，我把您单位的几个院长和老师邀请来陪您，如何？"

"没问题。"

是夜，介水镇最好的酒店，喧哗声一片。燕舞扬因蓝图初定而开心，终至酩酊大醉方回。

第二天是周日，下着小雨。刚刚吃过午饭不久的燕舞扬拥着梦依萍，共同打着一把伞，走在结着冰的湿滑乡村小道上。回来的路上，燕舞扬见到一个从园子里回来的农人，便说："萍儿，今天晚上做饭给你吃如何？"

"你还会做饭啊？平时见你就是煮方便面。真没想到，呵呵……"梦依萍一副吃惊的模样，打趣地调侃着。

看着梦依萍娇俏的样子，燕舞扬心旌摇荡，故作生气地道："赶快回答！"

梦依萍吐了吐粉红的舌头，浅浅地叹息了一声："好吧。"

燕舞扬无奈地摇了摇头，捉住梦依萍的柔荑，轻轻地吻了一下："晚上八点到，等你，宝贝！"

当梦依萍如约赶到的时候，只见燕舞扬在租住房忙来奔去，她心里塞满了温柔。这个男人格局很大，做事上心，对人体贴，富有爱心和感恩之心；和自己一样喜欢安静的日子，给人一种别样的安全感；又有生活情趣，虽不伟岸，但这不正是自己要寻找的男人吗？

"哎，萍儿，怎么不进来啊？"正在出神的梦依萍被燕舞扬的叫声打断。梦依萍走进去一看，发现中间的餐桌上已经放了两个菜，不仅细心地用盘子盖着，还放在温水中，生怕凉了。于是，梦依萍放下背包，摘下燕舞扬给她买的白色带花的帽子和浅绿色的麂皮手套，准备帮他。

燕舞扬连忙过来，轻轻地抱了抱梦依萍，附在她的耳边说："亲爱的，你就不要动手了。还记得吗？有天晚上，你专门用餐盒带两个鸡蛋到河堤给我吃，结果我以刷过牙为由没吃，我一直心中有愧。今天你就别动手了，让我表现表现，权当负荆请罪，可不可以？"

梦依萍歪着头，美丽的大眼睛一转，粲然一笑："好吧，嘿嘿……"便坐在床上，托着香腮，目不转睛地看着燕舞扬做饭、炒菜，像一个温婉的小媳妇，正享受着丈夫的关爱和呵护。看着这温馨的居家景象，梦依萍内心涌起了一阵阵满足感，并暗下决心：一定要和舞扬生活一辈子，好好地爱着他。

不久，四个小炒全部出锅，燕舞扬拿出一瓶红酒："喝点？"见梦依萍蛾首微点，便给两人斟上一杯。随后，燕舞扬又点上了两根蜡烛，并熄灭了其他灯。霎时，屋中弥漫着红红的烛光，充满了浪漫温馨的氛围。

嗯，还是个浪漫的男人，不错！燕舞扬端起红酒："来，萍儿，周末愉快！"

梦依萍莞尔一笑，端起杯子，和燕舞扬的轻轻碰了一下："周末愉快！"

"来来，尝尝我的手艺。"

"嗯。"梦依萍夹了菜送往嘴里慢慢地咀嚼着，品味着，"嗯，这道菜油而不腻，入口即化，好吃！"

得到美人佳评，燕舞扬心中一乐，凑向梦依萍，亲了一下她："嘿嘿，再尝尝这个。"

梦依萍擦了擦刚才被燕舞扬亲了的脸颊，眼带笑意，斜睨着他说："你把酒弄到我脸上了，大坏蛋！再这样，我就给你个差评，呵呵……"

"好好，下次注意，下次注意，不能把美人妆弄花了。"燕舞扬赶紧道歉，见梦依萍又尝了第二个菜，便连忙闭嘴，静等着。

"此菜火候把握不错，只是稍微咸些。"

"啊！不会吧，怎么就咸了？我尝尝。"燕舞扬仔细一尝，果不其然，是有点咸。他伸出手，点赞了一下，梦依萍笑了笑。

"哎，你才小屁孩一个，想不到还是个美食家呢。"燕舞扬故意贬损道。

"那是。不要忘了，爸妈一旦忙起来，都是我买菜做饭，十岁左右我就开始学炒菜了。"梦依萍得意道。

"想不到我这是'梦'门弄斧，关公面前耍大刀啊！惭愧，惭愧！哈哈……"梦依萍也跟着敞开了怀地畅笑。

"再喝一杯，来！"梦依萍心情大好，主动倒上一杯。

"好！"喝一斤白酒都不醉的燕舞扬自然不会拒绝，骨子里的豪爽之气也被激发出来。于是二人很快把一瓶红酒喝完。看着烛光里面已酡红的梦依萍，燕舞扬想起了若干文学和影视中洞房花烛夜的情景。而梦依萍的笑靥似一抹瑰丽的春花，在酒精的刺激下，噼里啪啦地绽放着，散发出魅人的魔性，充满着无限活力，流溢在冬夜虽寒冷但不无激昂的空间里。

醒来时，已日上三竿，明亮的日光照在梦依萍光洁精致的脸上，燕舞扬并没有惊动梦依萍，而是静静地看着酣睡中的恋人，心中满是感激、幸福和快乐。如果有一天燕家庄旅游开发成功，自己也可以在池塘边的菜园里建一套房子，自住之余用作民宿，与梦依萍一起经经商，种种菜，钓钓鱼，还是蛮不错的。今年修路几乎耗光了所有的积蓄，还是等赚到钱再说吧。一想到如何赚钱，他就陷入了沉思。

第十章　畅游考察

"萍儿，如果这个周末天气好，我们到永安镇玩，如何？"

"好啊！只要和你在一起，我哪都愿意去。"

看着梦依萍柔顺的样子，燕舞扬内心充满了喜乐。一辈子何其短暂，能有这么个千娇百媚的人儿陪伴，该多幸运啊！

"嗨，你又在想什么呢？"梦依萍用肩碰了他一下。

燕舞扬定睛看着淡紫色棉袄仍不能遮掩娇俏身段的梦依萍，故意板起脸道："想你啊！"

"你个大坏蛋！"梦依萍边说边用一双粉拳下狠劲般地敲打着燕舞扬。

"小妖精，大坏蛋。挺般配的，呵呵……"燕舞扬边笑边跑，梦依萍在后面追。

平坦如砥的河滩飘荡着二人的嬉闹声，凛冽的寒风阻挡了他人的脚步，正好给两人留下了一个无人打扰的世界。看着梦依萍如淡紫色精灵般飘飞，雪白的围巾似翱翔的风筝，黑色齐膝短裙下充满活力的修长双腿，燕舞扬故意放慢速度，一把抱住飞奔而来的她。两人就这样静静地，天荒地老一般，而内心深处充溢的满是对彼此的依恋和爱意。

良久，燕舞扬方才说道："萍儿，不要忘了你的学习任务。和我在一起，占用了你很多学习时间……"

又一个周六上午，永安镇的滚水坝前走着两个人，手拉着手。男的身材中等，但瘦削中透露出精干，白净的脸上架着眼镜。女的身量高挑，苗条纤细，扎着一条马尾辫，浑身洋溢着青春的气息，手上拿着零食。这两人当然是如约而至的燕舞扬和梦依萍。他们一大早便乘坐公交车来到此处。

"萍儿，如果政府能在燕家庄修建这样一座滚水坝，那么旅游开发必定会成功。"

"那是当然，不过投资不会少。"

"是啊，我现在就想赚钱，实现我带领父老乡亲致富的梦想。"

"你已经赚了很多钱，不过都用在修路上了。我倒是建议：不一定非用自己赚的钱去实现梦想，因为燕家庄有丰富的自然资源，很多商人有充裕的流动资金，那我们能否找到这样的商人，用我们的资源打动对方来投资，进行项目式合作，共同开发建设，盈利后按比例抽成，岂不更好？"

"哎，哎，萍儿，你可以啊，脑洞大开，想这么个稀奇古怪的点子。"

"呵呵，这可不是我想的，是昨天一位专业课老师分享的一个案例。据说这种模式已经在东南沿海先行先试了。"

"哦，这个案例好，对我很有启发，谢谢哦。萍儿没有贪天之功，人品还不错。"他打趣道。

"啥？你说啥？我人品差？看我不教训你！"她恶狠狠地嚷着并扬起了拳头。

在这个陌生的环境，两人忘我地傻笑、追逐。不曾想，这一次畅游，梦依萍讲述的案例为燕舞扬打开了一扇全新的大门，也为激活燕家庄的发展注入了新的活力。

"看，好漂亮的晚霞！"梦依萍拉着燕舞扬，兴奋地指着天空。燕舞扬抬头远眺，只见西边的天际悬挂着一轮落日，在五彩斑斓的余霞中载浮载沉。虽然天空涂抹了火烧一般的金黄色，但颜色却变幻不定，流光溢彩中显示着自然的神秘和伟力。

"你被染成了金人啦！"梦依萍的一声娇呼把燕舞扬拉回了现实。他回头一看，梦依萍也在落霞余晖的渲染下变成了一个五颜六色的俏佳人，便伸手捏了捏她小巧玲珑的鼻子："嘿嘿，还说我，你也是啊！"两人相视而笑，互牵着手，向落日的方向狂奔而去，引得路人侧目而视。

快乐的时间总是过得很快，当两人想起要回去的时候，发现最后一班公交车已经绝尘而去，于是两人只好夜宿永安镇。

几天后的晚上，燕舞扬刚刚吃过饭，便接到高中同学章非电话："舞扬，本周末到永固镇来喝酒吧，想和你干一杯，如何？"对这个颇有文艺范的室友兼酒友，燕舞扬没什么免疫力，虽然常常喝醉，但还是痛快地答应了。

　　当燕舞扬携着梦依萍出现在章非家中时，章非很为燕舞扬能找到如此漂亮的女朋友而高兴，于是又邀请了几个要好的朋友一起，在永固镇的山中尽情地采摘着小雨后冒出的野蘑菇。对生长在平原的梦依萍来说，这个活动可是充满了趣味。

　　"快点！你怎么磨磨叽叽的啊……"梦依萍冲着落后的燕舞扬催促道。

　　"哎，来喽！"燕舞扬紧跑了几步，沿着湿滑的山道追赶着，而章非和其他几个人早不见了踪影。

　　赶到梦依萍身侧的燕舞扬顺手拍了一下她。

　　"讨厌死了！"梦依萍噘起嘴，朝他嘟囔着。看着梦依萍因上山微喘而起伏不停的胸脯和故作生气而羞红的俏脸，燕舞扬情不自禁地搂着她，狠狠地亲了一下。梦依萍吓得连忙推开了他："注意点，你同学他们就在附近……"看着梦依萍谨小慎微的样子，燕舞扬想笑又不敢笑，便顺从地点了点头，拉起她纤弱小手，一块儿往山上爬去。不承想这一路竟然收获满满，采摘了一塑料袋各种各样的菌类。

　　下山的时候，因刚刚下过小雨，路虽未被雨水浸透，但仍充满危险。所以一路上基本都是燕舞扬牵拉着梦依萍，小心翼翼地寻路而下，遇到蜥蜴等小动物，梦依萍总是饶有兴趣地观察和逗弄一番，燕舞扬乐得立于一旁，欣赏着美人佳景。

　　中餐吃着山珍，梦依萍没敢喝酒，可因为小雨打湿衣服而发了烧，把燕舞扬愁得够呛，二人只好留住章非家。晚上，待梦依萍睡着，燕舞扬思考着：如果燕家庄开起了农家乐，把章非家附近的山珍作为主材，客人也不会少吧。

　　第二天，天气晴朗，梦依萍的烧渐渐退去。二人回介水镇的途中，转道宪城。正走着，梦依萍突然拽着燕舞扬，满脸期待地说："舞扬，你看，前面有一家照相馆，我们照张相吧！"

　　"好啊！"燕舞扬立即答应了。

　　"欢迎光临！请问你们照什么相？"店员热情而礼貌地问道。

　　"哦，那个……我们先看看，哪个合适照哪个，你先忙着，我们选定以后告诉你，如何？"

　　打发走店员，燕舞扬长出了一口气，而梦依萍也拍了拍自己的酥胸，低声问："舞扬，你看我们拍什么照合适啊？"

燕舞扬顺着墙上一张张的照片看，发现最漂亮的莫过于婚纱照，于是搂住梦依萍，在她耳边低声地说："亲爱的，我们既然来了，那就照婚纱照，你看看如何？"

"啊！那怎么行？"梦依萍颇有点尴尬地说，面色还有点小激动，红晕也若隐若现。

"反正我以后会娶你，现在就权当预演一下，你认为呢？"燕舞扬知道梦依萍心中肯定愿意，但并不戳破，而是耐心地等待着。

梦依萍用妙目剜了燕舞扬一眼，转身又看了一下墙上一张张婚纱照中那些光彩照人又含情脉脉的恋人们，不禁从心底里渴望尽早地拥有一张这样的照片，可少女的羞涩又迫使自己无法开口。此时女店员发现二人一直没有决定也很纳闷：来照相不问价钱只看照片，还没有遇到这样的顾客，于是便走到梦依萍身边，小声地问："她是你男朋友？"梦依萍红着脸，点了点头。

"那就照婚纱照呗！"女店员突然提高的声音吓了梦依萍一跳。梦依萍的心如撞鹿，看向燕舞扬。燕舞扬默许地点了点头。见此情景，店员便趁热打铁地招呼着二人挑选并试穿婚纱，接着就是站位，摆poss——一会儿望穿秋水式，一会儿含情脉脉式，一会儿郎情妾意式，一会儿依依不舍式……直把二人折腾得够呛。若干年以后，二人发现：这次合影竟然是他们唯一的同框。不同的是，后来再次南下深圳，燕舞扬被盗，失窃之物中就有这几张婚纱照，而梦依萍则一直保留着，直到分手后被烧掉。

以后的日子里，在不影响梦依萍学业的情况下，二人一有时间就在宪城诸多地方尽情游玩。十月份，燕舞扬又参加了一次自学考试，四门课程仍是全过，二人很是高兴。如果这样下去，明年四月就可通过全部自考课程，拿到大专文凭，燕舞扬心中不免有些期待。

第十一章 特殊寒假

"喂，您好，阿姨！是梦依萍家吗？"

"是的，我是梦依萍妈妈，请问你是谁啊？"一看是来自宪城的电话，梦依萍的妈妈张瑛还是比较客气。

"哦，我是梦依萍同学。我……"

"你叫什么名字啊？"

"我……我……我叫吴洋。想找梦依萍……"张瑛一听，心情就立马变得差了起来，因为自这个寒假后，梦依萍像变了个人，做事丢三落四，心思不集中，情绪反复无常，还常常和父母对着干。现在突然出现一个自己不认识的自称是梦依萍同学的男生打电话来，这中间肯定有问题。想到这些，张瑛的无名之火立刻燃烧起来："她不在家！"把电话"砰"的一声挂断。

"我印象中，红丽好像没有叫吴洋的男同学啊……晚上得问问。这孩子是不是真的谈恋爱了？"张瑛思量着刚才的一幕，"还是要与她爸爸琢磨一下这个事。"

临近年末，生意颇为兴隆，梦依萍养父母起早贪黑地备货、销售，虽然梦依萍偶尔也去照看生意，但考虑到梦依萍还有学业，所以也没指望她能帮多大忙，基本上是让梦依萍待在家里收拾收拾家务，有时也做做饭。今天之所以能接到自称吴洋的电话，是因为梦依萍到以前武汉的初中同学家去了，而张瑛恰好回来取货。

回到农贸市场，打发走一波新老顾客之后，张瑛看了看仍在忙着理货的丈夫，几次想说，却又咽了回去。直到丈夫闲下来，方才说道："老梦，和你说件事，你可别急啊！"她知道自己的丈夫脾气不好。

丈夫梦盘如一听，就知道事情较为重要，因为他了解妻子的个性，毕竟当初两人自由恋爱，好不容易才走到一块儿，彼此间感情很好。他浓眉一拧，盯着妻子，问道："什么事？你尽管说，我不发火就是喽！"

"最近一段时间，你发现红丽这孩子有没有问题啊？"张瑛婉转地道。

丈夫一听说是女儿的事情，心就悬了起来，边回想女儿近期的行为边说："嗯，这个……是有点……不过，女孩子大了，心思多些，也很正常嘛，没什么大惊小怪的……"

"哎呀，常说女大十八变。暑假我就发现了她有些变化，打算和你讲，可是忙来忙去，总是忘记。寒假一回来，我就觉得她变化更大，而且刚才我回去取货，接到了一个电话，你说是谁的？"

"谁的？"

"女儿同学的……"

"那有什么呀！"

"是个男同学！"

"嗯！"丈夫一时间没有讲话，但脸色变得越来越难看，寒暑假间女儿回武汉的一幕幕闪现在脑海中，果真有些异常，他国字形脸上的疤在渐渐地变红。妻子知道他内心的愤怒在燃烧，倒有些后悔告诉了他，于是便一声不吭地去忙着招呼顾客。

过了好长一段时间，丈夫方才问道："红丽今天不在家？"

"嗯，到肖娟家去了。"梦依萍妈妈小心翼翼地说。夫妻俩都知道肖娟是红丽小时候的玩伴，又是同乡、同学，和她在一起倒是可以放心。

"你这个当妈的也该多操操孩子的心！"丈夫埋怨道，"你看我这忙着进货、送货，还要到处收账……"

"行了，你就别说了，我以后多注意点就是了……"妻子连忙安慰道。

因为张瑛的心里有个结一直没有解开——自己不能生育，她为此而深感愧疚，总是感觉对不起丈夫。两人住在邻村，年轻时偶遇后便自由恋爱，这样的事情在20世纪70年代初的农村颇有些大胆，本来不错的两家人关系因此而变冷。但挡不住丈夫的热情和执着，后来两人历经曲折最终走在了一起。谁知老天成心作弄人，到三十多岁自己仍然没有怀上孩子，于是便天南地北地求医问药，后来才发现是自己的问题。确诊后的最初几年，二人的感情曾有些波动，直到领养了妹妹的孩子梦依萍后，夫妻才渐渐地走出阴影。

那时，改名后的梦依萍已近六岁，刚到新家的时候总是"大姨""大姨夫"地叫着，夫妻俩颇有些别扭，后被一再纠正，方在几个月后叫"妈妈""爸爸"了。漂亮的梦依萍自小乖巧，很是讨人喜欢。磨合了一年多后，夫妻都很开心，尤其是丈夫，更是把一腔父爱全部用在养女身上，真可谓"捧在手里怕冻了，含在嘴里怕化了"。梦依萍上小学的时候，生意虽然很忙，丈夫总是风雨无阻地接送。因为户籍不在武汉，初三时梦依萍回到了宪城。现在倒好，刚上大学一年多，梦依萍很可能出现谈恋爱的情况，怎不让夫妻二人着急。一下午，夫妻俩各想着心事，也没说上几句话。

华灯初上，冬季的武汉刮起了微风，夜干冷而生硬，行人稀疏。回家的路上，张瑛一直琢磨着该如何询问女儿，打探一些情况。看着一直沉默的丈夫，她心里难受，但又苦无良策，只有温言安慰："盘如，不要生气了，毕竟我的猜测不一定准。见到女儿，你不要发火，我先探听探听情况，嗯？"见丈夫点了点头，她的心方才安稳一些。

"爸、妈，你们回来了。我刚刚把饭做好，正准备打电话呢，快吃饭吧！"一进门，满面笑容的梦依萍就迎了出来，拉着父母，欢声地嚷道。夫妻俩对望了一眼，看了看女儿高挑的个头、有料的身材、精致的脸蛋，他们才明白女儿真的长大了。

敏感的梦依萍察觉父母的情绪有些异常，心突地一沉：难不成他们知道了我和燕舞扬的事了？转而一想，保密工作做得很好，父母不太可能如此快就知道，或许是遇到其他事情了吧。于是，她蛾眉一抬，故作疑惑地问："哎，怎么回事，一回来就闷闷不乐的？遇到什么事了？"

"没什么。闺女啊，去把酒拿过来，让你爸喝两杯。"梦盘如朝女儿一挥大手，坐在餐桌，看着香气四溢的菜肴，不禁食指大动。

"好嘞！"梦依萍应声拿出一个酒杯和半瓶酒，并斟了满满一杯，端给父亲。

看着已经长大成人、养了十几年的如花般的女儿如此懂事，梦盘如心中很是知足，可上午妻子的一席话还萦绕脑际，让他如鲠在喉。于是，他接过酒一饮而尽，一顿饭下来，比平时多喝了不少，妻子也没劝阻。饭后，梦盘如和平常一样打开了电视，而妻女则收拾着家务。

干完家务刚刚走进卧室的梦依萍，竟发现妈妈也跟着走进来了。见到妈妈反关了房门，梦依萍预感到有事要发生。

一进门，张瑛就问："女儿啊，你认识一个叫吴洋的吗？"

"吴洋？谁叫吴洋？不认识啊！"梦依萍一脸疑惑。

"你同学中没有叫吴洋的？"妈妈又耐心地询问道。

"没有，肯定没有。与我关系好的同学就那些，他们叫什么，我难道还能记错？"依萍肯定地说。

"那今天上午有个来自宪城的电话，自称吴洋，说是你的同学，是个男的……"妈妈边讲述边仔细观察女儿。

听妈妈这番描述，梦依萍的心"咯噔"一下，瞬间出了一身冷汗："'吴洋'不就是'舞扬'吗？坏了，今天是周六，是和燕舞扬约好的互通电话的日子，因找肖娟玩，就把这件事忘了。不行，暂时还不能让爸妈知道我和舞扬的事……"于是，梦依萍故作镇定地道："妈，宪城我所有的同学中确实没有一个叫吴洋的男生……"

"是吗？"妈妈紧紧地盯着梦依萍，而梦依萍清澈的双眸没有一丝慌乱和逃避。梦依萍当然没有欺骗妈妈，估计上午打电话的极有可能是燕舞扬，因接电话的不是自己，便说自己是"舞扬"，而非妈妈口中的"吴洋"。更何况燕舞扬是自己的男朋友，又哪里是她的同学？

"真的！"梦依萍回答得斩钉截铁。

"妈，您到底想问什么，您就直接问嘛！"梦依萍趁势拉着妈妈的胳膊，撒着娇。

看着比自己还高的女儿，叹了一口气："嗯，妈就想问你有没有谈恋爱。"

听着妈妈咄咄逼人却又不太确定的话语，梦依萍终于知道爸妈今晚的不悦全在这个问题上了，于是便嗲声嗲气地说："妈，我没有谈恋爱。如果我谈了，就会和您说的。您倘若不相信的话，可以打电话给我表叔姚全啊，他可是我们学校的体育老师……"

听着女儿煞有介事的话语，梦依萍妈妈的心终于放下了，便对女儿循循善诱起来："红丽，你是我们家唯一的孩子。我们全家的希望都在你的身上，爸妈不愿意看到你走歪路。人活一辈子就那么几个关键期，虽然你已十九岁，但经历的事情不多，所以妈希望你不要现在谈恋爱，不要随便接触感情上的事。在宪城好好上大学，不求你以后找到多好的工作，爸妈只希望你健健康康的……"

梦依萍认真听着，不时地点着头，一副乖孩子的模样。这次谈话，足足一个多小时才结束。回到卧室，张瑛向丈夫一反馈，梦盘如也如释重负，不过他还是叮嘱妻子注意女儿，并打算通过熟人了解女儿在大学中的表现。

自妈妈离开之后，梦依萍躺在床上辗转反侧，更加想念燕舞扬，并为二人的未来担心不已，一颗芳心焦灼不堪。下个周六，无论如何也不能离开家；接到舞扬电话后，就劝他以后不要再打电话给她，以免被爸妈接到。

时间倏忽而至，梦依萍如期接到燕舞扬的来电，互诉相思之情后，她把自己这边的情况讲了，让燕舞扬很受打击："不能再给你打电话了？那怎么联系你啊？"

"舞扬，我爱你！但为了更长远的打算，我们还是忍一忍。"

"好吧。红丽，我也爱你！你自己在武汉注意点，我就不打电话干扰你了。"善解人意的燕舞扬冷静下来后，恢复了自己本来就很理性的一面。

"舞扬，对不起……我好想你……这几天我都没休息好……"话筒中的梦依萍开始抽泣。

"萍儿，宝贝，不要哭……我……你……唉……"他不知道如何安慰梦依萍。

突然传来了敲门声，梦依萍便连忙说："舞扬，再见！家中来人了，我得挂了……想你，爱你！啵……"朝着话筒连亲了几口，梦依萍方才放下电话，抹了抹眼泪，去开门。

"你这个死丫头，大白天在家还把门关得严严实实，在干什么坏事？老实交代！"门一打开，从宪城刚来武汉的一个堂哥便恶狠狠地说。

"是你个坏蛋啊！你何时滚过来的？我就在干坏事，你能怎么着啊？"两人因年纪相仿，从小就喜欢斗嘴，这刚刚一见面就吵了起来。

"小样！好男不跟女斗！看在你眼圈有点红的份上，我就饶你一命！哈哈……"高大的堂哥得意扬扬地斜看着被气得吹眉瞪眼的梦依萍，心中乐开了花。

"看你那臭美样子，不和你一般见识！"梦依萍恨恨地说道。

"好，好！算你厉害，还不行吗？给，这是从老家带来的好吃的。"

"哎呀，还是表哥对我好！不用谢啦！哈哈……"一听说有好吃的，吃货梦依萍就两眼放光，"仇恨"早就没了。

"你就慢慢吃吧，小心吃坏了肚子……"见梦依萍捏着粉拳冲向自己，堂哥边说边向门外跑去，"我到表叔摊位上看看去，哈哈……"

打完电话的燕舞扬满心懊丧，一想到整个寒假都不能和梦依萍联系，感觉全身被抽空了似的无力。

吃过午饭，燕舞扬处理完生意便看了一会儿自学考试书籍，随后找出一个硬面抄，继续写起诗来，回忆自认识梦依萍的情状。生意虽然很忙，但燕舞扬的日子过得倒也充实。自此以后，整个寒假，慑于压力和担心，燕舞扬和梦依萍再也没有联系。

这年冬天，在郝斌的帮助下，万家好的房地产越做越大，快速成长为宪城综合实力第一的公司——万家好房地产有限公司。在燕舞扬穿针引线之下，燕家庄池塘开发提上日程，燕来贺先后召开十余次村两委会议，商讨开发事宜，每一次燕舞扬都列席并发言。在咨询了已任副县长的四叔燕清智相关政策后，万来财、万来财的儿子万招财、万家鑫、燕舞扬的姑父、燕舞扬、燕舞扬经商的二哥燕舞飞、燕家庄部分村民共同注资 600 万，开发池塘游乐项目。大手笔的投资，甚至惊动了宪城县委县政府。在燕清智的斡旋下，宪城县委、乡党委也给予了政策倾斜和资金支持。

第二年年初，因为完颜烈与靳小媛的充分调研、倾力支持，规划方案、环境评估方案等在省、市、县三级政府里很快通过。不到一年的时间里，在万家鑫的督促、监管下，宾馆、民宿、餐馆等硬件设施最先建成，旅游、娱乐、休闲设备陆续投入，建筑、管理、设备维护等的用工则优先考虑燕家庄村民。

第十二章　夜宿沙滩

正月初六，宪城天气晴好，微风中有些寒意。绝大多数的人们还沉浸在春节的热闹中，而一些打算出外经商或务工的，便开始启程了。安徽作为务工大省，今年这种迁徙大军有增无减。

一大早，燕舞扬便来到了介水镇的出租房。房东说自己要到外务工，现在的房子因不是自己的，要交给房主，所以作为二房东，自己也不能把房子再出租给燕舞扬。了解情况后，燕舞扬便收拾东西，搬离了出租房，只把被褥留了下来，留待抽空来取。

初七上午，安静的"有求必应杂货店"里面只有燕舞扬趴在柜台上聚精会神地读李泽厚的《美的历程》，梦依萍悄无声息地来到店里。燕舞扬转身把店门关上后便立即紧紧地拥抱着自己朝思暮想的人儿，激动得有点颤抖地说着：

"宝贝，你瘦了……寒假受不少苦吧……我不该给你打电话……可……可我忍不住……"

捧起燕舞扬同样消瘦的脸庞，听着燕舞扬对自己的思念之语，梦依萍喜极而泣，一个寒假的煎熬和相思之苦顷刻间无影无踪。燕舞扬体贴地说："天气寒，快到热被窝里暖和暖和！"梦依萍乖巧地钻进店后的被窝，燕舞扬万般怜惜地搂着她："不哭，不哭啊。这不见到了吗？"

梦依萍点漆般的双眸微红着，柔声问道："寒假过得怎么样啊？"

"苦不堪言，相思成灾！"燕舞扬叹息着。

看着他略微有些黑的眼圈，梦依萍知道这个她生命中的第一个男人肯定遇见了一些麻烦："你都二十六岁了，没人给你介绍对象？"

"怎么会没有呢，我想想……嗯，大概有七八次吧，都被我一一婉拒，谁让我先遇见你，并喜欢上了你！"

梦依萍相信燕舞扬的话，因为她了解这个男人：诚实守信、忠于言诺、做事踏实，如温润质朴的古玉，散发着稳重的气息。梦依萍感受着来自男子身上散发出来的浓烈气息和温度，一时间痴了，呢喃着："舞扬，你爱我吗？"

"傻瓜，我怎么不爱你呢！"他紧了紧怀中的温软，"如果有一天失去了你，我不知道自己将如何面对另一份情感……"

二人醒来之时，已是深夜。相拥着走在阒无人迹的介水镇街道，浓情蜜意使得他们似乎忘记了碰见熟人的可能，二人来到一家仍在营业的餐馆，可意地享受着美餐和彼此的温情。回去的路上，寂静的夜包围着他们，给清冷的街道和巷子留下了一丝丝温度。路上流淌着他的火热——思念她的好，为她写的诗，相亲的始末……而梦依萍也倾泻着自己的内心——焦灼未来，担心亲情，柔肠百结。

那一夜，他们几乎未再休息，总是不停地诉说着。当得知燕家庄旅游项目已经正式启动，梦依萍兴奋不已，嚷嚷要去看看。完全了解之后，她方才冷静下来：毕竟一切都刚刚起步，诸多事项尚存在不确定性。当然，因燕舞扬之故，该项目她也操了不少心，谁让她爱着他呢？谁让她学的是旅游管理专业呢？

正月十四的晚上，燕舞扬如约到了出租房，取走了自己的被褥，并到河堤见到了梦依萍。夜虽已深，可二人仍有说不完的话。看着圆圆的月亮，燕舞扬看了看自行车上的被褥，灵机一动，便提议："萍儿，我们今晚都不回去了，就在沙滩上度过一晚，反正我们有被褥，你说好不好？"

"好啊！"梦依萍对这个大胆而浪漫的主意赞不绝口。

于是，二人便在沙滩平坦之地铺下被褥。虽已立春，但毕竟尚是初春，旷野中的温度还是很低，两人钻进被窝的时候，还是感觉到了寒冷。

燕舞扬把梦依萍搂在怀中，她的头枕伏在燕舞扬的胸脯上。以天为被，以地为床，明亮的圆月成了高悬的灯烛，与自然融为一体的古典意境闯入了自己的脑海中。

"舞扬，如果真的有那么一天，我离开了你，你会恨我吗？"正沉浸在遥想中的燕舞扬被梦依萍幽幽的声音打断。

"傻瓜，说这个多败兴啊！"燕舞扬略有些埋怨地道。

"不嘛，你回答我啊。"梦依萍嗲声地催道，并用拳头轻擂着他的胸。

"特别不希望这个结果出现！如果真出现，我绝不会怨你，只要是你自己真心的选择，我都会尊重！对了，是不是寒假期间你爸妈对你说了什么啊？"燕舞扬说着便侧过身，扶起梦依萍的俏脸，盯着问。

看着燕舞扬灼灼的目光，她没来由地一阵慌乱，心情沉重地道："嗯，当然是爸妈对我施加了压力，禁止我谈恋爱，所以我们以后见面要更加注意些，争取不要让认识的亲戚、朋友等碰见。"

燕舞扬认真地听着梦依萍凝重而严肃的话语，内心深处涂抹了浓重的担忧，但又不能表现出来，于是故作轻松地安慰道："好好学习，我们共同努力，至于见面问题，我们可以减少次数。"

梦依萍爱惜地抱紧了他。仰望着凝脂似的圆月，二人都默默地听着彼此的心跳，任凭清辉包裹着。薄薄的细霜已经覆盖了草木，一片肃杀而冷冽。近在咫尺的河水无声无息地流淌着，不时有活物从水中跃起，溅落一世界的寂静。沙滩上，偶尔会有动物活动，给宁谧的周围带来些许的生机。或许是这种独特的氛围，激发了年轻人喜欢浪漫的欲望。若干年以后，当燕舞扬回忆和梦依萍一起度过的两年，夜宿沙滩成了他挥之不去的美好。

第十三章　前往燕家

　　"萍儿，五一如何过？"趁店员不在，燕舞扬拉过刚刚走进店里的梦依萍，轻轻地拥在怀里，在她耳边问道。其实，他早已经计划好，准备利用放假时间带着梦依萍去见自己的父母，一方面感觉两人感情很好，想借此来推动着继续往前走，另一方面不想让父母对自己的婚事担心。

　　"反正我父母不在宪城，我也不想回到哺乳期奶味浓重的堂嫂家。姥姥家我昨天中午也去了，看望了一下。只要和你在一起，我哪儿都愿意去！"梦依萍微笑着说。

　　燕舞扬溺爱地亲了亲她的芳泽，温言道："上我家，如何？"

　　梦依萍闻言，身如电击，双手推拒着燕舞扬，美眸异样地看着他："你说什么？到你家去？合适吗？嗯！"

　　"就是到我家啊，有什么不合适的？我早就想好了，只是没有合适时间和机会。"

　　"你应该提前告诉我……"梦依萍埋怨道。

　　看着因紧张而面若粉红色桃花般的梦依萍，燕舞扬用双手紧紧环住她的纤腰，柔声安慰道："丑媳妇终究要见公婆的，更何况你还如此漂亮！有什么好害怕的嘛……正好你也想看看燕家庄在建的旅游项目。"

　　"哎呀，你好坏啊，也不给人家准备时间。你看看我这一身衣服，也没有上妆什么的……"梦依萍忸怩着，捶打着他。

　　"嘿嘿，我看这一身挺好的，素颜朝天反而更真实，我父母就喜欢朴素。择日不如撞日，现在就出发，如何？"

　　"让我再想想……"梦依萍故意带着哭腔，略呈沉思状。少顷，方点点头。见状，燕舞扬方长舒了一口气，赶紧拉起梦依萍便往外走，以防其反悔。

　　待店员来后，燕舞扬稍稍交代后，便和梦依萍朝公交站台走去，边走边说："萍儿，就算是你庆祝我拿到大专文凭了，行不行？"

梦依萍神游物外，恍惚了好一阵，方喃喃道："我就知道你绝对能拿到大专文凭的，不庆祝也罢……"

燕舞扬一听，故意哀号道："啊！这样也行？好吧，那就不庆祝了，但还是得到我家去，呵呵……"

梦依萍不置可否地耸耸肩，伸了伸舌头，做了个鬼脸，让燕舞扬甚为无奈。

坐到公交车上，梦依萍便一反常态，一句话不说，旁边的燕舞扬知趣地没有打扰她。看着车窗外迅疾掠过的初夏风景，梦依萍的心里忽然有些失落。她也闹不明白究竟是怎么回事。按说到燕舞扬的家是她一直期待的事情，可当真的要去了，却又高兴不起来。这时，燕舞扬握住了她的手，感受着来自对方的温暖、关心与呵护，梦依萍多了些勇气和感动，明澈的双眸涌起了一丝水雾。正当沉浸在情绪不能自拔的时候，燕舞扬一声"到了"让她回到了现实。定睛一看，原来正是自己平时坐车路过的公路边。

下了公路，跟着燕舞扬走了约几百米，只见一个院落，前面是一层三间平房，其中一间是院门，东边是厨房，西边是卧室。走进去则是四间起脊砖瓦式正屋，和院门正对的是堂屋，其余三间均为卧室。

"这是我父母。"燕舞扬介绍道。

"伯父、伯母好！"梦依萍礼貌地上前问候。

"嗯，见面就好，欢迎到家做客！"燕舞扬父母应道。

"这是梦依萍，我女朋友。"

"嗯，小梦，来到这里不要拘束，需要什么尽管说。或许有不够周到的地方，请多谅解。"燕舞扬因病而瘦弱的母亲章胜男热情地拉着梦依萍的手，说道。

"嗯。姓梦？哦，来了就好，有需要就说一声。"父亲燕清义脸带沉思，略一迟疑后也颇为高兴地说。燕舞扬也未在意。

看着两张质朴而热情的脸，梦依萍的紧张灰飞烟灭。随后，梦依萍在燕舞扬的带领下参观了房间，最后来到了燕舞扬的卧室。

略微休息一下后，燕舞扬便带着梦依萍到其三哥开的煤球厂，而午餐是在燕舞扬的大哥家，热闹非凡，梦依萍倒不紧张。饭后，燕舞扬兴致勃勃地拉着梦依萍参观了正在建设中的池塘旅游项目，为其讲解目前的规划和未来的发展前景。见燕舞扬满脸对美好未来的渴望与憧憬，听着村民对燕舞扬的夸赞，梦依萍内心充满了自豪和骄傲。

"舞扬，我发现你们家的大致方位和介水高中差不多，也是临近公路，翻越公路后不久就是灌河，是不是？"

"满分！"

回到家，两人仍是卿卿我我，谈不完的话、说不完的事。看见二人如此亲密，而准儿媳又漂亮、大方、懂礼貌，燕舞扬的父母心里很高兴，为此准备了一顿丰盛的晚餐。

餐后，两人又待在燕舞扬卧室里。当燕舞扬出来找水喝的时候，母亲笑眯眯地问儿子："孩子，你准备当小偷啊？"

听到此言，燕舞扬一时没有明白，嘀咕道："妈，小偷？什么小偷啊？我怎么与小偷联系上了？"

母亲意味深长地往燕舞扬的卧室看了看，燕舞扬瞬间明白了。原来母亲指的是自己让梦依萍未婚先孕，便没好气地道："妈，你说什么呢！"

回到卧室，燕舞扬把刚才的事情讲给梦依萍听。梦依萍听完，满面红晕，颇难为情，执意分房休息。不得已，燕舞扬便送她到公路另一边二哥的空房子中住下。

回到家，父母又向燕舞扬了解了一些梦依萍的情况后，便表态说："我们对小梦这孩子很满意，也不相信算命的那一套，你感觉满意就行。而婚姻的事情很重要，不能随便，一切自己做主。"

对父母这种一贯的态度，燕舞扬很是高兴。于是，便告诉父母："我会处理好的，二老尽管放心！"

一夜无话。第二天两人来到了宪城陈新枝的亲戚家玩，路上梦依萍获知自己得到燕舞扬家人的肯定后，心情大为愉悦。看到梦依萍和燕舞扬甜蜜的样子，陈新枝也很是羡慕。燕舞扬试图联系万家好，谁知其竟然出差去了。随后三人在大街小巷中购物，燕舞扬给梦依萍买了项链，虽然不贵，但她很是开心。直到华灯初上，品尝完诸多小吃后，三人方尽兴而归，回到介水。

第十四章　暑假吻别

五月上旬，燕舞扬报了自学考试本科班。一转眼，盛夏"扑通"一声就降临到了宪城。他不仅忙于备考，照料生意，还经常回家以督查池塘旅游项目的进度与质量。

为了解情况，梦依萍的养父母于上半年回宪城一次，并到梦依萍的堂哥家具体看了看，倒也没发现问题；后又拜访了梦依萍表叔——体育老师姚全。姚全把梦依萍夸奖一番，并直接否认了梦依萍谈恋爱的可能性。

得知养父母为自己的事回宪城后，梦依萍内心有些自责：自己长了这么大，不仅未能帮助他们，替他们分忧解愁，反而给他们带来诸多的麻烦，养大于生，这恩情自己一生难以回报；自己已经二十岁了，但爸妈还不放心，把自己当成一个还未成年的孩子，一点面子也没有。一瞬间，年轻人的叛逆和血气喷涌而出，就想逆父母期望而去做一些自己认为正确的事情，以此来证明自己的成熟。谈恋爱怎么了？难道还要回到媒妁之言的旧社会，听凭他们给自己找对象？遇到真爱，难道就不能去主动追求，而白白错失机会？学习和爱情就不能双丰收吗……林林总总的念头纷至沓来，梦依萍头痛欲裂。

六月的宪城已是炽热一片，躺在床上，梦依萍感觉烦躁难耐，恹恹欲睡，可翻来覆去就是睡不着，脑海中全是和燕舞扬在一起的场景，而身体犹如在火炉中一般。下午，梦依萍请假在姥姥家休息，昏昏沉沉的，特别希望燕舞扬在自己的身边嘘寒问暖，能给自己安慰，逗自己开心，可她也知道这是不可能的，但就是想着他。

一连几天未见到梦依萍，燕舞扬心里空落落的。当曲折地获知梦依萍生病后，他心急如焚，只能从梦依萍的室友处了解了一些情况。知道不是很严重后，方放下心来，但内心还是很焦虑，燕舞扬开始失眠。

几天后，梦依萍终于出现在店里，一眼瞥见自己熟悉的俏丽身影，燕舞扬紧绷着的心终于放了下来。双目相对的一刹那，梦依萍略含幽怨又渴盼的目光让燕舞扬很是愧疚。

“听说你病了，没法去看你，很抱歉！今天感觉如何？”燕舞扬边为顾客拿着货物，边问道。

“嗯。只是发烧而已，也没什么。”梦依萍故作轻松地回答道，可燕舞扬敏锐地发现她的一丝不满，心中颇有些忐忑，可又不能说出。

看着憔悴不堪的梦依萍，他心中很是不解：仅仅发烧而已，就能使得其这样？或许还有其他事情在困扰着她吧。待顾客与店员一离开，两人便张开双臂紧紧地拥抱在一起，梦依萍轻轻地啜泣着。燕舞扬万分痛惜地轻拍着梦依萍瘦弱而挺直的背，安抚着。过了许久，梦依萍方才平息委屈而激动的心情，把爸妈对自己的调查、自己生病和对舞扬的思念一一讲述了出来。

看着梦依萍瘦削的脸颊，他满含爱意地吻了吻她，在她耳边说：“萍儿，你受苦了！在你生病的时候，我不能在第一时间照顾你，内心很难受……”

梦依萍轻轻挣脱了他的怀抱，伸出双手，捧着燕舞扬的脸，用仍然潮湿且红润的双眸盯着他：“不要自责，我能理解，你如此做也是我们的约定。我主要还是担心爸妈……”

燕舞扬用嘴唇堵上了梦依萍，热吻之后，方才说道：“只要你愿意，我们会有机会在一起的。怕只怕你会先离开我……”

“不会的，我不会的！”梦依萍颤抖着。

“好了，不说这个了。你好好休息，等身体好了，多投入些时间在学习上。周末见不见面了？”他赶紧转移话题。

“那还用说嘛……”梦依萍故作生气地噘着嘴，斜着美目看着他。

周日下午，梦依萍到堂兄处取些东西，被正给孩子喂奶的堂嫂叫住：“红丽，你妈让你有空给她打个电话。”

“嗯，我知道了。谢谢嫂子，再见！”

看着身材窈窕、发育良好的梦依萍匆匆忙忙离开的背影，堂嫂感觉梦依萍有心事，且和去年不太一样。而梦依萍一路上则寻思着妈妈让自己给她打电话的原因。下午六点，梦依萍来到电话亭，拨通了家中的电话：“喂，妈，我是红丽。”

“哦，红丽啊，你在学校还好吧？”

“挺好的，妈。”

“嗯，你什么时候放假啊？”

"问这个干吗，一放假就回去了……"

"放假时间是不是还没确定啊？"

"让我想想……大概在七月二十号。"

"哦，一放假就回来啊，不要在外贪玩。另外，注意身体和安全！"

"知道了，妈。我已经成人了，你就放心吧。没事的话，我就挂了。"

"好吧，再见！"

挂完电话，梦依萍长出了一口气，毕竟妈没问感情上的事。可一想到自己把暑假时间延长了十天，心中还是有些担心。转念又一想：既然事已至此，担心何益？也就不再放于心上。而梦依萍怎么也不会想到，正是因为这件延长了十天的小事而改变了自己的人生走向，改变了自己的婚姻，毁掉了自己和燕舞扬厮守一生的诺言。如果能预料，梦依萍无论如何也不会这样做。许多年以后，哪怕是结了婚，梦依萍每每想到这件事情，内心就后悔不已。

张瑛刚放下电话，便立即给姚全打了个电话。一经比对，梦依萍母亲便发现红丽撒了谎，而原因不言自明。晚上，和丈夫一合计，决定在梦依萍放假前一天，夫妻俩一起回宪城。

在紧张的备考中，燕舞扬和梦依萍仅仅在周末出来约会，过夜的地方有时在介水镇的旅馆，更多是在店里。

当期末的最后一天下午全部考完，正准备到同学家玩的路上，梦依萍意外地碰见了妈妈。她知道事情不妙，但已避无可避，又担心和燕舞扬的约会泡汤，内心颇为惶恐。跟着妈妈来到堂哥家，竟然又看见了父亲，梦依萍的心猛地悬到了嗓子眼。一见到梦依萍，梦盘如的脸便沉了下来："现在和你妈一块儿到学校去把你的书本、学习资料等收拾好，明天回武汉。"

"爸……"梦依萍嗫嚅道。

尚未说完，便被威严的父亲断喝："不要多说了，你的事情你自己最清楚，回武汉再说。"

看着父亲，梦依萍估计自己和燕舞扬的事情，爸妈可能或多或少了解了一些，所以就不再争辩，便和妈妈一块儿往学校走去。一路上，梦依萍盘算着如何通知燕舞扬。经过燕舞扬的店铺时，她没有见到自己朝思暮想的那个人。

到了学校后，妈妈便帮着梦依萍收拾，而梦依萍则偷偷溜到学校门卫室，给燕舞扬打了一个电话。梦依萍言简意赅地交代几句后，便痛哭流涕地挂了电话。

第二天一大早，梦依萍和父母便坐上宪城直通武汉的大巴车。

第十五章　武汉再见

回来的路上，爸妈未和梦依萍说一句话，而梦依萍也不愿去搭理他们，心中怨气冲天："有什么大不了的事情，非心急火燎地把我往武汉带，我都这么大了！唉……也不知舞扬如何了？"一想到他，梦依萍的心就融化了，脑海中一幕幕出现的全是和燕舞扬在一起的欢乐时光，不知不觉间就到了武汉蔡家甸。直到母亲一声："死妮子，还不下车！"方才把她从呆愣中叫醒，她怏怏地跟在父母身后，仍赌气不和他们说一句话，自顾自地走着。

因为坐的是早班车，一家人到家的时候正好是中午，妈妈忙着做饭，爸爸看着电视，而梦依萍则把自己关在房间里。直到妈妈喊吃饭，乱发蓬松的梦依萍方不情不愿地出来。看到女儿的样子，一顿饭夫妻俩一句话也没说。梦依萍草草吃了几口，便站起来，想回自己的卧室，却被父亲叫住了："你别急着走，坐下，有些事情我要问问你。"

梦依萍看着父亲因喝酒而有些微红的脸，心中渐渐升起了些许不安，便依言坐下，眼睛也不敢看向他。梦盘如又喝了一杯，然后用一种低沉的声音问道："和你谈恋爱的那个人家境如何？"

梦依萍知道事情不妙。父亲没问自己的学习情况，也没提自己撒谎欺骗他的事，却直接问这个，说明父母已经掌握了些自己和燕舞扬交往的事情，可该怎么回答呢？她开始迅速地想着种种应对之策。如果不承认和燕舞扬的恋情，用谎言掩盖谎言，非常不妥，而父母也肯定不信，同时会深深地伤害父母；如果承认，则这份感情的前途不知将走向何方。然自己和燕舞扬一见钟情，和他在一起很快乐、很幸福，如果面对真爱，自己都不去据理力争，又怎么证明自己的成熟和勇气？父母背着自己，去找亲戚、老师、同学，问东问西，打听自己，想到这里，梦依萍便很生气："爸，妈，我已经成人了！我的事我自己知道该如何面对，你们不要瞎操心，更不要到处打听，我很没面子的！"

妈妈一听，便赶紧拉住女儿："红丽，你这孩子，怎么和你爸说话的呢？"又回头对着丈夫使个眼色，然后说："她爸，有话慢慢说，不要和小孩子一般见识。"

梦盘如一听女儿的话，便气不打一处来："把你从六岁养到现在，十多年已经过去了，虽不是你生父，但即使是生父也不会比我做得更好，现在倒好，我竟然是在瞎操心！"越想越生气，就拿过酒瓶，一仰脖子，"咕嘟，咕嘟……"一会儿便把剩下的酒全部喝了下去。

看父亲喘着粗气，胸脯一起一伏，红着眼，瞪着自己，梦依萍吓得手足无措，脸色煞白，印象中的父亲从来都没有这样过。恐惧中她紧紧地拉着妈妈的手，似乎只有如此才能得到庇护，找到安全。

"回答我刚才的问题！"父亲朝梦依萍大声嚷着。

妈妈摇了摇梦依萍的手，用期待的眼神看着她。

"我……他……他家是……是农村的……家境……家境不是很好……我……"梦依萍期期艾艾地说道。

"兄妹几个？"

"兄弟四个，姐妹两个，他最小。"

"这个先不说了。你不要忘了，你还是个学生，你的任务就是学习。可你倒好，去谈恋爱了，这就是你说的长大了？长大意味着懂事，意味着成熟，而你呢？"

"从小到大，我一直听你们的，我现在已经读大学了，我想自己做主……"

"你做主！做什么主？你还想继续去谈恋爱？见鬼去吧！没有经济条件，怎么生活，怎么养活你，怎么给你幸福！"

"他会赚钱，生意也做得并不比你们差，大不了以后我和他一起做生意，我们不怕……"

"砰"的一声，父亲用手掌狠狠地拍了一下桌子，圆瞪着双眼，颤抖地指着女儿，吼叫着："好！我倒看看，你怕不怕！从现在开始，你不要从家里拿一分钱，我看你怎么活！另外，你爷爷和姓燕的爷爷是仇人，你知道不知道？"

看着生气中的父亲，听着无情无义的话，梦依萍感觉很陌生，也很绝望，尤其是"仇人"两个字更是让她难以索解。虽是盛夏，但身体簌簌发抖，似置身在冰窟中，眼泪喷涌而出，她甩开妈妈的手，冲向卧室，从里面反锁之后，便倒在床上，失声痛哭起来。

见此情景，妈妈也无声地流下眼泪，自责、愧疚如毒蛇一般噬啮着自己的心。而梦盘如则失神地站着，怔怔地看着梦依萍的卧室，紧紧地攥着拳头，鼻息粗重。炽热的空气似乎能燃烧，电扇无精打采地转着，不时地发出一些"吱吱呀呀"的声音，屋里安静极了。

而宪城的燕舞扬正在店里忙中偷闲地阅读着《萨特传》，被其中的一段话深深地吸引了："希望，每个人都怀抱着希望而生活。……希望乃是人成为人的一个重要因素，是人的组成部分，人们总是为自己的未来制定一个理想的目标，而在实现这一目标的实际生活中，就包含着希望。"合上书，他凝视着虚空，想着自己的未来，想着梦依萍临走前给自己的电话，自言自语道："萍儿，我会好好努力的！努力赚钱，努力自学，经营好燕家庄的旅游。只要你不离开我，我们的未来充满了希望，我们的明天会一片光明！"

自了解"有求必应杂货店"大赚抗洪物资钱后，镇上的其他店铺今夏跟风进货，而燕舞扬则按兵不动，并利用自身积淀的人脉，另辟门店，增加了其他货品。八月初以来，燕舞扬一直关注着武汉，牵挂着梦依萍，因为全国性洪水信息铺天盖地，而武汉正是抗洪前线，收看电视新闻成了每日必修课。刚刚打开店里面的电视，中央新闻台便播发着如下信息："……今年长江洪水是继1931年和1954年两次洪水后，20世纪发生的又一次全流域型的特大洪水之一；嫩江、松花江洪水同样是150年来最严重的全流域特大洪水……"紧张的心绪不曾消除，他继续看下去："据初步统计，目前包括受灾最重的江西、湖南、湖北、黑龙江4省，全国共有29个省（区、市）遭受了不同程度的洪涝灾害，受灾面积3.18亿亩，成灾面积1.96亿亩，受灾人口2.23亿人，死亡4150人，倒塌房屋685万间，直接经济损失达1660亿元……"天啊，损失惨重啊，武汉怎么样了？

"……七月下旬以来，受长江上游干流连续七次洪峰及中游支流汇流叠加影响，大通站流量八月二日最大达82300立方米/秒，仅次于1954年洪峰流量，为历史第二位。南京站七月二十九日出现最高潮位10.14米，居历史第二位，在10.0米以上持续十七天之久……"

唉，洪水、猛兽都可怕，天灾、人祸不可免呐。依萍，你在武汉还好吗？燕舞扬此时的内心也如这场洪水一样，奔腾汹涌，一刻也不停歇，肆意地奔淌在脑海中，破坏着他的睡眠、情绪和理性。

细心的母亲发现了偶尔回家的燕舞扬的异常："儿子，你心中有什么事吗？一天到晚，走不安，坐不宁的。是不是和小梦闹别扭了？如果是真的，就迁就一下她，看她长得那么好看，又细皮嫩肉的，家境应该不错，你要好好待她……"

"好了，妈。我的事我自己会处理好的，就不劳您费心了！您忙您自己的事情去吧，就让我安静一下，行不行？"他无奈地劝说着。妈妈微微点点头，转身离去。

九月一日是大三开学报到的日子。当辗转获知梦依萍没有来报道时，他知道这份感情正面临着考验。又过了一个星期，仍未见梦依萍的身影。在焦灼的等待中，燕舞扬开始思考下一步的行动：如果自己继续这样枯等下去，而任由梦依萍孤军作战，自己于心不忍，毕竟真爱着梦依萍，且是把她当作未来的新娘、一生的伴侣来看待，这也是当初自己和她进一步交往的出发点。而两人的感情状况，梦依萍的家人有权利了解。再者，自己满脑子对梦依萍的牵挂和思念，白天总是魂不守舍，做事也不能集中注意力，晚上又睡不着，想的也是梦依萍。长此以往，自己终究会垮掉。如果不这样，那就得行动。但如何行动才能达到最好的效果，从而说服梦依萍家人，同意两人继续交往呢？一种是传统方式，即托梦依萍家的熟人前去说媒。这种方式既可以利用熟人身份，适当施加些压力，使得梦依萍家不宜直接拒绝，又可以使事情有些转圜之处，还可以不直面梦依萍家人，避免矛盾激化。可是上哪找这样的熟人呢？姑父一家和自己都不是介水镇人，不认识梦依萍的亲戚朋友。本来可以从梦依萍那儿了解，可从放假到现在，电话一直忙音，或者干脆没人接，或者接了之后一声不吭，根本联系不上梦依萍。另一种则是自己直接去武汉了，破釜沉舟，赤膊上阵，可能满载而归，也可能一无所获，而后者的可能性更大。然自己有选择的余地吗？

理清思路之后，他便开始行动，每日至少往梦依萍的家中打三次电话，精诚所至，终于在九月二十一日打通了，接电话的仍然是张瑛："喂，你是哪位啊？"

"阿姨好！我是燕舞扬，梦依萍在家吗？"

"她不在家，有事吗？"

"嗯，我明天上午从宪城坐车，估计下午能到您家，请您转告她一下，谢谢！"还没等梦依萍妈妈反应过来，燕舞扬便立即挂了电话。挂完电话，他心里很难受，因为他知道：梦依萍今天又会遭受非难和诘问。可他有什么办法呢？

第二天一大早，燕舞扬便带着简单的行李上路了。天有些灰暗，一丝风也没有。虽然太阳尚未出现，但威力已经能提前感知。早起的人们三三两两地出现，燕舞扬感觉颇有些悲壮的意味。梦依萍，你还好吗？我也不知道这样做是对，还是错。如果老天真的存在，你就在路上告知我，好不？

当一路颠簸到达沌口汽车站时，已十一点多，燕舞扬便打听晨鸣纸业所在地，路人告知晨鸣纸业在武汉有好几处。他一听就知道有些麻烦，于是便继续问蔡家甸附近的晨鸣纸业，问了好几个人，方才明白走错了地方：跑到江对岸了。不得已又坐车赶往蔡家甸，直到下午两点多，几经曲折，终于找到晨鸣纸业，他便在附近给梦依萍家打了一个电话。这次接电话的是梦依萍："你急死我了，怎么到现在才给我电话啊？"

"不好意思啊，走错路了，见面再聊。"燕舞扬连忙安慰。

不一会儿，梦依萍匆匆赶来，不顾众多行人，两人便拥抱在了一起，四目相对，眼睛里都有着雾气升起，千言万语涌在嘴边。燕舞扬为梦依萍揩去眼泪，亲昵地揉了揉她左唇上的黑痣。稍微平静下来的梦依萍，发现路边的行人都在朝着他们行注目礼，连忙松开燕舞扬，领着他往家走去。一路上，两人互诉相思之苦。当获悉梦依萍爸妈的态度时，燕舞扬的心不由得沉了下去，但转而一想：既然来了，彼此见个面，和其父母谈谈，沟通沟通，努力一下也不枉来此一趟。

顺着一条有着遮天蔽日行道树的柏油路面下行，再拐一条小道，便来到一个居民区。居民区入口处是一排不太高的楼房，穿过后便能见到若干排平房和院落，而梦依萍家便租住其间。进入有些花草的院落，落入眼帘的是四间房子，时间的痕迹很重。进门是个客厅，角落处堆放着一些货物，左边是厨房、洗漱间，右边是三间卧室。公共通道靠前墙，典型的苏式建筑。

"这是妈。妈，他就是燕舞扬。"梦依萍介绍着。

"阿姨好！"燕舞扬连忙问候，仔细打量着梦依萍妈：个头不足一米六，微胖，短发，略黑。见到燕舞扬，张瑛礼貌性地点点头，不咸不淡地说："来了？坐，红丽给倒杯茶。"便扭头继续手中的活。

梦依萍有些尴尬，而燕舞扬也拘谨地坐下。一想到梦依萍父母持反对态度，燕舞扬突然感觉武汉的天好热，心紧紧地纠结在一起，喉咙发干，虽不停地喝着茶水，也不能缓解。

"该怎么办才能让梦依萍父母同意呢？"这个问题不时地出现在他的脑海中，如飓风一般肆虐着。

梦依萍母亲暗暗地观察、思考着：个子不高，其貌不扬，家境不好，兄妹众多，虽然有份临时工作，但收入不稳，怎么能配得上红丽？红丽这孩子眼光太差了，难道他是利用红丽不懂事而骗了她，就如电话中骗自己一样？

"你多大了？属相是什么？"张瑛冷不丁地问了一句，激得燕舞扬打了个寒战。

燕舞扬道："二十七，属虎。"

若干年后，每当燕舞扬和梦依萍想到这个问题时，都很后悔。因为年轻，故没有从母亲的问话中嗅出一丝希望——既然问了属相，不论双方的生辰八字合不合，至少已经认可了二人的事情。

夜幕降临，梦依萍的父亲和梦依萍的堂哥拉着货从市场摊位回来了。在看似简单而周到的问候与交流中，敏感细心的燕舞扬感受到了排斥和冷落。但他并没有放在心上，毕竟是自己干扰了别人，虽然和梦依萍已不分彼此，只要同意和梦依萍相处，受再大的委屈都是值得的。

晚餐时，燕舞扬边吃饭边小心地回答着梦依萍父母一个接一个的问题，而梦依萍也紧张地观察着、听着。吃完饭，燕舞扬方才和梦依萍一起收拾着碗筷，而父亲和堂哥下起象棋。

瞅着一个机会，燕舞扬鼓足勇气走向张瑛身边："阿姨，为了联系梦依萍，我向您撒了谎，向您说声对不起。另外，我对梦依萍是真心的，请您同意我和梦依萍继续相处。我的家境不是很好，我的收入也不多，但我不会让梦依萍受苦，一切都会改变，请您相信我，给我一个机会！"

梦依萍妈妈耐心地听着，随后说："红丽这孩子的事，也不是我们全部做主。你明天暂时不走。"

"好的，我听阿姨的！"

因为家人有意安排，直到晚上休息，燕舞扬也没有找到和梦依萍单独相处和说话的机会。整个晚上，燕舞扬一直忐忑不安，思考着明天该怎么办，梦依萍妈妈让自己留下来又是什么意思。

关上房门，梦依萍父母商量后，觉得事关红丽婚姻大事，便给红丽的亲生父母打了个电话，让其找算命先生把梦依萍和燕舞扬的生辰八字合一合，并赶到武汉来见一见燕舞扬。

第二天早上，梦依萍妈妈到菜场前交代梦依萍和燕舞扬：不能出门，以防被邻居看见。而梦依萍父亲和堂哥则早早拉着货到市场摊位去了。当家中只剩下他们两个的时候，两人便紧紧地拥抱在一起，又互诉衷肠……每一件都让燕舞扬提心吊胆，尤其是爷爷辈竟然是仇人，让他大为震惊！搂着消瘦了许多的梦依萍，燕舞扬心如刀割地道："遵从你的内心，你自己来选择。如果你选择了我，那是我一辈子的幸运！如果你放弃了我，我也不会埋怨你，因为我爱你！爱你，就不会勉强你，我会始终尊重你……"

梦依萍听到这里，再也忍不住，回身抱住燕舞扬，号啕大哭。而燕舞扬一想到可能会失去梦依萍，一时悲不自胜，竟泪如雨下，正所谓"男儿有泪不轻弹，只是未到伤心处"。

当张瑛回到家时，二人正忙着洗菜、切菜，准备着中餐，她脸上露出了一丝不易察觉的满意，可燕、梦二人并没有发现。下午四时，梦依萍的亲生父母仁多学、艾青秀来了，先后与张瑛、燕舞扬聊了聊天，接着就前往梦盘如所在的市场档口。一路上，三人商量后决定：如果梦依萍死命不肯回头，八字不合，婚姻不幸，即使是仇人之孙，那也是她自己的命；倘若工作能做通，梦依萍同意和燕舞扬分手，家人自然高兴，但不能再读书，并得赶快给她张罗婚事，嫁出去算了，以免夜长梦多。

晚餐后，梦盘如便问燕舞扬："对于你和红丽的事情，你如何打算？"

燕舞扬便道："叔叔、阿姨，我是真心喜欢梦依萍的，这一点，梦依萍知道。就我个人而言，我不会放弃。至于梦依萍的态度，我尊重她的选择！在这几天，麻烦您了！明天我就会回宪城，我等消息。再次感谢！"说到最后，燕舞扬有些哽咽。

一夜无话。第二天，燕舞扬吃罢早饭，便与梦依萍及其家人告别，而梦依萍并未获准前去送行。燕舞扬独自一个人黯然离开了武汉。

第十六章　悲伤煎熬

从武汉回去后的燕舞扬并未到介水镇，而是心力交瘁地回了家，在床上一躺就是三天，母亲拖着病恹恹的身体默默地悉心照顾，她知道儿子遇到了人生的一个坎。

躺在床上，燕舞扬无时无刻不在想着梦依萍，可又感觉自己很无用，不禁悲从中来。不错，家境是差些，但自己能选择吗？个头和长相无法由自己做主，能有何办法？唯一能改变的是自己的收入、地位和前途，可是自己最爱的女人正在失去，即使现在拥有了这一切又将如何？燕舞扬突然万念俱灰，颓废至极。

第二天黄昏，燕母正忙于张罗晚饭。"嘎嘎"的院门声传入卧房，独有的咳嗽响起，燕舞扬知道忙于村务的父亲回了家。

"听说舞扬回来了，他在哪？"父亲关心地问。

母亲指了指燕舞扬的卧房。

父亲敲了敲门："开门，和你讲件事。"

燕舞扬无奈打开门。

父亲一进门就坐在唯一的一张椅子上，点上烟，深深地抽了一口后，看了看面色苍白他，便指着床，"你坐下，我想问问小梦这孩子的一些情况。"

燕舞扬依言坐到床上。

"小梦是不是介水镇的人？"

"是的。"

"他爷爷是不是叫梦富贵？一个做生意的？"

"嗯。"

"这就对了。和她交往，你还是谨慎些。"

"爹，你这是什么意思？"燕舞扬不解地问道。

"因为你爷爷和梦富贵是仇人。"燕清义不紧不慢地说道。

"怎么回事？两家距离如此远，怎么可能结仇？"

"这件事已过去了几十年，但老辈人都记得。1942年，做生意的梦富贵路过燕家庄的时候，看上了池塘边的一块地，打算出巨资买下来，可是你爷爷坚决不同意，因为那块地里有燕家祖坟。为此，梦富贵找到了当时的村公所，贿赂了当时的主任后，强行买走了那块地，故激起了燕家人的不满，两个家族不断地发生械斗，双方各有伤亡。你三伯父腿瘸也是因为这个。直至新中国成立后土地收归国有，那块地方回到燕家人的手里。大致情况就是这样。"

看着父亲紧皱的眉头，听着表面平淡实则血腥的往事，燕舞扬的身体微微颤抖着，喃喃道："爹，孩儿以前也听说过，但不很清楚，总感觉与自己没有很大关系，何况也从来没见过任何梦家人……更何况……我女朋友……梦依萍她本不姓梦，而是姓仁，因过继给姨夫而改的姓……"

"这样也好，至少不会去直接面对这个事情。但是家族之恨也不是那么轻易就会消失的，如果你爷爷、叔伯知道了你交往的是仇家后代，他们心中会想些什么？你又该如何面对？"燕舞扬瞬间满身冷汗，一句话也说不出。

"你女朋友养父的脸上是不是有条长长的疤痕？那就是你二伯父留下的。"

"啊！"燕舞扬睁大双眼，失声惊呼。一刹那，豆大的汗珠布满了他的脸颊。父亲后来讲了些什么，他一句也没听清；何时离开自己的卧室，他一概不清楚，只喃喃不停地说着："这如何是好？"

接着的几天，燕舞扬开始不停地喝酒，父母也未劝阻。昏昏然中，他想：酒真是个好东西，不然从古至今煌煌载于典籍者为何如此之多？远如《诗经·七月》："七月获稻，为此春酒。"魏晋曹操之《短歌行》："对酒当歌，人生几何？""何以解忧？唯有杜康。"竹林七贤之刘伶《酒德颂》："止则操卮执觚，动则挈榼提壶，唯酒是务，焉知其余？"而李白的《将进酒》更是传唱千古："人生得意须尽欢，莫使金樽空对月。天生我材必有用，千金散尽还复来。……五花马，千金裘，呼儿将出换美酒，与尔同销万古愁。"甚至一介女流李清照也是"浓睡不消残酒"，而"三杯两盏淡酒，怎敌他晚来风急"？鼎鼎大名的李时珍也夸酒："酒，天之美禄也。曲之酒，少饮则和血行气，壮神御寒，消愁遣兴；痛饮则伤神耗血，损胃亡精，生痰动火。"既如此，何不痛快畅饮！喝着喝着，燕舞扬却热泪滚滚，泣不成声。二十七年总共流下的泪，也不及今天。

表哥已经托人带话，让燕舞扬到介水镇店里。然燕舞扬几天来总是躺在被窝里，饮食俱废，要么偷偷喝酒，要么一根接一根地抽烟，可把母亲愁坏了："梦依萍啊，你在哪呢？你能来看看舞扬吗？来看看他多喜欢你，来看看离开你后他都成了什么样子了！这孩子以前多懂事，多明事理啊，可是现在怎么就拐不了弯呢？再难也要挺过去啊！"

母亲沉思了会儿，方轻轻地敲了敲门，见没有反应，又重重地敲了几下，良久才传出一句有气无力的问话："谁啊？"

母亲不无痛惜地说道："孩子，你不打算到介水镇去了吗？"

"哦，妈，我知道了。"一阵窸窣后，燕舞扬开了门。一眼瞧去，只见儿子苍白憔悴的脸上犹带泪痕，头发蓬乱如猬，本有些近视的眼睛深深地凹陷下去，嘴唇干裂粗糙，胡子拉碴。母亲也忍不住流下泪，安慰道："儿子，不要苦了自己，凡事想开点……"

燕舞扬点了点头，简单梳洗后，就头昏脑涨地赶往介水镇。天气有些阴冷，昏黄的天底下不见一丝活气，人们面无表情地匆匆来往着。他感觉腿有些飘，而不重的背包似乎要将自己压垮，头痛欲裂，便靠在一棵树上稳了稳，随后就到一个没有熟人的地方等着公交。

　　不知为何，今天的公交也为难自己似的，左等右等就是不见踪影，燕舞扬不禁有些气恼。好不容易等到一辆，一上车，发现人满为患，不由得叹了一口气。摇摇晃晃中，终于到了介水镇，进入"有求必应杂货店"，店员一看，惊诧不已："燕哥，你怎么了？"燕舞扬摇头苦笑，一进卧室，燕舞扬便浑身无力地躺倒床上，大口大口地喘着气。

　　突然，床上滑落一张自己和梦依萍的合照，燕舞扬如遭雷击，失神地盯着温柔如水而又巧笑嫣然的梦依萍，照相时的一幕幕来回闪现在他的脑海中。钻进曾经和梦依萍一起待过的被窝，燕舞扬既幸福又痛苦。躺了一段时间之后，想到生意要做，生活还要继续，做事认真的燕舞扬感觉自己得及时调整心态，需要尽快从思恋梦依萍的恍惚中走出来。此后几年，燕舞扬喜好喝酒且酒量不错便远近闻名，没人知道燕舞扬之所以如此的真正原因。后来，他写成了一首诗歌，名之曰《醉》，其辞曰：

> 小醉易微醺，月下独酌卿。
> 大醉多伤身，何必频捧樽？
> 感君殇之心，内心焦如砧。
> 良宵应做伴，奈何异地分？

　　在熟人眼中，清醒后的燕舞扬还如以前一样：为人低调谦和，做事扎实周全，业务娴熟全面，待人得体恰当。可他自己明白：那是洪水过后的荒芜和冰冷，那是疫情之后的无奈与痛楚，那是撕心裂肺后的疤痕与遮掩。

　　打理生意之余，燕舞扬利用闲暇时间常常独自一人游荡于河堤、沙滩、护林房、出租屋……那都是和梦依萍曾经一起待过的地方。萧萧的秋风中，他瘦弱单薄的身影常常一待就是半天，长吁短叹中满是惆怅、失落和颓丧。他常常想：梦依萍在身边多好，至少可以安慰自己，温柔地靠着自己。滚滚红尘中，物质财富在爱情和婚姻中真的那么重要吗？不如此，为何梦依萍父母不同意自己和梦依萍共度一生呢？难道是因为我家世的贫穷，还是因为我是仇人之孙？世间确实有爱美人不爱江山的男人，女人呢？

　　看着燕舞扬一人离开武汉，留下了一道落寞的背影，梦依萍满心不舍，眼中满含泪水，而亲生和养父母都装作没看见，任由她独自伤心。

见梦依萍进了卧室，四个人便小声地商量起梦依萍以后的学业和婚姻，最后他们达成一致意见：不再让梦依萍上学，也不准回宪城，先在武汉待着；物色家境条件不错的青年人过来，暗中观察梦依萍反应，能互相认可更好，不认可也不勉强。

亲生父母于第二天便匆匆回了宪城，而养父母则忙着自己的生意，偌大的房子静悄悄的，日子似乎又回到了正常轨道。待在家中的梦依萍满脑子都是和燕舞扬的过往，曾经俏丽的脸变得凄苦、苍白并日渐瘦削。她在等待，等待着一个答案。

又一个失眠夜，天终于亮了。父母早已到生意档口去了。哈欠连天的梦依萍看着镜中的自己：曾经乌黑的秀发毫无光泽，眼睛大而无神，苍白的脸色到处是水红色的泡泡，嘴唇裂纹纵横。她也没有收拾的心情，看了看时间，已经九点半，周二，舞扬应该在店里吧。他离开武汉已经二十七天又一十三分一十四秒，不知过得怎么样。这个狠心的家伙竟然连一个电话都不来！你到底在想什么？不错，爸妈当初嫌弃你，说你是仇人之孙，家穷，可我没有啊！我把自己的一切都给了你，难道你还怀疑我对你的情感吗？自从你离开武汉，我一直在等你的电话，等你告诉我：回到你身边。如果你能来个电话，同意我们继续交往，我会立即回宪城，回到你的身边，和你牵手一辈子，哪怕再苦再累，我也心甘情愿！可是如此漫长的时间过去了，竟是杳无音信！

舞扬，你可知道，我已经和妈妈说了：我们是真爱，我们已经同居，我真的真的很想你！而妈妈也同意我和你继续交往，但妈妈也让我不主动告诉你，她说如果你在乎我，爱我，你会再次到武汉来找我，再次主动打电话给我。我认为妈妈说得有道理，就一直等。可是过去了这么长时间了，你为何还不出现，还不给我打电话？你不爱我了吗？想到伤心处，梦依萍涕泪横流，不停地啜泣，刀绞般的疼痛弥漫周身。罢了，下午我就给你打电话，探探你的口风，梦依萍实在忍受不了思恋燕舞扬的折磨，便下定了决心。

"喂，您好！能麻烦您帮我找一下'有求必应杂货店'的燕舞扬吗？"下午三点，梦依萍拨通了燕舞扬所在店铺的电话。

"好的，你先等等，我去找找。"

"嗯。"

通过听筒，梦依萍能清晰地听见高声喊着燕舞扬，有人回答说不在。挂掉电话，她的眼泪又不争气地掉落下来。

似乎在印证妈妈的话，燕舞扬一直未来电话，更没到武汉找自己。而梦依萍若干次主动打电话找燕舞扬，要么考试，要么进货，要么不在，总之就是联系不上。

　　女孩子应有的矜持和对爱情的幻想，在一次次尝试中慢慢变得粗粝起来，但梦依萍始终没有放弃。这年年底，梦依萍背着父母偷偷回宪城一趟。一到介水镇，梦依萍便出奇顺利地联系上了燕舞扬。

　　梦依萍早早来到约好的地方，那是他们曾经无数次见面的地点。虽已十二月，但那天的温度异常高。灌河就在眼前，浅浅的河水悄无声息地流淌着，梦依萍仿佛又看见那河里曾经有两个互相深爱着的人在追打嬉戏，换穿着衣服，湿淋淋的，但又欢声笑语；似乎能清晰地发现和燕舞扬一次次河边的牵手，密密麻麻的脚印蜿蜒交织；而远处的平坦处是他们曾经夜宿之地……

　　游荡在一处处洒下欢歌笑语的地方，梦依萍高兴又惆怅。时间一分一秒地流逝，梦依萍似乎有些紧张，柔肠百转，自言自语地说道："我是直接告诉他事情原委，倾诉自己的思念之苦，还是委婉地提示他去领悟我的一腔真情？"

　　一抬头，梦依萍看见燕舞扬终于来了！她略含怨艾的心"怦怦"乱跳，从未有过的激动混杂着紧张，静静地等待着他到自己身边。四目相对，两人默默无语，迟疑之后，燕舞扬无言地抱住了她。

　　"何时回来的？"燕舞扬一句平淡的问候，使得梦依萍颇为意外。

　　"回来几天啦。"女性的矜持有意无意地遮掩着自己真实的想法。

　　"过得还好吧？"燕舞扬的关心中带了温度，梦依萍的心有些期盼。

　　"你以为呢？"梦依萍俏眉一轩，暗含怒气地诘问。

　　燕舞扬哑口无言，心中回想着对梦依萍思念的痛苦，可一想到看不起自己的梦依萍父母、梦盘如赤裸裸充满威胁的警告和至今未解的仇人之孙，他的心又钻进了自筑的冰冷。梦依萍看着陷入沉思的他，心中忐忑不安："有人给你介绍对象吗？"

　　"有啊！你呢？"可怜的自尊心，苍白无力的询问，坚实无情地自我包裹。

　　"我和你讲的那家，向我们家催着订婚呢。"梦依萍如实回答。

　　梦依萍心道：傻瓜，我在挽留你，给你最后的机会，你打算放弃我了吗？你要知道这一次回来可是我求妈放我回来见你的，而你却对我不冷不热。

　　"那感情好！他们都安排好了，你还找我干什么？"燕舞扬冰冷至极的话语，将梦依萍的一腔希望完全熄灭。

　　"你何时走？"

"过两天就走。"

"回武汉吗？"

"不想回去，想到北京同学那儿玩玩。"

"然后呢？"

"再回武汉。"

"……"

燕舞扬多么希望最后一句是"拒绝冯家的求婚，再回到你身边"。可是他煎熬悲伤之后，等来的却是梦依萍轻松写意地走亲串友，再回想到梦依萍爸爸的所作所为，一瞬间，愤怒的飓风毁灭了燕舞扬的冷静和理智。当梦依萍开口向他找 100 元路费的时候，燕舞扬竟冰冷地拒绝了："我手中没有那么多现金，而多余的钱存在银行，是定期。"

看着燕舞扬僵硬的表情，梦依萍动了动嘴，但没说什么，心道："定期也可以取，只不过利息算活期，我们家做生意经常这样。你是在找借口！"

"我还有事，有空再联系。"燕舞扬冰冷的话语中仍是充满了一些希望，但可怜的自尊心促使他就是不愿去明确表达自己对梦依萍的爱。此后许多年，燕舞扬为此而深深地感到愧对梦依萍，对自己未明确挽留梦依萍而遗憾终生。他后来选择的婚姻更是打上了浓重的悲情，涂满了自暴自弃的血色。

"再见！"梦依萍扭过头，眼泪再也控制不住，随后匆匆到陈新枝家并从她妈那儿借了 100 元路费回到了武汉。

……

"燕舞扬，电话。"

"他不在，有事去了。"

又过几天，有人再次喊燕舞扬接电话，结果燕舞扬外出。

梦依萍给燕舞扬的最后几次电话，都阴差阳错地没被接到，而别人也未和燕舞扬提及。若干次，燕舞扬想给梦依萍打电话，但一想起梦依萍的父母，内心的清高和自尊逼使自己放弃。

第十七章　艰难谋生

己卯年年底，燕舞扬接了个电话。这一次不是梦依萍，而是亲戚兼发小燕冰。

"舞扬，生意怎么样啊？"燕冰关心地问道。

"马马虎虎，还过得去吧。"燕舞扬无所谓地答道。

"如果有机会，你愿不愿意出来闯一闯？"燕冰试探性地问。

本来自梦依萍离开后，燕舞扬对介水已生厌倦，巴不得有机会离开，当下便爽快地回道："只要合适，当然愿意。难不成你那边有机会？"

"说真的，我这边正好有个机会，很适合你。如果愿意的话，你看看何时过来，等你回话。"说完，还没等自己反应过来，对方已经挂了电话。燕舞扬感觉很奇怪："燕冰不是这样的人啊，这是怎么了？"而印象更深的是为人热情的燕冰提及的深圳斗门富有吸引力的职位。

接下来的一段时间，燕舞扬分析着去留的利弊，最后决定出去看看。见燕舞扬去意已决，表哥也无可奈何。

第二年的正月尚未过完，和万家好交割完池塘旅游项目后，挥别万家鑫，燕舞扬便和燕冰一起坐上了去往广东的火车。到斗门已是第三天的下午。彼时的斗门隶属于广东省珠海市，位于珠江三角洲南端。落脚之处是斗门镇边缘的一处刚竣工不久的住宅区。燕冰告诉他：此处是公司职工住宿区，而公司总部则在另外一个地方。进入宿舍，他发现居住条件极为简陋，不似大公司格局，心中有些失望。几日之后，仍不见有任何工作上的安排，燕舞扬难免着急。可燕冰并不多说，只是带着他到处游玩，一再强调工作上的事情不着急，先稳稳再说。

一周后，燕舞扬接到通知：到培训中心接受公司的培训。怀着新奇和期待，在燕冰带领下，燕舞扬来到一间普普通通的办公室，门外也不见任何标志，进去之后发现旁边有一黑板，前面有若干凳子，已经有人坐于其上。个个都和自己一样，拿着笔记本和一支笔。不久，一位身材瘦高、戴着眼镜的男子出现在黑板前。自我介绍之后，方知是公司邱总。接着，他开始讲述国内外经济形势，讲资本利用，讲营销原则，讲直销的好处，后来讲发展空间，最后展望未来。听着对方滔滔不绝地讲述，燕舞扬有些疑惑：难不成自己陷入传销组织了？随后的员工分享进一步证实了自己的猜测。

带着疑惑，燕舞扬询问燕冰，不料却被对方一口否定，并安慰说这个公司有自己的厂房和产品，怎么可能是传销组织呢。而且传销组织是被国家明令禁止的，谁也不敢去从事和经营。听见燕冰似乎合情合理的分析，燕舞扬满腹的疑问暂时被打消，决定留下来继续观察一下。

随后，燕舞扬和其他人一起接受了不同形式的培训，了解公司文化和架构，渐渐接受和适应了相关安排，并积极参加各种各样的交流，可是他始终没有看见燕冰所说的生产车间。出于对发小的信任，燕舞扬并没有太过深究。凭借着良好的口才、娴熟的组织才能，燕舞扬很快崭露头角，吸引了众多人的注意。

"舞扬，晚上一块儿吃饭，行吗？"一天下午，回宿舍的路上，他的身后传来一个略带浙江口音的女性声音。

回过头，燕舞扬看见四位年轻人一起，其中一个不太高却身量苗条的女孩，二十左右，披肩长发衬托着微圆而光洁的脸，少许雀斑，身着一套连体长裙，黑色的底子上是各样细碎的白色图案。见燕舞扬一脸疑惑，女孩连忙自我介绍："我叫何春洁，来自浙江永康。这是我弟弟何春超，这一位是我初中同学李余永，另一位是我以前的工友唐赞辉。"燕舞扬与其他三人一一握手，连道："幸会！"

接着，何春洁讲述了邀请燕舞扬共进晚餐的原因。在一次搬家中，燕舞扬无意间帮何春超提了一个行李；后来在一次公司举行的大型聚会上，方才发现主持人正是帮她弟弟的燕舞扬。为了感谢，何春洁便发出了邀请。听完，燕舞扬连忙摆手："小事一桩，不必破费。谢谢！谢谢！"便找了个借口走了。

此后，何春洁有事无事地朝燕舞扬的寝室跑，燕舞扬不便拒绝，就顺其自然，一来二去熟悉了。然而，彼时的燕舞扬尚未从痛失梦依萍的阴影中摆脱出来，所以对何春洁的热情和室友的调侃并未放在心上。

两个多月以后，公司因为工商部门查封而被迫迁移到广西北海的时候，燕舞扬才真正地意识到自己被骗入传销组织。为此他和燕冰大吵一架，毅然离开北海，凭借着自学大专文凭到深圳卓越文化传播有限公司找了一份编辑工作。

最爱的人离开自己，最要好的发小欺骗自己，让燕舞扬欲哭无泪。每当闲下来的时候，他仍常常想起梦依萍，苦苦拷问爱情的意义，思考婚姻的真谛。再次走在深圳的大街上，虽然人流滚滚，但燕舞扬总是感到寂寞和孤独，那繁华都市里的一切似乎离自己很远，曾经立下的带领父老乡亲一起致富的梦想似乎也距离自己越来越远。利益至上和享乐至死，盘旋在行色匆匆的各样人们心间。畸高的房价折磨着来此奋斗的所有人。周末或假期，他偶尔会到广东的一些景点转转，以排遣胸中积郁。和北京相比，燕舞扬更喜欢深圳的洁净和卫生，却厌恶其浓重的商业气息。因为毗邻珠江而使得深圳极为潮湿，而在春季和梅雨时节尤甚。

武汉。

"妈，这个菜炒好了。"梦依萍在厨房里喊。

"红丽，这是第几个菜啦？"妈妈问。

"九个，再炒一个，来个十全十美，如何呀？"梦依萍做了个鬼脸，征询着妈妈的意见。

"听乖女儿的。"妈妈笑着说。

"好嘞！马上好。"梦依萍脆生生地应着。

不一会儿，第十个菜出锅，一家三口围坐在餐桌上。梦依萍给爸妈和自己各倒了一杯白酒，然后端着站起来，对着爸妈说："爸妈，我已经二十二岁了，女儿决定明天就去找工作。这一杯既是敬你们的节日酒，也是给我自己的壮行酒。我先喝了。"说完，便一口喝干。

听着女儿的话，夫妻二人相视而笑，端起酒杯也是一饮而尽。这是几年来，一家人最开心的元宵节，至少在梦依萍爸妈看来是这样。因为半年来，看着女儿一直郁郁寡欢，他们暗暗焦急，可也束手无策。而今女儿主动提出去找工作，也是出乎他们的意料，毕竟待在家中也不是长久之计。

其实，对梦依萍来说，找工作是想让自己忙起来，从而麻痹自己。因为一旦闲下来，她的脑海中就会想起燕舞扬，就会想起和他在一起的所有一切！甚至经常做梦，梦见的都是自己和燕舞扬的快乐与欢好！而醒来却泪湿枕巾，孤独难耐，漫漫长夜，无法睡眠。那种撕心裂肺的痛楚，一遍遍地啃噬着自己的灵魂，何其痛也！她不想再过这样的日子，只能让自己如陀螺般转起来，方能暂时驱走燕舞扬的身影。

第二天一大早，梦依萍便起了床。洗漱一下，她重新拿起化妆品，生疏地上化妆。镜中的自己明显瘦多了，眼睛显得格外大，她不愿再看。放下镜子，便走上了武汉街头。

春风凛凛，料峭依依，梦依萍紧了紧衣服。走向一家家正在招聘的商铺，她终于在一家服装店谈妥：工资虽然不高，但自己喜欢服装，又离家很近。自此以后的一年，梦依萍忙东忙西，从普通的售货员升为业务科长。她的收入在提高，而燕舞扬的影子也渐渐淡去，但刻意地压抑有时又适得其反，不时会陷入恍惚和忧愁中。

第十八章　病后抉择

那年八月，燕舞扬像往常一样到深圳市图书馆查阅资料。安静整洁的环境，码放整齐的书架，散发墨香的书籍，使得燕舞扬很平静。

几个月来不停地忙碌，宪城及介水渐渐溢出他的脑海，剩下的唯有梦依萍和那始终放不下的旅游开发项目。昨晚的失眠源于一年前的武汉之行，噬心的痛苦让他久久不能入睡。今天早上醒来，喉咙不舒服，头昏脑涨，他赶紧拿出上次吃剩下的感冒药。下楼路过小吃店，竟然没有丝毫食欲，燕舞扬知道自己生病了。但他不愿请假，想忙起来，因为他担心自己一旦躺下，不仅不利于养病，反而会胡思乱想。

昏昏沉沉地坐在图书馆，燕舞扬被烦躁不安的情绪搅扰着。此时，BP机振动起来，燕舞扬打开一看，是宪城的电话，便步履不稳地下了楼，找了一部电话拨了过去："表哥，有事吗？"

"舞扬，我打算到青岛做生意，门面已经选好。你姑父也老了，干不动了，介水这边的几家店面要转出去，你想不想接手？"

"能不能给我几天考虑时间？"

"好的。想好以后，给我电话。"

接完电话的燕舞扬感觉头更痛，于是向卓越文传人力资源部请了一天假。回到宿舍的燕舞扬只感天旋地转，便迷迷糊糊地睡着了。当他醒来的时候，发现自己竟然躺在医院，初中同学古月良坐在旁边。见燕舞扬醒了，他连忙喊医生。进来后，医生告诉燕舞扬：因疲劳过度而引起感冒，加上治疗不及时，又引发肺部感染，需住院治疗，观察一段时间。

主治医生出去后，古月良见燕舞扬情绪低落，便耐心安抚他，并问："梦依萍是谁？为何在昏迷过程中总是不停地喊她？"

燕舞扬一听，颇感无奈，支支吾吾道："不知道啊……"

见燕舞扬不愿意说，古月良便不再多问，待了一会儿，他就回公司上班了。一个人躺在病床上，燕舞扬思绪万千：恋爱受挫、发小欺骗、生病住院……糟心事一件接一件。所幸，还有初中最好的同学古月良在，给他本已有些颓丧的世界中添加些温度。虽然此时的古月良在深圳已经好几年，但仍捉襟见肘，甚至房租都交不起，唯一值得安慰的是其女朋友的不离不弃。若干年后，当燕舞扬在珍城最好的酒店款待古月良的时候，二人感慨良多。因为此时的古月良已经是国内颇有实力的3D打印机制造商，产品销往世界各地，年利润几百乃至数千万，虽然他上的是脱产形式的函授大学且未拿到毕业证，而燕舞扬也成了珍城市委办的副秘书长。

燕舞扬在病床上思来想去，最后决定回宪城看看，再做取舍，毕竟家人也支持他接手姑父的店面；另外，自己牵肠挂肚的还有燕家庄的旅游项目。

九月初，燕舞扬回到燕家庄，得知燕来贺已经退休，村支部书记和村长暂时由自己的父亲燕清义一人承担。午餐后，父子俩一块来到池塘边，边走边和路过的左邻右舍打着招呼。

燕舞扬发现：来此旅游的络绎不绝，乡亲们的脸上总是挂着笑容，热情地招待着顾客，一派繁忙的样子。池塘的水面上，各色荷花竞相开放，野鸟翩跹不绝，小船荡漾其中。垂钓区密密麻麻排满了人，几十把钓竿静待鱼儿上钩。环绕池塘的路面树荫下，人们三三两两地在乘凉、闲谈。路边还有几个画架，人却不见踪影。凑上一看，一幅已经完成的画作上，标写着"颍上大学崔宝宝"的字样。刚刚走到一座挂有"蔡好吃餐馆"旁，见到燕家庄贫困户蔡有福正在搬煤球。燕舞扬连忙紧走几步上前："蔡叔，您好！在忙着呢？"

"这不是舞扬吗？听说你出门了，咋又回来了？"他习惯性地摸了摸鼻子，结果摸出了一块黑斑，惹得路过的几个游客大笑。

燕舞扬掏出纸巾为其擦去，"蔡叔，你变胖了。"

"可不是嘛。自从你和家好两位侄儿修路、开发，搞旅游，我这一天比一天干劲大，想不胖也不可能啊，呵呵……"

"蔡叔，这是我们回报家乡的一点心意，我小时候，你可没少照顾我。再者，没有你和大伙的支持，这些事情也不可能推进得如此快啊。"

蔡有福憨厚地笑了笑，然后抬手一指："那也倒是。燕二哥和侄儿到我餐馆坐坐，喝喝茶，如何？"

"不进去坐了，我和爹一块走走。哦，蔡好吃餐馆是你承包的？"燕舞扬不敢相信地问道。

蔡有福一听，脸和耳朵都红了起来："可不是嘛，当初你爹让我承包，做了好几天工作呢，现在说起来挺不好意思的。"

"为啥？"

"还不是担心亏本！毕竟刚开始的时候，旅游项目才上马，游客少，到处是建筑材料，看不到希望啊。经不住燕二哥劝说，又给我优惠，做担保，又说我炒的菜好吃，也就签了协议，开了这家餐馆。呵呵……"蔡有福边说边笑，一脸开心。

燕清义在旁边笑而不语。

燕舞扬又问："现在如何？"

"好得不能再好了！我有时想：为啥不早点开发呢？呵呵……"

"蔡叔，那就好好干，吸引更多的游客到您家馆子去！"

"那必须的！你婶子经常在我耳边念叨你和家好，以后打喷嚏就找你婶子事啊，哈哈……"蔡有福开着玩笑。

离开餐馆，父亲给燕舞扬介绍了旅游开发的情况：去年下半年开始，项目陆续营业，效益逐渐好转。获益的村民渐渐认可村里面的安排并带动其他村民和产业的发展。同时，燕家庄的发展模式也得到县乡的认可和政策支持，融资较为容易；颍上大学也将燕家庄作为实习实训基地，有望达成产学研合作，促进一批项目落地。

燕舞扬满心喜悦地回到了介水镇。介水店面的生意要比预料中好得多，而病中母亲痛哭流涕的劝说更让孝顺的他决定全盘接手姑父的店面，安心在介水做生意。期间，万家好专门上介水看望燕舞扬，并鼓励他往多方向发展自己的经商方向；已经大四的万家鑫也多次打电话给燕舞扬，汇报自己的情况：继续读书，准备考研。自此以后，燕舞扬不是看守店面，就是从颍上大学图书馆借书看，或者与颍上大学、介水高中的老师们喝酒、闲聊，或者与介水镇政府工作人员、街道商人喝茶、下棋、打牌；闲暇时学学英语，练练英语听力。在万家好的支持下，燕舞扬逐步承包了颍上大学、介水高中的商店和食堂，与介水镇合作开发房地产，生意越做越大。乐施好善的他不仅大大增加了资助贫困学生的数量，还在颍上大学、介水高中、燕家庄村小设立奖学金，专门帮助那些勤学上进又家庭贫穷的学生。其人颇受街坊邻居的喜爱和赞扬，故为燕舞扬物色对象的人纷至沓来，但他始终犹豫不决，直至遇见木子。犹豫是因为他对婚姻不抱希望和幻想，而他之所以同意娶木子，是因为木子传统保守、勤俭节约，不喜化妆，又善于持家，且大自己六岁。

第十九章　寻寻觅觅

"红丽，开门！妈妈和你说件事。"张瑛"砰砰"地边敲边喊。

"什么事啊，妈？"梦依萍连忙开了门。

看着站着门边日渐消瘦的女儿，头发散乱，双目无神，她心疼又后悔：当初燕家那孩子来武汉，为什么不直接同意二人的事呢？听堂侄和侄媳妇说这孩子很有做生意的天赋，现在正独立做着好几个行业的生意，还投资开发旅游项目，致富一方，为人也不错。可这孩子这么长时间也没有给女儿打个电话，谁让他是梦家仇人之孙呢？唉……不禁痛惜地摇了摇头。明白妈妈关心着自己，休班的梦依萍瞅着妈妈满脸沧桑而无奈的表情，便强自振着："妈，我没事。有点累，正躺在床上休息休息。"

妈妈拉着梦依萍曾经丰腴而今瘦弱的双手，爱怜地瞧着女儿苍白的面颊，拉着她坐下："女儿啊，你的心事妈都懂。你想想燕家那孩子离开武汉已经快一年了，不来一个电话，为此你又专门回去一次，也没见他是什么态度。如果他真的喜欢你，能这样吗？"

见女儿又流下眼泪，张瑛轻轻地把女儿搂在怀里，一时不知如何安慰。良久，张瑛方道："从去年八月到现在都一年多了，你除了窝在家里，就是上班，也不出去走走，赶明儿妈陪你逛逛超市，串串亲戚，好不？"

"妈，我一点心情都没有，我就不去了。我没事，真的。妈，您就不要担心了。"

"没有心情我理解，不愿意陪我也行，但你不能总是窝在家里。你要答应妈，常出去玩玩，嗯？"

"我答应您，妈。"梦依萍面对关心自己的妈妈，只好满口应承。

"嗯，是个乖女儿。另外，最近到家里来的几个小伙子，有没有你看中的？"母亲小心翼翼地问。

"妈，您说什么呢？我这个样子谁能看中啊？"

"妈问的是你看别人，不是别人看你。"

"嗯。妈您想想，我已经和燕舞扬同居了，谁想找一个我这样的人当女朋友？不知道则已，一了解情况，肯定没有结果，受伤害的必定是我。我敢去面对这样的结果吗？"说着说着，梦依萍几度哽咽，似乎一年多的痛苦和压抑全部倾泻而下。见此情景，母亲也是老泪纵横，紧紧地抱着女儿，再也说不出一句话来。

这天晚上，梦依萍躺在床上想着白天母亲的伤心，感觉自己总是如此，不仅于事无补，而且还伤害着家人，尤其是疼爱自己的妈妈。于是她强撑着起床，翻出几张与燕舞扬唯有的一次婚纱合照，再次满含思恋和痛楚地看了看，一丝苦笑爬上脸庞，喃喃道："舞扬，我爱你，自见你第一面开始！虽然你我今生无缘成为夫妻，就让我把你放在心中最重要的位置。别了，舞扬！"

放下照片，梦依萍又拿出燕舞扬给他的创作手记，从第一页开始看，直看到最后一页，时而轻颦薄笑，时而蹙首疾额。最后她轻叹一声，怔怔地发呆，出神。随后，她颤抖地拿出打火机，"噗"的一声，照片和日记燃烧了起来。不大的火苗照着满含热泪的梦依萍，仿佛那火光中有着她和燕舞扬相处时的所有画面，她有些痴了。痛彻心扉的感觉再次紧紧地抓住了她，五脏六腑旋转着，翻腾着。"舞扬，我爱你！再见了，舞扬！"说完她咬紧牙关，失声痛哭，跌倒床上。那一夜，梦依萍泪湿枕巾，经常从噩梦中惊醒。

第二天，梦依萍拖着羸弱的身躯去上班。工友们发现她有了些改变，但改变在什么地方，她们也说不上来。闲暇之余，梦依萍常常和母亲一块儿购物、散步、走亲访友，甚至帮爸妈打理生意，笑脸渐渐多了。看到女儿的变化，父母也很高兴，悬着的心方始落下。

随着梦依萍心情的好转，有个叫冯光军的青年人渐渐来到了她的身边。此人也是宪城人，离梦依萍家不远，正在武汉帮其二叔打理生意。冯光军一米七左右的个头，眉眼颇重，虽初中未毕业，但为人实诚，肯吃苦耐劳，大梦依萍近三岁。因两家是同乡，又比较熟悉，平时也有些走动。

小时候，冯光军就认识梦依萍。不过，梦依萍五岁多就已离开宪城到武汉，所以二人也不是很熟。冯光军不上学后，便跟着二叔到了武汉，偶尔到梦依萍家串门，因嘴巴甜，为人机灵能干，给梦依萍爸妈留下了很好的印象。回宪城上学后，梦依萍逢年过节或者寒暑假回武汉，偶尔也能碰见冯光军，因比自己大，便按照辈分喊其表哥。自梦依萍辍学以来，冯光军便找种种借口到梦依萍家，毕竟梦家就这一个养女，又十分漂亮。来的次数多了，他对梦依萍和燕舞扬的事情多少也有些了解，但模模糊糊，不很清楚。

一年来，眼见梦依萍憔悴不堪，冯光军也是暗暗心焦，因为他发现自己喜欢上了梦依萍。于是，他便找多种机会和借口接近梦依萍，梦依萍对他却是不温不火，甚至有意保持着一定距离。而梦依萍的父母倒是对冯光军很满意，毕竟他们了解这个孩子，而他的家境也很好。

在焚烧了与燕舞扬的合影及其笔记后的一天晚上，梦依萍下了班，刚刚走出店门，冯光军便迎了上来，热情地道："红丽，晚上有空吗？一块儿吃个饭如何？"

看着有些帅气的同乡，梦依萍想都没想便冷冰冰地拒绝了："不去，没空。"说完就不管不顾地走向公交站台。

冯光军赶紧跟上，红着脸说："我知道你最近一段时间心情不好，所以想请你吃饭，散散心……"

"不需要！"梦依萍恶狠狠地对着冯光军吼了起来，引得路人注目。而冯光军则讪讪地嘟囔着："你不能小点声，我……"

梦依萍厌烦地打断他，仍是高声地道："怎么着，我就这嗓门。请你离我远点！"

见梦依萍如此，冯光军知趣地停了下来，心中暗想："喜欢你有错吗？请吃饭都不给面子，大小姐的脾气真是厉害啊！不过，我喜欢，嘿嘿……"

"下一步该怎么办呢？"这天晚上，冯光军躺在床上，辗转反侧，终于想出了一个方法：找梦依萍爸妈，侧面追击。

第二天，帮二叔处理完事务，冯光军直接到梦依萍家的摊位上，帮他们卖货、送货。空闲时，他把自己喜欢梦依萍的心思和梦依萍的爸妈讲了。他们自然同意，并给他一些建议，还讲了一些梦依萍的个性、喜好等。冯光军欢天喜地而去，梦依萍爸妈也是高兴得合不拢嘴。

接着的一段时间，冯光军凭借着梦依萍爸妈的支持，频频出现在梦依萍的视野中，逗她开心，请她吃饭，陪她到处游玩，偶尔也看看电影。梦依萍渐渐从抗拒、沉默、冰冷，变得爱说爱笑，慢慢恢复到失恋前的模样。

国庆节，冯光军邀请梦依萍到东湖公园去玩。在爸妈的督促下，梦依萍老大不情愿地去了。见梦依萍兴致不高，冯光军便想方设法哄其开心。观察着冯光军的一举一动，梦依萍颇为愧疚。他知道梦依萍心情有所改观，便小心翼翼地说："让我做你男朋友，好不好？"

听到这句话，梦依萍突然流下了眼泪。看梦依萍如此，冯光军惶恐无措、呆若木鸡。

过了许久，梦依萍方幽幽地叹了口气，盯着冯光军好一会儿后问："你喜欢过一个人吗？"

冯光军心虚而惴惴地低声道："没……没有……现在只喜欢你。"

梦依萍深深地看了他一眼："真的没有吗？可我并不喜欢你，更谈不上爱你。"

"没关系，我会努力让你喜欢我。至于爱不爱我，我无所谓，只要我喜欢你、爱你就够了。"说完这句压抑了很久的话，冯光军长长地吐了一口气。

听完他的话，梦依萍陷入了沉思：到底要不要和冯光军说燕舞扬的事。如果不说，自己过意不去，好像在故意骗他，以后他一旦知道，对两人都不好。如果现在讲，一方面体现了自己的诚意，另一方面也给对方一个选择和考验的机会。想到此，梦依萍便盯视着冯光军，一字一顿地说："既然你都这样说了，那我就把发生在我身上的事情和你讲讲，你要听好了。听完以后，告诉我，你还愿意做我男朋友吗？"

于是，梦依萍把自己和燕舞扬的事情一五一十地说出来。说完，梦依萍已涕泗横流，而冯光军则一动不动。良久，冯光军见瘦弱不堪的梦依萍哀婉欲绝的样子，心中升起一股同情和爱怜之意，而对燕舞扬始乱终弃的行为充满了鄙视。他想用自己有力的臂膀爱护这个自己喜欢的姑娘，便凝视着梦依萍的双眸，沉声说道："谢谢你告诉了我这些！即便如此，我仍愿做你的男朋友。你愿意给我这个机会吗？"

梦依萍颇为意外地看着对方，而冯光军并未躲避，用一双火辣辣的眼神回看着她。梦依萍默默地点了点头，哽咽道："让我静一静，我还没做好心理准备，对不起！"

回去的时候，漫天霞光，游园人都变成了各色的了。路上落英缤纷，湖面则欢声笑语，水鸟翩跹，好一个秋高气爽的天气。

一个月后，武汉的万豪国际酒店举行了盛大的订婚仪式，主角自然是梦依萍和冯光军。

第二十章　步入围城

"我们结婚吧。"当听燕舞扬说这一句话的时候，并不漂亮的木子以为自己听错了，毕竟认识还不到两个月，时间太短。木子清晰地记得，见面第三次，燕舞扬就提出订婚，木子当然同意。但谁也没有想到，订婚宴上，燕舞扬竟然喝得酩酊大醉，回到商店后又是一场痛哭，谁都劝止不住。饶是如此，木子还是没有做好结婚的准备，可一想到自己的年龄，于是便迟疑了一下："这样吧，我和家人商量一下再说，你……"

"我这边，你不用担心。如果你家人同意，你也愿意，那就定在下一年元旦。我有事，先走了。"燕舞扬说完便离开了木子的家。

看着燕舞扬转身而去的背影，木子思绪万千。因为小时候溺水的可怕经历，自己一直是个面黄肌瘦的丫头，初中毕业即帮父亲和姐姐打理生意，胆小怕事的她对父母唯命是从，养成了传统保守的性格，成人后也有亲朋好友为其张罗对象。但一想起哥姐惨痛的婚姻生活，就让她不寒而栗，于是一直没有找到心仪的人。后来家中生意不好，木子便瞅准机会上了中专，学习医学，摆脱了家庭束缚。毕业后，土生土长于介水的木子便在介水镇医院上班。虽然和燕舞扬接触时间不长，见面的次数很少，但凭着左邻右舍的闲聊、自己闯荡社会的经验及直觉，木子认为这个人还是靠得住的。为人朴实低调，待人接物得体，肯吃苦，有爱心，又勤劳上进，颇符合自己的择偶标准。

想到这，木子暗下决心：一定把握好这次机会，再也不听从家庭的安排。以前担心自己比燕舞扬大六岁，他会介意，但令木子万万没想到的是从第一次见面互相知道年龄时，燕舞扬情绪上有些微波动外，后来订婚，再到他提出结婚，年纪似乎被忽略了。有时，木子也想知道原因，但她张不开口，毕竟自己年纪大，更何况街坊邻居暗中都说她之所以不愿结婚，是因为不能生育。

晚上，木子和已经生病不能说话的母亲讲了自己要结婚的事，母亲高兴得笑逐颜开，频频点头。兄弟姐妹们听了木子要结婚的消息之后，也都没有意见，他们明白，木子年纪已大，燕舞扬还不错。

听说燕舞扬要结婚，关系不错的熟人尤其是万家好、完颜烈和靳小媛都很着急，因为他们也通过介水镇的亲朋好友了解到了一些关于木子不能生育的传言，便找各种机会劝阻，但燕舞扬不为所动。熟人们都很纳闷：一贯理智的燕舞扬也有冲动和发昏的时候？在熟人们不解的情绪中，燕舞扬独自筹备着结婚所需的物件，沉静地和木子一起拍婚纱照，到民政局登记，申领结婚证……如完成一项理所当然却又与自己无关的事，献祭般的。

燕舞扬和木子于21世纪己卯年的一月一日闪婚，结婚那天天气阴沉，虽未下雨，但云层甚厚，压抑得让人有点喘不过气来。婚礼是在燕舞扬的家进行的，由章非主持，在亲朋好友眼中，真是一个热闹而缤纷的典礼。有时，燕舞扬深夜梦回，颇感愧对木子。不过，燕舞扬终其一生也未和木子吵过嘴、打过架，最严重的仅仅是冷战，时间也不超过三天，因而木子倒感觉自己的婚姻很幸福。那是怎样的一段婚姻啊！

古人云：人生最得意的几件事为"洞房花烛夜，金榜题名时；他乡遇故知，久旱逢甘霖"。而对燕舞扬而言，洞房之夜说不上得意，只是完成了丈夫应尽的义务罢了。

三天后，燕舞扬便回店铺了，让亲朋好友很是讶异，而木子并不感到奇怪。因为自认识燕舞扬以来，在她的印象中，燕舞扬就是个一心扑在生意上的人，诸多的赞誉就是最好的证明。其实，燕舞扬只是想用生意上的事务填满自己的闲暇时间，以便麻木自己。直到因为家中的三只鸡，燕舞扬紧绷的心稍稍放松一些。

那是结婚不久，贺喜的亲戚送来三只母鸡。因为一时顾不上宰杀，木子便把它们放在笼中圈养。三只鸡经常打斗，可能是因来自不同的家庭。一有空闲时间，燕舞扬就丢些食物给它们。每当这个时候，其中一只便率先冲上去，并展示出异常强势的姿态：要么居于盆中，要么双翅伸开，把食物控制起来。一旦发现另外两只靠近，它便毛发蓬起，喉咙中发出一连串怪叫；若达不到效果，它便凶猛地扑过去，用锐利的喙去狠狠地厮啄对方。刚开始，另外两只鸡还勇敢地扑上去与其厮杀，但总以失败告终。多次的血肉模糊和一地鸡毛之后，两只鸡最终丧失了与其厮打的勇气。此后竟形成了奇异的一幕：每当食物来临，凶猛之鸡首先独自饱餐一顿，且边吃边发出得意的鸣叫；随后它找一处最松软、最干燥的舒适之地休息；另两只孱弱者方小心翼翼地去享受残羹冷炙。

　　三只鸡相安无事之后，燕舞扬却陷入了沉思。小小家禽尚能面对同类，避害趋利，寻求相处之道，处理好相互之间的关系，更何况集大自然万千宠爱于一身的人类？结了婚的两个人如果处理不好彼此之间的关系，是否意味着其智慧尚不如此等动物？他转而又想：该如何面对可能陪伴自己一生的妻子？有些东西是不是该放下了，而另外一些又是不是该好好面对？

　　同年的二月十四日晚，23岁的梦依萍紧张地坐在张贴有"囍"字的婚房里。一天的吵闹和烦琐的结婚仪式让她心力交瘁，烦不胜烦。她想立即休息，可听着外面吆五喝六的划拳声，又睡意全无。新婚之夜，理应快乐、高兴，充满期待，可是她竟然怎么也高兴不起来，甚至有些恐慌。她不明白自己到底怎么了！和冯光军说好的，她要抛弃过去，要好好与其生活。可真到了这一天，忽然感觉自己竟没有一点信心。也不知过了多久，婚房门被轻轻地推开了，院子里静悄悄的。冯光军见梦依萍还没休息，便关心地说："很晚了，休息吧。"

　　梦依萍"嗯"了一声，乖巧地躺下了。黑夜中感到冯光军躺在自己身边，梦依萍忽然浑身僵直。当冯光军的手放到她身上时，梦依萍忽然哭了起来。他把手赶紧缩了回去，侧起身，打开灯，只见蜷缩在床里的梦依萍瑟瑟地发抖，苍白的脸上挂满了泪珠。冯光军体贴地为梦依萍递上纸巾，默默地下了床，倒了一杯水端过去，柔声地说："红丽，喝点水，或许会好受些。"

　　看着冯光军穿着单薄的衣衫立在正月初十寒冷的空气中，梦依萍默默地点了点头，坐起来，接过水杯，慢慢地喝着。他找把红漆椅子轻轻地放在床边，坐下，满含深情地看着梦依萍，缓缓说道："红丽，有些事该放下就要放下。我会耐心地等待那一天，直到你回心转意。我会好好待你，给你幸福，让你快乐！既然你今天心情不好，我就不勉强。我一会儿到沙发上睡，你就好好休息。"

　　说完，冯光军接过梦依萍的杯子，找出一床被子，到沙发上休息去了。或许是因为白天忙于婚礼，不一会儿，冯光军便鼾声四起，可梦依萍翻来覆去总是睡不着。接连三天晚上，梦依萍和冯光军都是分床睡，梦依萍颇感内疚。

第二十一章　初为人父

受到三只鸡的启发，燕舞扬渐渐对婚姻有了些信心，不再沉溺于酒桌和书桌，也不再麻木于生意。他开始尝试着去承担更多的家务，去关心妻子的身体和工作。木子的怀孕为这个本来有些清冷的家增添了些温度，也悄悄地改善着夫妻之间的关系。

十月十八日下午，燕舞扬来到了介水镇医院，因为木子即将临盆。站在产房外，看见人来人往的医院，他的心似这高远的天，辽阔而静穆。虽已近五点，但太阳仍然发出炽热的光，蔚蓝的天空飘浮着一簇簇白云，不停地变幻着形状。没有一丝风，空气中散发着医院独有的味道。燕舞扬开始想着这个快要出生的孩子：男孩，还是女孩？真的是妻子说的那样，是个女孩吗？倘若是女孩也好。毕竟燕氏家族女孩特别金贵。无论男女，自己总算完成了父母心愿，也将彻底覆灭木子不能生育的谣言。站在走廊上，燕舞扬能清晰地听见产房里各种各样的声音。

"舞扬，快进来！"纷繁的思绪被叫喊声打断，是产科主任龙江英，也是木子关系最好的同事在喊他。

燕舞扬快步走进产房，只见妻子软弱无力地躺在产床上，头发已经被汗湿透，疲惫的面颊极为苍白，身上盖着浅蓝色手术服。听到燕舞扬进来，木子勉强睁开困倦的双眼，朝燕舞扬看去，脸上浮现一丝笑容。上前抓住妻子潮湿而无力的手，燕舞扬颇为内疚和痛惜，满怀爱怜地抚了抚木子的脸。见此情景，龙江英和护士们没有打扰，而是默默地处理着术后事宜。过了一会儿，燕舞扬的母亲抱着孩子走上前来，轻声说："是男孩，给你抱抱。"

喜悦瞬间淹没了燕舞扬的心，竟然是个男孩！虽然并不歧视女孩，但传统的文化环境和独生子女政策，他的心中还是觉得男孩子更符合自己的期待。朝妻子看了一下，笑意盎然的木子目光正好飘来。转过脸，看着捧在自己手中刚来人世的小生命，燕舞扬心中混杂着激动、喜悦和紧张，甚至还有点手足无措，初为人父的激动使得他微微发抖。见小家伙一双乌黑的圆眼滴溜溜地转着，燕舞扬高兴得合不拢嘴，颇感大自然的神秘和奇异。而儿子的手舞足蹈让他慌乱不已。燕舞扬发现：孩子综合了夫妻俩优点，不像绝大多数刚刚出生的婴儿如小老头般，儿子模样挺帅，皮肤白皙，只是柔软的头发不是很稠密。看着燕舞扬乐呵呵的傻劲，家人和医护人员都微笑着。龙江英接过孩子，放在小小的磅上称了称，笑道："八斤半。"而木子已沉沉睡去。

只要有机会，燕舞扬就会照看儿子燕秋生。孩子的帅气、爱笑甚得街坊邻居的喜爱，而燕舞扬的笑容也渐渐多了起来。燕秋生满月之后，因家事繁多，燕舞扬的母亲便回家了，而木子也开始上班。独自抚养孩子，夫妻俩颇为吃力，但也很充实，尤其是燕舞扬。

这个在旁人看来有些高冷的男人，其实是个特别顾家、敏感又细心的人——他能高效而妥善地处理生意、家务和人际间的关系。每当妻子值夜班的时候，燕舞扬就无一例外地坚持自己带孩子，哪怕孩子起夜、尿床、饥饿……燕舞扬特别喜欢孩子甚至到溺爱的程度。他只是把无处发泄的情感投放在孩子身上而已。而孩子也特别喜欢和父亲在一起，甚至睡觉也愿意趴在他的身上。每晚临睡前，燕舞扬坚持读或讲故事给孩子听。每当看见儿子专注的表情，他感觉特别温暖。虽然很累，且常常受到被冷落的妻子的埋怨，但燕舞扬甘之如饴。

这年底，燕舞扬顺利拿到自学本科文凭。在自己和万家好不断地注资下，燕家庄池塘旅游项目终于全面建成并顺利通过验收，全村394人中有近200人参与项目当中，不用背井离乡，在家门口就能养活一家老小。日子虽然漫长，但当置身其间的人们有了寄托之后，再难熬的生活总会慢慢度过，直到你决意想改变为止。

第二十二章　初为人母

　　21世纪庚辰年的正月十八日下午，天气晴好，有些微冷的武汉蔡家甸客运站被熙来攘往的乘客挤得水泄不通。一班来自宪城的客车缓缓驶进，车上走下一对年轻夫妻，男的敦实微黑，女的模样俊俏。提着大包小包，男的步伐有些跟跄，紧走几步后，发现女的没有跟上，便放慢脚步，扭头喊道："红丽，快点！"

　　"知道了！"颇有些不耐烦。

　　他们过罢元宵节便来到武汉，虽新婚不久，但生活还要继续，于是在征求了梦依萍意见之后，二人便来到了相对比较熟悉的武汉。觉察到妻子语气不对，他立即放下行李，耐心地等待着。直到妻子走近身旁，冯光军低声说："对不起。"

　　梦依萍略含歉意地看了丈夫一眼："那个小包给我吧。"

　　冯光军赶紧摇头，忙道："别，看你那瘦样，能行吗？还是我自己一个人提吧。"说着便把放在地上的行李提起，表现似的往前小跑一阵。

　　冯光军见梦依萍心情好点，便卖力地提着行李走着。梦依萍紧走几步跟上，寒风中她裹了裹风衣，心思又回到了宪城，想起走前在药店买药并称体重的情景。

　　"哇，美女，你才83斤！好羡慕你有如此苗条的身体，你看我上下一样粗啦！特别是我这双大象腿，让我非常讨厌夏天！"一个女售货员一边夸奖着梦依萍，一边抱怨着自己的身材。

　　听着对方叽叽喳喳地不停说着，梦依萍苦笑一声，走出药店，心中却恼恨着燕舞扬，暗暗骂道："燕舞扬你个混账东西，害得我瘦了十多斤，已经皮包骨了！你倒好，一年多不见音信，扔下我不管。好了，我嫁人了，你再也没有机会啦！也不知这家伙操心的旅游项目如何了？看来我这半拉子的旅游管理专业的肄业大学生是废了。"越想越气，不知不觉间已是双眼朦胧。

"拐弯呀，红丽！你连路都不认识啦？"丈夫的喊声打断了梦依萍飘飞的愁绪，定神一看，方发现自己走错了道，便有些赧然地朝冯光军浅笑了一下，顺手拦了一辆出租车，夫妻俩合伙把行李塞上车，一溜烟离开了车站。

冯光军仍在其二叔那边帮忙，学做生意。梦依萍则继续在成人服装店上着班，日子平淡无奇地过着，偶尔会想想过去，但更多的是自我安慰和麻痹。直到两个多月后，发现自己怀孕了，梦依萍的思想方才有了较大的变化。

一天早上，像往常一样，吃着丈夫刚刚买回来的油条、烙饼，喝着豆浆，梦依萍突然感觉胃部痉挛不已，强烈的厌油感袭击着自己。她赶紧走向洗漱池，"哇"的一声，刚刚吃下去的食物四处喷溅。冯光军赶紧跑来，不停地拍着梦依萍的后背，紧张地问道："怎么回事，刚才还好好的？一会儿工夫就这样了，哪地方不舒服啊？用不用上医院啊？你……"

梦依萍上气不接下气地说道："你……你找个凳子给我……我难受得要命……我……"

他一听，便立即找个凳子，扶梦依萍慢慢坐下，一脸关切地说："不要急，先稳稳，我去给你倒杯水漱漱口。"

冯光军说着便旋风般进屋倒水，梦依萍却忽然觉得不适感瞬间消失，心中甚感纳闷。和丈夫一说，两人都不明所以，随后便各忙自己的事情去了。晚上下班，梦依萍到母亲那儿拿东西，和母亲闲聊时提及早上呕吐的事情，方知自己怀孕了。

回家的路上，梦依萍碰到了很多熟人，却没像往常一样去积极主动地打招呼、聊天。她不停地想：要不要现在就和丈夫讲自己怀孕的事？如果不讲，一旦丈夫以后知道，肯定埋怨。更何况他对自己无微不至地照顾着，毕竟是自己的丈夫。自己也答应过他，要好好地和他生活，一起打拼，努力过上一个他们想要的生活！

她又想：既然怀孕，工作该怎么办？难道一直上班，总是挺着个大肚子，多难看呐！本来自和燕舞扬分手后，自己变得越来越丑，这再一怀孕，不是更丑？说着，梦依萍摸了摸脸，又摸了摸肚子，莫名其妙地笑了笑。

接着又想：不工作，收入紧张，拿什么养家糊口？靠冯光军一个人的收入肯定不够维持生活。唉……到底该怎么办呢？

陷入沉思的梦依萍突然撞到一个人的身上，吓了她一跳，定睛一看，正是冯光军。

"你到了哪里去了？我好担心，接到妈妈电话，说你怀孕了，哈哈……是真的吗？哈哈……赶快告诉我！"丈夫激动而又兴奋地嚷道，吸引了众多目光。

梦依萍娇嗔地点了点头："小点声！"

"哈哈……"没想到丈夫竟然比刚才笑得还大声，"我要当爸爸喽，我要当爸爸喽，哈哈……"

见丈夫疯魔的样子，一年多来积郁在梦依萍心中的愁闷似乎霎时不见了踪影。她笑吟吟地望着丈夫，不再阻挠。梦依萍明白，丈夫也需要发泄，也需要调理和寄托。

回到家，冯光军像变了一个人似的，不让梦依萍干任何家务："从今以后，你就是家中的大熊猫，享受国宝级待遇，家务活我全包了！"冯光军一边忙着做饭，一边兴奋地说。

梦依萍静静地坐在沙发上，看着丈夫的高兴劲，心中充满了温暖：是应该放下了，是得好好为这个家考虑考虑啦！

吃过晚饭，夫妻二人躺在床上，商量着梦依萍工作的事，最后决定：把本月最后几天班上完，以后不再去。见丈夫小心翼翼地抚摸着自己的腹部，梦依萍感觉想笑：毕竟刚刚怀孕，有必要如此吗？但她并没有阻止。

第二天，冯光军到商场买来了一部录音机和许多胎教音乐，准备给未出生的孩子进行胎教。他又到书店买了些孕期营养书及梦依萍喜欢看的书，以便为妻子解闷。对照着书籍，冯光军为梦依萍的一日三餐进行了科学设计。看着初中未毕业的丈夫有板有眼地忙来忙去，梦依萍心中充满了感动和幸福。当初答应嫁给他的决定看来是对的，至少目前如此；一个家在物质上基本够用即可，而精神上的满足还是很重要的。

十二月三十日，梦依萍顺利产下一个女婴，起名为冯薇薇，眉眼与梦依萍十分相似。丈夫极为高兴，因为哥哥家有两个儿子，而女儿的出生为冯家增添了诸多乐趣。梦依萍自然高兴不已，毕竟初为人母的她还是深感生活的美好，世间从此也有了寄托，不再似浮萍般无依无靠地飘着，可也有些遗憾：没有为冯光军生一个儿子。

生活如一艘巨舟，能掌舵当然更好，如此便可驶往你想去的任何一个地方；但如果不能，那么就安心地当好乘客，让命运之船随浪而去吧。

第二十三章　一地鸡毛

"哎哟，好痛！该死！怎么回事啊，从生完孩子开始，一到例假就痛得厉害……哎哟……"刚刚站起来的梦依萍一声惊呼，摸着疼痛难忍的腰，手中的东西差点掉落，边诅咒边皱着眉头，心中颇感无奈。孩子已经出生三个多月，没想到竟落下个腰疼的毛病。刚开始也没在意，谁知道一月比一月痛，得上医院好好看看了……

可一想到丈夫的收入，梦依萍就有些沮丧。结婚前，两人也没过多在意收入，毕竟那时的梦依萍还沉浸在失去燕舞扬的痛苦之中，自己上着班，还有些收入。从订婚到结婚，像个没有主见的傀儡，总是听着爸妈的安排，她也一直没把心思放在收入上，更没有主动过问。直到辞职备孕，孩子出生，增加了许多家庭的开支后，梦依萍才感觉到经济的拮据。虽然丈夫早起晚归，忙得不可开交，但还是入不敷出，让梦依萍对婚姻和未来充满了忧虑。所幸冯光军对梦依萍一直都很体贴，倒给了她一些安慰。

晚上，了解了梦依萍身体状况后，冯光军颇为紧张，就力主梦依萍明天立即到医院查查。吃过晚饭，丈夫又给梦依萍捶打身体，揉捏腰部，梦依萍倒也很为享受。而对晚上闹夜的女儿冯薇薇，丈夫也是百般呵护。

第二天，把孩子放在母亲家后，梦依萍便和冯光军到了医院。一诊治，方才知道梦依萍是继发性痛经。医生介绍说：继发性痛经指由盆腔器质性疾病，如子宫内膜异位症、子宫腺肌病等引起的痛经，需要持续治疗。随后医生开了很多药剂让梦依萍服用。

走出医院，两人都没说话，默默地想着心事。三月的春雨如蚕丝般飞舞，密密麻麻落在身上后状如古代战甲上凸起的圆形饰品。看着熙来攘往的行人，梦依萍很羡慕，因为他们都有着明确的生活目标，而自己好像迷失了自己——每天不仅要喂养女儿，还要操持家务，如今又有痛经的问题，何时是个尽头？

跟在妻子后面的冯光军则有些烦躁，因为最近他二叔生意不好，给自己的工资自然也有所减少。可从结婚到现在，家庭的开支日渐加大，房租、水电费、物业费、生活费、奶粉钱、应酬费……所有这一切都使得他备受压力，结婚前在梦依萍面前展示的耐心和细心，渐渐被生活消磨得所剩无几。如今，梦依萍又身体不适，让他内心颇感后怕，可是他不能有任何表露。毕竟，当初他允诺过梦依萍，要好好待她，给她幸福！现实生活里，年轻的冯光军还没完全准备好，残酷的考验就一一展示在他面前。青涩的年纪，他曾不停地往前冲，在感情的世界里确实不曾在乎该在乎的人和事，虽然结识过一个武汉女孩并同居，但那时他认为自己没有能力，也没有条件，最后在女方家长的干预下而分手。他曾有个根深蒂固的思想，那就是男人得有钱！当你贫穷不够强大的时候，男人不能谈感情！贫穷是摧毁感情的最好利器。于是一辍学，他就拼命赚钱，直到遇见梦依萍，他真心诚意地对待梦依萍。可是结婚如此早，是他始料不及的，因为自己手中没有太多的积蓄。恋爱，结婚，女儿出生，每一项都需要金钱的投入。如今，梦依萍身体不好，给他本有些烦躁的心添加了一些火星，虽没引燃，但危险却在一步步逼近。他已经体会到了"贫贱夫妻百事哀"的酸楚，也理解了现实中女性基本上都是比较看重物质的观点。想到这里，冯光军暗暗地下定了决心：他要拼命赚钱，不让梦依萍受苦，不让梦依萍看轻自己！初中尚未毕业的冯光军想不出什么深奥的东西来，他只知道一个男人只要有钱了就能让一个家生活好，而没有去想该如何满足妻子的情感需求。

　　看着前面在雨中默然无声走着的梦依萍，他收回心思，来到妻子身边，告诉她自己还要到二叔那边去，让她自己回去。梦依萍点了点头。待丈夫匆匆离开，梦依萍心中有些失落：钱那么重要吗？陪陪我就不行了？生个病都没人照顾，结婚才多长时间啊，就没耐心了。雨似乎落在了她的心里，寒了似的打了个哆嗦。有种液体渐渐模糊了她的双眼，不知是雨水，还是泪水。滑落脸颊，掉入嘴唇，她尝了尝，有点咸。

　　当梦依萍从母亲处接回女儿冯薇薇回到家的时候，已经十一点多。强忍着疼痛，她赶紧做饭，以便丈夫回来吃。不知为何，女儿今天特别闹腾，梦依萍不得不去哄孩子，直到孩子睡着了，方始安心。

　　回来的时候，中饭还未做好，冯光军心中十分不快，虽未表现出来，但生性敏感的梦依萍还是觉察到了。梦依萍隐忍不发，内心深处的绝望却在慢慢滋生。一顿饭在沉闷中结束，如往常一样，冯光军撂下碗筷便离开了家，留下暗自生气的梦依萍。

雨越下越大，朦胧了武汉的大街小巷，也朦胧了人们的视线。婚姻啊，就如远处的胜景，看到的景致永远比不上听人说的那么好看，那么吸引人。理想婚姻到底是什么样呢？难道滚滚红尘中的饮食男女都摆不脱围城之困吗？

第二十四章　逝者安息

燕舞扬不慌不忙地喂完孩子辅食，收拾着家务。木子骑自行车去医院上八点的白班，而孩子吵闹一阵后已经睡着，躺在店铺里的床上。夫妻的争吵本源于小事：燕舞扬秉持着"君子必美其服，安其居"的古训，喜欢把家收拾得整整齐齐、洁洁净净，可妻子总是漫不经心地随手放置物品。为此，两人曾就此事平心静气地沟通过，妻子也答应改，但没过几天，一切照旧。多次劝说无效，燕舞扬很是无奈。

他想起精神分析家弗洛伊德曾说：人生最重要的就是工作和爱，为了工作和爱要节制自己的欲望，以免伤了人生最重要的事和人，而不该拿的钱、不该要的感情成了他指认的人生最不能要的两样东西。仔细一比对，他发现自己有了生意，也曾经拥有真爱，可是在不知不觉中竟然伤害了自己最爱也爱着自己的人。

经过和妻子的多次争吵，燕舞扬发现于事无补，便不再理会，而是强令自己默认。想收拾就收拾，不想收拾就放在那里，直到自己实在看不下去或有了收拾的欲望才去处理一下。虽然自己有些气闷，但总比当着孩子的面去争吵好得多。时间一长，情况也就有所改观，至少自己能心平气和地面对了。弗洛伊德说得对：一个人的行为模式在十四岁甚至更早就已经固结，以后如果想改变，可能性不大，除非此人身上发生了巨大的创伤性事件。既然如此，燕舞扬打算以后不再试图去改变木子，而是接受、容忍，这需要调整自己的心态。这是不是新婚初期受三只鸡影响而带来的变化呢？燕舞扬不得而知。

自与木子认识以来，六十多岁的岳母因患脑梗已不能说话和行走，只能用喉咙发出低沉的呜呜咽咽的声音，辅以表情和手势来表达内心的情绪。只要见到自己和儿子燕秋生，岳母总是笑容满面，说不出的满意和开心。善良、孝顺的燕舞扬了解老人的心思，故和木子结婚后，闲暇时便经常拿本书坐于其侧，虽不能正常交流，但陪伴何尝不是一种孝心？

燕秋生的出生给岳母带来了更多的欢乐，几天不见，就"哇哇"抗议。为此，燕舞扬夫妻一有时间便带着孩子待在老人身边。燕秋生虽然很小，但一经逗弄便笑逐颜开，呆萌的表情常常惹得老人捧腹大笑。燕秋生渐渐成了木家的开心豆，真是让燕舞扬始料不及。

可是好景不长，岳母病情日益恶化，虽经治疗仍不见好转，直至于2001年正月十四去世。作为女婿，燕舞扬忙里忙外，尽一份该尽的责任与义务，还要安慰妻子。

"木家没人见过世面吗？母亲去世，怎么能把灵柩停放在女儿的家中？"

"可不是嘛，这样做，以后会对女儿的家庭影响很大的。"

"是啊！现在看不出来，慢慢就会显现的。"

"也不能怪别人，木家大女儿木樱太强势了！据说棺材都是木樱婆婆的，千辛万苦从老远的地方连夜运来。"

"难怪有些小。如果棺材过大，必定很重，就很难抬到山上安葬。"

"那就不要这样处理，介水镇还少大棺材？"

"可是得木樱同意啊！"

……

围观的街坊邻居窃窃私语着，尽量背着木家人，倒不回避燕舞扬，毕竟仅仅是个女婿。

"另外，你们发现木家长子木林一直没有出现，这都第二天了。"

"可不是，再远的路也应该赶回来了。"

"你们不了解情况。木林不会出现的，因为和他老父亲关系不好。"

"死者为大，更何况是木林母亲？你都不知道他母亲多疼爱他啊！唉，这样的不孝子也难找。"

"说起来，木林这个人不仅不孝，还有些贪，从老木手中可没少得家产。"

"唉，一言难尽啊！"

……

燕舞扬充耳不闻，跑前跑后，忙着自己的事情。

"不过，老木的两个女婿真是不错！"

"嗯，大女婿踏实能干，虽然口讷。"

"真是不错，曾经还帮过我的忙，很热心。"

"二女婿燕舞扬也很帮忙，生意做得又好，赚了不少钱。关键是还有爱心，又是捐资助学，又是设立奖学金，又是打造旅游项目去帮老百姓致富，我就佩服这样的人。"

"嗯，确实挺厉害的。我还听说，燕舞扬还在不停地学习。"

"可不是嘛，据说大专、本科都拿到手了，又在学英语，这家伙是不是想离开介水啊？另外，您说他已经赚了那么多钱，还去学习，不是自找苦吃吗？"

"是的，我也听说了。这你就不懂了，那叫有精神追求。还别说，木子是挺有福气，那么大了，还找了一个如此好的人。"

"人的命，天注定。人人都说木子不能生育，结果如何？人家偏偏生了个大胖小子，还长得那么好看。唉……"

……

三天后，岳母得以安葬，而木林也一直未现身，让燕舞扬颇感意外和不解，便问木子，方知其中因由。

因木林是家中第一个孩子，木父极为宠溺，从小便要星摘月的。一俟成人，颇有些为非作歹的倾向。见苗头不好，走南闯北的木父恨铁不成钢，就使用强力手段，欲使木林走上正轨。可适得其反，父子二人几成仇人。实在没有办法，木父只好走关系，把木林送往部队，寄望部队将其教育好。不承想，木林服役期未满便回到了家，因其不服从上级命令，竟被遣送回来。至此，父子二人关系降至冰点，互不理睬，全靠木母居中协调和沟通。后在家人帮助下，木林始建房、娶妻、生子，总算过上正常生活。而木林给父母带来的创伤成了木家的心头之痛，家人都不愿提及。而今母亲去世，木林竟然没有回来尽孝，给整个木家人带来了沉重的心理压力。临咽气前，木母仍四处张望，未见木林后的失望之情化为了木家人的阴影。

听完木子的讲述，燕舞扬暗想：九泉之下，未见大儿子的岳母能否安息？

人类之所以能够不停地往前发展，就是因为有着良好的传承，这其间的亲情起了至关重要的作用。如果一个人处理不好与家人的关系，甚至连亲情都不顾，那么能处理好与其他人的关系吗？一个不孝敬父母的人，会是一个重情重义的人吗？会是一个善良可靠的人吗？所谓百善孝为先，确乃真理也。愿逝者安息，生者警醒。

第二十五章　一帘幽梦

宪城的四月，太阳暖洋洋地挂在天上，和煦的春风让人心情舒畅，各色树木竞相绽放盎然生机。鸟儿啁啾，起劲地卖弄着千回百转的喉咙。今天逢集，介水镇及其附近商贩早早把欲出售的商品或陈于租好的摊位，或找一自认地势佳的地方摆放起来。刚过九点，镇上便已摩肩接踵、热闹非凡，似一锅沸腾的粥。叫卖声此起彼伏，讨价声不绝于耳，聊天声旁若无人，鸣笛声刺耳吵人。小汽车、皮卡车、大货车、三轮车、自行车……交错而行。商贩、小偷、捎客、农民、匠人……毕集于此。

"笃笃"的敲门声在寂静的小巷中响起，正在院中看书的陈新枝抬起头，问："谁啊？"

"新枝，我是红丽。"一个略显沙哑的女声应道。

陈新枝一听，很感意外地站了起来，快步走向院门，"吱呀"一声打开了门，立即扑上去，熊抱住了对方："哎呀，死鬼，想死我了！真是的，回来也不提前告诉我。让我看看，还别说，你变得越来越漂亮了！这牛仔裤把你的小蛮腰衬托得有滋有味，薄绒翻边毛衣时尚前卫，很有料啊，啧啧……"

陈新枝一边埋怨着，一边仔细打量着闺密，弄得梦依萍都不好意思了，嗔怪地打了她一下："你呀，还是少给我灌迷魂汤吧，嘿嘿……"

"嗳，我敢灌吗？你家老冯还不打死我呀，哈哈……"陈新枝促狭地开着玩笑。

"好，你个死鬼，得找个人好好管管你，瞧你那张嘴，迟早会被人封住的，哈哈……"梦依萍笑骂道。

"我想找个人管啊，可是找不到呀。要不你给我想想办法？"看着一脸严肃故作认真状的陈新枝，梦依萍忍俊不禁，两人不由得同时大笑起来。互相打趣完，陈新枝拉着梦依萍来到自己闺房，两人便打开了话匣子，互相了解了别后几年的情况。梦依萍讲述了自和燕舞扬见最后一面回武汉，认识冯光军并和其订婚、结婚、生子的过程，其间自己的遭遇、感受，带孩子、上班的辛苦与快乐，云云。

而陈新枝夸赞梦依萍虽然比几年前瘦些，但并没有因为生孩子而破坏身材，反而变得更好，又痛骂了燕舞扬一番；讲自己相亲的几桩趣事，目前正和一初中老师拍拖……互道别后衷情，两位不胜唏嘘，感慨良多，不知不觉间已是正午。陈新枝连忙做饭，梦依萍帮忙洗菜，直忙到陈新枝妈妈回家。

梦依萍一见陈新枝妈妈，便拉着她的手，塞给老人四年前借的100元。老人不要，不想竟触发梦依萍伤痛，不禁悲从心来，簌簌地掉下泪来。老人忙接过钱，并百般劝慰，方将梦依萍情绪平息。

饭罢，又是一番畅谈，直到下午两点左右，梦依萍方告辞而去，欲到介水医院看望一朋友。陈新枝一打听，自己竟然也认识，两人便相跟着前去。去医院的路上，二人兴高采烈地谈着初高中同学、共同认识的朋友、介水镇的人和事，不觉间便已来到医院。介水医院是介水镇唯一的医院，20世纪90年代从介水镇老街迁建于环镇路边，各项设施较为齐全，科室相对完善，绿化较好。

一走进医院，陈新枝便发现刚才还有说有笑的梦依萍突然沉默了起来，脸色很不好看。她就顺着梦依萍的目光看去，发现路对面有两个大人，一个小孩，很明显是一家三口。再仔细一看，陈新枝感觉男的似乎面熟，结合梦依萍的反应，她立即想起：此人正是燕舞扬！

陈新枝立即拉着梦依萍冰凉的手，晃了晃。神思恍惚的梦依萍清醒过来：是他！是燕舞扬！是那个让她终生难忘的男人！他也结婚了？这是他的孩子吗？是个男孩，好帅。他一直专注于自己的孩子，看都不看我一眼，真是可恶！他终于朝我看了！梦依萍的心在狂跳，喉咙发干，等着被他认出那一瞬间的到来。可是他竟然又低头去拉孩子，似乎并未认出自己。该死！这么多年过去了，自己的心也死了。可是现在的自己竟然还是如此紧张和激动，到底因为什么？梦依萍拍了拍酥胸，想让自己镇定下来，可是她发现根本做不到。

梦依萍想往前走，但脚下如生了根一般，就是无法挪动半步。她想：要不要上去和他打声招呼？要不要和他妻儿见面？如果他不理自己呢？如果他妻子不高兴我和他见面、聊天呢？思想的漩涡搅扰着梦依萍，她犹豫不定，思前想后，踌躇不已。见梦依萍如此，陈新枝也没有动。

当看见燕舞扬的妻子挎着丈夫的胳膊，拉着孩子，走向医院大门的时候，梦依萍方收回眼神，怔怔地发着呆。如何见朋友，如何离开医院，事后梦依萍一点也想不起来。很多年以后，她只记得：在介水医院碰到了燕舞扬，而他根本就没认出自己！

回陈新枝家的路上，梦依萍再也没有了去时的兴致。见她闷闷不乐，陈新枝小心翼翼地问："红丽，你还放不下他吗？"

犹豫了一会儿，梦依萍轻轻地摇了摇头。陈新枝狐疑地瞅了她一眼："你既然已经把他放下了，那为什么你刚才一见到他，就如此失魂落魄，如此失态？"

经此一问，梦依萍也是有些疑惑：自己到底怎么了？如果说自己已经放下了燕舞扬，为何丧失了和他打招呼的勇气？既然不敢面对他，是否说明自己心中始终还牵念着他、爱着他？是否说明自己还在怪他、埋怨他？若干个无法索解的问题如飓风一般，在梦依萍的脑海呼啸而来，又呼啸而去，撕扯着她脆弱的神经。

到陈新枝家以后，二人才发现冯光军已经等候多时。一见梦依萍脸色不好，冯光军关心地问道："怎么回事啊，你面色挺苍白的？上午不是还好好的吗？"

听丈夫问起，梦依萍故作镇定地道："可能是中午吃什么了，胃有些不舒服。没事的，喝点热水就好了。"

丈夫"哦"了一下就不再吭声，因为他知道梦依萍经常如此。陈新枝则立马给梦依萍倒了一杯水，扶她坐到沙发上。一时间，屋子里寂静无声。陈新枝无话找话，有一搭无一搭地和冯光军聊着天，而梦依萍则百无聊赖地想着自己的心事。

天将擦黑，冯光军兴致勃勃地带着妻子与陈新枝一块到宪城里玩。疯玩之后，梦依萍向丈夫提议：好好款待闺密陈新枝。冯光军自然同意，于是三人找了一家酒店。菜未上齐，梦依萍便到前台，买来两瓶白酒，"哐当"一声，放在桌上，指着陈新枝，恶狠狠地说道："新枝，不醉不归！"

陈新枝会心一笑，很是豪爽地应道："不醉不归！现在就开，饭前先来一杯，如何？"

梦依萍一听，开怀大笑，陈新枝怎么听都有些心酸。端着酒杯，三人碰了一下，梦依萍一饮而尽，惊得冯光军一愣，而陈新枝也默契地干完。梦依萍站起，搂着陈新枝："你真是我的好闺密，认识你真好！来，亲一个，哈哈……"

陈新枝失声尖叫，大喊"救命"。冯光军坐于一侧，看两人厮闹，微笑不止。当第二瓶酒打开的时候，梦依萍头痛欲裂，冯光军便劝阻，不让二人再喝。可是招来梦依萍一顿痛骂，他只好缄默。三人你来我往，频频饮起。直到第二瓶喝完，梦依萍方颓然地趴在桌上，嘴里嘟囔着："还喝，拿酒来，我……"

结完账，冯光军欲拉梦依萍离开，可是她步伐散乱，已然不能直立。不得已，冯光军便背着梦依萍，和陈新枝一道，找了一家宾馆住下。那一夜，梦依萍哭过、喊过、骂过，折腾到凌晨方始睡去。

直到第二天下午，梦依萍方被电视中的《一帘幽梦》主题曲吵醒："我有一帘幽梦／不知与谁能共／多少秘密在其中／欲诉无人能懂／窗外更深露重／今夜落花成冢／春来春去俱无踪／徒留一帘幽梦／谁能解我情衷／谁将柔情深种／若能相知又相逢／共此一帘幽梦／窗外更深露重／今夜落花成冢／春来春去俱无踪／徒留一帘幽梦／谁能解我情衷／谁将柔情深种／若能相知又相逢／共此一帘幽梦／窗外更深露重／今夜落花成冢／若能相知又相逢／共此一帘幽梦……"那可是她最喜欢的一首歌。她没有立即起床，而是静静地躺在被窝里听着。听着听着，她不禁泪流满面。

第二十六章　生亦何悲

也不知道母亲身体现在如何了？坐在车里的燕舞扬愁眉苦脸地暗想。壬午年五月下旬的一个上午，正在店里的燕舞扬接到父亲电话：母亲肚子疼得厉害，不能下床行走。匆匆忙忙赶到家，燕舞扬一听父亲描述，再具体了解了一下母亲病情，初步估计是胆囊出现问题。随后，他便给木子打了个电话，商定先把母亲带往介水医院检查一下，待查清病因再做下一步打算。留下父亲在家，忧心忡忡的燕舞扬扶着疼痛难忍的母亲乘车来到了介水医院。经初步问诊，医生基本认定其为胆囊结石，病因复杂。

随后，燕舞扬陪伴母亲进行了B超检查，发现胆囊内有强回声团，并随着体位改变而移动，且有声影，确为胆囊结石，而所谓的肚子痛实为胆绞痛。在征求了三个远在外地的哥哥的意见之后，考虑到自己既要带孩子，又要陪护术后的母亲，燕舞扬决定就在介水医院为母亲做手术。入院后第三天，待生命体征平稳，介水医院为燕舞扬的母亲进行了胆囊摘除术。手术很顺利，让燕舞扬一直悬着的心终于放了下来。

接着的半个月，燕舞扬不停地穿梭在家、店铺和医院间。其间，两个姐姐虽来陪护了一段时间，但主要还是燕舞扬。好在妻子可以利用工作之便，为燕舞扬分担一下照顾母亲的任务，使得他有了些喘息的机会，为此他常常在心中感谢木子。因恢复很好，半个月后燕舞扬的母亲便出了院，回家休养。紧张的日子终于过去，燕舞扬可以松口气了。只是每逢周末的时候，他常常带着孩子回家看望母亲，顺带了解燕家庄池塘旅游运营现状。

日子缓慢地过着，一晃就到了暑假。七月十五日的上午，木樱的丈夫古成从宪城城关上班的地方到介水镇看望待在外公家的六岁儿子。恰值燕舞扬也在，中午两人一起饮酒吃饭。饭后，燕舞扬和其一块儿在介水镇附近散步、聊天。五点多，刚刚吃过晚饭，古成便接到一个电话，于是收拾了一下要带的东西，准备回宪城城里的家。燕舞扬目送着古成，只见他坐上副驾驶，挥挥手与其告别。未曾想，此行即是诀别！

七点多，木家接到电话，说古成所坐的皮卡车遭遇车祸，真是晴天霹雳！燕舞扬和木家一行人匆匆赶往事发之地，只见小皮卡不知何故横穿马路撞倒路对面的柳树后斜倒在路边水渠里，车的前脸已面目全非，驾驶员当场死亡，而坐于副驾驶位置上的古成也气息奄奄，鼻青面肿，鲜血淋漓。路人急忙拨打110和120，等把古成送到急救室，已是事故后的两个多小时。眼见古成被推往抢救室，眼见医护人员有序施救，眼见手术室的门打开，眼见浑身发颤的木樱在听到"准备后事"后瘫软在地，眼见古家人匆匆赶到，把已经冰冷的古成放上殡仪车拉回家……燕舞扬神思恍惚，深感世事无常，在颠簸和失眠中，煎熬了整整一夜！

第二天，在哀乐的低回声中，燕舞扬最后一次仔细地看了看躺在冰棺中四十四岁的古成。曾经黑帅的脸有些肿胀，到处是擦痕和淤青，左眉棱骨有个非常明显的伤，鼻梁已然塌陷，嘴唇扭曲变形，尚有暗红色的液体不停地从嘴角处溢出。

"古哥，走好！"燕舞扬哽咽着，眼泪奔涌而出。他没有去擦，任眼泪流淌，默默地在棺前焚烧着纸钱。燕舞扬突然想起了岳母去世时街坊的议论：岳母灵柩停放木樱之家，将不利于木樱。一瞬间，从不信邪的燕舞扬感觉浑身冰凉，毛骨悚然。

他立即走出古家，想摆脱那个缠绕在自己心中的那一幕不可思议的对话。可是，不论他采取什么办法，那句话总是不停地闪现在脑海中。看着远处苍茫的青山，燕舞扬第一次感觉到大自然的神秘，第一次发现冥冥中天意的威力。古老习俗不成文的规矩，之所以能历千年而不衰，口口相传于后世，其合理性和科学性无法解释，但生命力却是如此顽强，而准确性竟让人瞠目结舌。六年后，木樱的遭遇再次震撼了燕舞扬。

第三天，燕舞扬和众多亲友一起，送走了古成。看着山坡上安葬古成的一抔尘土，燕舞扬心灰意懒，颇感生命的脆弱。爱恨情仇于人世，相爱相杀在红尘，何其可笑！与他人争名夺利，和亲人斤斤计较，真乃愚人！执着于妄念，营营于浅见，确乃虚度！一时间，思绪纷飞，燕舞扬的内心倒通透了许多。以后许多年，燕舞扬遇上很多艰难之事，都能一一挺过来，与此时的顿悟有着莫大的关系。

离开古家，坐车回去的路上，燕舞扬又想：自己和梦依萍从遇见到相爱，从仇人之孙到恋人，从同居到分手，冥冥中是否也是天意？快乐美好的日子最终变成了杳无音信的牵挂与相思，折磨着自己，也销蚀了多少对情感与生活的热望与激情。到如今，自己已结婚生子，可是真的能把与梦依萍在一起的过往抹杀得一干二净吗？从深圳回来的路上，窃贼独独偷走了放有梦依萍照片及日记的行李，难道也是天意？是让自己忘记了她，还是更刻骨铭心地记住？刚刚还很通透的燕舞扬，一想到梦依萍，心似乎又有些乱了。

第二十七章　岁月易老

"噼里啪啦……"癸未年三月十八日的一阵鞭炮声在木家临街老宅响起。在好事的街坊印象中今天并不是木家什么重要的日子，后经打听，方知是燕舞扬夫妇准备拆掉老屋建新宅。

原来，自岳母去世后，岳父便在燕舞扬家生活，不大的房子更显逼仄。因年纪、饮食习惯、作息规律的差异，燕舞扬夫妇俩过得很辛苦，毕竟老人、孩子都得照顾到，房子虽然小，但他们并未因此产生嫌隙，对方也不埋怨将赚到的钱投资到旅游项目去帮老百姓致富。燕舞扬的精干、忍让，木子的勤劳、持家，使得日子过得繁忙而踏实。

但随着孩子的逐渐长大，筹建房子或者买更大的房子成了必须解决的问题。综合各种因素后，燕舞扬夫妇决定买下介水镇街的木家老宅，翻建新房。一经提出，燕舞扬的决定便得到木家同意和支持。随后，燕舞扬便利用闲暇时间丈量老宅尺寸，亲自设计了建造图纸，今天终于破土动工。

"燕老板，没沙子了！"

"燕老板，你得赶快买点铁丝。"

"水泥不太多了，燕老板。"

"明天要布线，你得提前联系师傅过来，不然要窝工，燕老板。"

……

各样杂事纷至沓来，建筑工地热火朝天。燕舞扬忙得也是脚不沾地，购买林林总总建房所需物品，筹备着第二天的事情，和师傅们琢磨着建造过程中遇到的问题，不停地完善着图纸……大到房屋架构，小到一根钉子，都需燕舞扬亲力亲为。一天下来，他常常精疲力竭，躺在床上不想动弹。而儿子正是调皮的时候，那段时间，燕舞扬迅速消瘦。

三个多月后，第一层混凝土浇筑终于完工，让燕舞扬暂时可以松一口气。凝结过程中，燕舞扬虽然每天还要为混凝土浇几次水，但毕竟轻松许多。

在燕舞扬的督促之下，房屋的建造比预想中要快得多，到十月中旬，两间两层并带第三层楼梯间的新房全部竣工。随后，燕舞扬又在楼顶设计了两条长椭圆形花池，砌建四根柱子，柱子上横搭水泥长条。燕舞扬欲把楼顶打造为可养花、可种菜，亦可观景、可乘凉的好去处。又历时一个多月，房屋内部装修终于完成。

这年阳历十二月二十八，天气晴朗，燕舞扬夫妇请了一些身强力壮的亲朋好友帮忙搬家。一切摆放整齐后，在中午款待席上，燕舞扬畅怀痛饮。看着由自己设计并一砖一瓦操劳出来的新房，看着儿子燕秋生在光洁的地板上蹦蹦跳跳，燕舞扬开心、舒畅、颇有成就感。

搬进新房的第三天夜间，准备休息的燕舞扬感觉头痛欲裂，便在木子的搀扶下下楼就医。医生诊断为操劳太多，用脑过度，需要输液调养，静卧休息。

躺在床上，虚弱的感觉让他想起五年前与梦依萍分手从武汉赶回的那一次。恍惚间，五年似一瞬，人间暗换，流年已变，让病榻中的燕舞扬陡增伤感。

病好后的燕舞扬开始摆放自己的书籍，孔夫子搬家——尽是（书）输，脑海中显现出这个不伦不类的歇后语，他不由得摇了摇头。书倒是不少，但自己输了吗？如果看婚姻，那是自己的选择，甘愿认输，谁让自己抛弃了梦依萍而选择比自己大的木子？而婚后平淡的生活倒是预料之中的事情，无所谓输赢。

帅气可爱的孩子呢？毫无疑问，儿子的出生给这个自戕式的婚姻增添了几许生机和活力，让心如死灰的自己对未来多了些期待。不能算输，倒有点赢的味道。而今生活稳定，生意颇为顺心，家庭还算和睦，关键是自己从高中时就确立的帮父老乡亲致富的理想正在逐步实现，他的内心很是欣慰。

如此多的书籍散乱地堆放在一个个纸箱中，那是从识字开始积攒下来的。该如何放置于书柜中？就按古今中外的顺序码放吧，而中国文学的又相对较多，再根据古代、现代、当代排列。说干就干，燕舞扬先找来几样玩具吸引住已经会走路的儿子，然后拆开装满书的箱子，一本本归类码放。

当摆放外国书籍时，燕舞扬竟然发现自己藏有很多苏俄文学作品，如列夫·托尔斯泰的《战争与和平》、果戈理的《死魂灵》、陀思妥耶夫斯基的《罪与罚》、肖洛霍夫的《静静的顿河》、绥拉菲莫维奇的《铁流》、法捷耶夫的《毁灭》、阿·托尔斯泰的《苦难的历程》，还有《普希金诗选》，莱蒙托夫及舍甫琴科等人的诗集。而奥斯托洛夫斯基的《钢铁是怎样炼成的》呢？他这才发现这本中国家喻户晓的小说自己没有，仔细一想才恍然：七年前买过这本书，并题写了"饶恕自己"后就送给了梦依萍。燕舞扬发了呆，回忆着与梦依萍交往的一切，心竟然还是平静不了，撕裂的痛楚还是那般有力。他无奈而痛苦地垂下头，浑身瘫软般地坐在纸箱上。黄昏的斜阳透过窗户射进书房，空气中的微尘无规则地漂浮着。"我会让爸爸给你打造一个大大的书柜，给你放书。"梦依萍娇憨的声音似乎穿越了时空，回响在他的耳边，是那么清晰，那么深情。窗外的鸟鸣嘈杂混乱，如他紊乱的思绪，可是梦依萍总是在那画面的中心，青春、靓丽、可爱，充满热情与活力。不知过了多长时间，儿子燕秋生的哭声把他拉回了现实。

他满怀歉意地轻轻抱起哭泣中的儿子，拍哄着，踱着步，刚刚装修不久的气味让他走上楼顶。极目远望，燕舞扬能看见自己曾和梦依萍流连忘返的河堤、护堤房、田园、树林……怀中的儿子好奇地打量着橘黄色的落日和充满奇幻的天空，"呀呀"地挥舞着双臂。

"燕舞扬，在吗？"正沉浸在回忆当中的燕舞扬听见楼下有人在喊，便抱着孩子走下楼，原来是木子刚结婚两个多月的妹妹木倩过来请自己一家聚餐。待木子下班后，燕舞扬一家三口便骑着自行车来到了同在介水镇居住的木倩家。木倩的丈夫是介水镇国税所的职工，与燕舞扬颇为熟稔。

"哈哈……贵客来了，贵客来了！燕老板，屋里请！"豪爽好客的木倩丈夫戈斌一见燕舞扬便高声迎接。

"哈哈……戈兄好兴致！今天你亲自下厨，为兄有口福了，哈哈……"燕舞扬打趣道。

"今天所里事情不多，又恰逢周末，所以请哥哥你聊聊……"

木倩抢过话头，指着戈斌说："别听他忽悠。他是酒瘾犯了，想请你喝几杯。"

木子一听，知道事情不妙，便直言道："舞扬，我可警告你，戈斌量大，你可得防备点。"

燕舞扬故作洒脱状，两肩一耸，说："嘿嘿，兵来将挡，水来土掩。我无所谓……"

戈斌赶紧道："就是，还是燕兄理解我。你先喝杯茶，再炒两小菜，我们就可开饭了。"

木子皱着眉，瞪了燕舞扬一眼。燕舞扬装作什么也没看见，扭头逗着儿子玩。木倩则微微一笑，进厨房帮着收拾东西去了。

不一会儿，只听戈斌高叫："燕兄，万事大吉，来餐厅喝起！哈哈……"

进餐厅一看，只见桌上已经摆了十个小炒，另有一火锅，燕舞扬便好奇地问道："今天什么日子啊，炒这么多菜？"

"哈哈……燕兄，二姐，你们请！坐好再聊，坐好再聊。"戈斌一边把燕舞扬夫妻往上位让，一边打开酒。待大家坐定，戈斌给木子两姊妹倒了杯饮料，为燕舞扬和自己倒了一杯白酒，然后道："刚才燕兄问今天是什么日子，都是自家人，我也就不藏着掖着了。小弟升任为股长了，今天已经公示，心中高兴，所以就请你及二姐聚聚，也算着庆贺庆贺吧。哈哈……"

戈斌说完便一饮而尽，举着杯子，杯口朝下，对着燕舞扬，道："小弟先干为敬，燕兄请！"

燕舞扬一听，便乐呵呵地说："哎呀，我说呢，今天戈兄如此高兴，原来是高升了！这酒必须得喝。"说完一仰头，一杯酒就下了肚。

戈斌一看，喜笑颜开，立即把酒斟上，端起酒杯朝木子示意一下，然后说："这杯酒敬二姐，谢谢你平时对木倩的照顾。"说完，又是一饮而尽。

端起第三杯，戈斌对着木倩说："老婆，你怀孕已经几个月，家务事我全包了！你就安心在家，好好休养。辛苦了！"一仰脖，涓滴不剩。

木子曾经听人说戈斌好酒，今天一见，果真如此，心中便有些不悦。但因不是自己家，倒也没有吭声，只是不停地朝燕舞扬使眼色，而燕舞扬并未在意。

你来我往，一杯接一杯，不一会儿，一瓶白酒便见了底。已经有些醉意的戈斌仍想继续，但被木子死命劝住，方才罢休。唉，易老的岁月，已逝的青春，总是会留下遗憾，徒惹世人感伤。

第二十八章　助夫成长

随着家庭开支日益增大，冯光军感觉：如果仍在二叔那里帮忙，拮据的现状将会一直持续，而自己答应给梦依萍幸福生活的允诺将会落空。为此，他从女儿冯薇薇出生以后，不停地思考着以后的出路。双方的父母都支持自己单干，另立门户，但选择哪一条路呢？

如果租个门面或者摊位，不讲租金高低，单单与岳父或者二叔形成竞争，他是不愿意的。一方面自己心中过不了那个坎，另一方面市场就那么大，经营者众，自己还去卖干货，势必利薄。如果离开比较熟悉的地方，到武汉其他市场，则不易打开局面，况且一旦出现问题，也没人相帮，后果不可预估。可是不如此，自己又能做什么生意呢？那一段时间，冯光军不停地观察，走在批发市场，看着一家家生意，或冷清，或火热，如木耳、紫菜、香菇、松子、榛子、红枣、桂皮、辣椒、花椒、大茴香、小茴香、胡椒、枸杞、海带、紫菜、鱼虾贝、桂圆、花生……一条条路子想出了，又被一条条地否定，因为不论哪一种干货，都有不止一家店在经营。

一次，因朋友结婚，他回宪城去庆贺，在朋友家吃饭的时候，桌上有位宾客谈起到山东贩卖大蒜的经历。冯光军灵机一动，心想：自己为何不去贩卖大蒜或者其他干货到武汉干货市场？更何况自己在干货市场干了好几年，不仅有很多亲戚、老乡，还认识了很多朋友，如果进的货质优价廉，凭借这些人脉，销路应该不错。可是，上哪找可靠的货源呢？而资金更是问题。未结婚前，自己也存了几万块钱，但现在已所剩无几。想做生意，没有钱怎么行？冯光军为此愁闷欲死，很长一段时间闷闷不乐。

一次晚餐后，女儿已经睡着，梦依萍见冯光军闷闷不乐地边抽烟边看电视，就问："最近一段怎么回事？你总是心绪不宁的。"

看着比结婚时还要漂亮的妻子，冯光军略略回过神，淡淡地道："没事。"

结婚一年多来，梦依萍知道丈夫越不愿多说，越说明心中有事。平时，梦依萍也很少去操心冯光军生意上的事，可是不知为何，这一次倒激起了她的好奇心。于是便端个凳子坐在冯光军面前，柳眉一竖，怒气冲冲地道："今天必须说！"

盯着妻子凹凸有致的娇躯，冯光军拉着梦依萍光洁精致的双手，动情地说："老婆，你跟着我受苦了。"

梦依萍见丈夫情绪有些波动，一时怒气顿消，柔声道："对不起，我不该冲你发火！你忙了一整天，回来本该好好休息，结果我还惹你生气……"

冯光军忙摇了摇头："没关系，只要你开心就好。本来打算不和你说，既然你想知道，我就把我这一段时间的想法告诉你。"

于是，他便把自己想自立门户去做生意但缺少资金的事情讲了一遍。梦依萍听完，也沉默了。细细一思量，从怀孕到现在，特别是孩子出生以后，自己把绝大部分精力和时间都放在女儿身上，很少关心丈夫，更没有去关注他的内心。

第二天早晨，冯光军像往常一样早早出门了。孩子的吵闹声终于把梦依萍吵醒，看看时间，已是九点多。顾不得洗漱，梦依萍先把女儿穿起，喂饱，放在婴儿车里，并塞了一个玩具在孩子手里，随后她才开始当妈妈后惯常的梳妆打扮。吃完饭，差不多十点，梦依萍边收拾家务，边想昨晚丈夫缺资金的事情。自己人生低谷的时候，冯光军走进了自己的生活，并毫不在意她的过去；订婚，结婚，生孩子，一路走来，冯光军没让自己失望。每天看着他早出晚归，辛苦地赚钱，梦依萍也很心疼，却无可奈何，毕竟自己还要领孩子，努力兑现"好好善待他并成为一个好妻子"的承诺。如今，丈夫上进，想自立门户而没有资金，自己能做什么呢？找双方父母借钱不是长久之计，更何况他们也不容易，自己也不愿张这个嘴。看来只有一条路了，那就是把结婚时冯家给自己的十万块彩礼钱取出。

于是，梦依萍打开橱柜，找出存单，一看日期，到息日恰好是今天！梦依萍颇感冥冥之中自有天意，心中不由暗喜：看来老天有眼，丈夫的生意定会红红火火！

"妈，您帮我看会儿薇薇，我办点事。"喜滋滋的梦依萍把女儿送到妈妈那儿。

"好的。过来，我的小宝贝。姥姥亲亲，哈哈……"张瑛看女儿高兴，自己心里也爽快，欢天喜地地接过冯薇薇亲了一口。

梦依萍莞尔一笑，就朝着离家最近的存款银行走去。一进大厅，她发现办理银行业务的人很多，本想再找一家银行，但一想离家太远，取的钱又很多，为安全起见，就取了一个号，安静地坐在大厅的椅子上等待着。眼看已经十一点多，还没有排上，梦依萍心中不免焦急。透过玻璃门往外看，突然瞧见燕舞扬的身影闪过，她立即站起，推开门，边往左侧追去，边在嘈杂的街道上高声喊："燕舞扬！燕舞扬！"

前面正在行走的男子一转身，梦依萍方才发现，虽然这个男子也戴着眼镜，中分头，但绝不是燕舞扬。于是俏脸一红，满含歉意地向对方说："对不起，认错了！"

男子摆摆手，微微一笑，道："没关系。"扭头便离开了。刹那间，梦依萍感觉男子那微笑的容颜又是多么像燕舞扬啊，心"怦怦"地剧跳着，怅然若失地走回银行。坐在椅上，梦依萍回想着和燕舞扬在一起的事情，嗔怒薄笑，一时心情千转百回，再也感觉不到等待时的无聊了。

吃过晚饭，冯光军抱着孩子，看着电视，而梦依萍忙着收拾家务。一切停当之后，梦依萍拿出装着十万元现金的袋子，放到冯光军面前，波澜不惊地说："给你。"

冯光军疑惑不解地看了看妻子，然后打开袋子一看，全是现金，码放得整整齐齐！他抬起头，眼中充满了疑问。

梦依萍平静地说："这是结婚的时候，你家给的彩礼，我一直没动。如今你做生意急需钱，我就把它全部取了出来，加上利息约十二万。"

冯光军一听，心中激动不已，把孩子放到婴儿车里，走上前，一下抱住梦依萍，语无伦次地说："谢谢你，红丽！谢谢……我会努力的，努力赚钱，绝不辜负你的期望……我……我会尽快给你娘俩想要的幸福生活！我……我爱你，老婆！"

梦依萍任由冯光军说完，然后轻轻推开他，略含严肃地说："光军，这是我们仅有的一点家底，我之所以全部交给你，是因为我相信你的能力。同时，也算我为这个家做出一点贡献，毕竟孩子小，我无法帮你处理生意上的事情。另外，如果在生意上遇到了想不开或者做不到的事情，要及时和我讲，让我们一起面对，寻求解决的办法，不要闷在心里，行不？"

冯光军双眼微红，频频点头，内心深处对梦依萍充满了感激和爱意。见梦依萍如此通情达理，毫无保留地支持自己，冯光军对梦依萍的爱意更是增加了许多。随后，夫妻俩针对生意上的事又进行了沟通，决定明天就采取行动。

第二天，冯光军便告别了二叔，到山东金乡县考察大蒜行情。因为他知道金乡大蒜在国内外市场上享有很高的知名度，1992年曾在首届中国农业博览会上荣获银奖，是迄今为止中国白皮蒜类唯一最高奖；1996年3月，金乡县被国家正式命名为"中国大蒜之乡"；2000年在国家工商总局注册了"金乡大蒜"证明商标。

跟着二叔的几年，冯光军也了解到武汉人特别喜欢金乡县大蒜，原因在于此地所产大蒜皮白、个大、性黏、味香，辣味适中、营养丰富，先后荣获首届中国农业博览会同类产品最高奖、中国名牌产品、A级绿色食品。"金乡大蒜甲天下，中华蒜都在金乡"已在全国叫响，"世界大蒜看中国，中国大蒜看金乡"已成为各界人士的共识。

甫下火车，冯光军便直奔目的地，了解后发现：金乡县蒜薹的价位和武汉干货市场上的悬殊。他略一估算：如果投资十万，除去运输费、仓储费、人工费及损耗，按武汉现有价格去销售，至少可以赚四到六万，这对现在的自己而言可不是一笔小数目。但他又一想：不能太乐观，毕竟自己刚刚做这门生意，销路还是大问题；要想挤占别人的市场份额，除了货物的质量可靠之外，就只能降低销售价位；如此一来，利润肯定会减少，不过这也是没办法的办法。

冯光军一想通其间关节，便立即以极低的价位收购了十万元蒜薹，并联系了火车站货物部，足足装了好几个火车皮。随后，冯光军返回武汉，联系了仓库，一俟货到即可入库。货到之前，冯光军又走访了武汉几家大型干货市场，以了解蒜薹价位，并联系了亲戚、朋友和老乡。

因为准备工作做得充分，加之冯光军的货质优价廉，所以不到一个月，便销售一空。随后，冯光军一盘账，没想到竟赚了五万多，差不多是他一年的工资。

当晚，兴奋中的冯光军带着妻女到一海鲜城庆祝。席上，冯光军举杯向梦依萍深情地说："老婆，没有你的支持，这一次就不会赚那么多钱！谢谢你，老婆！"

丈夫开心，梦依萍也很高兴，举起红酒："虽然赚了些钱，但不要张狂。不要忘了，那些被你抢了生意的人会采取针对性的措施，这一次赢在出其不意上，下一次你就不会那么轻松和顺利的。你要做好思想准备。不过，我很高兴！"

听梦依萍一说，冯光军暗暗心惊，同时很是佩服妻子的高瞻远瞩：不愧是生意之家出生，不经意间就能发现症结所在。

果不其然，接连几次的生意虽然赚了不少，但都不如第一次那样顺利。可也正是这种遭遇让冯光军快速成长，不几年已成为一个颇为成功的生意人，而家境也逐步得到了改善。

第二十九章　介水产子

"木老师，您可来啦！今天就诊的患者特别多。"甲申年八月的一个早上，木子刚到单位便被同科室的谭菲菲叫住。木子一瞥，见这个年轻的浑身充满朝气的护士忽闪着漂亮的大眼睛，心中很是羡慕，而对她焦急中的尊敬也是极为享受。

于是木子快走几步，语气沉稳地说："没事，一步一步来。你先查一次各个病房，我去去洗手间就来……"

还未说完，便被谭菲菲打断，她颇为神秘地走近木子，小声地说："一号病房住了个孕妇待产，据说不到二十七岁，孩子已经五岁多了。这次是第二次生产，脾气可大了，不过长得蛮漂亮的，您可得注意点……"

对谭菲菲喜欢八卦的个性早已见怪不怪，木子无奈地摇了摇头，轻轻地拍了拍她的头，微微一笑道："嗯，按规定操作即可。谢谢你的提醒，一会儿见。"说罢，便朝洗手间走去。

从洗手间出来，木子碰见了龙江英："江英，忙不忙？我想问你一件事。"

龙江英"呵呵"一笑，"再忙，对你也有时间，你讲呗。"

木子忙把妹妹木倩已怀孕十个多月但仍不见生产动静的事情讲了一遍，然后问该如何处理。龙江英一听，知道木倩有些麻烦，但又不敢和木子深说。因作为好友，她了解木子——心中一有事就常常焦虑、失眠，便轻描淡写地说："没什么事，孕妇遇到这种情况很正常，你让木倩下午过来，我给她检查一下。另外，让她家属陪着，以便照顾。"

木子一听，马上眉开眼笑地说："谢谢！你这一讲，我心里有数了。你忙吧，我下班回去就通知妹妹。"

"好的。再见！"送走木子，龙江英宗走进妇产科手术室，为待产孕妇接生做准备工作。

木子到科室换衣间穿上工作服，便开始配兑药液。只听"砰砰"声响，一瓶瓶玻璃针剂被一次次敲碎，又见插入注射针头，"唧"的一声抽干药剂，甩出瓶子，再注入大大小小、颜色各异的药液中，娴熟而流畅。

查完房的谭菲菲走了进来，见木子正在配药，灵动的大眼睛便专注而认真地观察着，时而秀眉紧蹙，时而会心微笑。木子也没干扰她，因为对于这样刚上班而又好学的新手，木子是很喜欢的，虽然谭菲菲口无遮拦。不一会儿，第一批需要输液患者的药全部配完。

谭菲菲走上前，拥抱了木子一下，略显夸张地说："木老师，您好厉害啊！我何时才能像您一样那么熟练呢？"

"呵呵，很快，只要你做的比说的多就行了。"木子半开玩笑半认真地说。

"Yes, Madam！"谭菲菲一本正经地敬个礼，然后自己憋不住，先"哈哈"大笑起来，惹得木子也跟着捧腹，"死妮子……你……哈哈……疯够了，就去把水挂上吧，从一号病房开始……"

谭菲菲一听，黛眉一蹙，赶紧止住笑声，摇摇手，紧张地道："我去二号和三号病房，你去一号吧，求求您了！"

这可是自今天早上以来，谭菲菲第二次提到一号病房，看她紧张的小模样，木子也挺纳闷，是什么样的患者使平时胆大的谭菲菲害怕成这样？于是，木子点点头，端起针械和药液，朝一号病房走去。

一进病房，木子发现：三张床都住上了病号。靠门的一位木子熟悉，是介水镇地税所员工，因为漏扎而需手术。一望而知中间病床上的是位高龄产妇，并非谭菲菲所说的那位。

　　木子看向最里面，只见一位衣着时尚的孕妇挺着大肚子躺在床上，乌黑的长发披散着，脸上化有淡淡的妆，双眼皮、高耸鼻、薄嘴唇，上唇靠左有一黑痣，不知为何，脸色不愉。见木子正打量着自己，她的眼神竟有些躲闪，还藏些紧张。木子并未在意，径直走上前去，问道："你是梦依萍吗？"

　　她僵硬地点了点头，眼睛低垂着，如做错了事一般。木子熟练地挽起梦依萍的袖子，捆扎好输液带，调试针液后，涂抹酒精，耐心地找寻着静脉，一针见血，挂液成功。见梦依萍没有丝毫无耐或发脾气的迹象，木子心中有些纳闷：谭菲菲是不是搞错了？这是爱发脾气的人吗？

　　见木子转身，梦依萍拍了拍酥胸，长出了一口气，暗想：她应该就是燕舞扬的妻子吧，两年前见过一次。对了，她不认识我，而我那么紧张干吗？唉，都怨冯光军这个混蛋，非让我在宪城待产。

　　一想到第二次怀孕，梦依萍就怒火中烧。听说梦依萍又怀孕了，忙于生意的冯光军老早就让她从武汉回到宪城备孕，待产。当得知可能是个男孩的时候，冯光军抛下生意，专门从武汉赶回，带回了各种各样的营养品，供梦依萍食用。看丈夫如此重男轻女，梦依萍心里很是难受。直到现在，梦依萍仍然气愤难消。可没想到，这刚刚住院第二天便遇见了燕舞扬的妻子，让她更是在愤怒中添加了一丝紧张。不一会儿，梦依萍感到疲倦不堪，毕竟昨晚胎动得厉害，自己一晚没睡。

　　梦依萍迷迷糊糊地睡着了，旁边看护着她的婆婆长长地舒了一口气。再次醒来，梦依萍发现自己已经在手术室里，撕心裂肺的疼痛一阵阵袭来。她拼命地抓住产床上的扶手，扭动着笨重的身躯，试图减轻来自子宫的剧痛，似乎没有一点作用，汗从亿万个毛孔中奔涌而出，总也流不完一样，头发、衣服、全身，通通湿透。收缩，扩张……如是往复，而疼痛丝毫不停地从宫腔延展至全身。嘶吼中，梦依萍泪如雨下，心中暗暗发誓：再也不要孩子了，下辈子再也不做女人了！巨大的虚弱、疲劳如潮水般袭来，每当她要闭上眼睛的时候，助产士总是提醒：坚持，用力，勿睡……历经一个小时左右，梦依萍终于完成任务，产下一男婴，取名冯异天。伴在她身边的不是冯光军，而是婆婆，以后梦依萍为此而对丈夫常常满腹牢骚。当梦依萍再次醒来，已经是第二天的下午。产房里仍然是原来的两位，正在小声地说着话。

"听说，木子的妹妹也要生产。"

"可不是嘛，但据说情况不好。"

"怎么回事？"

"听说是预产期已经过去了一个星期，但仍不见宫缩。"

"哦，那也没什么问题，可以打催产针啊。"

"听说已经打了，然效果不大，现在家人和龙主任正在协商、沟通，想办法呢。"

"这可能与年龄有很大关系吧。"

"可能吧。你看，木家的三个闺女结婚都挺迟的。"

"这个，我不太清楚。"

……

梦依萍静静地躺在床上，专注地听着她们的谈话。听着听着，梦依萍的心又飞到了六七年前，飞到了和燕舞扬在一起的温暖而快乐的日子，温柔的微笑，使得她的脸很柔和。突然，"哇"的一声从身边传来，梦依萍扭头一看，是自己的儿子！她开心地抚摸着儿子的脸，这世界真美好，年纪轻轻的自己竟有了一双儿女，从此世界不再孤单寂寞；古人造个"好"字，不就是"女"和"子"吗？是不是预示着一个人在世上只要有了儿女便是件美好的事情？

梦依萍一会儿想着家，一会儿想着儿女，一会儿又回忆读书时的经历……想着想着，又睡着了。当被婆婆喊醒的时候，已经是晚上九点多。吃罢饭，梦依萍依然疲乏地斜靠在床上，听着同产房两个女人有一搭没一搭地聊着天。时间如流沙一般地倾泻而去，梦依萍并不关心她们谈话的其他内容，她只想获取更多与燕舞扬有关的人与事。果不其然，两人的谈话又转到木子身上，梦依萍立即安静地听着。

"人的命本就是天来定的啊，不信你可以看看木家几个孩子，只要结婚的都生了孩子，而且第一个都是男孩，可是独独木倩除外。"

"也是，木倩丈夫是国家工作人员，不能要第二个孩子，命啊！"

"不仅是个女孩，还不是顺产！"

"嗯，听说后来实在没办法，吸盘都用上了。"

"可不是嘛。据说这个女婴生下后，头被吸盘吸得都变了形。"

"也不知能不能恢复正常形状。"

"应该可以。不过让人担心的是，这孩子的大脑会不会受到损害。"

"嗯，你听说这孩子的名字叫什么？"

"听木子说，叫戈月月，因为是晚上出生的。"

"哦。"

……

第三天，梦依萍顺利出院，回婆家休养。日子又恢复到了当初女儿出生时的模样，不过对儿子的抚养倒不至于出现以前的手忙脚乱。而梦依萍还是有些失落，除了丈夫越来越忙，疏于陪伴自己外，她对丈夫的行为有了些不太好的预感。这种预感从何而来，她也说不清楚，但就是在脑海中挥之不去。

第三十章　路途漫漫

"放下，放下，你去睡吧，家务我来收拾。"木子见丈夫放下碗筷便去整理桌面，就温言道。

正备考硕士的燕舞扬看了妻子一眼，满含感激地点了点头，然后把收拾好的碗筷及盆碟端走，放于灶台之上。见五岁的儿子还在专注地玩着玩具，他便放心地找出暖袋，灌上些开水，疲倦涌上心头，走向二楼卧室准备午休。这样的生活状态已经持续了十多个月，生意交给姨妹和几个店员照顾了。燕舞扬清楚地记得当初下决心走上考研之路的复杂心情。

一方面虽房子刚建好不久，但生活与生意已很稳定，燕家庄的旅游开局不错，父老乡亲们的日子越来越好，儿子又活泼可爱，没有太大野心已三十多岁的燕舞扬不想再折腾，而自己的一生似乎一眼便能看到头。他心中偶尔想再次出发，或许可以再次出去走走。燕舞扬也曾多次想过考研，但一了解身边熟悉的人们凡考研者皆需三五年准备，历经千辛万苦方才考中离开，就不寒而栗，只好熄灭心中的热望。

另一方面，近十年做生意的经历又让他身心俱疲。因为最近几年一直在扩大经营范围，如房地产、餐饮、旅游、医药等，尤其是零售行业，他投入的精力和时间最多。一年到头，哪怕是节假日，喜欢亲力亲为的燕舞扬一大早即需起床开门营业，理货、查货，联系商家补货，一些残次品还需退回，小心翼翼地和顾客要账。不好销的货要赶紧处理，不能积压，为此而需要不停地追踪客户的需求。还要处理好同行之间的关系，一件货物价钱的高低并不是自己能决定的，除了进货时的低价，还要考虑竞争者售卖时出的价位。如果自己售价高了，就会流失一批客户；低了则心里不平衡，总感觉自己赚少了。为此，他常常患得患失、心神不宁。

为了赚更多，他不停地增加货物的品种，所以十年下来，店里的品种已达上百种，总有种疲于奔命的感觉。空闲的时候，他就想睡觉，因为太累，太疲惫。在这种周而复始、单调枯燥的生活中，燕舞扬刚刚接手生意时的激情全无，学习与读书的欲望也渐渐消退。有时，他感觉很愧对家人，因为没有更多的时间去陪伴，更不要说看完整的电影、电视剧了。这样的日子竟过了十年，燕舞扬想想都害怕。反复权衡之后，他觉得考研倒不失为一条很适合自己的路子。于是，燕舞扬开始了解考研信息，决定报考云南大学，因为云南是个旅游大省，一旦考上，则可多转转景区，了解、考察旅游项目，为进一步优化、推进燕家庄旅游建设寻求思路。

了解之后，燕舞扬发现：英语和政治是考研必考科目。政治没什么问题，毕竟自己就喜欢文科。而英语问题多多，一是虽然上高中时曾获得宪城一中英语竞赛一等奖，但从高中毕业到现在的十年间没有系统地学习英语，绝大部分单词、习语等都已忘记。虽然自考时学习过一阵英语，后来也时断时续练习过听力，但时日一长，基本上忘得差不多了，可以说目前自己的英语水平和知识储备基本归零。二是如何备考，是像很多考研人所说那样——背记考研单词，做历年真题，还是从基础出发？

几经考虑之后，燕舞扬决定采取后者。于是他从介水高中教英语的熟人处找来一本高三英语总复习资料，扎扎实实从第一页看起。同时，燕舞扬还联系了在省城上大学的同村人花志婷，让其帮忙买一套上海外语教育出版社出版的《大学英语》1-6册及配套的复习资料；又联系亲戚朋友，购买云南大学指定的专业书籍。当一切准备就绪，燕舞扬发现仅仅资料就有二十五本之多，还不算以后要买的其他补充资料！既然选择了这条路就要无怨无悔，坚持走下去，燕舞扬暗暗下定了决心。于是他从己酉年一月开始，便把大量的时间用在英语的学习上。

"爸爸，你陪我玩玩嘛。"儿子燕秋生不高兴地噘着嘴巴，朝燕舞扬生气地嚷道。

看着已经五岁的孩子，燕舞扬心生愧疚，因为从决定考研起，自己便很少有空陪儿子了。今天虽是周末，但燕舞扬并未放松，和平时一样，黎明即起，匆匆打开店门，紧张备考，甚至找来姨妹并招聘几个店员处理生意上的事情。现在，他必须午休三十分钟，以补充睡眠不足，毕竟晚上要学习到十二点，甚至一点多。如此则陪儿子的时间基本没有，燕舞扬看看儿子委屈的可爱模样，便放下资料，找来废纸，给儿子一支笔，教其画画："儿子，爸爸画只凤凰给你，好不好？"

"好，好！老爸最好！"燕秋生开心地拍着小手，高声嚷道。

燕舞扬把儿子抱起，放在膝上，在儿子的注视下画了起来。不一会儿，栩栩如生的凤凰便跃然纸上，惹得燕秋生用胖胖的小手指去戳。燕舞扬哈哈一笑，就把儿子放在书桌上，让其去随意涂鸦，而自己又开始看考研资料了。

七月，随着英语学习的深入，燕舞扬深感收效不大。经过了解之后，燕舞扬便到省城参加了一个考研英语辅导班。为期一个月的培训，燕舞扬打开了思路，拓展了眼界，回去后英语学习高歌猛进。

十月的网上报名，燕舞扬毫不犹豫地选择了云南大学。之后，燕舞扬不仅继续学习英语，还同时推进政治和专业课的复习，因为他明白考试时间已经不足两个半月，再不准备就来不及了。生意和生活已经退居二线，学习则成了最为重要的事情，而陪家人已成了奢望。木子默默地操持着家务，毫无怨言地打理生意或领着孩子出门玩耍，以便不吵闹到燕舞扬。

十一月中旬，燕舞扬接待完经销商回到家已经十点半。他打开洗漱间，拉开浴霸，准备洗澡。当脱掉厚厚的冬装，他突然感觉一阵晕眩，脚步不稳，便赶紧扶着盥洗池。站了好一会儿，晕眩感方才消失，燕舞扬也没理会，就开始洗澡。看着地下散落一地的头发，他心里方始明白：久坐与熬夜已经开始影响到了健康。可他已经没有退路，必须往前走，再坚持两个月或许光明就会出现。加油，你肯定行！他给自己打着气。

走上楼，打开卧室，燕舞扬听得见细微的呼吸声，妻儿已经睡着了。他轻轻地关上门，像往常一样，蹑手蹑脚地走向书房，开始了一天最安静，也是效率最高的学习时段。

夜很静，雪白的灯光下，他有条不紊地识记、整理、做笔记，完全沉浸在自己的梦想中。当疲乏袭来的时候，他看了看时间，已经凌晨一点，想想明天还得早起，便打了个哈欠，站起，熄灯，走向卧室。

"燕老板，你最近一段胖了不少，小日子过得不错啊，哈哈……"介水高中来买东西的高壮的龙飞老师见燕舞扬走进店里，便调侃道。

"是啊，燕老板自从结婚以后，就数今年最为富态，将军肚都出来了！"同来的黑瘦的甘云老师也附和道。

"那是必须的！这说明嫂子伺候得周到，是不是，燕老板？"另一位年轻老师也打趣着。

"怎么？就允许你们胖，不许我胖一下？这说明我生活在蜜一样的日子里！你们羡慕吗？哈哈……"燕舞扬真真假假地回应着，走向柜台。因得地利之便，燕舞扬与很多介水高中的老师们熟悉，而自己能走上考研之路，也与其有很大关系。送走顾客，他便拿出考研资料看了起来，因为距离研究生考试的日子越来越近，而要看的资料和需做的题目还很多。时间很是宝贵，他不想浪费哪怕是一秒钟。今天之所以来到店里，也是因为姨妹需要回家处理些事务，而妻子又在上班，临近年末，店里的事情很多。

其实，他心里清楚：胖是因为每天坐得太久，吃的东西都堆积成了脂肪。现在自己基本不运动，如何燃烧卡路里？可是熬夜又需要足够多的食物和热量，所以只能胖些。加之压力很大，肥胖也是意料中的事情，不是有"压力肥"之说吗？等考完试再减肥吧。不过，昨天在药店称了一下，142斤的体重着实吓到了自己。他安慰自己：这个世界很公平，上帝让你得到了一样，就会让你失去另外一样。既然如此，那么就先得到自己最想要的吧！失去的如果能够追回或者弥补，那就更好。如果不能，也无须自寻烦恼。

过了些时日，研究生考试终于到来，燕舞扬突然感觉很放松。他明白，成败在此一举，与其焦虑不安，倒不如淡然面对，毕竟自己努力过，既然如此就不必遗憾与后悔。

第一场考试是英语，燕舞扬做起题目来感觉挺顺手。下午第二场政治考试时，他发现有很多考生因为英语考砸了而没有出现。晚上休息时，燕舞扬根据自己的记忆，查阅了网上预估的答案，发现英语考得不错，这给了他很大信心，因而接下来的专业课考试就显得极为轻松。

考完试，回到家，燕舞扬首先到介水镇的浴池泡了个澡。然后他钻进卧室，倒头便睡。妻儿何时休息的，他一点也不知道。第二天，他又精神百倍地开店迎客了。

春节前夕，燕舞扬获知了自己的分数是393分，而满分是500分。他很高兴，不论结果怎么样，考上没问题，哪怕是调剂。那个春节，燕舞扬过得很开心。不过，尽情享受之余，他又拿起了磁带，准备考研第二关即复试。

张榜公布的时候，燕舞扬果然被云南大学录取，而时间已是丙戌年四月。

第三十一章　河滩之思

五月底，燕舞扬终于接到了云南大学的录取通知书，激动之余又有些遗憾，因为那毕竟不是自己当初的选择。诚如一位哲人所讲：没有所谓的命运，只有不同的选择。你的每一次选择都会给你带来不同的人生方向，而命运就此注定。

得知燕舞扬考上研究生的介水高中的老师们惊诧莫名，毕竟部分老师也在准备考研，甚至其中的几位已经不止一次地参加了研究生考试，但结果并不如意。而今一个叱咤商场却仅高中文化水平的老板竟然考上了，让人情何以堪？！

"燕老板，听说你考上研究生了，恭喜你啊！哈哈……平时也没见你看考研书啊，怎么说考上就考上了呢？你准备了多长时间就考上了？"看着龙飞一脸崇拜的样子，让燕舞扬很是开心，便道："整整一年时间。如果加上购买资料所需时间，则是一年两个月。"

龙飞立即给燕舞扬一个大大的熊抱，高声大气地嚷着："我说这一年多来燕老板怎么不和哥几个喝酒了呢，原来是隐居江湖，淡泊明志啊！说个实话，燕大哥为介水镇创造了一个纪录，那就是仅仅一年就考上了！你是我的榜样，也是我的偶像……"

燕舞扬一直被龙飞尴尬地抱着，颇感胸闷，只好哭笑不得地说："龙老师，我快被你抱得魂飞魄散啦！你能不能饶我一下，先松了？"

龙飞一听，赶紧松开，故作紧张状地"啊"了一声，惹得其他老师哈哈大笑。街坊邻居们纷纷上前祝贺，燕舞扬反倒不好意思了。找个机会，他赶紧离开，前往相关部门办理入学手续。

"老爸，你今天忙吗？"刚刚吃过午饭，已经六岁的儿子便跑到燕舞扬面前问道。妻子看了看燕舞扬，微微一笑，一声不吭地收拾着家务。她知道：儿子最怕丈夫学习，毕竟一年多来，燕舞扬因考研很少陪儿子。

燕舞扬满面笑容地蹲下，把儿子抱起来。儿子乖巧地在他脸上亲了亲，用期待的眼神望着。燕舞扬知道儿子想让自己陪着到处玩耍，于是便道："爸爸不忙，领着你玩，好不好？"

"哈哈……老爸最好啦！你放我下来，我去问问妹妹，看她愿不愿意和我们一块儿玩去。"胖乎乎的燕秋生很高兴，嚷着去找姨妹戈月月。

"不行，儿子。你得上学啊！"燕舞扬忽然想起今天才周五。

"儿子今天不用上，因为老师们要参加什么培训，我忘记告诉你了。"妻子有些歉意地在旁边说。

"哦。"燕舞扬方放下心来，溺爱地轻拍了一下他滚圆胖乎的小脑袋，"去喊你妹妹吧。"

见儿子兴高采烈地跑了，燕舞扬回头看了看木子。木子浅浅一笑："去吧，我来洗碗，你就好好陪陪儿子吧。毕竟两个多月后你又上学去了，陪他的时间很少。"燕舞扬心中一阵暖意，当下也没多说，只轻轻地"嗯"了一声。

从那天开始，天气好的时候，他常常领着儿子到处游玩。天气差的时候，就给儿子讲故事，陪儿子读书，或者做各种各样的游戏。偶尔，燕舞扬也会领着孩子到河堤、河滩玩。

随着外出务工人员的增加，以前被人们视为重要收入的滩涂渐渐被闲置，上面的芦荻和野草肆无忌惮地疯长着，再也不像十几年前那样被乡村人收拾得整整齐齐的了。人与人之间的感情不就像这田间农事般，需要细心打理、用心呵护，而爱情尤其如此。稍有差池、意外或误会，本来充满希望的爱情，就有可能会夭折，给彼此相爱者内心以极大痛苦。

农人们愿意抛弃这土地吗？当然不愿意。可是土地能给他们的越来越少，养家糊口的需求却越来越大，如何弥补缺口是摆在农人们面前的一个重要问题。燕家庄的乡民是幸运的，因为他们有得天独厚的资源禀赋，他们遇见了万家好、燕舞扬这些有想法又肯奉献的年轻人，遇见了灵活的国家政策，所以他们不用背井离乡，能够在家门口就能致富。而诸多乡民最终的选择只能是满心不愿地离开世代耕作、相依为命的土地和故乡，告别自己深爱的亲朋故老，投向让他们茫然、恐惧的城市，为自己也为后代子孙们谋求一份未来和希望，上下五千年中国文化中的乡愁再次弥漫于几亿打拼在外的人们心中。

难道农人们不爱这土地了吗？虽历经朝代更迭，中国人安土重迁的传统思想几千年来就没有太大的改变。所谓叶落归根，所谓近乡情怯，所谓月是故乡明……都是农业大国子民们对土地痴情的真实写照。诚如诗人艾青在诗歌《我爱这土地》中表达的一样：

> 假如我是一只鸟，
> 我也应该用嘶哑的喉咙歌唱：
> 这被暴风雨所打击着的土地，
> 这永远汹涌着我们的悲愤的河流，
> 这无止息地吹刮着的激怒的风，
> 和那来自林间的无比温柔的黎明……
> ——然后我死了，
> 连羽毛也腐烂在土地里面。
> 为什么我的眼里常含泪水？
> 因为我对这土地爱得深沉……

农人们爱着土地，却又不得不离开土地。因为爱，所以要学会放手。因为爱，所以不能太自私。

那两个多月，儿子无尽的欢笑、燕舞扬对梦依萍漫天的思念和对中国广大农民未来的思考交织成一片奇异的云，飘散在河滩的每一处角落。欢乐与痛苦、昂首挺胸与瑟瑟发抖、希冀与逃避、追求与落寞……诸种情绪，蹦跳于燕舞扬早已清冷了许久的胸臆间，让他不停地品尝生而为人的痛楚，如眼前这漫无边际的芦荻，到处弥漫着孤独和寂寞。欢声笑语背后的悲恸及冷清，稠人广坐中的落寞与思念，无时无刻不追逐着他。

再见了，芦荻与河滩！

再见了，颍上大学与介水高中！

再见了，有求必应杂货店和宪城！

第三十二章 彩云之南

店面已无力再去经营，燕舞扬愉快地转让给了姨妹。其他产业的经营权全部移交给了万家好，燕舞扬只保留了很少一部分股权。当从父亲处得知燕家庄的池塘旅游项目已完全走上正轨，利润稳步上升的时候，燕舞扬彻底放下心来。当办完全部的交割手续，距离去云南大学报到的日子仅剩两天时间。临走前的晚上，燕舞扬特意给章非打个电话，让他确保山珍的正常供应，以保证燕家庄农家乐餐馆的逐渐增加的需求。一大早，燕舞扬在妻儿的陪同下，从介水镇乘车到宪城城区，然后在客运站坐长途客车前往火车站。刚刚出门，还未坐上车，帅气的儿子便嚷嚷："我找爸爸，我让爸爸抱！"

燕舞扬高兴又无奈地摇了摇头，两个多月的亲密相处，儿子对自己很是依赖，大大小小的事情都找燕舞扬。见儿子如此，燕舞扬便蹲下，摸了摸儿子的小脑袋，耐心地问："爸爸问你，你是不是家里的男子汉？"

燕秋生一听，小脸一凝，奶声奶气地道："那还用问吗，我当然是啦！"

燕舞扬呵呵一笑，拉起儿子的小手，赞许道："嗯！不错！"接着指着放于旁边的行李箱，又问儿子，"你看这个重不重？"

燕秋生歪着头，看了看快有他高的箱子，黑白分明的小眼珠转了转："重。"

燕舞扬又问："那么，是你重，还是它重？"

燕秋生思索了一会儿，便跑向妈妈，惹得夫妻俩哈哈大笑。

待妻儿上车后，燕舞扬拉着行李箱也上了车。坐定后，燕舞扬从妻子怀中接过儿子。可能知道爸爸要出远门，一路上小家伙一直腻在燕舞扬的怀中，摸摸燕舞扬的鼻子，抠抠燕舞扬的耳朵，不时亲亲燕舞扬，使得燕舞扬一阵阵心酸。妻子在旁边默默地看着，不时掏出纸巾擦拭着眼睛和鼻子。

终于到达了客运站，燕舞扬亲了亲儿子，强颜道："儿子，爸爸要去很远很远的地方，像你一样去上学。你和妈妈在家，一定要听妈妈的话……"

"哦，爸爸也上学？那你放学了，会回家吗？"儿子天真地问。

"嗯，爸爸像儿子一样，要去上学。不过，因为爸爸的学校离家很远很远，所以放了学以后不能回家。爸爸只能在放了长假的时候才能回来看看你和妈妈。"

"那如果我想你了怎么办？如果我想让你陪我玩，又该怎么办？"儿子睁着大眼睛，满是疑惑地问。

"呃……"燕舞扬无言以对，看了看旁边的妻子，她正在抽泣着。一时间，三人不再出声。

"爸爸，你怎么哭了？你不是说男子汉不流泪的吗？"儿子一边问，一边用小手给他擦眼泪。

燕舞扬强忍着，任由儿子胡乱地给自己擦着眼泪，亲了亲儿子，万分不舍地把燕秋生递给了妻子，拥抱了一下母子二人，轻声地说："爸爸没哭，是因为刚才爸爸的眼中飞进来一只顽皮的小飞虫。儿子，爸爸坐车的时间到了，再见！"

燕秋生抬起手，朝燕舞扬挥了挥，"爸爸再见！"

燕舞扬转身而去，眼泪再也无法忍住，头也不回地离开了。第三天上午，燕舞扬到云南大学研究生院办理了报到手续，入住四人间研究生宿舍。放下行李，燕舞扬便开始打扫宿舍卫生，随后买了些必备的生活用品。下午，燕舞扬一人在云南大学的老校区转了转，方才了解到该校原名私立东陆大学，始建于1922年12月，1934年更名为省立云南大学，1938年改为国立云南大学。1946年，《不列颠百科全书》将其列为中国十五所世界著名大学之一，1949年称云南大学，沿用至今。学校内民国建筑比比皆是，让钟爱古物和传统文化的燕舞扬兴奋不已。

沿路随处可见浓郁的热带常青果木，调皮可爱的松鼠出没其间。时值秋天，金灿灿的银杏染黄了整个人行道。而林徽因设计的精致的映秋院，让立于其前的人顿生渺小之感的钟楼，长达九十五米令人无奈却可瞬间激起征服欲的台阶，海鸥云集翩跹其上的翠湖。厚重古朴，富有内涵。宁谧优雅，彰显气魄。因是周末，天气又好，参观者不少，而学生大多集中在运动场。甫进大学校园，燕舞扬恍若隔世。不喜喧闹、不慕名利的他，心中升腾出一股热望：努力奋斗之下，自己能否成为一名大学老师或者一个能够发挥自己才能的地市级以上政府机构工作人员，以安放长途跋涉后伤痕累累的心？他看了看运动场和图书馆方向，心中已有计划：在运动场上强健自己的体魄，修复一下为考研而虚胖不堪的身体；到图书馆博览群书，就教于前贤，充实因高中毕业后繁累日子下而荒疏的精神世界。

接着的一周是正式开学的日子，上第一节课的时候，燕舞扬发现同一个专业共七人，而三十多岁的他年龄最大，一不小心就成了带头大哥，让他啼笑皆非。而其中五人人刚刚大学毕业，一人则在初中当了三年老师，这让燕舞扬感到些压力，毕竟自己自学大专、本科，基础极为薄弱。不过生性乐观的他，并未把这个太放在心上，因为他认为谋事在人，成事在天，何人在能力、学业或做人上更为优秀，尚未可知。

"燕大哥，中午一块儿吃饭去？"刚刚下课，年龄第二大的唐飞便带着一口湖南腔来到尚坐在座位上的燕舞扬身边，热情地问道。

燕舞扬抬起头，只见此人中等身材，敦实有力，板寸头，脸上应有尽有，穿着颇为耀眼的华侨似的服饰，很有喜感。不善拒绝的燕舞扬点了点头，收拾好东西以后，便随着唐飞往餐厅走去。

一路上，话多的唐飞介绍着自己的情况。大学一毕业便和女朋友结婚，并一块儿到福建一初中任教，现有一个两岁多的女儿；因看不惯校长作威作福的行为而考研离开。燕舞扬一听，便知唐飞是个直爽之人，值得交往。于是，二人在餐厅点了几个小炒，要了斤白酒，边喝边聊，各吐胸中块垒。直喝到太阳西斜，斜月挂空，方尽兴而归。

很长时间没有喝如此多酒的燕舞扬颇感头晕。毕竟，为考研而打拼的时日，让燕舞扬的身体出现了虚亏。心中难受而晚餐未吃的他躺在床上翻来覆去睡不着，想远在千里之外的可爱儿子，想着忙里忙外的妻子，不知何时，方迷迷糊糊睡去。

午休起床后漫步于校园，看着一对对情侣手挽手行走在若明若暗的路上，燕舞扬的思绪回到了十多年前。偌大的校园里，燕舞扬走走坐坐。夜已很深，但燕舞扬却没有丝毫倦意。看着三三两两从自习室、图书馆出来的学生，他似乎明白了：让自己变得更加优秀，或许才是家人愿意看到的吧。抬头看看夜空，深邃的背景下是点点星辰，如抛之于乌沙中的碎银。

那一夜后，燕舞扬才真正地投入到新的征程中。除了宿舍和食堂，图书馆、羽毛球馆、乒乓球馆，是他三年中去得最多的地方。周末和假期，他则游山玩水，去过云南的丽江古城、大理客栈、玉龙雪山、苍山洱海、香格里拉、西双版纳热带植物园、南甸宣抚司署、乃古石林、腾冲火山热海、芒市孔雀谷、崇圣寺三塔等，贵州的黄果树大瀑布、荔波樟江风景名胜区、安顺龙宫风景区、青岩古镇、百里杜鹃、镇远古城、荔波小七孔、梵净山、赤水丹霞、西江千户苗寨、佛光岩等，四川的九寨沟、黄龙、羌族古城、乐山大佛、峨眉金顶、青城山、都江堰等，试图从知名景区中寻求灵感，为燕家庄旅游项目的开发、优化，搜集资料，积累素材。

第三十三章　七年之痒

丁亥年的大年初一，冯光军就忙开了，因为这一天是梦依萍的二十九岁生日。走在大街上，他急着赶往宪城"好味道蛋糕店"，把为梦依萍定制的一份生日蛋糕提回来。

虽然立春已经半个月了，但气温并不高，太阳恹恹地照着。道旁的梧桐树光秃秃地兀立着，尚未坠落的果实稀疏地悬挂在枝间。偶尔会见到几只鸟雀在树上或路边觅食。路上的行人不少，时不时能碰到身着新衣的一家人提着礼品，说说笑笑，一起去走亲串友。

和梦依萍结婚七年来，每年的这一天，冯光军都会为梦依萍过生日。可是这一天对买蛋糕的冯光军来说颇为痛苦，毕竟商家不可能会在大年初一就开门营业啊！有几年，冯光军年前就和蛋糕店预定，腊月三十前就提回来备用，但梦依萍嫌不够新鲜。可是有的蛋糕店年底打烊早，腊月二十三左右就关门回家过年了，蛋糕更不可能制作得那么早。若是现做的，价钱得贵出好几倍。但没办法，冯光军必须买，且还得提前和商家商量好。今年的生日蛋糕是在熟人开的店里订的，为了拉拢关系，近两年自己和两个孩子的生日蛋糕都是从这家店购买。平时如果需要其他类型的蛋糕，冯光军也尽量从这家店拿。

走了几个街区，冯光军终于看见蛋糕店，门是开着的。他快步走进店内，见店主张鑫正低头玩着手机，便高声道："张老板，新年好！"

一米七八、颇为雄壮的张鑫抬头见是冯光军，连忙站起，笑呵呵地道：

"冯老板，见面一样！你可算来了，我小舅子打电话催我几次了，让我到他家打麻将。来来，这是刚刚赶制出来的蛋糕。我也不和你聊了。"

"不好意思了，张老板！来，这是五百块钱，你看够不够。"冯光军一听，立刻接过蛋糕，一边道歉，一边掏出钱递了过去。

"哪需要那么多钱，四百就够了。"张鑫抽出四张百元大钞，把另外一张递还给冯光军。

"一定要拿够啊！这大初一的，你老远到店里赶制蛋糕，挺辛苦的……"冯光军真诚地说着。

还未说完，张鑫就打断了他的话，"嘿嘿，不瞒你说，我也多收了一些，毕竟是春节嘛！"

"嗯，能理解，也特别谢谢你，张老板！"

"不客气，不客气！那我现在就关门，我也不送你了，再见！"张鑫边说边锁门。

见此情景，冯光军连忙说声"再见"便离开了。

走在回家的路上，冯光军长出了一口气，自言自语道："梦依萍啊梦依萍，你的生日提前几天或者推迟几天不行吗？偏偏是今天，唉！买个蛋糕不仅多花钱，还赔笑脸！当初我为什么要找你呢？这也算是报应吧！"想起几年前，自己苦追梦依萍的傻样，他摇了摇头。

那时刚刚和武汉一姑娘分手。虽然二人已经同居，但女方父母一听说冯光军是外地人，就死活不同意。正在消沉的时候，冯光军听亲戚说老乡梦盘如漂亮的独生女儿刚刚辍学，待在家中。于是，他便鼓起勇气，找各种各样的借口到梦盘如家。那时的冯光军想：梦依萍文化比自己高，如果能把她追到手，对后代的教育有利；作为一个独生女，虽然不是亲生的，但其父母的家产最终还不是梦依萍的？是她的，也就等于是自己的；更何况她如此诚实，如此单纯，这个社会上哪里找这样的女子？毕竟梦依萍刚刚辍学，没有社会经验，接触不多，就把自己的过去向自己交代得差不多了。趁着梦依萍情感空虚，正需要安慰的时候，冯光军终于顺利赢得了梦依萍的心。他心里很高兴，毕竟梦依萍年轻漂亮，家境又不差，真是一个白富美。娶妻如此，夫复何求？所以，他很快决定与才二十二岁的梦依萍结了婚。

婚后，二人生活虽然也磕磕碰碰，但冯光军并未在意。毕竟梦依萍刚刚从学校出来，做饭、干家务……不是很擅长，但他认为一切都会改变。果然，随着时间的推移，梦依萍的勤劳、利索、善良，敢作敢当、豪放泼辣，出得厅堂、入得厨房……渐渐显现出来。自己有时还从内心怕梦依萍，所以，有时面对着梦依萍的小性子和无理取闹，他总是沉默，一直隐忍着，毕竟自己已经是两个孩子的父亲了。七年来，冯光军一直对梦依萍很好，至少从表面上如此。比如给她过生日，逢年过节陪她看电影，为她买花，送礼物，请她到外面吃饭，到处旅游，孝敬岳父母，等等。

可是，他也从内心感觉到梦依萍似乎始终未曾忘记她的前任。这件事如一根长长的刺，牢牢地钉在他的心中，时常让他莫名烦躁。随着两个孩子的先后出生，家庭开支越来越大。虽然自己刚做大蒜生意的时候还可以，后来还扩展到干辣椒，但生意时好时坏，收入自然不会很稳定。社会交往的变大，梦依萍对化妆品和服饰也是越来越感兴趣，使得原本紧张的家庭经济现状雪上加霜。从女儿出生以来，梦依萍就没有再出去工作过，冯光军常常感觉自己一个人赚来的钱已经不足以支撑这个四口之家，所以内心很是苦恼。可是他有苦说不出，毕竟两个孩子需要人领，家务需要人打理，而女性对化妆品和服饰的需求也是很正常的事情。

冯光军又想起前几天看的一部电视剧里面曾经提到，夫妻结婚七年的时候，常常发生很多矛盾，最终走向离婚的也很多。难道自己也面临着这个所谓的七年之痒？想到此，冯光军吓了一跳。他看了看手中的蛋糕，定了定神，自言自语道："我和梦依萍不会走向离婚吧？至少现在不会吧，毕竟两个孩子还小，一个七岁，一个才三岁，他们需要母亲。如果和她离婚，我该怎么办？"这个念头一出现，便时常闪现在冯光军的脑海中，尤其是和梦依萍吵架的时候。为了孩子，还得忍让忍让，尽量对梦依萍好些。

自冯光军出门之后，梦依萍也开始了一天必做的功课：化妆。她首先挤出一点洁面霜，放于指腹，在面部轻柔地向上打圈并按摩后，用清水冲洗掉，轻拍十几下至干爽；再取少量洁面霜于掌心，加适量水，打起丰富泡沫后，以泡沫在面部向上打圈，按摩后，冲洗干净。梦依萍心里明白：如此才能去除脸上的暗疮、黑头、多余油分并控油。

洁面后，梦依萍又打开了隔离霜，以隔离彩妆、粉尘污染等对皮肤的伤害，并修正、提亮肤色。接着，梦依萍拿起眉笔，手斜着，轻轻地从眉头画到眉尾，把眉头画虚些。画完后，用睫毛刷子刷一刷。涂完眼影，梦依萍拿出睫毛夹，做出一个满意的形状后，涂些睫毛膏，沿着睫毛根部刷了一次，再隔一分钟，又刷第二次。稍等一会儿后，梦依萍轻轻取掉睫毛夹，令她满意的睫毛形状终于出现。

轻轻呼出一口气，梦依萍拿起唇膏涂了涂嘴唇，抿了一下。感觉效果不是很好，她又精心涂了涂。看着自己略显宽的面部，梦依萍的心情有些恶劣。为此她特别注重这个环节。她先在面部轮廓处涂上哑光深色粉，以收敛过宽的脸颊，使脸看上去知性、成熟。再用手蘸些腮红，涂抹在颧骨最高处，然后用手一边拍打，一边抹开，让腮红充分与肌肤融合。接着以脸颊的中心点开始，在黑眼珠下方与鼻翼水平线的交叉处，开始一步步修容，往耳朵延伸，随着腮红刷的移动，力道越往后越轻。从颧骨最高处开始，以刷具斜面沿着颧骨下方一直到耳旁。她再从后面往脸颊中心返回，用刷毛的扁平侧面刷回来，如此重复刷拭几遍，腮红颜色与形状渐渐有了层次感。接着，梦依萍在有腮红的地方，用指腹轻微按摩，让粉末与肌肤更服帖，让腮红的范围晕染不是特别明显。照了照镜子，梦依萍对整体效果还是比较满意。随后，她拿出刷子和法国散粉，准备进行化妆后的最后一步：定妆。

　　正在这时，三岁多的儿子冯异天醒了，正哭喊着妈妈。梦依萍连忙喊丈夫去给儿子穿衣服，结果没人答应。一回想，方才记起：冯光军去取蛋糕了。她无奈地放下刷子，洗了洗手，走出洗漱间。穿完儿子，女儿又被吵醒，梦依萍赶紧去帮其找新衣服。忙了一阵之后，她找些零食给两个孩子，打开电视让孩子看动漫，自己方才抽身到洗漱间，嘟囔着："去了那么长时间了，还没回来。提个蛋糕需要那么长时间吗？真是要命！"梦依萍本来很好的心情一下子就变差了。

　　在椅子上坐了一会儿，梦依萍静了静自己的心情，方才小心翼翼地用刷子蘸些粉，慢慢地刷着。她明白这种粉既可以吸收面部多余油脂、减少面部油光，全面调整肤色，令妆容更持久、柔滑细致，防止脱妆，还有遮盖脸上瑕疵的功效，令妆容看上去更为柔和，所以马虎不得。妆终于化完了，梦依萍长长地出了一口气。

　　随后，她走进厨房，开始准备早餐。一家三口吃了一半，冯光军方提着蛋糕回来。梦依萍暗自生气，也没理会他。冯光军察觉到梦依萍心情不好，也就没有过多解释，路上碰了个熟人，聊了一会儿天，自是耽误了一些时间。因为他知道，只要一解释，自己肯定会和梦依萍吵起来，因为这种情况最近一两年常常发生。可是他不想吵，毕竟今天是大年初一，又是梦依萍的生日；同时，因自己与武汉姑娘同居过但一直未向梦依萍讲，心中感觉愧对梦依萍。他默默地吃完饭，洗涮之后，看了看时间，已经是十点四十五分。于是，和梦依萍招呼一声后，他便提着蛋糕，领着孩子，向预定好的酒店赶去。

看见丈夫领走了两个孩子，梦依萍打开衣柜，取出年前购买的几套新衣服，最终确定里面穿上黑色打底绒裤之后，上身套冬季浅绿色圆领毛衣，下穿过膝同色裙子，外穿一白色呢制翻领大衣，脚蹬黑色皮质长筒靴。她在穿衣镜前转了转，自我感觉良好。梦依萍走进洗漱间，戴上三角形银质耳环和双环相扣铂金项链，往身上喷了些香水，梳一下头发，最后照了照镜子，满意之后，便提起挎包出了门。

走在路上，一想起过生日要去的酒店，本来心情稍稍好些的梦依萍又烦躁起来。自结婚以来，梦依萍的生日基本在自己家或娘家里过。在酒店中过生日虽然不是第一次，但冯光军临近年底到武汉去了一趟，给梦依萍的原因是为朋友家孩子过十二岁生日。几天后冯光军回来，再去订酒店已经无法找到合适的，很让梦依萍生气。为此，夫妻俩还吵了一架。

走了一段路之后，梦依萍感到浑身难受，便放慢了脚步，静了一下自己的心，回想起和冯光军七年来的日子，内心充满了感慨。自己对婚前同居的诚实和坦率，换来了冯光军的不嫌弃，但留下的隐患却在不停地发酵，因为每一次争吵，梦依萍都能隐隐地发现丈夫令人作呕的语言暴力。七年来，自己虽然没有为这个家挣钱，可是两个孩子之所以能健康成长，难道不是自己全部负责的？这个家的吃喝拉撒是谁安排的？家务是谁处理的？不错，你冯光军在外辛苦赚钱，维持着家庭经济来源，可是对孩子，你又操了多少心？你又干了多少家务？一年到头，你又拿出多少时间来陪我们娘仨？刚刚结婚的两三年，你还会关心体贴，可是最近两年，你的诚意够吗？

一路走来，梦依萍想了很多。不知不觉间，她就到了酒店楼下。见弟弟妹妹已经带着家人提前到了，梦依萍的心情变得好多了。随后，梦依萍的几个亲戚和要好的朋友也前来祝贺。和弟妹及客人聊会儿天后，梦依萍让冯光军喊服务员上菜。不一会儿，一桌丰盛的菜肴送上桌来。觥筹交错间，冯光军夫妇给人的印象是恩爱的、幸福的。可是，也有细心的亲戚发现，冯光军似乎并不是特别开心，因为他的欢颜中有很多勉强的成分。

"妈妈，什么时候切蛋糕啊？"冯异天小声地问。不承想，亲朋还是听见，都哈哈大笑起来。梦依萍见此情景，就让冯光军提上蛋糕，插上蜡烛，让女儿给自己戴上皇冠式"生日快乐"之帽。宾朋嚷嚷让梦依萍在烛光前许愿，于是梦依萍在他们吟唱《祝你生日快乐》的歌声中，双掌并拢，默默地许着愿："让我爱的人平安健康，让爱我的人幸福永远！"随后，梦依萍一口气吹灭了所有蜡烛，拿起刀分切蛋糕，送给每一位客人。嬉闹中，每人脸上都有了些颜色各异的奶油，而梦依萍脸上最多。闹罢，亲朋拿出礼金，送给梦依萍。梦依萍在祝福中一一含笑接过。接着，夫妇二人陪客人打麻将。梦依萍手气最佳，赢了不少。直到下午五点多，宾主尽欢，合过影后，方依依惜别。走在回家的路上，见梦依萍心情不错，冯光军笑着问："老婆，晚上怎么安排？"

梦依萍侧眼，瞟了瞟他："随便。"

冯光军见梦依萍没有抗拒的意思，就征询道："你看这样，先把手上提的东西送回家，随后我们一家在外吃点美食，接着去看电影，如何？"

见梦依萍点了点头，冯光军赶紧招呼着两个孩子朝家跑去。看冯光军孩子般地跑着，梦依萍莞尔一笑。孩子慢慢长大，丈夫对自己还算体贴，在那一瞬，她心中又满是幸福和感动。难道女人就是这么容易满足吗？梦依萍自问。

坐在电影院里，见梦依萍因剧情而笑逐颜开，又因剧情而潸然泪下，冯光军感觉女人是多么奇怪的动物啊！自己也曾和武汉姑娘一起看过电影，可是并未见她落过泪。那一场电影，冯光军并未看进去多少，他总是不停地想着过去，思考着未来。过去总是甜蜜的，而未来却让人觉得沉重和不可预测。

从影院出来，梦依萍和两个孩子有说有笑地谈论着电影，而冯光军默默地跟在后面，想着自己的心事。把两个孩子安顿好，梦依萍看了看时间，已经是晚上十一点多。走进卧室，她发现丈夫已经睡着。摇了摇头，梦依萍走进洗漱间。卸完妆后，梦依萍来到女儿的卧室。休息前，她坐在女儿床上，在女儿均匀的呼吸中翻阅着白天的照片和视频。发现丈夫在整个过程中强颜欢笑，多是一脸苦相，尽显落寞、尴尬、无奈和勉强，让她一时间很是伤心，更加确认丈夫心中有鬼。那一晚，梦依萍辗转反侧，良久方才入睡。

第三十四章　服装之情

丁亥年九月一日的上午八点多，武汉蔡甸的天气异常的好，蔚蓝的天空一碧如洗，没有一丝杂色。虽是初秋，但温度却是不低。路上的行人不多，因是周一，行色匆匆的多是上班族。

"妈妈，学校好玩吗？"已经三岁多的冯异天抬头望了望拉着自己的梦依萍，一脸疑惑地问道。

梦依萍低头看了看儿子胖乎乎的小脸，蹲下身，亲了一下，笑容满面地说："儿子，学校可好玩了！因为那里有待人和气的阿姨，有和你一样大的小朋友，还有很多很多好玩的玩具。"

"真的吗？"冯异天圆睁着一对水汪汪的大眼睛，问道。

"当然是真的。你姐姐小时候就在这所幼儿园里待了三年，她现在长大了，到小学去了。你是个男子汉，肯定会比姐姐更棒。"梦依萍耐心地和儿子交流着。

冯异天攥了攥小小的拳头，似懂非懂地点了点头，"嗯"了一声。梦依萍见状，便站起身，拉着儿子慢慢朝幼儿园走去。

几分钟以后，学校终于出现。为了减轻冯异天对离开自己前去上学的恐惧感，梦依萍欢快地喊道："儿子快看，你的学校到了！"

朝着妈妈指的方向，冯异天看到了一所外墙被涂抹了很多他喜欢的卡通图片的学校，便松开梦依萍的手，兴高采烈地朝前跑去。梦依萍连忙跟上。大门旁有很多家长带着孩子，热热闹闹地聊着天。担心孩子乱跑，梦依萍抱起儿子，朝卡通图片走去，让儿子摸了摸，并给儿子讲起了相关故事。梦依萍边讲边朝大门走去，"儿子，看看里面的滑梯和跷跷板，我们一起去看看，好不好？"

冯异天透过大门，看到五颜六色的设施，高兴得手舞足蹈，迫不及待地道："好啊，好啊！"

梦依萍趁势走进幼儿园，放下兴奋不已的冯异天。冯异天一路小跑，来到滑梯旁，和其他小朋友很快玩在了一起。梦依萍和老师交代一番后，便悄悄离开了。

回家的路上，梦依萍突然觉得有些空虚。七年多来，从怀上女儿冯薇薇开始，自己便一直待在家中当一个全职太太，事无巨细地照料着孩子，打理着家务。虽然每天如战争一样，活得很累、很琐碎，但看着两个孩子健健康康、快快乐乐地成长着，梦依萍感觉还是很充实，也很有成就感。如今，两个孩子都上学了，吃喝也在学校，虽然晚上需把孩子们接回来，一大早再送过去，但要做的事情自然少了很多。自己该重新规划一下自己的未来了，梦依萍想。她看了看时间，还不到十点，自言自语道："还是到附近转转吧。"

以前出门都是带着孩子，而今她一身轻松，穿街走巷，逛超市、看首饰、试服装、尝小吃。直到下午去学校接孩子的时间快到时，梦依萍方才回到家。晚上，辅导完女儿，俩孩子休息后，梦依萍躺在床上，仍在思考自己下一步如何打发日子的事情。因生意上，冯光军常常不回家过夜，今夜也不例外。时间一长，梦依萍也习惯了，虽然她也怀疑过丈夫有了外遇。无聊的时间总是那么漫长，没有孩子的家格外清冷。而丈夫也是忙来忙去，并没有心情或很多时间陪梦依萍。闲不住的她决定找一份工作打发这难熬的日子。

第二天上午，梦依萍送完孩子，又到大街上随便转悠。因几年前做过服装销售，所以她格外注意服装店，看看有没有招聘的。梦依萍也曾到刚辍学时去的那家服装店看了，发现那个地方已经转手经营其他行业。

一上午，梦依萍一无所获。要么工资低，要么工作时间长，都不适合她心中的预期。无奈之下，她便到超市附近的小吃店吃午餐。刚刚点好，正准备开吃，就听到一位女士喊她："欸，这不是依萍妹妹嘛！"

回头一看，竟然是七年前服装店同事叶莹莹。她激动地站起来，一下抱住叶莹莹。记得那时候，因为叶莹莹比自己大，入行又早，对她很是照顾。自己怀孕后离职，二人就再也没有见过面。梦依萍没想到能在这个地方见到她。梦依萍左看右看叶莹莹，夸赞道："哎呀，叶姐，你变得越来越漂亮了！"

叶莹莹一听，面现红晕，嗔怪道："妹妹，几年不见，你可长进了，嘴变得甜多了！"

梦依萍促狭道："姐姐，你尝过我嘴巴啦？不然，你怎么知道我嘴甜了呢？"

叶莹莹的俏脸变得更红了，作势要撕梦依萍的嘴。嬉闹一番后，二女方找位置坐下，梦依萍点了些叶莹莹爱吃的饭菜，边吃边聊，讲述着彼此七年间的经历。梦依萍才知道：叶莹莹已经结婚五年，并和丈夫合伙经营着一家服装公司，雇员已有六人；因忙于赚钱，二人暂时没要孩子。当听梦依萍正准备出来找班上的时候，叶莹莹立即抓住梦依萍的手，兴奋地高叫着："妹妹，你就别找了。帮姐姐去啊！姐姐正缺一个得力店长！哈哈……真是老天有眼，让我在这里碰见你！"

梦依萍听叶莹莹一说，连忙摆手道："不行，不行！我这些年一直待在家，业务都不熟悉了……"

豪爽的叶莹莹立即打断梦依萍："好妹妹，你就别谦虚了！别人不了解你，我还能不了解。想当年你年纪最小，可是销售额却是顶呱呱的。你说你不行，谁行啊？啊，哈哈……"

"那个……那……那都是以前的事了……"梦依萍嗫嚅着。因为她心里真的没底，毕竟这么多年，自己不是围着孩子转，就是围着家务忙，已经和社会严重脱节。

活泼的叶莹莹见梦依萍犹豫的样子，便晃了晃梦依萍的手，鼓励道："没事的，熟悉起来很快，姐姐相信你！你一定可以的！"

梦依萍看了看叶莹莹满含鼓励和期待的眼神，心中的自信与豪气渐渐升腾，就点了点头。见梦依萍答应了，叶莹莹拉起梦依萍的手亲了一下："还是好姐妹！哈哈……"

梦依萍不好意思地抽回了手，用食指狠狠地戳了戳叶莹莹："你呀，不知道怎么说你！哎，叶老板，你怎么到这个小店来吃饭啊？"

"妹妹，你忘了我是个大馋猫啦？这家小店可是特色店啊！哈哈……"叶莹莹表情丰富地自我调侃道。

梦依萍也大笑不止，随后二人手拉手走出小店，径直朝叶莹莹服装店而去。参观完服装店，梦依萍又和叶莹莹聊了会儿天，在答应明天即来上班后，莹莹方放梦依萍离开。

回来的路上，梦依萍感慨不已。七年了，说长不长，说短也不短。在这七年间，自己成了个家庭主妇，而不如自己的叶莹莹竟成了老板，真是让人不敢相信！七年后，自己有了两个孩子，而叶莹莹还没有，也算有得有失。可是，明天得到叶莹莹的服装店去上班，倒有种恍如隔世的感觉。人啊，到底在追求什么？什么是对，什么又是错呢？吃晚饭的时候，梦依萍把明天要去服装店上班的事情和冯光军象征性地提了一下，丈夫既未反对，也未赞成，倒也是她预料中的事情。

第二天，梦依萍起了个大早，趁孩子还未醒来，先给自己化了个妆。因为她明白：服装销售除了熟悉服装的材质、用料搭配、做工、颜色、价位等，销售人员的长相、气质和谈吐也是非常重要的。化完妆，梦依萍又做了早餐。待把两个孩子穿起并令其吃完早餐，已经是七点多。随后，一家人出门，丈夫送女儿上小学，梦依萍则送儿子到幼儿园。梦依萍也没想到儿子很快就喜欢上了幼儿园，这让她很是欣慰。与儿子挥手告别后，梦依萍便坐公交车到了叶莹莹服装店。

提前半个小时到店的梦依萍并未闲着。她首先找来资料，了解了店内正售卖着的全部服装。心中有底之后，她方走到销售前台，落落大方地与每一位光临的顾客沟通交流。虽然已经七年未从事这个行业，但梦依萍并未感觉到非常生疏，毕竟她喜欢服饰，喜欢讲述自己对服装的独特理解，喜欢和顾客们交流。一天下来，梦依萍略感疲惫，但也有收获，因为她销售了八套服装，在整个店中排名第二。晚上，梦依萍睡得很熟。

一周后，叶莹莹果然任命梦依萍为店长，其他人也是心服口服，毕竟梦依萍的销售总额排名第一。而梦依萍快人快语、认真负责、敢作敢为、风风火火的性格，也颇受同事们的欢迎。一月下来，梦依萍的工资加上奖金，已近八千元，这让她颇为开心。梦依萍的自信与日俱增，患得患失的性格也少了一些。丈夫对她的态度也有了明显的好转。

梦依萍也没有想到，这一干就是两年多。直到叶莹莹的老公和店里年轻漂亮的女销售员卷款消失，服装店关门，梦依萍方离开服装这一行，那已经是2009年年底。

第三十五章　生命之轻

《爱我的人和我爱的人》歌声一遍一遍从储物柜里传出，悠扬在空中。燕舞扬知道那是自己的手机铃声，但并没去接。因为他正在云南大学乒乓球馆打比赛，此时恰在赛点上。于是手机铃声就在那虽不安静但仅有运动鞋底摩擦地板的声音中反复吟唱着。燕舞扬心里琢磨着："落后一分。这一分很关键，关系到能否进决赛。是谁找我呢？偏偏在这个时候打电话。没有消息就是好消息。既然有消息，或许有好有坏。倘若是坏消息，那就让它来迟一点，暂不接吧……"

"10:11，燕舞扬发球。"裁判做了一个手势。

燕舞扬弯腰捡起乒乓球，走向球桌途中思考着如何发球才能一击奏效，"对方知道我经常发下旋球，这一次我反其道而行之，来个上旋球试试。"

"嗖"的一声，球轻轻一挨球桌便轻盈地旋转着越过球网，落在对方右侧方靠前的位置。对方连忙奔至球桌，刚刚触到，球便滚落网上。裁判手一挥，哨声一响，示意燕舞扬得了一分，并再次让燕舞扬发球。

他改为快板直攻，球呼啸着冲向对方，凌厉而威猛。"啪"，球高飞而去，燕舞扬紧紧地盯着，计算着运动轨迹，做好接对方球的准备。场上的气氛有些凝滞，而乒乓球已经开始下落。燕舞扬知道自己赢了，因为落点在球桌外。不过，他并没有在表情上显示出来。当球落地的时候，场上出现了热烈的掌声。燕舞扬明白，这些掌声是送给自己的。他向对方走去，主动伸出手，与其握了握，又与裁判握了一下。然后，他向观众席挥挥手，不慌不忙地向储物柜走去。

铃声还在顽固地响着，燕舞扬随着节拍哼唱这首歌。他又想起了梦依萍，因为这首歌曾是梦依萍的最爱。他曾不止一次地听梦依萍用自己嘶哑却很个性的嗓音唱着它。为此，他度过了许多难熬的人生困境，并在此孤绝的状态下屏蔽了世间所有的吵闹和喧嚣，几个小时一动不动地缅怀过去，去沉思当下，去汲取力量……

抹了抹脸上的汗，燕舞扬开锁，拿出手机，竟然是妻子的电话！心中一沉，他明白家里肯定出事了。于是，他赶紧接电话："刚刚在打比赛……"

还未说完，木子的哭泣声便从话筒中传来。燕舞扬一听，虽知不妙，但也没催妻子。过了一会儿，他听啜泣声小些后，就安慰道："好了好了，不要着急，慢慢说，到底发生了什么事？"

"姐得胃癌了！"

"啊！你是不是搞错了？"

"你傻呀，我能乱说吗？"

"嗯。确诊了吗？"

"先在宪城查出，后到合肥复查，才确诊。"

"是最近查的吗？医生们怎么说？"

"近几年，姐一直说胃痛，她也没当回事，吃点药也就过去了。我曾劝她到权威医院好好查一查，她不听。今年年初疼痛加剧，宪城医院也把它当作胃病治疗。十月份，我陪她到合肥一查，专家说已是胃癌晚期……"木子说到此处，再也说不下去，哽咽着。

听着妻子轻轻的哭泣声，燕舞扬没去劝止，因为他知道：在一个人悲伤而又需要倾诉的时候，最好当一个安安静静的听众。接完电话，走出体育馆，燕舞扬抬头看了看天。虽然已是十一月，但昆明并不冷。太阳的暴烈有所收敛，但给人的感觉还是热辣。校园里的花草树木仍是郁郁葱葱，一点也没有冬季的况味。大学里的自由、散漫与活力，交织成一种异样的魅力，并没有因燕舞扬心情的沮丧而减少丝毫。

走向宿舍的路上，同学、乒乓球爱好者、羽毛球爱好者、熟悉他的观众纷纷与燕舞扬打招呼，他都微笑点头。一路上，他更多的是在思考活着的意义。

人在世间，忧患实多。绝大多数人都是从呱呱坠地的哭泣始，到疾病缠身痛苦不堪逝去终。诚如佛教所说：生而为人，需历八苦煎熬，所谓生苦、老苦、病苦、死苦、爱别离苦、怨憎会苦、求不得苦、五阴炽盛苦是也。既无法逃脱众多人生之苦，那就要甘受欲望驱使，于是人们寄情于生活中遇到的林林总总而走完一生。或孜孜于学问，或营营于财富，或兹兹在长寿，或苦苦于速死。有人追逐精神的享受，有人贪求权势的攫取……或许大多数男人都贪恋酒色财气、荣华富贵，很多女人皆渴求青春永驻、受宠一生。可是，能实现多少呢？人活着，快乐实少，苦痛太多。是轰轰烈烈、花团簇锦地过活一生，还是安安稳稳、顺顺利利地走完一辈子，如何权衡、取舍，并为之奋斗，倒是一门深厚的学问。在奔往目标的路上，各种各样的诱惑，花样繁多的陷阱，数不清的疾病、灾害，残存于人自身的劣根性……总是在不停地腐蚀着每一个行走于风雨中的人。若要实现，不仅需要毅力、恒心、机遇，还需要勤奋、智慧、格局。而当目标实现、理想成功的时候，人们回头一想，又会觉得其间不乏太多太多的遗憾，要么失去了青春、健康、爱情、亲情、友情，要么失去了财富、权势、自由、亲人、朋友，乃至生命。得失一念间，成败万事空。生命存在一天，就活得开开心心，活得有滋有味，何必在乎别人看法？为自己活，不要为别人活，或许是最好的答案。

那一晚，燕舞扬利用一年半来恶补的电脑知识，查阅了很多关于癌症特别是胃癌的知识和文献，发现癌症患者致病的诸多因素中最重要的是心情不好。回想一下木樱壬午年以来的遭遇，恰好说明了这一点。

自壬午年七月丈夫古成车祸去世后，木樱一直陷入对丈夫的思念和愧疚之中。沉重的打击使她疏于生意，逃避交际，由高调转为半隐居状态，把全部的精力都投入到培养孩子古水身上。因为此前的宠溺，孩子一时无法忍受木樱专断的教育，更何况木樱心情压抑，而孩子正处于叛逆期，没有父亲的介入，教育效果可想而知。古成逝去两年多后，孩子被逼得想跳楼自杀，成绩一落千丈，而木樱也是束手无策，心情更加糟糕。迫于生计，独居四年后的木樱于丙戌年托关系在宪城城区找了一份保洁工作。自古成出车祸以来，众多亲戚朋友见木樱心情抑郁，多次劝说其再次嫁人，都被她婉拒，直到丁亥年患癌。

得知木樱病情后，燕舞扬给木子打电话的频率提高了不少，一方面了解木樱状况，另一方面宽慰木子。那年寒假还未结束，燕舞扬就早早回了宪城，因为他要承担辅导古水学习的责任。

当见到木樱的时候，燕舞扬简直不敢相信自己的眼睛。身躯太瘦，而肚子又因腹水而太大！双眼凹陷，皮包骨头，因浑身疼痛而彻夜难眠。燕舞扬想起同年四月因贲门癌去世的姑父，一时意兴阑珊，深感生之无常、无趣、无味。

第二年正月十二，木樱终于撒手人寰。在追悼会上，燕舞扬突然想起了六年前岳母去世时，街坊邻居们的议论：父母灵柩不能停放于女儿女婿房中，因不利于女儿一家。激灵灵地打了一个寒战，燕舞扬忽然寒毛直竖。他暗自寻思：一语成谶的古老智慧，竟然如斯灵验，这是以前没有想到的。虽然他喜欢传统文化，但更多停留在阅读消遣和猎奇层面。木樱的遭遇让他猝不及防地碰到了文化的另一面。他不由敬畏起传统，更加审慎地对待民间智慧。

同时，燕舞扬想到了另一个问题：如何保持自己和家人的身体健康。家中的任何成员如果出现健康问题，都可能会给家庭带来沉重的负担，物质和精神上都会，而所谓的家庭幸福就会遥不可及。为此，燕舞扬暗下决心，要调整好心态，并积极锻炼，打造一个健健康康的身体，为自己，也为家庭的幸福打好基础。不能为了健康之外的东西而毁掉了健康。不能牺牲健康去换取功名利禄及其他东西，除非迫不得已而为之。如此，则需要舍弃诸多东西。他明白：所谓舍得就是有舍才有得，不舍如何得？

戊子年，燕舞扬一边阅读大量文献，追踪研究对象的前沿动态，先后发表六篇学术论文，并提前完成了毕业论文的初稿，空闲时间则全部用在锻炼和旅游上，渐渐对燕家庄旅游也有了进一步的想法。同时，他结交了一批云南大学工商管理与旅游管理学院教授、学者，认识了不少旅游管理专业博士。

这年暑假，燕舞扬指挥十几个工人把岳父临近公共排水沟的长达百米的院墙建起。为了防止坍塌，在燕舞扬建议之下，岳父采购了几十车石材筑基。宽达三米的墙基出水面二十米后，再用红砖砌成。墙里则充填上百车沙土。随后，燕舞扬又找人把岳父的房屋修葺一新，为八十岁岳父安心生活，自己一年后能放心离开宪城做准备。若干年后，岳父儿女为燕舞扬的这些做法感念不已。因为拉好院墙，可防止因儿女在外而邻居欺负岳父并侵占宅基地的事情发生。而房子的重修，更是解决了岳父的隐忧。

第三十六章　转折之年

己丑年六月，昆明。

"下面有请论文答辩综合得分最高者燕舞扬同学讲话，大家欢迎！"云南大学文学院教学秘书叶语话音一落，就响起了热烈的掌声。

燕舞扬很感意外，毕竟在座的不仅有文学院全部师生，还有校外特邀嘉宾及专家，而唯有自己的硕导缺席。其实，对于导师的缺席，燕舞扬早已有心理准备，因为选择导师的时候是研究生一年级上期，自己并未见过只比自己年长几岁的导师，所以当时也就没有选。而双向选择的结果是燕舞扬被强行分配，因为自己喜欢的研究方向和导师的研究领域无限接近，所以已过而立之年的燕舞扬坦然接受了文学院的安排，毕竟他入世很早，深谙人情世故，懂得理解、宽容与感恩。

第一次与导师见面，燕舞扬方才了解：导师因年少有才，大学时就凭诗作而名扬省内外，毕业后留校任教，因是少数民族和国民党遗属，颇受学校礼遇。四十出头的导师刚刚担任硕导没两年，而燕舞扬是他第二个弟子，目前正备考南京大学的博士。饭后，导师没让自己和师姐付钱。回宿舍的路上，燕舞扬明白，三年的研究生学习得全靠自己了。果不其然，研究生二年级，导师如愿以偿到南大读博。随后两年，燕舞扬与其见面稀少，仅靠电子邮件联系。所幸，燕舞扬独立性强，又长袖善舞，游走在各方关系之间，妥善化解了针对导师的暗流，而又不使自己受到牵连和伤害。如今，三年将尽，最重要的毕业答辩竟获得了最高分，如何不让燕舞扬意外！

走上主席台，燕舞扬抬头向下望了望，平复一下心情，以不疾不徐的声音表达了自己的想法与感受："尊敬的答辩主席，敬爱的师长，活力无限的学弟学妹们，大家上午好！很高兴有机会站在这里与大家交流，谢谢主席和师长们给我这次机会！"

燕舞扬在热烈的掌声中离开话筒所在的主席台，向答辩主席和师长在的方向深深地鞠了一躬。返回主席台，燕舞扬说："首先，感谢各位专家和来宾！为了这次答辩，你们放下繁重的科研任务和诸多重要的事情，舟车劳顿，远道而来，批阅论文，精心点评，出辩题，选重点，高屋建瓴，通观全局，让我们受益匪浅。我谨代表我自己和其余六位同学向您表示衷心的感谢！"

　　台下先传出轻微的笑声，随后是一阵一阵的掌声。待声音变小，燕舞扬接着说："其次，要向老师们表达我们真诚的谢意！两年多前，是你们以渊博的学识和高迈的眼光把我们引入神圣的学术殿堂。两年多来，是你们以磊落的胸襟和坦荡的气度教会我们如何做人。两年多来，是你们实实在在一个一个地解决了我们面对的诸多实际问题。让我以范仲淹《严先生祠堂记》中的句子'云山苍苍，江水泱泱，先生之风，山高水长'来表达我对你们的感激之情！虽然我的导师因为特殊原因不能参加此次会议，遗憾之余，我在此向他表达我的别样感激之情！敬爱的老师们，辛苦了！"

　　热烈的掌声再次如雷鸣般响起，燕舞扬只好停了下来，扫视了台下后，继续讲道："最后，我要向六位同学表达我的感激。因为你们，我活得有滋有味。因为你们，我懂得了友情的可贵。因为你们，我学会了做我自己。几十天后，我们将各奔东西，为生活、为未来、为梦想，但我始终会记住你们！谢谢！"

　　燕舞扬朝台下再次深深地鞠了一躬，在热烈异常的掌声中走向自己的座位。路上，学弟学妹们纷纷朝燕舞扬伸出大拇指，他轻轻地点点头，并报以和煦的微笑。回到座位上的燕舞扬定了定神，心中明白：其实最应该感谢的是妻子，因为木子不仅要辛苦地上班，还要独自一人领着孩子，操持繁重的家务。可是，在这个基本都是年轻人读硕的地方，有几个人能理解他的那种感受呢？所以，他略去了一段，把对妻子的感谢放在心中。

　　按惯例，晚上是谢师宴。席上，燕舞扬宣布了与四川珍城大学签订就业协议的消息，更是增添了宴会的欢快气息。那一晚，燕舞扬频频举杯，畅怀痛饮。宴会结束，其余六人到了KTV，而燕舞扬因不喜那种地方，便独自回到宿舍。

　　昆明的五月已经颇热，虽然已是深夜，但温度并未降低多少。宿舍楼如黑魆魆的怪兽，人们已经入睡。其他三位不同专业的室友因为找工作而不在。打开灯，燕舞扬看见桌面上有一张车票，那是上个月到珍城的火车票。他轻轻地叹了一口气，陷入回忆之中。从戊子年年底，燕舞扬如其他众多毕业生一样奔走在全国各地，参加各种各样的招聘会，投简历，参加笔试、面试，虽然有好几家单位愿意录用，但他最终选择了珍城大学。原因有二：一是它为四年制本科院校，而招聘岗位与自己所学专业一致，这也与自己当初刚到云南大学时的理想不谋而合；二是珍城的气候宜人，环境优美，夏天不热，尤其是冬天不冷，对常常脚趾冻伤的他而言，非常合适。燕舞扬还清晰地记得，当第一次到珍城的时候，自己被冻的样子。昆明虽是春城，但四月已经让身处其中的人们感到燥热。所以，一下火车，穿着一件短袖的燕舞扬就知道自己穿少了。那天珍城没有太阳，在微风的吹拂下，燕舞扬打了个喷嚏。看看熙熙攘攘的人流，他发现大多数人都还穿着外套，而自己身处其间，颇显另类。于是，他先到超市买了一件夹克，再找一家旅馆。第二天便到了珍城大学，顺利签下就业协议。

那一夜，燕舞扬辗转反侧，时而浑身燥热，时而口渴难耐，直到天快亮的时候，他方才听着阿木演唱的《爱在现实面前》渐渐进入梦乡："多少的挫折／都不曾低头／当你转身的时候／却忍不住泪流／多少的甜蜜／都付东水流／这杯回忆的苦酒／将人伤透／我不会责怪你／永远的爱你／只怪命运无情的捉弄／当爱在现实面前／原来那么脆弱／而我们越是想要／越要不到结果／当爱在现实面前／最后变成折磨／就算拥有全世界／没有你怎么过／谁告诉我……"

第二天下午，燕舞扬方才起床。头疼欲裂的他在网上买了一张当天晚上回安徽宪城的火车票，然后收拾了一下近三年的物品，打包寄往四川珍城，至于离校手续就交给下一届来自宪城的同乡代为办理了。

第三十七章　挥别宪城

宪城介水镇学府路上，走着一对夫妻，中间是他们的孩子，每人拉着孩子的一只手。

"工作的事，你考虑得怎么样了？"男的问。

"我还是不想舍弃工作。"女的答道。

……

男的一时语塞，女的也沉默不语。卤素灯光下的路面有些昏沉，走在上面的人似乎有些缥缈。喜光的虫蛾义无反顾地扑向灯儿，"噗噗"的撞击声在寂静的夜里甚为清晰。灯光里能清晰地看见众多已然昏晕的虫蛾下坠的身影和飘散的粉尘。男孩安静地享受着父母给予的爱，因为在他似懂非懂的认知中，这样的机会不多，尤其是最近几年。他心里似乎明白：父母在决定着什么重大的事情，所以他便乖巧地任父母牵着他的手，不吵不闹地跟着，虽然手心已经出了汗。父母仿佛也陷入了长久的思考当中，忘记了宪城夏季的酷热，紧紧地拉着男孩的手。

"嗨，燕老板，你回来了？"熟悉而又陌生的问候中夹杂着惊喜，打断了思绪。燕舞扬定睛一看，原来是曾经的熟人龙飞。他连忙伸出手与对方握了握："回来有一段时间了。放假了，你没回家？"

"过两天就回去。你毕业了吧？"三十不到的龙飞一脸沉稳。

看着有些疲惫，又有些期待的龙飞，燕舞扬感同身受，便回道："嗯，毕业了。听说你也在考研，情况如何？"

爽快的龙飞恢复到曾经的模样，快人快语道："哈哈……还是燕老板的信息灵通！谢谢你的关心，更谢谢你的鼓励！我也考上了，是复旦大学文艺学专业。"

"不错嘛，龙飞！我既没给你关心，也没给你鼓励，不用谢我。是你自己努力的结果，向你祝贺！哈哈……"燕舞扬也很开心。

"爸爸，你和龙叔叔聊吧。我陪妈妈散步，好不好？"一直没有说话的燕秋生忽然打断了两人，歪着头说道。

燕舞扬和龙飞一怔，随即哈哈大笑。燕舞扬蹲下，看着儿子一双乌黑清澈的大眼睛，宠溺地摸着儿子的头，笑着说："对不起，儿子！你就陪陪妈妈散步去吧，我一会儿去找你们。拜拜！"说完，便亲了儿子一口。站起，他朝儿子和妻子挥挥手。

"再见，叔叔！"燕秋生懂事地朝龙飞笑着打了声招呼后，转身拉着木子就离开了。

"再见！"龙飞满脸羡慕，又有些无奈。

随后两人边走边聊，燕舞扬了解到介水高中更多的情况。自2000年以来，宪城政府大力引进社会力量办学。在不收经营税费，简化手续批地的政策引导下，一座座民办中小学拔地而起。为了壮大师资，政府鼓励公办学校教师带薪到民办中小学任职。而在新生录取上，政府更是向民办学校倾斜。

在一系列优惠政策的扶持下，催生了宪城教育界师生的迁移潮。2003年，宪城城内的民办中小学跑马圈地，基建基本完成，并在当年招第一届学生。2006年，在政府各种资源的帮助下，自主性、灵活性极强的民办学校尤其是民办高中取得了优异的成绩。于是，师生渐渐流往城区的民办学校，而乡镇中小学则渐渐空心化，一年甚是一年。

而今，已有若干乡镇中小学关门，大量国有资产闲置或流失，部分学校则被宪城教育局租给私立学校办学。一部分师资分流到其他学校，一部分领着空饷，或待在家里，或从事着别的职业；还有一部分教师到发达城市的民办学校教学，但仍领着宪城的财政工资。极少数老师考取研究生，奔着自己的理想而去，龙飞便是其中一员。现在的介水高中仅有一百多学生，不复燕舞扬读研离开时几千学生的盛况，而老师只有十几人，不及鼎盛时期的十分之一。据说，当这些学生毕业时，介水高中也将租给私立学校。

听完龙飞的介绍，燕舞扬心中很是沉重。十年介水镇的生活经历让燕舞扬收获很多，如工作经验、同行的情谊、社会阅历、经济收入等，甚至家庭；可也失去了最重要的东西，如青春、恋人和对情感的激情等。燕舞扬想到此，心中不禁黯然不已。而今自己真的要离开介水，离开宪城，嗟叹之余，心中竟是满满的不舍。互留联系电话后，燕舞扬与龙飞辞别，寻妻儿而去。

接着的几天，燕舞扬反复做着妻子的思想工作，劝其放弃工作，随自己一起到四川珍城。可木子总是犹豫不决，拿不定主意。木子认为：找一份工作十分不易，更何况自己已上了十几年班，现在说放弃就放弃，过于轻率；可是珍城离宪城很远，不放弃，一家人如何团聚？以前燕舞扬上学，木子有孩子陪自己，虽然累点，倒也不感觉寂寞。此次，燕舞扬去工作，肯定要把孩子带过去上学，自己一个人留在家，想想都害怕。如果工作不要了，而舞扬到珍城后的收入能养活一家人吗？能养活，当然好。如果不能，自己是否还需要重新找工作？如果那样的话，孩子谁来照顾？唉，到底该怎么办？木子一时也无从定夺。自从燕舞扬答辩之后回来的这段时间，因为工作取舍问题，木子经常失眠。

一天晚上，木子又是辗转反侧。燕舞扬被妻子频繁的翻身弄醒，便询问原因。了解之后，燕舞扬提示道："你明天上班的时候，打听一下，你们单位可不可以停薪留职。如果可以的话，就是最好的结果。因为应聘珍城大学的时候，人事处明确告诉了我：无法解决家属的调动问题。但我想事在人为，临走前专门了解了一下，去年尚有解决家属工作的先例。所以，你先了解，我们再想办法。天很晚了，不要再胡思乱想了。好好休息，明天还要上班。"听丈夫一说，木子想想也是，就不再纠结工作问题。二人缠绵一会儿，也就安然入睡。

第二天，木子一打听，单位果然有人曾经停薪留职过。于是，她找到医院领导，把自己的情况一讲，对方很快同意了，不过属于木子的各样保险费用尚需自己缴纳。木子爽快地答应，并立马补交了相关费用。中午回家和燕舞扬一说，二人都很高兴，没想到问题解决得如此利索。

"儿子，到楼顶上喊你爸爸吃饭。"忙着做饭的木子在厨房里朝正在客厅看电视的燕秋生说道。

见燕秋生不动，坐于一旁的姥爷摸了摸燕秋生的头，提醒道："秋生，快去喊爸爸，不然你妈妈生气了。"

"哦。爸爸在哪里？"燕秋生眼睛不离电视中的动漫，漫不经心地嘟囔着。

"呵呵，在楼顶上打电话。快去找吧！"外祖父微笑着说。

"好吧。"燕秋生不情愿地站起，向楼梯走去，刚踏几级台阶，便大声喊："爸爸，下来吃饭。"等了一会儿，见没动静，他有些气恼地又往上走了几步，喊了一声。等一会儿，又没见回应，他突然好奇心大发，便蹑手蹑脚地往楼上走去，一脸坏笑地道："爸爸是不是又和我玩捉迷藏？嘿嘿，我偷偷前去，吓他一下。"

打完电话的燕舞扬早已听见儿子的喊声，故意不答应，他想让儿子楼上楼下跑一跑，锻炼一下身体。当他发现儿子上来后，便藏在门后。听着儿子气喘吁吁地往三楼走来，燕舞扬故意露出脚。还没到门边，燕秋生因为发现了燕舞扬的藏身之处，便发出了"嗤嗤"的笑声。只听得燕秋生轻手轻脚地一点点靠近，燕舞扬忍不住差点笑出声来。燕秋生一挨近门，就"嗨"的一声大叫，同时用手狠狠地敲着门。燕舞扬故意装着被吓而浑身发抖的样子，举起双手做投降状，惹得燕秋生哈哈大笑。见儿子如此开心，燕舞扬也畅怀大笑。

楼下的木子听见父子俩的笑声，微笑而无奈地摇了摇头，故意恶声恶气地喊："还不赶快下来吃饭！"

父子俩便牵着手，嘻嘻哈哈地下了楼。饭桌上，岳父问燕舞扬："走前的准备工作如何了？"

"该办的都办了。只是古水的事情没法办……"

燕舞扬还没说完，岳父紧皱着眉头问："怎么了？"

见人高马大的岳父有些怒意，燕舞扬安慰道："刚才打电话就是为这件事。您知道，樱姐生前曾经安排，让我们带古水出去接受更好的教育，古、木两家当时都同意。可是古水的叔叔现在不同意了，原因不得而知。眼看就要走了，我也很着急，再次给他叔叔打电话，他叔叔还是不同意。"

听完，经历过风浪的岳父放下筷子，沉思了一会儿，缓缓道："既然古水叔叔不同意，那就算了。毕竟古水是古家血脉，原则上应该由他们抚养。你们答应木樱，那是你们姐妹情分。如今木樱已经不在，就听古家安排，你们该尽的心也尽了。你以为如何？"

燕舞扬点点头，"嗯"了一声。燕秋生听见大人在说话，也没胡闹，一时间四人就安静地吃着饭。饭罢，燕舞扬陪岳父聊天，木子收拾碗筷刷洗。燕秋生则出去找姨妹戈月月玩耍，因为自上月木倩和戈斌离婚后，木倩便租住在燕舞扬隔壁。

不一会儿，只听外面哭喊一片。原来是燕秋生和戈月月因为争夺一件玩具而闹得不可开交。燕舞扬便把两个孩子拉到屋里，给他们洗了洗脸后，找些零食，二人方才安静下来。一旁的岳父微笑地看着两个孩子，突然他似乎想起来什么，便向燕舞扬招招手，示意他坐到自己身边。燕舞扬见岳父如此郑重，坐下并给他倒了杯水。

岳父指着戈月月，满脸严肃地说："你看月月，才五岁多一点，爸妈就离婚了，虽然主要是她爸戈斌酗酒所致，而木倩也有责任。对木倩，你多少也有些了解，她不是一个非常合格的母亲，月月如果一直在她身边，不到十岁可能就会学很多毛病。月月这孩子头脑聪明，如果因她母亲而走上邪路，确实可惜，你认为呢？"

"嗯。"燕舞扬若有所思地应道。

岳父见燕舞扬如此，便接着说："饭前古水的叔叔不同意你带走已经十三岁的古水，那你两口子能不能带走五岁多的月月？"

"啊！"燕舞扬颇感意外，一时间也不知道该怎么办，"这个事得征求一下木子的意见，同时也需木倩同意，而且孩子愿意才可……"

"这个没问题。你两口子先商量一下，木倩及月月的工作我来做，怎么样？"岳父趁热打铁，步步紧逼道。

看着岳父一脸期待的样子，燕舞扬不忍心拒绝一个近八十岁老人的要求，更何况这个要求是为了一个孩子的未来。于是，燕舞扬便承诺道："只要木子愿意，我这边没问题。"

岳父开心地笑了，他朝燕舞扬点了点头，颤巍巍地站起，向木倩家走去。燕舞扬送走岳父，看着正在吃零食的月月，忽然想起梦依萍大约也是在五岁多到六岁的样子，被其姨夫姨母领养，而且属猴。梦依萍今年应该是三十岁，月月五岁，大了两旬。仔细地看着月月，燕舞扬心中充满了喜悦，如久阴不晴的冬天突然阳光普照般，亮堂而温热。

当天晚上，燕舞扬如愿以偿地等到了岳父反馈的消息：木倩同意孩子跟着燕舞扬一家前往珍城。可是木子不愿意立即带走月月，原因是珍城领养孩子的政策尚不清楚，待弄明白之后，才把月月接走。燕舞扬同意了这个方案，虽然迟些日子，倒也是个皆大欢喜的局面。

临走前，燕舞扬一家专门回燕家庄看望父母。得知万家鑫已经读博，燕家庄游客量持续增长，燕舞扬心中大慰。随后的几天，燕舞扬找来若干纸箱，把需要的物品打包寄往珍城，仅邮费就达千元，而书籍占了绝大多数。邮寄完东西，燕舞扬又在宪城最好的酒店宴请了十几位最好的同学和朋友。第二天，一家三口便乘车离开了宪城。

第三十八章　入职大学

经过二十多个小时的颠簸，燕舞扬一家三口终于到达了四川珍城。刚到的几天，因为一直待在宪城，基本未出远门的木子总是抱怨，事事都和宪城比，而比较的结果是老家一切都好，很是让燕舞扬头疼。儿子燕秋生倒没什么意见，反而说珍城好，因为晚间睡觉的时候没有小蚊子、小虫子咬。恨得木子牙疼，说儿子背叛了她。看着这一对母子，燕舞扬只能苦笑。

新学期即将开始，燕舞扬忙于联系孩子读书的学校和工作上的事，而好奇心重的木子则领着儿子到处转悠。很快，两个星期过去了。每天晚上，一家人常常手牵着手漫步在幽静的珍城大学校园里，用宪城话谈天说地，经常引来学生行注目礼。一次，散步中的木子满脸兴奋，由衷地感叹道："唉，真没想到这个地方如此凉快！"

听木子如此说，燕舞扬知道妻子已经渐渐喜欢上了这个城市，心中也很高兴："嗯，在宪城我就和你说，这边即使是夏天，晚上休息时都需要盖薄被子，你当时还不信，现在你终于体会到了吧。你看这边，环境好，空气清新，又很凉快，就像一个天然氧吧，纯自然的大空调。"

"是的，以前没想到中国还有这样的城市！另外，就像儿子说的，这儿没有蚊虫，真是奇怪啊！"木子感慨道。

"有什么好奇怪的，之所以没有蚊虫是因为珍城昼夜温差大。白天在太阳底下很热，但是一到阴凉处或者屋子里又很凉爽，所以珍城是典型的高原气候。即使蚊虫白天产了卵，晚上也会被冻死，根本就孵化不出幼虫来，所以就不会有蚊虫了。"

木子"哦"了一声，点了点头。燕秋生则睁着个大眼睛，似懂非懂地听着。

"嘿嘿，不错不错！我皮肤不好，最害怕蚊虫叮咬。这下好了，我会少吃苦头了。"木子似孩子般地说道，脸上写满了惬意。

燕秋生也附和道："就是，就是。我和妈妈一样，最恨那些臭蚊子啦！"

见妻儿满意的神色，燕舞扬终于舒了一口气，毕竟珍城可能会是自己待一辈子的地方，如果妻儿不满意，倒是让他闹心。这下好了，一家人终于接纳了这个城市。

离新学期开学还有两天，诸事完毕。燕舞扬也接到了珍城大学人事处的通知：到学校党委行政办公室上班，并兼任中文系教师。随后，燕舞扬先到教务处教材管理科领取了上课教材。

当燕舞扬到党政办的时候，里面的人员正在忙于会务的准备工作，有制发文件、设计座牌的，有打印、分装材料的……一派繁忙景象。燕舞扬径直走向身材中等、略微发胖，正签发文件的办公室主任詹明。见到燕舞扬，额头宽敞、头发油亮的詹明满面笑容，站起与其热情握手，然后拍了拍手。听到掌声，人们面带疑惑地向詹明看去。他清了清嗓子，轻轻拍了一下燕舞扬肩膀，热情地说："这是办公室刚来的工作人员，叫燕舞扬，是位学中文的研究生，大家欢迎！"

詹明和其他几人一块儿鼓起了掌，燕舞扬不卑不亢地微笑着点头示意，虽然他从掌声中听出了有些过分热情的因素，但一时也不明所以。几个月后，燕舞扬才明白：原来是因为党政办工作太苦，珍城大学其他部门的很多人都不愿意到党政办工作，而现有的几个人也是"身在曹营心在汉"，打算一有机会就离开。随后詹明让其他人继续准备会务，而让燕舞扬坐下，给其介绍办公室情况。

　　燕舞扬渐渐清楚了党政办是大学窗口单位，是党委书记办公室和校长办公室合二为一的机构。听完詹明的介绍，燕舞扬深感党政办工作责任重大，但心中并不担心，毕竟十几年的社会经验及知识储备足够应付这一切。接着，詹明就告诉燕舞扬，让他接替已经下乡扶贫的办公室副主任的日常工作，即制发文书、统计数据、报送信息等。听到燕舞扬爽快地答应了工作安排，詹明如释重负地长舒了一口气。交谈过程中，听说燕舞扬在中文系还兼课，詹明就让他到中文系报到，等安排好以后，明天正式到党政办工作。于是，燕舞扬离开党政办，前往中文系。

　　因为正值下课，教室和系办公室混合模式，使得走廊噪音较大。燕舞扬颇费了一番周折方找到中文系系主任办公室。门虽开着，但办公室里人不少，基本都是学生。燕舞扬没有立即进去，而是在周围转了转，直等到上课铃响起后，方不慌不忙地敲了敲门，只听一声女中音说道："请进！"

　　燕舞扬推门而入，只见一位四十多岁戴着珐琅眼镜的女性坐在宽大的褐紫色办公桌旁，优雅、从容。

　　"南宫主任，您好！"

　　南宫飞雪抬起头，见是燕舞扬，便站起，做个手势，用十分标准而流利的普通话笑着说："哦，是燕老师吧。来，请坐，请坐。"

　　边说边走向茶几，给燕舞扬倒了一杯茶水。随后又坐回办公桌，和燕舞扬聊起来。

　　"燕老师何时到珍城的？"南宫飞雪整理了一下得体大方但又有些职业化的套裙，关心地问道。

　　"已经来十多天了，因为要联系孩子上学的事情。"

　　"嗯，来得挺早。孩子的学校搞定了吗？如果有困难，可以和我讲一下。"

　　"在工会帮忙之下，孩子学校已经联系好了。谢谢南宫主任的关心！"

　　"不客气的，以后有事尽管讲，毕竟我是本地人，要比你熟悉一些。"

　　燕舞扬心头一热，感觉自己似乎找对了单位，至少从目前看来是如此。于是，他点了点头，说："好的。谢谢您！"

　　南宫飞雪笑了笑，接着说："应聘的时候，我仔细地看了看你的简历，发现你很上进，甚至在踏入社会之后，还在不停地提升自己，这个我很欣赏！"

燕舞扬一听，心中很是佩服她的洞察力，颇有些遇到知音的感慨，也消除了他心中仅有的一分担心和些微困窘，便说："谢谢主任的夸赞！嘿嘿，主要是想换种活法。"

南宫飞雪微微一笑，轻点一下头："另外，看了你发表的文章和创作的文学作品，写作水平不错，所以系里在安排课程的时候，就让你承担了写作课的任务，你有什么看法？"

"没什么想法，服从系里安排。"燕舞扬不加考虑地回答道。其实，从教材科领取教材的时候，他已经知道了这些。如今，南宫飞雪仍然把既成的事实拿出来征询他的意见，燕舞扬倒是感觉殊无必要，可他并未表现出来，反而高风亮节地表明了态度。毕竟十几年的社会经验告诉他：一个部门的行为绝不是随意的。

果然，南宫飞雪听完，满意地点了一下头："那就好。还有一个问题，那就是珍城大学今年刚刚升本，科研任务较重。从简历中也可发现你的科研能力挺强的，所以我们希望你工作之余多做些科研，怎么样？"

"没问题，我会尽力而为的。"燕舞扬毫不犹豫地说。

"嗯。以后你将以党政办的工作为主，要在那边办公，系上的例会你可以不参加。如果遇到特别重要的事情，需要你参会，我们会通知你。"南宫飞雪交代道。

"行，我知道了。"

随后，两人又聊了一会儿，燕舞扬便告辞而去。

第二天七点多，燕舞扬早早来到党政办，打开电脑，翻阅着已发文件的电子版，开始熟悉珍城大学公文格式及内容上的特殊要求。几十份看后，他发现有部分文书的格式与国家的要求有些出入，很是茫然，但并不打算立即指出，毕竟自己刚刚入职。

八点左右，办公室其他五位同事陆续出现。燕舞扬正想着如何与他们沟通的时候，突然接到了詹明的电话："舞扬，你给校长写一份新生入学暨军训动员会讲话稿。如果需要什么材料，你可以向骆文副主任找，今天下午下班前交给我看看。"

接完电话，燕舞扬暗暗地想：上班第一天就让写这个玩意儿，是考验还是机会？一时间，脑子转了好几圈。过了一会儿，他摇了摇头，似乎想把脑海中乱七八糟的东西甩掉，深吸一口气，便冷静下来，开始构思着讲话稿。他明白：写这类文章必须得详细占有相关材料，但前提是框架搭建必须精细合理；此讲话稿是校长用，高度得有，而重点有二：一是新生刚刚入学，二是军训动员。除此而外，那就是稿件的基调必须是鼓励，甚至鼓动，以此来激发年轻人的血性，不仅要求学生调整心态，积极面对即将到来的军训，还要规划好即将开始的四年学习生活。

有了思路之后，燕舞扬便遵照谦和敦厚的党政办副主任骆文的意思，分别给教务处和学生处打了电话，要来新生相关信息及军训安排资料，并找到了学校近年发展过程中的正面信息及数据。一番准备之后，燕舞扬开始动手写作。当接近完稿的时候，燕舞扬看了看时间，发现已经快十二点了，而其他几位同事则不知何时已经离开，他只感觉口渴。于是，他站起身来，有违常规地放了很多茶叶，倒上开水之后，便继续写了起来。

敲完最后一个字，燕舞扬轻吐了一口气，站起伸了个懒腰，一口气喝完了杯中略显苦涩的茶水。窗外到处填满了学生们的叽喳声，充满了活力，迸溅着激情，洋溢着青春，燕舞扬感觉自己似乎也变得年轻了很多，下午再来修改吧。关上电脑，他往校园家属区走去。

一进门，儿子便跑了过来，扑进燕舞扬的怀中，绘声绘色地讲着学校的见闻。木子见状，把炒好的两个菜连同三碗米饭端到饭桌上。燕舞扬便抱起儿子，走到饭桌旁，让其坐在椅子上，笑呵呵地说："儿子，我们边吃边说，好不好？你看妈妈炒的菜要凉了。"

燕秋生点了点头，狼吞虎咽地吃了起来。见儿子能好好吃饭了，燕舞扬很高兴，而木子也满面春风地给儿子夹菜。吃完饭，儿子缠着燕舞扬陪他玩，木子则收拾家务。不久，儿子坐公交车上学的时间到了。收拾好家务的木子便领着燕秋生走出了家门，燕舞扬则午休了一会儿。

下午三点，当燕舞扬把讲话稿打印出来交给詹明的时候，对方有些始料不及，肥胖的脸上显出不相信的神情，颇感意外地说："呵呵，不错，速度挺快的嘛！"

燕舞扬心里很是受用，嘴里则说："速度快，不代表质量高嘛。您先看看，如果有什么意见，我来修改。"于是詹明拿起笔，认真地看起了稿子，燕舞扬则处理着其他部门送来的材料，制发起公文来。

几分钟之后，詹明满意地抬起头，让燕舞扬直接把稿子送到校长的办公室。因为校长正在会客，燕舞扬把稿子放在校长办公桌后便回来继续制发公文。

一个小时左右，詹明接到校长电话后就带着燕舞扬去了校长办公室。燕舞扬估计是因为稿子的事情，心中倒有些忐忑。

"这稿子是谁写的？"校长面无表情地问。

詹明心中"咯噔"一下："不会出什么问题吧？这稿子我看过了，挺好的呀。"于是他指了指燕舞扬。校长这才仔细打量了一下燕舞扬，点点头，国字形的脸上挤出一丝笑意，张了张厚厚的嘴唇，露出一口稀疏的氟斑牙，语速很快地说道："这稿子一看就知道不是出自办公室老人员之手，因为它透露出了年轻与活力，我很喜欢。你是刚来的吧？"

詹明连忙讲述了燕舞扬的一些情况，校长边听边点头，一旁的燕舞扬倒有些不好意思了。随后，校长笑容满面地说："詹主任，你们办公室又出现了一支笔杆子，好事情。燕老师，好好干，充分发挥长项，为学校发展贡献力量。"詹明和燕舞扬听其一说，都很高兴，连连点头。

回党政办的路上，燕舞扬想：开局不错，继续加油！埋头苦干，看看有没有机会把木子的工作调动过来。

随后半年多的日子里，燕舞扬朝八晚五，勤勤恳恳地上着班，妥帖地处理着党政办的大小事务，赢得了上至校长，下到来党政办办事的普通老师的认可。这些都为木子未来的工作调动营造了良好的氛围。珍城大学唯一让他感到遗憾的是没有开设旅游管理专业。不过，万家鑫博士毕业后任职于上海文化与旅游局让他惊喜万分。同学古月良3D打印公司成立并盈利，也让他十分高兴。在谈及燕家庄第二期旅游开发即河滩项目时，古月良颇感兴趣但有心无力，毕竟公司市值不大，盈利不丰。

第三十九章 美女库管

武汉"一品香"酒店主厨雷鸣刚上班就想起王凯老总昨晚深夜给他打的电话，连忙拨通了酒店仓库负责人梦依萍的手机："梦经理，昨晚因后厨的菜品不够新鲜，炒出来的菜味不够好而被顾客投诉。老总了解情况后，让我转告你，隔夜的蔬菜及水果如果品质不好，就退货或扔掉。美女啊，一定要注意点！"

梦依萍接完电话，负责任的她立即从办公室向仓库走去。昨天因儿子生病，临时让丁吹接下货，怎么就出问题了呢？这小毛娃子真不靠谱，事事都得她操心。唉，谁让他是老总的亲戚呢！

其实梦依萍干库管倒也非常偶然。那是去年年底因叶莹莹与丈夫的婚变，红红火火的服装店便关门大吉，店长梦依萍自然离开。此前，不爱搬弄是非的梦依萍虽一再提醒叶莹莹，让其注意点丈夫。可是大大咧咧的叶莹莹并未放在心上，反说梦依萍多疑。梦依萍只好不再多说，但最后叶莹莹因离婚而精神异常的凄惨结局倒是她没有想到的。

在家闲着无聊的那段时间，梦依萍常常陷入沉思。结婚之前，每个人都期待着美好的爱情，希望遇到心仪的另一半，就找啊找的，终于遇见了一个让你心动的；于是便奋不顾身地扑过去，不管不顾地投入一场自认为浪漫、温馨，可以厮守一生的恋爱当中去，而青春的美好、生命的要义、家庭的责任……都被忽略、淡化，眼里、心中牵挂的只有对方；幸运的，牵着手，走进了婚姻，但这婚姻能否维持一生，倒是无法预测，毕竟仅自己目睹的离婚者就比比皆是；不幸的，挥挥手，成了陌路。于是，两个人分头再找，就如自己和燕舞扬。再找的结果又如何？几年来，竭力想把燕舞扬忘掉，于是早早结婚生子，甘于埋头琐事，可那刻骨铭心的思念与痛苦如一对孪生子总是会在心的缝隙里丝丝冒出。也曾想把对燕舞扬的这份感情转移到丈夫身上，可是不管如何努力，自己都做不到。而今自己身体出现些小问题，丈夫对自己也不如从前那么体贴，原因何在，她也无从知晓。但目前自己与丈夫过着平淡庸碌甚至有些拮据的生活，还是让对生活抱有极大信心的梦依萍始料未及。好在一双儿女和日渐衰老的养父母给了她必须好好活下去的勇气和动力。自此，她调整心态，利用服装店的经验，格外注意穿着打扮；买了各种各样的化妆品和美食，注重保养。在一次于"一品香"和几个朋友聚餐的时候，梦依萍认识了"一品香"老板娘丁建顺，也就是王凯的妻子。两人一见如故，惺惺相惜，颇有些相见恨晚之意。随后一段时间，二人走动频繁。当"一品香"第二连锁店筹备的时候，丁建顺邀请梦依萍入股。考虑再三，梦依萍拒绝了。但丁建顺并未放弃，而是说服合伙人资助梦依萍学习酒店管理。之后，她又盛邀梦依萍进入酒店管理层，负责"一品香"物资采购和仓库管理事务。

"梦姐，你来了。我正准备找你呐，我……"

丁吹的喊声打断了她的思绪，梦依萍压抑着心中的怒火，平静地看着这个随他妈姓的男孩。丁吹羞涩地低下了头，如夕阳般的薄红散满了他稚嫩的脸。梦依萍明白王凯已经了解了事情的经过并批评了丁吹，而丁建顺也极有可能知道了一切，便云淡风轻地安慰道："吃一堑长一智，以后注意点。走，和我一块儿到仓库看看吧。"

去仓库的路上，梦依萍给这个刚刚上班不多久有些腼腆的男孩再次普及了一下酒店库管的岗位职责和注意事项："首先，要保持仓库的干净、整洁，勤打扫，常开窗，屋内要干燥。已入库的各种物品要按照一定顺序排放整齐。如果有编码更好，这样就能更快出货，送达需要的部门和人员手中。

"其次，要严格按照酒店规定程序办理物品的进出库手续，并做好账目。仔细认真地验货，对于那些质量不合格或者不按要求供货的，要学会拒绝，不能贪占小便宜而毁了酒店名誉。而劣质食材更是不能入库，那些数量不清、质量不足的，也不能入库。知道你的错误在哪里了吗？"

梦依萍说完，耐心地问丁吹。看了看梦依萍严肃的俏脸，丁吹红着脸，一声未吭地点了点头。梦依萍斜视着她，继续说道：

"很好，知道了就行。谁都会犯错，只要不再犯同样错误即可。我继续讲关于库管要注意的问题。这第三呢，需定期盘点仓库，对低于最低库存数量的物品及时提出申购，对于高库存要及时处理，变质的食材杜绝出现在后厨，并根据实情填写每月的报损单，便于报损率的统计。

"第四，当部门内部发生借用时，要认真做好酒店库存物品借用登记，并及时催还，做好销账手续。处理好清洁用品的发放工作，做好记录，统计费用，便于入货。对从市场采购的各样物品，要做到实物入库，不得以票据入库。对各种消耗材料的发放，必须有总经理签字后方可发放。当然，还有部分消耗材料要先收回原旧物，再发放新物品。这个以后碰到再和你讲。

"今天我给你讲的最后一点是务必做好仓库的消防安全工作，杜绝安全隐患！这一点非常重要，一定要记住哦！"

梦依萍说完，拍了拍丁吹的肩膀，期待地看着他。丁吹"嗯"了一声，心中倒是有些不爽，嫌梦依萍啰唆。梦依萍虽然有所察觉，但并未挑明。随后，在梦依萍的指挥下，丁吹把昨天混入的残次品挑拣出来，登记好以后，都倾倒在垃圾箱里了。他知道，回家后又要挨骂了。

梦依萍回到办公室，给自己倒了一杯白开水，思量着如何避免类似情况的发生。如果不是自己临时有事，而让丁吹暂时负责，事情应该不会发生。但如果丁吹能负责起来，做事认真一点，也不会发生。梦依萍始终觉得良好的心态才是做好工作包括库管的首要条件。毕竟这个岗位在酒店中属于后台工作人员，然管理着各类物资，在流动资产方面占较大比重。如果进货不科学、库存控制不合理、发货不及时等，都会导致管理费用的增加，而服务质量更是难以保证，如此就会影响酒店的日常运作，自然就会减少营业利润，甚至导致酒店破产。

虽然刚刚进入"一品堂"才三个多月，但梦依萍已经发现酒店员工跳槽频繁，人员流动性大，且越来越年轻等问题。面对琐碎的工作，再加上工资不是很高，这些年轻人极容易产生浮躁情绪，想让他们做好库管势必很难，丁吹就是最好的证明。梦依萍明白：丁吹作为酒店老板的亲戚，迟早是要代替自己做库管的，但他能胜任吗？

毕竟要做好库管工作，势必要求每一位库管工作人员熟悉酒店所用的物品。虽然靠记忆和常规的方法可以应付，但酒店的仓管及验收是复杂而烦琐的，每天都要与厨房的原材料、餐厅的酒水、房务的消耗品、设备的维修配件、各种收发货物的数字、电脑做账等打交道。浮躁的丁吹能耐下性子去做这些吗？

同时，酒店管理课程训练及几个月的实践告诉梦依萍：库管工作要严谨。因为酒店的账目管理有一定的延续性，一个小小的记录错误就足以打乱物资储存、供应、销售等环节的平衡与衔接。工作中，库管员一定要严格按流程操作，做好把关工作。比如仓库商品货物的对外发放，应一律凭盖有财务专用章和有关人士签章的"商品调拨单"。再比如各部门领用原料、工具等物资时，需严格办理出库手续等。至于特殊情况下那些手续不全的提货、领料等事项，需要库管员马上记录，及时补齐。年轻的丁吹能处理好吗？

再者，商家为了打理好关系，常常让送货员给库管送些礼物。如果库管不能坚守岗位，与商家或送货员沆瀣一气，货品质量势必会得不到保证。如此就需要库管具备一定的耐腐蚀性格，而刚刚踏入社会的丁吹具备吗？

梦依萍端着白开水，在办公室踱着步，思考着自己的未来。几个月的接触，她从"一品堂"的仓库账目上发现：经营酒店的利润非常之高！只要管理到位，饭菜可口，消费者就比较稳定，而收入就会稳定。目前，自己不可能去经营一家酒店。

首先，自己和丁建顺关系不错，至少目前是这样。不能抛下"一品堂"而另起炉灶，那样的话与自己的做人原则有冲突。毕竟，是丁建顺给了自己接受酒店管理培训的机会，并让自己担任了库管经理。人要懂得感恩。

其次，受人之托，忠人之事，丁吹的到来，很明显是丁建顺和丈夫有意安排的。其用意就是让自己把丁吹培养出来。因为自第二分店开业以来，库管工作在梦依萍操持之下井井有条，为酒店的发展带来了很大的便利，利润甚至超过总店。

下一步该怎么办？梦依萍苦苦思索着。既要让丁建顺夫妇满意，为酒店带来利润，又要把丁吹带出来，成为一名合格的库管员。难不成还是建议丁建顺夫妇送丁吹去系统学习酒店管理？从目前看，那是不可能的。正是因为丁吹讨厌学习，所以才早早辍学踏入社会。

思来想去，梦依萍决定在关键环节亲自处理，待条件成熟再监督丁吹去做，其他地方则逐步让丁吹独立承担。丁吹能独当一面之时，也是自己退出"一品堂"之日。在此期间，自己可考察一下餐饮界，看看有没有合适的门面去从事这一行业。

理清思路之后，梦依萍打电话叫来丁吹，安排其和昨天的送货员联系，协商如何保证货品质量问题。之后，梦依萍又让丁吹熟悉进出库信息，将急需货物找寻出来，并给供货商打电话。待丁吹处理完后，梦依萍对其不恰当的地方进行了纠正，传授了一些经验和方法。随后，她带着丁吹到后厨及前台转了一圈，了解食材及其他物品的情况。回到办公室，梦依萍又教丁吹如何观察消费者，以及时掌握进货方向。

当货送来的时候，梦依萍现场示范，教丁吹如何验货、收货、登记、码货……而对于送货员送给丁吹的礼品，梦依萍装作没看见。待只剩两人的时候，梦依萍才和丁吹讲解其中利害，建议其拿捏好分寸，不要因小失大。丁吹虽面红耳赤，但仍心悦诚服地接受了梦依萍的意见和建议。

之后的几个月，梦依萍手把手教会丁吹所有的库管工作流程。见丁吹日渐熟悉业务，虽然辛苦，但梦依萍颇感欣慰，毕竟欠丁建顺的人情也算还了。无债一身轻，那时的梦依萍心中常常念叨着这句话。但让梦依萍没有想到的是她离职后的一年间，因丁吹贪占小便宜而导致食材把关不严，"一品堂"信誉扫地，门可罗雀，直至关门歇业，甚至殃及总店，使得王凯暴跳如雷，夫妇二人方想起梦依萍的好来。此是后话，暂且不提。

得知梦依萍准备开家酒店的打算后，生意不好的冯光军很是心动。于是，夫妻二人闲暇时间经常一块儿到处转悠，找寻意中的门面。梦依萍有时也上上网，看看有没有合适的信息，再实地去考察一下。可是，直到年底，他们也没有找到一家中意的。那一段时间，夫妻俩为此常常失眠，也发生了一些矛盾，甚至吵嘴、撕扯。

平淡无奇的日子总是那么漫长，无感情基础的婚姻更增添了无数躁动，就那么凑合吧！谁让自己那么早地跳入婚姻的围城中呢？无所谓命运，只因不同的选择。梦依萍苦闷的时候，总是这样宽慰自己。

第四十章　得失之间

庚寅年的春节，燕舞扬一家并未回宪城，这也是他第一次未陪父母过除夕。心中虽有不满，但他倒也理解了古人所说的忠孝不能两全的道理，因为放假期间党政办需二十四小时有人值守，每一位党政办工作人员都要参与进来，他没有理由拒绝。

当知道了燕舞扬要值班之后，木子一度情绪低落。因为她想到自己已八十岁的老父亲孤零零一个人在家，孝心让她不安、难过。那段时间，燕舞扬只好百般宽解，繁重的工作和科研之外尚承担了诸多家务，以防妻子内心失控。

闲暇之余，燕舞扬陪伴着妻儿到珍城的大小景点游玩，木子的心情方才渐渐得以疏解。但小病小灾缠绕得她不胜其烦，燕舞扬知道其原因是宪城高强度的工作所致。未来珍城的时候，木子常常值夜班，不规律的作息时间导致她睡眠不好。加之部门人事复杂，耿直的木子根本无法平衡各方面的关系，所以整个人一直处在高度紧张和戒备的状态之中。

结婚后，每当听完木子讲单位里暗流涌动的人际关系时，燕舞扬常常给其分析情况，疏导其焦虑不安的心理。时日一长，诸多情况得以印证和化解，木子不仅在心理焦虑和紧张的人际关系上有所缓解，且越来越多地采纳了燕舞扬的意见和建议。而今考虑到木子的身心状况，燕舞扬并未同意她去找工作。木子虽然没有上班，看似清闲，实则内心一直在思考着自己工作能否调动至珍城的问题。一到上班时间，天性喜欢操劳的木子守着空荡荡的房子，深感日子的无聊。

对于木子工作的调动，燕舞扬心里最清楚。因工作期间，他已了解到尚有几位来此应聘而珍城大学允诺解决家属工作或工作调动却未兑现的情况，毕竟事情总要解决。自从到党政办这个窗口部门工作以后，别人喊累，然燕舞扬却埋头苦干。半年多来，干练沉稳、能写会说的性格和才华展露无遗，为他赢得了良好口碑，积攒下了大量人脉。随着工作时间的增加，燕舞扬对妻子工作的调动越来越充满信心，但他并没有和木子讲。毕竟，事情还没有明朗之前，他不愿意让患得患失的木子平添一份折磨，有自己承担这份压力就够了。

庚寅年四月，身体稍好些的木子在燕舞扬的安排和鼓动之下乘火车去了昆明，在老乡家一待就是一个多月。而燕舞扬独自一人在家，领着孩子，上着班。虽然很累，但他更希望木子能调节好心态和情绪，身体健健康康，如此才能让整个家焕发生机与活力，毕竟燕秋生还小。回来后的木子果然没让燕舞扬失望，在老乡的劝说之下，心态好了不少，而病症也得以缓解。

日子一晃而过，六月转眼降临。一天吃过晚饭，燕舞扬照例辅导完孩子写完作业，然后陪着木子去散步。木子突然忧心忡忡地告诉燕舞扬：她又怀孕了。一时间他没说话，思考着把孩子生下来的可能性。毕竟木子既不在原单位，又未供职于其他机构，完全游离于体制之外。倘若有一天调动工作的机会来临，而木子怀孕待产或者超生孩子的消息泄露，则将会给这个家庭带来不可预测的事。

想到这些，燕舞扬长长地出了一口气，侧过头，看了看妻子。木子正睁着大眼睛等待着，燕舞扬一阵惭愧和痛惜，欲言又止。看着丈夫举棋不定的模样，木子并未催促，而是默默地搂着他的胳膊，靠在他的身上，走在月夜下寂静的校园中。

路边尚未入眠的昆虫发出各样的叫声，比赛似的，高高低低，音色不一。为孤寂的校园格外增添了几许清幽。月色如乳酪般丰腴，东一块西一块地放置在楼宇间的空地上。舒爽的夜风轻扯着人们单薄的衣衫，一点害羞的样子也无。两人就这样沉默地走着，而孩子的去留成了他们思想漩涡的中心。

"你怎么想的？"燕舞扬首先打破了沉默。

"听你的。"木子边说边搂紧他的胳膊。

燕舞扬能感觉到妻子身体的颤抖，便抽出胳膊，搂着妻子，拍了拍她的后背，把自己的想法简明扼要地说了说。

木子听完，很长时间没有说话，倒是轻轻地啜泣起来。燕舞扬紧紧地抱着妻子，内心一阵难受。他能体会妻子内心的不舍，毕竟她已近四十岁，以后即使想再要孩子，可能性不大，而自己何尝不想再要一个？那一晚，夫妻俩都失眠了。

周末，燕舞扬陪木子到医院做了人流。回来后，夫妻俩都流下了眼泪。而燕舞扬则打起精神，伺候木子、孩子，照常上班，不了解的人倒也看不出什么。

七月上旬刚刚放假，燕舞扬一家就回到了宪城。因为温差太大，加之一年来燕舞扬太为疲惫，不久便双耳失聪，病倒在床。木子心急如焚，到处寻医问药，为燕舞扬治疗。前后历时二十多天，燕舞扬方才痊愈。

燕舞扬刚刚好些，岳父又旧事重提，希望他这一次带走戈月月。看着旁边正和儿子燕秋生玩得起劲的戈月月，他想起了梦依萍。燕舞扬想弄明白：梦依萍是在何种情况下愿意到养父母家的。是她自愿的，还是被逼的？五六岁的她是家中的老大，下面还有一个弟弟、一个妹妹，在原本的家中应该活得无忧无虑、没心没肺的。突然有一天要离开自己的亲生父母而到一个陌生的环境，她会愿意或很快适应吗？

想到这，燕舞扬把戈月月喊了过来，拉过一把椅子坐下，搂着满脸疑问的她，面带笑容地问："月月，你喜欢哥哥吗？"

她转了转黑漆漆的大眼睛，奶声奶气地说："喜欢！"

燕舞扬亲了亲月月，又问："那你喜欢二姨、二姨夫吗？"

月月噘着好看的小嘴，毫不犹豫地说："我也喜欢。因为……因为你们经常带我去玩，给我买好吃的，还让我到你们家吃饭，和哥哥一块儿做游戏……我好喜欢哟！"

燕舞扬一听，心里涌起了万般疼爱，紧紧地搂了搂纤弱瘦小的月月，而懂事的月月一动不动地待在燕舞扬怀中，旁边的岳父也一声未吭。半晌，燕舞扬又问："如果二姨夫把你带走，到很远很远的地方，和哥哥一起上学、生活，你愿意吗？"

月月抬起头，盯着燕舞扬，不安地搓着一双沾满灰尘的小手，满腹疑问地道："妈妈会去吗？"

内心酸楚的燕舞扬轻轻地摇了摇头，看着她满含怜惜，他拉起月月的手，轻柔地为她拍去浮尘。月月任由燕舞扬拍着，眼中渐渐出现泪花。或许在她小小的心灵中，于一刹那间她感觉到了残酷：先是爸爸不要她和妈妈，现在是妈妈又要抛弃她，为什么？她弄不懂。可是她似懂非懂地明白：如果不和二姨夫一家一块儿走，再也没有像秋生哥哥那样的人陪她一起玩耍了，过去的一年就是这样的；妈妈经常熬夜打麻将、喝酒，根本不大管自己，还不如二姨、二姨夫对自己好。

一阵沉默之后，戈月月细声细气地说："二姨夫，我愿意和你们一起走。那……如果……如果我想妈妈了怎么办？"

"嗯，没关系的。你看，如果你和我们走了，想妈妈的时候你可以打电话给她。过年的时候我们一块儿回来，你也可以见到妈妈。另外，如果你妈妈有时间，她也可以过来看你啊。"燕舞扬耐心细致地讲道。

月月认真地听着，不时点点头，最后"哦"了一声。见此情景，把她的眼泪擦掉，然后轻拍她的后背，附在她的耳边小声地说："月月乖，不哭。和哥哥玩去，我和你姥爷聊聊天。啊，乖！"

月月立即懂事地露出笑脸，也亲了亲燕舞扬，离开燕舞扬的怀抱，朝燕秋生跑去。

为了杜绝后患，木子让妹妹木倩写了份申明："本人木倩有一女孩木苔（原名戈月月）交给燕舞扬、木子夫妇监管。监管期间，倘若孩子发生意外，则和他们无关，本人承担一切后果。孩子如何管理，本人无任何意见。学好学坏，我无丝毫怨言。不护短，不横加干预。特立此据。"签上字，署上时间，木倩按上手指印后，交由木子保管。

八月中旬回珍城后，燕舞扬夫妇二人便带着戈月月到珍城市公证处签立了《监护声明书》，其词曰：

"声明人：燕舞扬、木子。

"声明事项：自愿监护外甥女木苔。

"我们的外甥女木苔需到珍城读书，其父母离异，父亲戈斌在外地工作，母亲木倩无固定经济来源，无能力监护木苔。为此，木苔父母请求我们代其监护木苔，现我们经慎重考虑后做如下声明：我们自愿同意监护木苔，我们保证在监护木苔期间使木苔受到良好的教育，让木苔健康地成长，不虐待、不遗弃木苔。保证木苔的人身各项权利不受侵害，同意将木苔的户籍迁移到我们的户口上，以上声明是我们夫妻的真实意思表示。"

夫妻二人签字并按手指印后，公证处又出具一份公证书：

"申请人：燕舞扬、木子。

"公证事项：声明。

"兹证明燕舞扬、木子到我处，在本公证员的面前，在前面《监护声明书》上签名、加按手指纹印，并表示知悉声明的法律意义和法律后果。

"燕舞扬、木子的声明行为符合《中华人民共和国民法通则》第五十五条的规定。"

公证员盖上个人私章并加盖公证处公章之后，燕舞扬夫妇拿起相关材料，拉着木苕的小手走出了办公大楼。从此，木苕便成了燕舞扬夫妇法律意义上的女儿，准确说是法律意义上的监护人。随后燕舞扬凭借着公证书，把戈月月的户籍迁往辖区派出所自己的户籍上。考虑便于接送，燕舞扬为木苕联系了燕秋生上的小学。

一番忙碌之后，木苕终于落户珍城。每当下班以后，看见两个孩子亲密无间地生活、玩耍、学习，燕舞扬一身的疲惫就会烟消云散。

因为木苕的到来，家中平添了很多事情，却也增加了许多快乐。而燕舞扬对木苕爱护有加，引起了妻儿的些许不满和嫉妒，使得他哭笑不得。燕舞扬不得不把对木苕的关爱甚至宠溺从表面上减少一些。

十月，燕舞扬获得校领导即将人事变动的消息后，便立即联系了几位家属调动工作没有解决的同事，协商相关事宜，并达成共识——决定由燕舞扬牵头，利用党政办信息灵通的便利，随时了解正厅级校党委书记的动向；分两批到书记办公室，多找其诉苦、谈心。而燕舞扬则借找书记签发文件和一起开会的机会，和其交流、沟通。经过一个多月的努力，即将退休的书记终于让人事处统计了那些尚未解决家属工作或调动的人员，拟打算一揽子解决。统计后，人事处向书记汇报：共六位合乎标准。经过侧面了解，木子在列，燕舞扬心中很是开心。

年底，珍城大学接到珍城市编办、人力资源和社会保障局联合下发的同意六位家属调动工作的文件。燕舞扬第一时间看到文件，并立即复印一份，下班后给木子看。木子激动得热泪盈眶，很长时间不能平静，毕竟悬在她心头的问题终于看到了希望。第二年年初，木子的工作终于调往珍城大学。

因为木子的工作调动成功，加之燕舞扬在党政办的值班时间安排在春节之后，所以夫妻俩便决定回宪城过春节。辛卯年一月二十六日，也就是传统的阴历二十三，正值小年。好几个高中同学建议并邀请燕舞扬开通微信，不好意思拒绝，便下载了相关程序，安装在手机上，却并未经常使用，只是偶尔回复一下消息而已。未承想，微信自2011年1月21日上市以来，一路高歌猛进，征服了万千智能手机用户。

春节很快来临，燕舞扬一家照例先陪岳父吃过年夜饭，之后又赶往父母家。木苔随行，因为其母再婚，而木苔并不愿意和木倩一起生活。燕舞扬倒也乐意木苔和自己一家待在一起。

第四十一章　收获之年

"舞扬，今年党政办有进人的指标，你看看我们应该进什么样的人合适？"骆文副主任接了个人事处电话以后，就问坐在对面正忙于工作的燕舞扬。

他抬起头，看了已然满头灰发的骆文一眼，沉思了一下："才三月，还未到招聘季，怎么就开始进人了？"

骆文一笑，慢条斯理地提醒道："你又忘了，年前市里面组织了一次面向社会公开招聘公务员、事业单位工作人员等的考试。当时市人力资源和社会保障局分给了我们一部分指标，如今已经进入录用环节，人事处先通知我们，让去选人。"

燕舞扬方恍然大悟，点点头："是研究生，还是本科生？"

"都是本科生。"

"哦。那就要男的吧，毕竟党政办工作很累，很特殊，经常加班，且放假的时候又需值班。我不是性别歧视啊，实在是没办法。"

"嗯。你的观点我同意，我马上去人事处领人去。"

"好的。我希望他们赶快到岗，呵呵……这样我就轻松些了。"

骆文满是理解地附和道："那是当然。"

燕舞扬突然发现这几天詹明情绪不对，也不经常上班，就问："詹主任有事吗？这几天找他签文也找不到，已经压了好几份文件。"

骆文欲言又止，犹豫一下后，低声说："因为书记退休，省组织部门将对我校进行人事考察和任免，人事变动较大。据说詹主任是对象之一，具体情况尚不清楚。"

燕舞扬倒是了解人事变动的事情，但詹明的情况倒未听说。不过，他并不关心这些，因为木子的工作已经调动好，而自己志不在仕途。他年里年外思考的是如何从繁重的党政办工作中全身而退，回到自己喜欢的大学教学岗位上。因为在大学里，最自由、最舒适的岗位就是教学，当初来珍城大学也是冲这个。如今木子的事情搞定，也该考虑自己的未来了。或许詹明们的人事变动正是燕舞扬离开党政办的机会。近两年在党政办没日没夜无名英雄般地工作，让燕舞扬深刻体会了一句看似调侃却无限真实的总结所蕴含的心酸：党政办把女人当作男人使，把男人当作牲口使。

不久，骆文从人事处领了两位男士回党政办，一位是河南工业大学社会学专业毕业的珍城人易朗，胖胖的身材，似良农种植的甘蔗，浑圆而瓷实；脸上应有尽有，开口即笑，好像从未经历过苦日子，幸福的模样有些夕阳的残影。骆文安排其配合燕舞扬从事文字工作。另一位董大可毕业于浙江工商大学管理学专业，相貌平平，负责日常事务的处理。

燕舞扬心中很是开心，因为自己至少可以把易朗尽快培养出来，倘若离开党政办的机会来临，即可毫无挂碍地脱身。因此，易朗来后第二天，燕舞扬便开始把制作公文的方式方法、流程、注意事项等倾囊相授，不厌其烦地指导他在格式、文风、造词用句、起承转合要注意的要领，耐心细致地教会他如何套用公文模板，设置各种文档细节，区分党务文件和行政文件的差异……

与此同时，燕舞扬带着董大可熟悉着另外繁杂的工作：统计并上报基建在建进度和投资信息，为市委市政府撰写本单位简讯，为写单位大事记而搜集大小部门信息，统计并上报每月水电费，拟定年度工作计划，拟写年度工作总结，协助处理公文OA系统中的文件，协助办理会务，协助收发传真，协助接待来宾来访……董大可更胖，自此每天被燕舞扬指挥着，倒也减了不少肥，也算是额外的收获吧。经过三个多月的精心指导，易朗和董大可渐渐领悟要领，基本都可以独立完成任务了。

六月末，珍城大学迎来了校级领导大变动，书记退休，校长不再主持工作，副书记和副校长调走的调走、辞职的辞职，而詹明也被顶替，一时去向不明。新来的办公室主任白伟颇为倚重燕舞扬。奈何燕舞扬去意已决，他并未理会其抛出的橄榄枝。

当新一届领导班子对全校人事重新考察和任免的时候，燕舞扬把一份转岗申请递给了前来考察其为秘书科科长的组织部工作人员。骆文随后也提出了转岗申请并离开了党政办，回到中文系教学岗位上。在白伟的挽留中，燕舞扬在党政办过了一段悠闲的日子，偶尔解答白伟的疑问，协助其熟悉珍城大学情况。直到辛卯年年底寒假来临之际，燕舞扬终于成功脱离了党政办而如愿回到中文系。

安徽宪城。

"往左打盘，轻踩刹车。对，速度放慢。嗯，不错！"听着教练的夸赞，梦依萍很高兴，因为她终于第一次成功地倒车入库。

在教练的安排下，梦依萍把车让给了其他学员。站在树荫下，她抬头看了看天。五月的太阳明晃晃的，虽然已是下午四点多，但宪城的空气中似乎散落着浓密的火星，一点即着似的。天空犹如一块白布，不知何时宪城天上的蔚蓝色很少出现，或许是污染所致。喝了口自带的白开水，汗液奔流而下，瞬间湿透了全身。本来打算买杯冰镇矿泉水降降温，可是一想到自己寒性体质，也就放弃了。"到底是年纪大了，不服老不行啊！今年才三十一岁，就不敢喝凉东西啦，唉……"她暗自嘀咕着。

看着远处的建筑，梦依萍发现一家酒店的招牌在阳光的照射下熠熠生辉，让她想起几个月来找房子开酒店的遭遇："也不知道冯光军和房东谈得怎么样了？这些人真是贪心啊，一年十万租金都不愿意，屁大一点地方。如果租不成，还得继续找。"

春节前，梦依萍终于教会了丁吹库管业务。临回宪城时，她找丁建顺请假。丁建顺一再挽留梦依萍，并许以高额工资，毕竟年夜饭也是酒店业赚钱的黄金时段，她不想让酒店出现纰漏。同时，她也明白，梦依萍请假是虚，辞职是真。可是，聪明的梦依萍还是坚持离开，毕竟丁吹的出现使她继续待在酒店的意义已经丧失。见梦依萍执意要走，丁建顺只好做个顺水人情。

辞职回到家的梦依萍，一边准备着回宪城过春节，一边在武汉蔡家甸的大街小巷转悠，希望能找到合适的房子租下来，开一家属于自己的酒店或者餐馆，可是踅摸了十几天，也没找到一家地段好、租金合适的。生性豪爽干练的她倒也没有太放在心上，总认为属于她的，终究会找到。随后，一家人便回到宪城。春节后，冯光军继续在武汉做生意，梦依萍则待在蔡家甸租住的家中操持着家务，闲时就到处寻找房子。几个月一晃而过，合适的房子仍然没有找到，梦依萍也有些丧气。索性就在朋友的劝说下，梦依萍回到宪城学开车了。她想趁着有时间拿一本驾照。一旦房子找好，酒店生意开张，也不知道自己何时才有时间学习开车。虽然学习有几天了，但进步不是很大，梦依萍心中有些焦急。因为自己不在武汉，两个孩子又在上学，每天还是很担心。

"梦依萍，教练让你去练。"沉思中的她被喊声打断。

她立即走向教练车，打开车门，按照步骤操作：左脚放在离合器上，右脚放在刹车的位置，挂上挡，启动发动机，松开手刹，按一下喇叭，打左转向灯，向左侧后面瞟了一眼，然后轻轻踩下油门。车震动了一下，又熄火了。她知道教练的训斥和唠叨马上要接踵而至。果然："左脚要放在离合上，并且一定要踩到底。你刚才就没有踩到底，是不是？右脚不要放在油门和刹车上，你刚才放错了。这时候挂上一挡，右手松开手刹但是不要放下，左脚轻抬离合，在感到车身有一股向前冲的力量后，左脚保持不动，右手慢慢放开手刹即可。听明白没？"

梦依萍点了点头，涨红的脸已经不是很烫了。教练接着说："听明白很好，但要记住，起步很重要，如果不能起步，还开什么车？车一旦顺利起步，你的右脚就要轻点油门加速。此时，左脚要松开离合，放在旁边。在行驶的过程中，如若换挡，左脚要踩离合到底，右手快速加减挡，左脚离开油门的同时，右脚点油门。

"在正常行驶的时候，左脚不要放在离合上，但是右脚要一直放在油门上。即使是收油门，右脚也只是抬起，不能完全离开油门。右脚还要兼顾刹车，以对整个车子的行驶安全性把关。

"行驶途中，当遇到前方红灯或需要停车时，左脚要把离合踩到底，然后右脚放在刹车上，慢慢踩下去。除非特殊情况，不要急刹车，要远远观察路况，右脚缓缓踩刹车，保证安全停车。

"而在转弯的时候，左脚踩离合，右脚踩刹车，车速降低到25-30码后换挡，然后双脚离开离合和刹车，慢慢转弯。

"再有就是等红灯的时候，摘档之后，可以把双脚拿下来移动移动，转转脚脖子，休息一下，不要挂挡和左脚同时踩着离合，这样容易和前车追尾，安全系数降低。"

……

听着教练一连串的操作要领，梦依萍头昏脑涨。她小声地问："教练，您能不能慢慢讲？一下讲那么多，我记不住啊！"

教练一听，睁着眼睛瞪着她，面红耳赤，怒气冲冲，眼看要大发雷霆。梦依萍见状，赶忙道歉："对不起，对不起，教练。我不是故意的。"

等教练气息平稳之后，梦依萍尽量柔和地问："教练，您现在可以告诉我一下起步的操作要领了吗？"

教练长长地出来一口气，重复了刚才的话。梦依萍依次操作，车子终于打着了火，慢慢向前驶去。

经过近两个月的学习，梦依萍终于在八月拿到驾照，而两个孩子也快开学。匆匆回到武汉，梦依萍又开始在酷热的武汉寻找店面。

功夫不负有心人，这年九月，梦依萍终于从朋友的朋友手中转租了一个门面，租金一年十八万，位置颇好，面积够大，附近不仅有住宅区，还有商贸区。签下承租协议后，梦依萍联系了一家装修公司，根据房屋的结构，设计了装修方案。一个多月后，酒店装潢完毕，梦依萍又购置了灶具、碗筷、盛放食物的盆碟、冰箱等厨房用品，买了桌凳、水壶等餐饮区工具，购进一批烟酒、茶叶、饮料等外卖品，一番张罗后，倒也像模像样。与此同时，梦依萍又给酒店起名为"鸿利酒家"，其意为自己乳名谐音，兼带志向远大、财源滚滚之意，并请图文公司精心设计一匾额，悬挂于酒店正中央，暂且用红布覆盖起来。名称定下之后，梦依萍带着相关资料前往工商局登记，申请营业执照；到消防部门办理消防安全证明；到卫生部门办理卫生合格证……随后，梦依萍从其他酒店重金聘请一大厨，又从人力资源市场找来三位服务员阿姨。自此，万事俱备，只欠东风。

和丈夫商议之后，梦依萍决定在十月八日也就是阴历九月十二日开业。冯光军不再做生意，而是负责后厨采购，并帮厨师打下手。而梦依萍负责前台账务、酒水售卖、顾客迎送，并居中协调突发状况。

当别人趁着国庆节放假到处游玩的时候，梦依萍夫妇却忙里忙外，采购各样食材，思量着各种可能出现的情况。同时，夫妇二人电话通知在武汉的所有至亲好友于开业当天到店庆贺。

开张日终于到来，梦依萍夫妇起了个大早。天还未大亮，人们还在睡梦里，昏黄的路灯打着瞌睡，路上只有清洁工。火炉武汉的威力一丝也无，凌晨四点多的天空只有稀疏的星星。两人默默地走在路上，脚步的声音在寂静的路上格外响。梦依萍学过酒店管理，又干过库管，自然清楚其间利润的丰厚，当然前提是饭菜可口新颖，客户稳定。可是冯光军并不了解这些，而开业前的准备工作也让他倍感疲惫。梦依萍看见丈夫无精打采、唉声叹气的样子，就暗暗来气。但正值开业在即，梦依萍不想发生争执，也没理他。

到店以后，夫妇二人再次查看了相关食材，整理了物品，打扫了卫生，准备好炮仗。昨晚已经给了两个孩子早餐钱，让姐姐冯薇薇带着弟弟冯异天上学。当天色大亮的时候，梦依萍夫妻俩默默地吃完早点，便收拾、择洗蔬菜、水果和肉类等，静等厨师、服务员和亲朋好友的到来。

9点，厨师、服务员先后到店，开始准备各样事务。11点左右，亲朋们渐渐出现，一时间祝贺声、笑声不断，喜欢打麻将的则堆起长城……梦依萍为客人忙前忙后，端茶递烟。冯光军为厨师跑前走后，递东送西。12点整，冯光军点燃炮仗，梦依萍揭开红布，亲朋高声欢呼，齐声祝贺，"鸿利酒店"正式开业。

自此以后，夫妇二人起早贪黑，为经营酒店而付出了很多，而收获同样满满，家庭的经济状况有了巨大改善。

第四十二章　美好明天

下午三点多，梦依萍正在酒店前台整理上午账目，并指挥服务员打扫卫生。固定电话铃声响起，梦依萍拿起电话，职业性地问候道："喂，您好！这里是鸿利酒店。"

"您好！请问您那边还有多余包间吗？"一口带着宪城腔的男子礼貌地问道。

梦依萍一听便增加了些热情，利索地回道："有。需要几个？"

"两个，二十五人左右。包间号是多少？"

"222和333。请问贵姓并留下你的电话，方便联系，谢谢！"

男子留下电话后，又道："姓崔。我五点半到，去了后再点菜。再见！"

挂完电话，梦依萍暗暗高兴，因为晚上的五个包间已经全部被预订，加上中餐，这一天已经开了十桌。倘若加上大厅中的散桌，香烟、酒及饮料利润，收入还是挺可观的。她边想边到后厨，和厨师讲了晚上的情况，并让冯光军做好食材采购。

见妻子袅袅婷婷地走出后厨，冯光军心中很为高兴：妻子的眼光真的不错！酒店刚刚开业还不到两个月，利润却是很高，比自己做生意稳定多了。虽然餐饮业很是累人和操心，但如今风险底、利润高的行业上哪找去？这几年自己曾尝试了好几个行业，钱没赚很多，别人欠的账却不少。欠钱的个个是大爷，而自己却成了孙子。每要一笔欠款都是点头哈腰、好话说尽，心累又心塞。而今这酒店虽然也有欠账，但很快就能收上，不影响生意。只不过就是黑白颠倒，生活节奏有些乱。上午六七点左右就得从家出发采购好食材，去迟了，一些比较紧俏的就没了。回到酒店，就得和妻子、服务员一起整理、洗出，以备中午使用。中午招待好客人后，部分人又得打麻将至下午三四点，甚至晚上接着吃饭、打麻将，你得陪着。如果食材够就好，不够的话，下午还需出去采买补充。晚上一直忙到大部分客人离开，一般都是十点左右。可是还有一部分打麻将的客人，夫妻俩必须留一个陪着。有时一直陪到凌晨，方能离开。倘若是熟人，那时间更是很迟。如此紧张的节奏下，夫妻俩就没有精力和时间去照顾两个孩子的生活、学习。好在俩孩子可由两位老人代为照料。

在这种生活状态下，夫妻俩的感情也有了些改善。毕竟，当初是冯光军主动追求梦依萍的。毕竟自己文化水平不高，而今娶一个学历比自己高、聪明漂亮、身材又好、家境优越的独生女为妻，这一辈子还有什么苛求的呢？结婚十多年来，梦依萍为自己生了一双儿女，尽心尽力地操持家务，辅导孩子学习，知书达理，干一行成一行，又比自己认识的大多数同龄朋友及亲戚家的妻子能干多了。娶妻如此，夫复何求？自己应该满足了！

如果说自己内心还有什么遗憾的话，那就是梦依萍喜打扮，小资情调严重，常幻想些不着边际的事情，对夫妻生活不是很热衷；有时情绪不稳定，发起脾气来像变了个样。可是转而一想：每个人都有自己的个性，难道自己就是十全十美吗？所以，每当妻子发脾气的时候，冯光军尽量克制，实在忍不住才和她吵架，但几乎没赢过。哪对夫妻没吵过架、生过气？每当夫妻俩发生矛盾，冯光军就如此安慰自己。毕竟，自己还是很喜欢梦依萍的。更关键的一点，她可是自己一双儿女的娘！

酒店开业后，和自己同居过的女孩曾带一帮朋友来吃过一次饭。吓得冯光军连屁也不敢放一个，故意躲在后厨忙东忙西，生怕梦依萍知晓。好在一切顺利，那女孩也没做出什么过分的事情来。他不愿因为以前的事情而毁掉自己还算幸福的家。

"你今天怎么了？"后厨生气地对冯光军吼道，"总是出错！"

心不在焉的冯光军面红耳赤，赶紧收摄心神，打理眼前的厨务，担心妻子也来诘问。他看了看时间，已经快到六点，客人陆续要来，便手脚麻利地忙起来。梦依萍正和服务员一起忙着给早来的客人端茶倒水，并不知道后厨的事情。

"老板娘，你好啊！生意不错嘛。"突然门外传来高喊声。透过玻璃幕墙，梦依萍抬头一看，是一熟悉的宪城老乡黎斌。此人三十左右，高大的个头格外引人注目，帅气俊秀的面庞充满着男性独有的魅力，是鸿利酒店的常客。于是，梦依萍放下手中的活计，紧走几步，来到门边，笑意盎然地道："黎老板打趣我了，我这是什么生意啊？能和你相比？快进来喝茶！"看其身后还跟着几个人，就问道："黎老板，这几位看着眼生，他们是……"

黎斌快人快语道："哦，他们也是宪城的，都是老乡。"边说边拉过其中一个人，"此人叫崔浩，据说是你家那位的远房亲戚，光军应该认识。他现在的生意可大啦！今天就是他请客，不过是我介绍来你家酒店的，哈哈……"

梦依萍一听，知道怠慢不得，他们或许以后都是酒店金主和潜在的长远客户，打理好与他们的关系，对自己的生意必然有着巨大的好处。想到这，梦依萍笑意更浓，一时间笑靥如花，看呆了众人："哈哈……好，好！还是黎老板仗义，这份情我梦依萍记下了！"边说边伸出手和黎斌握了握。

玉手在握，黎斌心中一荡，冯光军真是好福气！唉，我家那位如果能像梦依萍一样漂亮能干又落落大方，能和她离婚吗？老天爷常常和人开玩笑啊！想自己一表人才，生意做得风生水起，偏偏后院起火……想想就来气！唉……

众人看见黎斌神思恍惚地一直握着梦依萍的手不放，而梦依萍又不便让黎斌太为尴尬。随其一块儿来的一干人便高声起哄，弄得梦依萍满面绯红，而黎斌则讪讪地嗫嚅着，连忙松开了梦依萍的手。这一幕刚好被从后厨出来的冯光军看见，一时怒火中烧。可一想到生意，冯光军强压怒火，虽然面带微笑，却也狠狠地剜了梦依萍一眼。恰在此时，崔浩的一声高叫，把众人从尴尬中解脱出来："光军表弟，可见到你了！哈哈……"

冯光军回头一看，见是十多年未曾谋面的表哥，就走过去，和其抱在了一起，故意朗声道："既然都是老乡，就不要见外，先到包间坐起，喝喝茶，打打牌。等菜上齐了，我和依萍去给大家敬酒。如何？"

客人齐声答应，在梦依萍的带领下前往包厢。冯光军则意味深长地拍了拍崔浩的肩膀，然后自去后厨。

把黎斌等人带到包间后，梦依萍让服务员上茶，便抽身到前台。黎斌一直目送着梦依萍，直到看不见为止，不知为何，他心中突然有点失落。掏出烟，点着火，黎斌狠狠地吸了一口，看了看周围，其他人都在忙着打麻将，唯有崔浩正观察着他。他向崔浩招招手，对方知趣地拉把椅子，坐在其身边，苦笑了一下："崔老板，我今天有些失礼哦！你找机会和你表弟说说。"

脸颊黧黑、粗壮敦实的崔浩粲然一笑，露出两排洁白整齐的牙齿："嘿嘿，你呀！没关系，我表弟没有那么小气！"

"嗯，鸿利酒店开业的时候我就来了。从那以后，我每次请客都在这里。另外，我也经常介绍朋友过来……"黎斌沉思在自己的世界里。

崔浩知道他最近一段时间因为婚姻之事，心情不爽，便拍了拍黎斌后背，安慰并调侃道："谢谢你把我带到鸿利酒店，让我见到了光军表弟！另外，我也是第一次见到梦依萍弟媳。因为光军结婚的时候，我不在家，只听妈说表弟媳漂亮，家境好。今天一见，果不其然。不过，我看你对她有点意思哟……"

黎斌连忙摆手，示意小声："不要开玩笑了！我虽然是个粗人，但我知道朋友妻不可欺的道理，不然以后怎么做生意？今天之所以失态，是因为我当时想到了你原嫂子……"

崔浩明白，黎斌因为离婚而闹得满城风波，自己也深受伤害，忙点头称是。只听黎斌絮絮地说："当初对这门婚事，我不同意。但妈逼着我，说我年纪大了，家境不好。而你嫂子家条件好，虽有个弟弟，但四岁时遇车祸而亡，等于是个独生女，比较娇纵。经人介绍，交往一段时间后，我们还算合得来，也就结了婚。谁知道，在一块儿四五年，我们却没孩子。后来一查，才发现是因为你嫂子婚前流过产！可是婚前我并没碰过她，经过我再三追问，才了解到流产的孩子是她一同学的！我……"

说到这里，黎斌痛苦地揉灭了香烟，英俊的脸庞有些扭曲。崔浩无言地拍了拍他的肩膀。沉默了一会儿后，黎斌又道："自那以后，我们感情渐渐转淡，直到有一天我发现她竟然背着我还在和她的那位同学约会！我忍无可忍，便提出离婚，几经曲折方才成功。唉……不说了！希望你能告诉光军，让他不要误解，谢谢！因为我们是同学，我才和你说这些并拜托你这个事。"

崔浩点点头，又给他点上一支烟。两人都满腹心事地在烟雾袅绕中陷入沉思。开饭前，崔浩借故离开，找到冯光军，和他聊会儿天，并讲了黎斌之事。冯光军方从心中放下此事。

不久，222和333房间的菜上齐，在崔浩的招呼下，一干人等便按照宪城规矩划起拳，喝起酒。一时间，吆五喝六，好不热闹。梦依萍则忙着应付其他陆陆续续到来的散客，直到九点多，方抽出时间和冯光军一块儿到了222和333。

崔浩一见他们，便立即从座位上站起，一把拉住冯光军，高兴地喊道："来来来，表弟。我们先喝一个，好几年没见啦！哈哈……"

众人轰然叫好，拍手称快。冯光军看了看梦依萍，梦依萍点了点头，便从崔浩手中拿过酒瓶，在众人静静的注视中，慢慢为自己斟上一杯酒，用自己略显嘶哑的低沉嗓音说道："表哥，这你就不对了。你只和你表弟喝，为什么不和我喝呢？"

众人一听，笑声哗然，都看向崔浩。崔浩没想到梦依萍也会喝白酒，被梦依萍一激，血往上涌。看着梦依萍俊俏的模样，他也未多想，一抬头，就把手中的酒喝了，并举着空杯朝着梦依萍，满面笑容地道："表弟媳，你看。我这一杯算是向你赔不是，你看行不行？"

只见梦依萍微微一笑，朝光军点点头。冯光军见此情景，忙道："表哥啊，我们的酒以后有机会喝。我先和梦依萍一起敬大家一杯酒……"

"不行！绝对不行！"一直坐着没说话的黎斌突然说道。

冯光军一听，知道黎斌已有几分醉意，便满腹疑问地看着他。众人也静静地等待脸已微红的黎斌继续说下去，"原因有二：一是此次请客的就是崔浩，二是你们表兄弟几年未见。于情于理，你和老板娘的这个酒必须先敬崔浩。大家意下如何？"

其他人一听，感觉黎斌说得很有道理，便纷纷嚷道："黎老板分析得很有道理。"

"崔老板应该受此一敬。"

"冯老板，下一个酒我们和你喝。这个酒，你还是和你表哥喝吧！"

"……"

梦依萍按兵不动，观察着，希望冯光军能妥善处理，因为她明白，在公共场合，要给丈夫足够的面子。吵嚷一阵之后，声音逐渐底下。冯光军举了举酒杯，清清嗓子道："既然黎老板已经说了，我和梦依萍就先敬表哥，再敬大家。"

众人纷纷拍手，高声叫好。于是冯光军朝梦依萍使个眼色，夫妻二人朝着崔浩举起了酒杯。三人一起仰脖喝下，众人齐声喝彩，看向依萍的眼光中多了些异样。

"吃点菜，过过口，压压酒。"黎斌站起，让服务员拿来一对碗筷，递给冯光军夫妇。梦依萍没有想到黎斌这个看似粗豪的汉子，心思颇为细腻，便多看了他两眼。不想，黎斌竟如大男孩般羞涩，面色更加红了。此时，冯光军正在斟酒，并未在意。梦依萍也收摄心神，招呼众人吃菜，一边征求着大家对菜味、服务等方面的意见，一边静待丈夫的进一步行动。

接下来，在众人的哄闹中，冯光军夫妇不仅和崔浩喝了第二杯，又和其他人喝了两杯。而不甘寂寞的黎斌单独和梦依萍多喝了一杯，其他人也是纷纷效仿。一时间，冯光军夫妇也是酩酊大醉。梦依萍虽清醒些，但何时回到家，第二天怎么也想不起来。

自此以后，漂亮老板娘梦依萍好酒量的名声不胫而走，慕名而来的宪城人络绎不绝，鸿利酒店的生意越来越好。于是陪打麻将、陪喝酒几乎成了冯光军夫妻俩每日必做的事情，而熬夜自然少不了。时间一长，梦依萍的身体开始出现问题，如腰椎疼痛、头晕、厌食、皱纹、褐斑，甚至畏寒怕冷的妇科病……她知道两人正在用健康换取家庭财富，可是又有什么办法呢？孩子上学需要钱，渐渐老去的父母也需要钱，买房、买车更是少不了钱，如果不趁着年轻赚一点，如何应付？

闲下来的时候，梦依萍常常想：或许一个女人最好的状态就是眼里写满了故事，脸上却不见风霜；每天化个淡妆，穿上喜欢的衣裳；不羡慕谁，不嘲笑谁，也不依赖谁，只是悄悄地努力，吞下各种各样的委屈，慢慢壮大胸中的格局；虽然改变不了别人，就试着改变自己，努力活成自己喜欢的模样！可是现在的自己能做到吗？

扪心自问，她做不到。或许有一天能做到，而做到的时候自己是不是已经美人迟暮，青春不在？细思极恐！梦依萍不得不尝试着调整目前的生活状态，渐渐从不健康的生活方式中走出来，注重养生。明天吧，或许是明天，一切都会好起来的！多美好的词汇和安慰！梦依萍喃喃自语。是你的总会留下来，不是你的终究会离开。

如今一年的酒店收入是刚刚结婚那几年收入的总和，梦依萍一想到生意，就开心。明天见鬼去吧，过好每一天才是最重要的。干几年再说，没来的都是虚无。梦依萍想到这，又开始低头整理账目起来。

第四十三章　儒商之梦

"从党政办出来已经有一段时间了，这几天我一直在考虑能否开个打印店……"晚饭后出来散步的燕舞扬问木子。

"嗯？你不是说要好好休息一下吗？"木子始料未及，略微诧异地问道。

"那是和别人说的。闲下来后，我也感觉挺无聊的。另外，做个生意，赚点钱，补贴家用，不也很好吗？"燕舞扬回答道。

"嗯，好是好，不过以前老父亲和你都做过生意，有时我也帮帮忙，感觉挺操心的。"一想起忙碌的样子，木子心中就有些害怕。

"做生意肯定操心。不过，你一旦同意，打印店我负责经营，你把家务处理好就行了。孩子的学习我照常辅导。你看行不行？"燕舞扬进一步耐心地征求着木子的意见。

木子看了看燕舞扬，心中有些感动，因为她从话里听出了丈夫对自己的尊重。虽然比他大了几岁，可是这么多年过去了，燕舞扬的稳重、体贴倒也给了她家的温馨及安全感，作为一个女人，需要的不就是这些吗？木子是个很容易满足的人，虽然她凭着女人的直觉体会出丈夫并不爱自己，但这又有什么关系呢？难道当初和他结婚的时候，自己爱他吗？无爱的父母因为媒妁之言走在一起，组合一个家庭，不也过了一辈子？因为爱情走到一起组建家庭的多存在于电影、电视剧、小说中，现实生活中虽然也有，但不多，且不一定能白头到老。过日子，过日子，日子是过出来的，是走在一起的两个人一天天熬出来的。只要对方知道轻重、知道顾家、知道爱护家人就行了。至于夫妻两人的情啊爱啊，木子倒是看得很淡。普通人就活得平凡一点，没必要为了所谓的爱情弄得惊天动地、撕心裂肺。

"你到底同意还是不同意，给句话啊！"燕舞扬见木子一直没有下文就催问道。

听出燕舞扬的语气中有些不耐烦，木子心有不爽，便故意不说话，加快了脚步往前走。燕舞扬很是无奈，自己也搞不明白木子为什么突然生了气。"唉，女人心，海底针。刚才好好的，突然晴转阴。"他也没询问原因，更没有无原则地去道歉，而是默默地跟在木子身后走着。

宪城刚刚下过雨，夜空深邃而悠远。虽然是二月，但天气还是有些寒冷。即使如此，沉浸在恋爱中的大学生们并未受到影响，三三两两地牵着手叽里呱啦地路过。有的则边走边互相拥抱着、亲吻着、打闹着。

夫妻俩一路无话，散步回到家，见两个孩子写完作业，正在看电视。燕舞扬看了看时间，已经9点多，便让两个孩子洗了洗，各自回房睡觉。洗漱完毕，燕舞扬便到书房看书，而木子则在客厅看着自己喜欢的电视剧。深夜12点多，疲倦的燕舞扬回卧室，而木子已经睡着。燕舞扬钻进被窝，微凉的身躯冰醒了木子。燕舞扬索性抱住妻子。木子略微挣扎了一下，便安静地躺在他的怀中。

第二天，如往常一样，夫妻俩早早起床，做早餐，送孩子，而木子对昨天晚上谈及开打印店的事只字不提，燕舞扬只有耐心地等待。毕竟，两人收入稳定，也比宪城工资高了许多，生活环境和条件较以前大为改善。如果选择做生意，生活节奏势必会加快，再像现在这样四平八稳地过日子是不可能的了。

燕舞扬之所以想继续做生意是受自学考试时读《史记》的影响。《史记·越王勾践世家》载：范蠡助越王复国之后，"事了拂衣去，深藏功与名"，离开越国，带领全家人来到齐地，"变姓名，自谓鸱夷子皮，耕于海畔，苦身勠力，父子治产，居无几何，致产数千万"。后至陶，又谓陶朱公，"居无何，则致资累巨万"。

一个人能穿越浮尘，洞悉未来，不受功名利禄束缚，居官则指挥若定，如烹小鲜；经商则挥斥方遒，若钓大虾，何其洒脱！那时燕舞扬便心向往之，虽然彼时已经在表哥的店铺中经商，后再次从深圳回来，盘下表哥的店面，扩大生意范围，把生意做得风生水起。读研期间，燕舞扬因写毕业论文，又精研金庸。他惊奇地发现这位新派武侠小说大师竟然也是一位经商高手，又激起了燕舞扬对营商的兴趣。燕舞扬有时想，自己一辈子难道仅为一手无无缚鸡之力的书生？另外，虽然燕家庄一期旅游项目（池塘）已经走上正轨，但二期旅游项目（河滩）迟迟未启动，除了因汛期带来的风险较大外，最根本的原因是海量的资金。上哪去找这些资金，燕舞扬至今尚无头绪。如今校内有可做门面的房子，自己空闲时间较多，原有的打印店因拆迁而不再营业，如此好的商机，怎能不让他心动？可是，如果木子不同意，燕舞扬的想法也很难实现。所以，燕舞扬只能耐心等待。

吃过晚饭，夫妻俩照例出去散步。燕舞扬特意加快步伐，在木子的前面走着，来到了住户已经搬走即将拆迁的区域。低洼处是昨天下雨的积水，水中沉溺着塑料袋、纸片和其他垃圾，以前打印店的招牌被晚风吹得簌簌有声，如呜咽的老妇。

站了一会儿，木子便拉着燕舞扬的胳膊，默默地朝操场走去。见燕舞扬总是一声不吭地走着，直爽的木子终于忍不住用拳头捶了他一下，面无表情地道："你如果想做生意就去做吧，但有个前提是不能耽误孩子学习。"

燕舞扬心中暗喜，却故意面无表情地说："谢谢老婆大人！我会一如既往地看着孩子学习的，请你放心！"

见燕舞扬搞怪的样子，木子忍俊不禁，又狠狠地用拳头打了他几下。燕舞扬故意大声呼痛，远远地跑开，并高呼："杀人啦！救人啊……"操场上打球的学生纷纷看了过来，弄得木子满面通红，又爱又恨地朝燕舞扬追去。跑出一二百米后，燕舞扬方停下脚步。不一会儿，木子气喘吁吁地跑来。燕舞扬伸出手，拉住木子。

昏黄的路灯下，映照着幽僻的校园小径，朦朦胧胧的。看着小鸟依人般的妻子，一直压抑自己感情的燕舞扬心中有些歉疚，又有些落寞。这些年来，虽然木子成了自己的妻子，又给他生了儿子，可燕舞扬对她的感情却是平平淡淡，不曾有类似面对梦依萍那样的炽烈如火的爱情存在。或许是因为与梦依萍那次相识、相恋、相爱的倾情投入，燃烧尽了燕舞扬对爱情的所有渴望、企盼与激情。美好爱情的破灭给他的心中留存下了一块巨大的阴影，虽经十多年的世事变幻，却一直未曾消除。表面的阳光与内心深处的落寞常常撕裂着燕舞扬。对妻子，他唯有感激和有孩子之后类似亲情的情分。

对梦依萍的情感，让燕舞扬想起了传说中的荆棘鸟，因为这种鸟一生只唱一次歌。从离开巢那一天开始，荆棘鸟便执着不停地寻找着荆棘树。当如愿以偿地寻找到荆棘树时，它就把自己的身体扎进一株最长、最尖的荆棘上，然后流着血，淌着泪，并放声歌唱——那凄美动人、婉转如霞的歌声使人间所有的声音刹那间黯然失色！一曲终了，荆棘鸟便气竭命殒，以身殉歌，给世间留下一段悲怆的绝唱。或许自己的爱情就如荆棘鸟一般，只为梦依萍绽放一次，倾尽全力，付出一切。随着梦依萍的离去，燕舞扬一生的爱情之花便枯萎凋零，孤绝地死去，从此不再萌蘖，成为自己心中的绝唱。

第二天，燕舞扬利用互联网查阅了开设打印店所需设备的资料，详细了解了电脑、打印机、复印机、扫描仪、传真机等的价位。考虑到维修方便，他决定放弃网购，而是到珍城市内实体店购买。

　　购买设备之前，燕舞扬利用在党政办工作的人脉，从学校额外申请了一间靠近学校主路的房子，进行了简单的装修和布线，添置了办公桌椅和饮水机。随后，燕舞扬和木子到市内电子科技市场、电器卖场购买了全套打印设备。照相器材如单反相机、摄影灯等则在苏宁易购网店申购，几经调试与试拍，燕舞扬方才掌握。可对于数码照片进行处理的相关技术，倒使他焦虑了一阵子，毕竟以前从来没有接触过。于是，燕舞扬决定投入更多的时间去学习photoshop8。他从网上购买了photoshop8电子版，闲暇时间便去琢磨。大约二十多天集中精力的钻研，加上请教精通此道的艺术系一同事，燕舞扬基本掌握了照片处理技术。

　　三月十八日，燕舞扬早早起床，吃过饭后，便打开了打印店的房门，挂上"欣欣相印"——取其"欣然往来，印照天下"之意——的招牌。打印店正式开始营业，燕舞扬再次经商之路随之开启。因为刚刚营业，学生并不知晓，一周的营业额不太可观。这样的结果招来了木子的非议和埋怨，不停地担心着投资，总是希望尽快收回成本，闹得燕舞扬心烦意乱，让他对木子很是失望。不得已，燕舞扬设计了促销传单，印发了几百份，高价聘请几个学生去散发和张贴。第二天，来此打印的学生络绎不绝，喜得木子合不拢嘴，却忙坏了燕舞扬。

　　一时间，"欣欣相印"打印店价格实惠、服务周到的名头不胫而走。除了上课之外，燕舞扬便待在打印店，忙的时候甚至连木子送的饭也顾不上吃。闲的时候，他便备课，阅作业，搞搞科研，辅导辅导孩子的学习，但陪木子散步的时间则基本没有。因为这个，木子时常生燕舞扬的气，不给燕舞扬送饭，他只好关了店门，回去自己做饭吃。两人的感情遭遇了空前的危机。燕舞扬并没有因为夫妻俩的感情而丢掉生意，毕竟生意刚刚步入正轨，各种各样的突发问题常常出现，他必须打起十二分的精神去处理。自做生意始，忙碌、熬夜和久坐成了燕舞扬生活的常态。

　　半年后，在燕舞扬精心打理之下，打印店生意逐渐兴隆，投资的成本业已收回。而燕舞扬利用自身优势提供的各样考试资料更是起到了良好的效果。到后来，打印店一个月的收入远远超过燕舞扬夫妻俩工资的总和。看到打印店的收入，木子再也没有和燕舞扬生气。劳累之外，倒也让燕舞扬免除些后顾之忧。

"欣欣相印"打印店每晚十一点关门，因为学生宿舍也是这样。每当夜深人静，燕舞扬走在空荡荡的校园里，时常感到孤独。他渴求有一个人走进他的内心，能和他进行精神上的交流，可是没有。木子对金钱的重视，是否印证了"女人天生爱财"的观点，燕舞扬无法确定。但至少木子和梦依萍父母是一样的，这让看淡物质的燕舞扬有些无奈，总感觉自己似乎是个异类，孤零零地飘荡在这个世界上。不过，打印店给自己带来的全新人生体验和经济实惠让他颇为开心。他现在更能切实体会到范蠡经商的部分苦乐，虽然自己的生意体量很小，远不如介水镇，但至少在弃官为商上，他和范蠡是一样的。

抛开复杂的外部因素看，经商实际上就是心理学的现实运用。毋庸讳言，经商需要智慧，但哪一个行业不需要呢？成功的商人不仅仅要有智慧的大脑，还需要大的格局与胸怀，需要具备能于瞬息万变的社会中寻找商机的眼光，需要吃苦耐劳的品质，而会做人是所有成功商人最重要的内质，尤其是对那些传承几代的商业世家而言。三次经商的成功也给燕舞扬打开了另外一个世界，即看待人的角度不一样了，对工作的认识也不一样了。他比以前更能科学地衡量成功的标准，更客观地界定一个人的价值和地位，而体制内的工作分量则在他心中逐步减轻。

已为人父的他，现在能部分理解梦依萍父亲当初阻挠他和梦依萍相处，也能了然巨量财富给一个从农村、从小乡镇走出来的草根商人带来的异化和膨胀。虽然自己也是从农村出来的，也正是因为这样的出身，他才能更好地理解梦依萍之父，也才能释然于经商的路上，而不必耿耿于怀。

第四十四章　丧乱之期

"舞扬，我想请假回去照顾老父亲一段时间，行不？"洗漱完毕刚刚躺到床上的燕舞扬被妻子突然发出的幽幽询问吓了一跳，因为平时这个点木子早已鼾声四起，毕竟已经晚上十一点半了。

"为什么？"他搂过妻子，轻声地问。

"吃过晚饭，木倩打来电话，说父亲病情恶化了。我有些担心，而家中又没有其他人。"木子抱着燕舞扬，头放在他的胸前。

燕舞扬爱抚着妻子光洁的后背，陷入了沉思。岳父八十三岁了，自从自己一家离开宪城后，岳父便和木倩生活在一起。而离婚后的木倩又再次结婚，并有了儿子，可夫妻俩的经济来源单一，条件有限。木倩的哥哥经常给父亲邮寄生活费，而燕舞扬则逢年过节、岳父生日、回老家探亲等，毫不吝啬地给些费用，倒也能维持岳父的日常开支。近两年，岳父因心脑血管病而瘫痪在床，两家人不仅经常回家探望并照看，更是加大了支持力度，并雇了个男性保姆看护。饶是如此，岳父的病情仍是日重一日，越来越严重。

如果木子回家，单位这边不会不同意，毕竟燕舞扬在党政办干了几年，各二级单位的头头脑脑都很熟悉，这个面子别人还是会给他的。可是一旦木子请假回去了，两个孩子怎么办？生意该如何处置？

然而，孝心得尽，孩子也需照顾，只有自己辛苦点了。因为自和木子认识、交往到结婚，岳父对燕舞扬从来没有表现出丝毫的嫌弃，虽然他也算是介水镇有头有脸的人物。甚至在很多事务上，岳父常常和他商讨，而燕舞扬也没有让他失望。为他征地拆迁补偿而奔波，帮他写状纸打赢官司，给他拉起避免邻里纷争的院墙，为他写下思虑周远的遗嘱，未离开宪城前尽心尽力地照顾其起居，离开宪城后带走戈月月……至少在岳父心中，燕舞扬是一位孝顺、能干、聪敏、体贴而又有担当的女婿。于情于理，燕舞扬都应该回去照看岳父，可是工作、孩子、生意……都离不开他，也只有木子回家才合适些，毕竟木子是女儿，而且木子所在部门业务不多，管理相对宽松。

见燕舞扬无言无语地在暗夜中沉默，木子知道丈夫在思量，便没有打扰，一声不吭地伏在他胸前。因为她知道，一旦遇到家中较大的事情，还需要燕舞扬去处理和面对。毕竟十几年来，夫妻俩在生活中遇到的事情，很多都是在丈夫缜密的思虑下办得既周全，又有转圜余地。她很感激老天没有亏待自己，给曾经错过最好结婚年纪的自己送来了一个如此优秀的丈夫。想到此，她不由地如珍宝般紧紧抱住燕舞扬。感到妻子的变化，燕舞扬轻叹了一口气，徐徐道："你回去吧，这几天就请假……"

还未等燕舞扬说完，木子便抬起头，轻轻地吻了他一下，不无担心地打断了他："我走了，你怎么办？孩子怎么办？工作和生意又如何安排？"

燕舞扬轻轻地拍了一下木子的后背，安慰道："没什么问题的。你尽管放心走吧，这边的事情我能处理好的。难道你就对我那么不放心？"

木子满含爱意地抚摸着燕舞扬因节食和运动后已经瘦下来的身体，动情地说："不是不放心你，而是担心我走后，你过于操劳，弄坏了身子。"

燕舞扬一听，心中满是感动："没事，我会把握好的。大不了生意不做了，以孩子和工作为主。你就放心回家照顾老父亲吧。"

木子点点头。接着燕舞扬感觉有温热的泪滴滚落在胸脯上，知道妻子的不舍和爱意，便搂紧哽咽着的木子。

第二天，木子便以父亲病重为由到部门请了几天假，下午坐上火车，经过一夜的颠簸回到了宪城。父亲的病情比木倩的描述和木子的想象要严重得多，高大肥胖的父亲已瘦脱了人形，软弱无力地躺在床上，无复上次见面时的精神。木子悲从心来，趴在病床边，泪如雨下："爹，你……你……你感觉怎么样啊？疼吗？需不需要上医院看看啊？"

听到哭声，父亲费力地睁开久闭的眼睛，有气无力地问："你是谁啊？"

木子强忍悲痛，满含热泪地附在他耳边，略微大声道："我是你闺女木子啊！"

"哦，木子呀……"父亲喘着气，费力地应道。喉咙嘶嘶作响，痰的拥堵让他不得不停下，用力地咳嗽着。木子泪流满面地看着，一时不知如何安慰父亲。待父亲气息稍稳，木子方立起身，轻手轻脚地走出房间，向木倩详细地了解了父亲的病情。随后，她在院子中给以前介水医院的同事打了个电话，咨询相关信息后，决定把父亲送到宪城人民医院治疗。

凭着以前在卫生系统的人脉，到下午四点多，木子终于把父亲安置在了特护病房。经过一系列的检查，到第二天中午，各种检查结果出来，会诊后主治医生为木子的父亲设计了一套治疗方案，输液随即进行。见父亲不再那么痛苦地睡去，木子才放下焦躁不安的心。

稍做休息，木子走出病房，给燕舞扬打了个电话。得知岳父的情况后，燕舞扬忧从心来，但又不想加重木子的心理负担，便极力安慰木子，让其放心在宪城好好伺候岳父，不必牵挂珍城之事。同时，他嘱咐妻子要休息好，不能熬坏了身体。

挂断电话，木子回想起主治医生说的话，心中不由得一阵黯然：父亲这次凶多吉少，在世之日已经不多。该怎么办呢？需不需要给在外地工作的弟弟打电话？如果让心细如发的弟弟知道了父亲的现状，他又该不安心工作了。这可是木子不愿意看到的。唉……还是治疗几天再说，如果父亲的病情加重，再和弟弟联系吧。

想清楚了这些事情后，木子步履沉重地走出医院，买了一碗父亲最爱吃的鱼汤带回来，并伺候着喂父亲吃了。看着曾经饭量极大、吃饭又快的父亲仅仅艰难地喝了半碗鱼汤，木子悲不自胜。晚上，木子躺在租来的单人床上翻来覆去睡不着。好在几天后，父亲的精神与饭量都有所好转，让木子一直紧绷着的神经渐渐松弛下来。随后，她与弟弟通了电话，一一讲述了父亲病况。弟弟让木子先细心照顾好父亲，自己在条件允许的情况下再请假回家。

一晃两个多星期就过去了，父亲的病情时好时坏，折腾得木子姊妹俩心力交瘁，濒于崩溃的边缘。好在弟弟及时赶回，姊妹俩方才有所转圜。弟弟虽是个博士，但异常细心。在姊妹三人精心伺候与照料之下，父亲的病情趋于稳定。

"姐，你还是回珍城吧。老父亲这边有我照顾。"医院附近的快餐店里，正在吃饭的弟弟对木子说。

看了明显瘦下来的弟弟一眼，善良的木子没有丝毫犹豫地道："不。我不回珍城。你虽然请假了，但也就几天。你走了，老父亲怎么办？你指望木倩去照顾？"

弟弟沉默了，他能理解木子，可是姐姐也要上班，毕竟木子已经回来近二十天了。作为儿子，他应该多付出些，可是单位特殊，工作又忙，委实不好请太长的假。长长地叹了一口气，他又关心地问："姐，你单位那边怎么办？"

木子立即道："没事，不用担心。大学的管理不是特别严格，尤其是行政岗。更何况我请过假，又有燕舞扬在那边照应着。"

见木子的口吻比较轻松，一副无所事事的样子，弟弟放下心来。饭罢，姐弟俩回到病房，木子把买回来的饭菜喂了父亲。一家四口有一搭无一搭地谈着些家中曾发生的轻松话题，逗父亲开心，以分散其注意力。在备受煎熬的过程中，弟弟的假期很快过去，不得不离开宪城去单位。临别时，一家人皆是满含热泪，颇为悲伤。

照顾父亲的重任又落在姊妹俩身上，具体说是木子独自承担了。因为再婚后，木倩又生下一个孩子。此时，顽皮的孩子刚刚会走路，让木倩无暇他顾，哪有那么多心思放在父亲身上？敢于担当的木子毫无怨言地照顾着父亲，毕竟自木樱患癌去世后，在这个家中，她也算是长女了，虽然她很挂心珍城的一切。

面对病情不稳定的父亲，懂医的木子尽心尽力地照顾着。可是药石也挽救不了因心血管病而导致器官已经衰竭的父亲，在弟弟回单位后的第六天，父亲的病明显恶化。见此情景，在咨询了主治医生之后，木子决定把父亲运送回去，在家保守治疗，以备不虞。

遵照亲族中老辈人的建议，回去后的父亲便躺卧在正室堂屋的稻草铺上。看着气息奄奄的父亲躺在冰冷的地上，木子姊妹俩不停地流着泪。接获信息的弟弟再次回来，而已经好几天滴水不进的父亲就是一直不咽气，左邻右舍的年长者说，老木在等亲人，见了亲人面之后，才会咽气离开。人们心里明白，老木在等自己不孝的大儿子，企盼能与其见最后一面。

"估计木林不会回来见老木。"一愁眉苦脸的老太太道。

"为什么？"旁边一个五十岁左右的男子漫不经心地问。

"你想想吧，他妈多疼他，结果呢？他妈临走前，木林回来了吗？更何况，老木和木林关系并不好，木林能回来吗？"老太太有理有据地分析着，白色的唾沫挂在嘴角，似海潮的浮渣，不停地涌动着。男子一边很认真地听着，一边盯着那白沫，很是担心喷溅到自己脸上，不留痕迹地侧身而立，不时"哼哼"着，以示回应。

"你说得对，我估计木林绝不会回来的。想想看，古人讲天地君亲师，对我们来说，父母就是天地，父母就是君，是最重要的亲人。毕竟是他们给了我们一条命，又把我们辛辛苦苦地拉扯大，容易吗？我们都是有儿有女的人了，心里都明白这么个理。可是你看看木林，妈死没回来，爹病了好几年，木林回来看过吗？父子间有多大的仇？唉……"一个年纪稍小，上过几年学的妇女侃侃而谈，引起围观者一片认可。

……

"快点，姐！爹喘得厉害，可能不行啦！呜呜……你赶快回来吧，呜呜……呜呜……"正在介水镇菜市场买菜的木子接到了妹妹哭着打来的电话，心下一沉，知道事情不妙，便立即匆匆赶回。一进家门，只见躺于地上的父亲随着呼吸声，胸脯上下起伏不定，喉咙中发出"轰隆隆"时断时续的响声。每当没有响声的时候，父亲的脸便憋成酱紫色。满含热泪的弟弟跪在铺边，紧握着父亲苍白的左手，不停地焦急地喊着："爹……爹……"而木倩在另一边也是垂泪不止，嘶声哭喊。木子不禁泪如泉涌，"扑通"一声跪下，轻轻拍打父亲胸部，试图舒缓气胀。可是父亲的喘气声越来越弱，终至于悄无声息。木子忍痛把了把父亲的脉，翻看了一下父亲的眼睛，不无悲伤地说："父亲走了！"随即号啕大哭起来，木倩也悲不自胜，脸挂泪珠的弟弟则默默地寻出一挂早已准备好的鞭炮于院中点燃。

亲朋好友、左邻右舍闻讯而来，以弟弟为中心，协商殡葬事宜。七嘴八舌之下，大多数都主张隆重办理，因为老木身前帮助了很多人，热心于介水镇事务，又有儿女在部队和政府部门工作。见此情景，沉稳的弟弟则诚恳地说：

"各位亲戚，感谢你们关心！父亲的事情要简办，因为父亲生前交代过，这是其一。其二，我和姐姐都不在家，以后遇到亲戚朋友们家中有了红白喜事，如果我们赶不回来，就欠了礼数。尤其是我，作为儿子，我的内心肯定过意不去。其三，老父亲如此高寿离我们而去，从另外一个角度考虑，何尝不是一件喜事？丧事就简办，了却父亲的最后一桩心愿……"

说着说着，弟弟哽咽着，再也继续不下去，众人也陷入沉默。年长者立即附和，并随即安排了简办事宜，分派若干人员，组成一个个团队，分头操办有关事宜。有寻地找穴的，有缝寿衣洗澡的，有采买并打造寿木的，有请人抬棺出殡的，有采购食材招待客人的，有租赁被褥寻找客房的……而木林最终还是没有出现。

纷纷攘攘到第三天上午十一点左右，父亲终于得以安葬。面含悲戚的姊弟三人无言地走在清冷的路上，瘦削的身躯似乎一阵风都能吹倒。木子裹了裹风衣，抬头看看天。太阳隐现在阵阵乌云中，时断时续地抛下一些无力的光，孱弱而凄苦。中午招待完客人，三人都浑身疲惫地沉沉睡去，直到晚餐时被人喊醒。三天圆火后，木子和弟弟各自回到单位。

日子似乎又回到了正常轨道。一个人的存在与否，与另一个人仿佛没有丝毫关系。"亲戚或余悲，他人亦已歌。"悲伤或快乐大概仅仅存在于血缘至亲心中吧。若干年后，这种悲喜又有多少存在，谁也不知道。

第四十五章　疲累日子

　　身心俱疲的木子走下火车的时候已经是晚上九点多。凄冷的珍城华灯初上，照彻了昏黄的夜空。急于回家或找旅店的乘客，在的士车司机和旅店工作人员此起彼伏的揽客声中辨识着要去的方向。冷风钻进木子的衣衫，使得她激灵灵地打个冷战。紧了紧外套，她左顾右盼，环视着出口，寻找着燕舞扬，不紧不慢地往前走着。刚走几步，只见燕舞扬从旁边的商店里出来，奔向自己。木子定定地看着默默从自己手中接过笨重行李的丈夫，满怀爱怜地搂着他的胳膊，温柔地说："这一段时间，你瘦多了。"

　　看着关心自己的妻子，燕舞扬故作轻松地飒然一笑，道："我这是减肥减的，没事的。倒是你瘦了不少，辛苦啦！"

　　木子把头靠在燕舞扬肩头，幽幽地道："我瘦是必然的，伺候病人没有不瘦的，你说是不是？"

　　燕舞扬点了点头，挥手招来一辆出租车。刚刚坐好，木子又问："我走这一段时间，家里都还好吧？"

　　燕舞扬轻声道："一切还好。"随之陷入了沉思，回想着木子不在家时自己的生活。

　　比如昨天六点被手机闹铃吵醒后，睡眼惺忪地看着黑魆魆的窗外，听着滴滴答答的雨声和珍城独有的呜呜咽咽的风声，仍然疲倦的他颓然地放下手机，慵懒地听着手机里传出的郑源演唱的《一万个理由》：

　　"就在感情到了无法挽留／而你又决意离开的时候／你要我找个理由让你回头／可最后还是让你走／你说分手的时候就不要泪流／就在聚散到了最后关头／而你又决意忘记的时候／我也想找个借口改变结局／可最后还是放了手／你说分手了以后就不要让自己难受／如果你真的需要什么理由／一万个够不够？／早知道你把这份感情看得太重／当初说什么也不让你走／如果我真的需要什么借

171

口 / 一万个都不够……"

　　赖在床上好几分钟，可是心里明白：早上时间很短，木子又不在家，没有人可以代替自己，必须尽快起来，不然孩子会迟到。于是，便迅速地起床，穿衣，洗漱。完毕后，依次敲了敲儿女的卧室门，直到里面传出回应声。随后，燕舞扬开始做早餐：孩子们爱吃的蛋炒饭。

　　"秋生，你快点！妹妹已经在吃早餐了。你再不快点，就迟到了。"燕舞扬催促着卫生间里的儿子。

　　儿子哼哼唧唧地回应着，好一会儿才出来。看着已经长开的秋生，燕舞扬有些微怒："早上时间宝贵，以后不要磨蹭，要像个男子汉的样子，做事利索点。"

　　燕秋生和木茜同时抬头看着有些生气的燕舞扬，见燕舞扬并没有继续讲下去的意思，便低下头安静而迅速地吃起早餐。燕舞扬略感歉疚，但并未表现出来，而是到厨房盛了一碗饭慢慢地吃着。

　　"爸爸，我和妹妹一起去赶公交了，再见！"燕秋生懂事地和燕舞扬道了别，就带着木茜一起离开了家。燕舞扬点了点头，注视着十二岁的儿子和八岁的外甥女一步步消失在自己的视线中。吃完早餐，燕舞扬开始洗刷碗筷，收拾家务。打开冰箱的时候，才发现食材已经不足，他暗暗地想着需要采购了，今天上午没有教学任务，去市里一趟吧，顺便逛逛打印耗材市场，买些特殊纸张。

　　虽然已经八点多，但十月的珍城因为下小雨而有些阴冷，到处都是雾蒙蒙的，视线很差，擦身而过的稀稀疏疏的行人如穿行在寡淡的面汤里，若隐若现。汽车如生病的只只乌龟，开着双闪，缓慢地挪动着。心事重重的燕舞扬有些无奈地坐在龟速般的公交车上。他好不容易赶到科技商贸城，结果门还未开。无奈地等了十多分钟，买完耗材后，急匆匆朝超市走去。蔬菜、水果、肉食、奶制品……一样都不能少。毕竟两个孩子都在发育期，营养搭配需要科学。等结账出来已经十点多，燕舞扬连忙拎着大包小包赶公交，如果11:30之前回不到家，就会耽误孩子按时吃上中餐了。所幸天气晴朗起来，红艳艳的太阳也高挂蓝天白云之上，车速加快了很多，燕舞扬的心情也好了不少。回到家，是11:37，还算不错！略感出了微汗，他便脱掉外套，系上围裙，开始准备午餐。一番忙碌之后，三菜一汤摆在了餐桌上：一盆漂着细碎葱花的清炖粉丝排骨，一盘红中透黄的鸡蛋炒番茄，一盘青菜炕豆腐，一盆紫菜骨头汤。闻着满屋飘香的菜肴，燕舞扬突然觉得很饿，看看时间已是12:32。"应该到家了，这俩孩子怎么回事？"他一边嘀咕，一边浏览着手机网页信息，倒也把饥饿给忘了。

"老爸，你在想什么呢？那么专心啊！"儿子的一声惊呼把他拉回。

燕舞扬强装笑颜，连忙招呼两个孩子吃饭："今天回来有点迟啊，怎么回事？"

"等妹妹呗。"六年级的儿子直爽地说。燕舞扬满含期待地看向木莒。

"嗯。数学老师拖堂拖了近十分钟，唉……"四年级的木莒故作夸张地做了个无奈而俏皮动作。

燕舞扬微笑着点点头，让二人洗手，自己则盛了三碗米饭端到餐桌上。看着孩子狼吞虎咽地吃着，他倒也很有成就感。稍事休息，孩子又上学去了。燕舞扬收拾好碗筷后，便前往打印店。刚刚开门，打印、复印的便涌进了一屋子，燕舞扬奔前忙后，直到距上课还有十多分钟，方不得已关了门去上课。

路上，相熟的学生见面就喊："燕老板好！"弄得燕舞扬挺有种穿越感，似乎又回到了介水镇。

两节课后，已经是16:20。燕舞扬又急匆匆赶回家做晚饭。饭快做好的时候，木莒独自一人回到了家。一进门，她就叽叽喳喳地说："哥哥今天打扫卫生，我就先回来了。渴死我了，有水没有？我想喝凉水！唉，热死我啦！这鬼天气，早上冷得要死，晚上热得要死……"

燕舞扬无奈地摇了摇头，微笑着，听着。待木莒安静下来，他方才开口："好了，水也喝了，也凉下来了，开始吃饭吧！"

"欧耶！"木莒三步并作两步跑向灶台，伸手就去端菜。

燕舞扬见状，赶紧阻拦："你忘了一件事！"

木莒漂亮的大眼一眨，恍然大悟似的赧然一笑："嘿嘿，我想起来啦——洗手！"便奔向水龙头而去。

燕舞扬故意放慢节奏，待木莒洗过手，让其把饭菜一一摆在餐桌上。

"我们先吃，不等哥哥啦。吃完后，我到店里去，你在家边写作业边等哥哥。不会的作业问你哥。今天轮到谁刷碗了？"燕舞扬边吃边交代着。

木莒津津有味地吃着，嘴中不时发出"嗯嗯"之声，也顾不得回答。燕舞扬见状，忍俊不禁："你吃慢点，没人和你抢。女孩子吃饭要注意点吃相哟！"

木莒一听便放慢节奏，娇俏的眉眼一扬："哥哥刷。"说完，开始慢条斯理地吃起饭来。燕舞扬不禁笑了："呵呵……这还差不多！"

把饭菜盖好以后，燕舞扬抱起已经八岁多的木苔亲了亲："想妈妈吗？"

木苔睁着大眼睛，乖巧地盯着燕舞扬，轻轻地摇了摇头，不易察觉地皱了一下略显浓重的眉头。木苔似乎觉察到了燕舞扬的情绪，便一动不动地伏在他的肩上，任由燕舞扬紧紧地抱着。过了好一会儿，燕舞扬方才放下木苔，无限怜爱地拍了拍木苔的头，便走出家门，朝店里走去。

晚上，来了一波照相的学生，燕舞扬使尽浑身解数，花费了两个多小时方才搞定。因为牵挂着孩子，他只好锁上店门，回家一趟。儿子正在写作业，而外甥女因已完成作业则在看电视。燕舞扬赶紧把电视关上，协助木苔洗完澡，辅导完燕秋生作业，并把浴霸水温调好，又交代一番后方才离开。

当燕舞扬带着一身疲惫回到家的时候，孩子已经熟睡，时间已经快11点。给孩子们盖好踢乱了的被褥，他简单地洗漱一下，便躺到了床上。看着窗外荧荧的月亮，孤独和寂寞一下子涌上了心头，燕舞扬想起了宪城，想起了介水镇……那一夜，何时睡着的，燕舞扬并不知道。

"嗤，嗤……"剧烈的刹车声和巨大的惯性打乱了燕舞扬的沉思。他抬起头，朝前一看，发现出租车差点和迎面而来的私家车相撞。司机恶毒地谩骂着，并费力地调整着方向。

"快到家了！"燕舞扬心中不由地惊呼一声，而木子的鼾声竟没被打断，"看来真是太疲倦啦！"燕舞扬没有抽出已经被压酸了的胳膊，他想让木子多睡一会儿。

不久，车到了小区。燕舞扬轻轻地摇了摇木子，"到家了，快醒醒！"

木子怔怔不定，喃喃道："到哪里了？"

"到小区了，下车吧！回去好好睡，快点！师傅还要做生意呢，不要浪费别人时间。"

"哦，好的。你看我这一觉睡得好沉！"

"嗯。"燕舞扬扶着木子下了车，又到后备厢取了行李。接过车费，出租车绝尘而去。

"走吧，回家去。"燕舞扬对还在发愣的木子说。

"嗯。我这一下车，方向都迷糊了。等一等，让我适应一下。唉……"木子期期艾艾地嘀咕着。

"好吧！"燕舞扬只好放下行李，耐心地等着。

过了好一会儿，木子方才完全清醒，便辨识了方向，朝楼道走去，燕舞扬则默默地跟在后面。小区寂静无声，只有两人脚步的"沙沙"声和行李箱轮子发出的"咕噜噜"的噪音，缥缈而宏大。快到家的时候，木子才想起睡着之前的问题，便说："你没回答我的问题吗？"

燕舞扬被突如其来的一问弄得莫名其妙："什么问题？"

"我回宪城一个多月，你在珍城累不累呀？"

燕舞扬哭笑不得："傻瓜问题！能不累吗？"

"唉，那倒也是。都因为我啊！"木子幽怨地说。

"没什么。只要平安健康就好！累点没事的，你不也是很累！不要多说了，回家赶紧洗个热水澡，好好休息休息才是最重要的！"

"嗯，听你的！我不在家这一段时间你想我了吗？"

"废话！"

"嘿嘿，那今天晚上我要好好补偿你！"

第四十六章　生活改善

十一月的武汉颇为寒冷，潮湿的水汽借着冬风侵入了千家万户，给空气中添加了些寒意。深夜十二点多的蔡家甸兴海南街早已失去了白日的喧嚣与嘈杂，似耗尽了一生精力的病妇，无力而凄凉地横卧着。路两边的商店早已关门打烊，幢幢矗立的商品楼偶尔会看见一两个窗户透出一丝亮光，衬托得黑魆魆的夜幕越发深幽与肃穆。匆匆的夜行人和出租车像害怕惊扰什么似的，踽踽在路上。一辆电瓶车缓缓地从兴海二街驶来。开车的男人并未戴头盔，三十多岁的样子，面阔耳方，眼睛似闭非闭，厚厚的嘴唇加重了严肃的表情，体态略显臃肿。

"你开快点嘛，我困死啦！"后座的女子柔弱无力地抱怨着，稍显嘶哑的声音中透着浓浓的倦意，似乎好几天没休息。

"已经四十多码了！还怎么快呢？你以为是小汽车啊，想快就快……"男子小声嘟囔着，鼻音浓重，好像有点感冒。

"行了，我知道你想买小汽车。买就买，你明天就着手。"女子睡意全无，立即打断男子的话，快人快语地吩咐道，"快被冻死啦！"边说边紧了紧新近刚买的三千多元的翻毛深色呢子大衣。

男子一听，心中暗喜：妻子终于松开了口子，答应买车了！要知道为了买车，一年来自己可没少做工作，可是妻子就是不同意，原因千奇百怪。他很不理解，毕竟自己初中刚一辍学就偷偷跟亲戚学会了开车，一满十八岁就拿了驾照，做生意时也经常开亲戚的车到处拿货，在同龄人中驾驶技术是最好的。而妻子也在一年前考了驾照，如果说以前买不起车也就算了。如今经济条件宽裕，妻子为什么不同意买，他想不通。不承想，妻子今天就那么突兀地允诺了。女人心，海底针啊！自己确实喜欢车，不论是哪一种车，特别喜欢那种风驰电掣的感觉！可惜因为经济条件所限，结婚以来就没考虑过买车。随着收入的增加，半年来，他没少在妻子耳边提及买车的事。然而妻子就是不答应，让他很是窝火。现在好了，自己得好好琢磨琢磨买车的事了。

他的心情一下好了起来。刚才还感觉武汉的天气冷得奇怪，而今却倍感清爽可人。昏黄朦胧的路灯也显得可爱极了！他想大吼几声，以舒心中蓬勃的喜意。可是环顾四周安谧的大街，想想车后喜欢安静的妻子，他只好作罢。调试了一下油门，车以最快的速度平稳地向前驶去。

"唉，终于到家了！""啪！"出租房的灯亮了。雪白的灯光照在梦依萍疲惫不堪的脸上，闭了闭双眼，她用手慢慢地搓揉着被寒风几乎冻僵的脸颊，跺着脚，朝孩子的房间看了看：像往常一样，一双儿女已经熟睡。她便不停地在客厅来回走动着，以期提升一下体温。放好电瓶车的冯光军见此情景，赶忙打开空调，又给妻子倒了一杯滚烫的开水。拧开电视后，他又到卫生间把浴霸加热。

看着比平时勤快许多的丈夫，梦依萍会心一笑。她掏出挎包里的镜子，看了看自己的脸，淡淡的鱼尾纹已然出现，眼圈的颜色又加重了些。"得坚持敷面膜喽，不然皮肤会出现老化和褐斑，唉……好累啊！"她忍不住打了个呵欠，便朝卫生间走去。卸完妆，梦依萍看了看手机：已近凌晨一点。

冯光军默默地端来洗脚水，放在仰躺于沙发上已敷了面膜的梦依萍面前。梦依萍知道冯光军有话和自己说，便揣着明白装糊涂，一声不吭地玩着手机小游戏。果然，泡了一会儿脚，冯光军便小心翼翼地问道："红丽，你认为买多少钱的车合适？"

梦依萍一听就知道冯光军已经有了打算，便口齿不清地反问道："你认为呢？"

冯光军精神一振，调低电视声音后，便滔滔不绝地大谈车经："你看这车呢，一般都得开个十年以上。而这十年中，用车的地方很多。如果买二十万以下的车，不仅配置不好、马力不足，而且开出去也没多少面子。你说呢？"

见梦依萍默默地点了点头，冯光军就继续道："当然，二十万以上的国产车就不考虑了，虽然其性价比很高，配置也不错，但质量不行，尤其是发动机较差。而且开三五年之后，各种各样的毛病就会不断出现，如此维护费用就会很高，不具有很强的保值性……"

见丈夫头头是道地讲述着，梦依萍知道这车真的得买了，不论贵贱都得买一辆，要不然冯光军又要和自己冷战了，更何况自己前几天到医院查出了一些小毛病：什么宫寒了，什么缺少黄体酮了，让自己不胜其烦。梦依萍不想生气，想好好调理调理身体，做生意虽然累些，可是家里确实需要钱来改善条件，提升生活质量。可是，她不明白，男人们为什么都喜欢车呢？难道真如电影里说的那样：车是男人的第二情人？梦依萍想到这，就仔细打量了一下丈夫，发现冯光军平时有些呆板的表情此时丰富多彩，如发现了一堆金元宝似的，仍口若悬河般地讲着：

"进口车质量肯定不差，但考虑到性价比、偏贵的维修费用和零配件不易获取，所以就不买了。我们还是买合资车吧，因为合资车质量有保障，售后服务跟得上，性价比适中。你认为呢？"

梦依萍本来对车没有丝毫爱好，并不能谈出个子丑寅卯来，但为了不扫冯光军的兴，便只好点了点头。

"那你认为我们应该买哪个国家产的车？"

梦依萍一听头就大。虽然自己大学肄业，可中国与哪些国家合资生产小汽车，她还真不知道，毕竟课本中没讲过。另外，因为对车不感兴趣，所以平时也没关注过。如果让自己谈谈服饰、衣帽、化妆品、美容、养生什么的，梦依萍自认为有独到的心得。听丈夫一问，只好硬着头皮说："日本车如何？"话一出口，梦依萍便羞愧得面红耳赤，所幸有面膜护着，冯光军并未发现。

只见冯光军眉头一皱，梦依萍心知要坏。果不其然，冯光军朝着梦依萍连连摆手，两眼盯着她，粗声道："日本车？算了吧！"

梦依萍埋怨冯光军如此大声，担心吵醒孩子，用脚使劲踢了踢丈夫，并指了指儿女的卧室。冯光军头一缩，方知自己失态，便缩了缩脖子。梦依萍故作生气，低下头玩起手机，不再理会他。冯光军发现梦依萍心情不爽，颇为懊丧，责怪自己太激动，导致买车的好多想法没和梦依萍交流完。沉默几分钟后，冯光军知趣地为她擦拭了脚，到卫生间看了看水温，见差不多可以洗澡了，便到梦依萍身边，尽量温柔地说："敷面膜时间完了以后，你先洗澡。洗完澡再加热，我看会儿电视。"便拿起遥控器，准备把电视声音调大些。

细心的梦依萍体会出了冯光军买车的热望与心情，也能设想丈夫刚才冲动的原因，可她并不想就此低头认错。当初因为误会和自尊，自己毅然决然地和深爱的燕舞扬分开，其中有一个原因就是冯光军，这也是结婚几年以后才知道的。

在梦依萍尚未出生时，两家大人本就认识。梦依萍出生以后，两家互相走动下，就曾私下把梦依萍和冯光军许以婚配。但家人并未告诉梦依萍，致使梦依萍误判——认为燕舞扬不打电话或不再次到武汉找自己，是因为燕舞扬不再爱自己了。背着自己，父亲对燕舞扬的威胁和严词拒绝，母亲的"循循善诱"，终于拆散了梦依萍和燕舞扬。而得天时地利的冯光军在她父母帮助下，顺利打动梦依萍沉迷于感情低潮的心，让后来知晓真相的梦依萍痛彻心扉！加之，听说了一些有关冯光军婚前与武汉本地女孩的传言，梦依萍对冯光军的感情就淡了很多，对世事不再较真，而更多地去注意衣着打扮、养生美颜。刚刚结婚的那几年，梦依萍曾在心灰意冷的感情世界里一度想对冯光军付出足够的热情，如对燕舞扬一样。可她发现不论自己如何努力，总是觉得欠缺了什么。于是，她让自己忙起来，让自己赚更多的钱，然后疯狂购物，与同学、朋友喝酒、泡吧、搓麻将等。

洗完澡，梦依萍疲惫不堪地躺倒床上，很快睡着了。冯光军何时休息的，梦依萍并不知道。

第二天九点多，夫妻俩照例开着电瓶车到鸿利酒店，昨晚讨论买车的事情好似没发生一样。一路上，两个人都不说话。送梦依萍到酒店之后，冯光军便骑车来到热闹的菜市场，采购了一大堆食材。当他赶回酒店的时候，梦依萍已经收拾好店里的杂务。两人就开始择菜、洗菜，整理好必要的食材及中午可能需要的餐饮。

快到十一点的时候，梦依萍朝走向灶间的冯光军说："买车的事，你自己决定吧，三十万以内即可。"冯光军猛然停下脚步，差点撞到了门框，不敢相信地看向梦依萍，眼中散发着炽烈的光。梦依萍未加理会，扭头走向前台，翻看着账目。愣了好一会儿，冯光军呵呵地傻笑一番，快步进入灶间。接着，梦依萍就听见了冯光军粗豪而爽朗的歌声传过来，她无可奈何地摇了摇头。

下午一点多，鸿利酒店的客人陆续离开，梦依萍却怎么也找不到冯光军。一打电话才知道，他竟然跑到福特4S店去了。梦依萍只好作罢，独自一人打理着店务。直到下午四点多，冯光军方才返回。一回来，他就和梦依萍兴奋地谈起车来，似乎忘记了昨晚的事情。

"日本车坚决不能买！"冯光军略带歉然地看着梦依萍，"因为小日本太遭人恨了，他们把高质量的车出口欧美，而在中国生产的同一品牌日系车却偷工减料，甚至用劣质材料，虽然性价比高，但安全性能不怎么样。"

见梦依萍在认真地听，冯光军暗呼一口气，又道："在中国，比较常见的合资车还有韩系、美系、德系、法系等，他们都生产轿车和城市越野，而我倾向于越野，因为越野车空间大，通过性好，安全性能可靠，马力强劲，视线广阔，霸气威武，你认为如何？"

梦依萍没想到一个初中还没毕业的人能如此深入地了解离生活很远的车市、车况，不由地对冯光军起了赞叹之心。她认真地点了点头："我也喜欢越野，开起来应该很爽！"

妻子的认可无疑给冯光军极大的鼓励，他脱掉外套，端起前台梦依萍为他倒的一杯水，"咕噜咕噜"一气喝完，用手抹了抹嘴边的水渍，拉过一个凳子，又卖力地介绍起车来："目前，德系大众最畅销的一款越野是上汽途观。因为价位适中，也就二十多万，性价比高，质量可靠，加之口碑不错，市场销售火爆，基本没有现车，需要等几个月才能有货。如果想买，需要提前预付一定比例的车款，并加价提车。我们就不选它了，怎么样？"

听丈夫头头是道地说着，并不停地征求自己的意见，梦依萍自尊心和虚荣心得到了极大的满足，微微一笑道："嗯。"

"好！我再把其他三十万以下的越野车逐一给你介绍一番。"说完，他又端起茶杯准备喝，才尴尬地发现杯子是空的，朝梦依萍看了看，两人同时大笑起来。看着妻子笑得花枝乱颤，冯光军一阵恍惚，感觉梦依萍好久没有如此了。虽然婚后经济条件不宽裕，但两人还是蛮开心的，可是最近两三年虽然家境有所改善，两人的感情反而有些变淡，甚至常常为些日常琐事而争吵，难得有心平气和的时候。他想不明白，为此也苦恼过。很多次想和妻子聊聊，但不善言辞的他常常一开口就会触怒梦依萍。次数多了，他也只好放弃沟通，所以当孩子不在家的时候，两人各行其是，互不干涉，话也不多说一句。

"不讲了？"妻子的问话打断了冯光军的思绪，他端起茶杯又要喝水。

"烫！"梦依萍的一声娇呵阻止了他。

他面红耳赤地放下茶杯，又絮絮道："韩系越野胜达是中型车，配置好，内饰不错，但长度、高度和同类型车相比不很占优势，而且轴距不大，虽然有七座，然后备厢空间小，整体上来说，价钱偏贵。而别克昂科拉你弟弟已经买了，就不再考虑。昂科威空间小，外形不霸气，也不是我们的菜。"

"剩下就是福特了。福特越野有好几款，落地价不超过三十万的有锐界、翼搏、翼虎、江铃撼路者等。而江铃系列口碑不好，所以就在另外三款中选择。翼搏是小型越野，只好放弃。翼虎价钱稍低，故配置不是很理想。而锐界四驱较贵，落地需要三十四五万，因超标而不考虑。两驱豪锐型也是七座，裸车价二十六万多，落地不超过三十万。该车也是中型SUV，2.0T，直列四缸，动力十足。六档，手自一体变速器，好上手，比较适合你开。油耗也不高，8.7升/100公里，轴距、轮距、车门数、后备厢容积、涡轮增压的进气形式等和四驱完全一样，所以性价比很高。同时，该车内饰比途观好。总之，比较下来，我们就买锐界吧。你有什么意见？"

梦依萍摇了摇头："既然你都了解很清楚了，我没意见。可以在武汉买吗？"

冯光军立即回道："可以，不过需要一些手续。另外，三年质保期间，维护与保养必须在指定的4S店内进行，一旦我们回宪城了，还需要开到武汉。"

"那也无所谓，宪城到武汉不远。你就在最近几天去看车吧。"办事雷厉风行的梦依萍不喜欢拖延。

"对了，你喜欢什么颜色的？"

"无所谓。只要有现车，什么颜色都行，不过不选白色。越野车本来就该霸气，应以重色为佳，如此才搭调。"

冯光军深以为然地点了点头。时间已近六点，到酒店就餐的客人陆陆续续来了。夫妻俩立即分头忙于酒店事务。

第二天九点多，夫妻俩到银行取出以前零零碎碎存的款项，凑够三十万后存在同一张卡上，便坐出租到了4S店。因为冯光军昨天来过一次，所以很快就办完提车手续，打了个临时牌照，把一辆黑色福特锐界开回鸿利酒店。中午到酒店的顾客见到新车，无不向夫妻俩道贺，二人也乐呵呵地应酬着。

从此以后的空闲时间，冯光军总会开着车载梦依萍到人少的地方，教其练车。毕竟，梦依萍自拿到驾照一年多以来就再未驾驶过车。所幸，梦依萍悟性很好，很快就熟悉了自动挡车的操作流程，虽然倒车入库很让冯光军看不上眼。而冯光军自有车后，也是常常开车到处游逛、聚会，显摆和暴发户的味道颇让梦依萍反感。梦依萍虽劝说丈夫几次，但收效不大。好在冯光军的行为并不是很过头，梦依萍也就听之任之了。

一天晚上，酒店打烊之后，冯光军载着梦依萍，把车开到一段快要竣工的公路上。猛然的加速与拐弯，让坐在副驾驶的梦依萍重心偏移，头有些晕眩。她扭头看向仪表盘，惊讶地发现已近140码！她朝冯光军尖叫道："你疯了吗？开那么快干吗！"

冯光军开心一笑："要的就是这种感觉，哈哈……还记得我们一起看过的电影《速度与激情》吗？和他们相比，这点速度算什么？哈哈……坐好了，我要继续加速！"脚底下的油门在下压，仪表盘的指针快速爬升，引擎的轰鸣声越来越大，车子如离弦之箭，高速飙出。梦依萍的叫声更增添了冯光军的兴奋，车速越来越快。

兴奋中的冯光军突然发现路上有物体在移动，便赶紧来个急刹。轮胎摩擦地面的"嗞嗞"声和巨大的惯性，不仅使自己头部前倾，差点撞到前挡风玻璃，梦依萍也是。当车停下的时候，梦依萍的心脏仍然在剧烈地跳动，紧张得一句话也说不出来。手机脱手而出，冲向前台储物盒，"咣当"一声撞击后，四分五裂，散落到脚下。看着妻子面色苍白地靠在座位上，冯光军惶恐不安。向前一看，只见雪亮的灯光下，一条野狗四肢痉挛地躺于地下。隔着车窗，仍然能听到车头前面降温风扇高速旋转的声音，夜更加寂静。灯光里的浮尘打着漩涡一圈圈飘飞而过，尚未休息的少量夜虫无力地飞舞着。梦依萍内心异常愤懑，可她压下了即将爆发的怒火，半晌方不咸不淡地说："回去。"

冯光军赶紧调了车头，稳稳地驾驶着，穿行在茫茫的暗夜中。回到家，冯光军连忙道歉，而梦依萍始终不发一言。那一夜，梦依萍做了个噩梦。在梦中，她先看到一摊鲜红的血迹，然后依稀见到燕舞扬从旁边走过，可是燕舞扬的面目十分模糊，看不清楚。她想追上去看个究竟，却怎么也撵不上。她就不停地追啊，追啊。拐个弯，她再也看不见燕舞扬了。气喘吁吁中，梦依萍无力地靠着一棵树号啕大哭。响亮的哭声惊醒了冯光军，他赶紧打开床头灯，叫醒了梦依萍。梦依萍茫然若失地醒来，看了看丈夫。冯光军着急地问道："你做噩梦了？"

梦依萍"嗯"了一声后，一脸呆滞。

冯光军又问："做的是什么梦？"

梦依萍擦拭着犹然挂于腮边的眼泪，回忆着刚才的梦境，搪塞道："我忘记了。睡吧，把灯关了。"

冯光军依言关灯，不一会儿就鼾声如雷。可梦依萍翻来覆去再也睡不着，脑海中总是出现和燕舞扬在一起的点点滴滴，出现儿女的欢笑声，出现冯光军飙车时候的激情，出现和丈夫争吵的场景，出现血流满地的野狗……

第二天，梦依萍病倒了。卧于医院中，她憔悴不堪，感觉生命的脆弱和生活的无聊，甚至产生了厌世的念头。酒店不再营业，冯光军奔前忙后，照顾着梦依萍和孩子。他心里明白：梦依萍的病多半与自己飙车有关。虽然梦依萍没说，但他内心了然，故而尽心尽力地照料着梦依萍。一周后，梦依萍痊愈，但内心却好像失去了什么。

第四十七章　遭遇车祸

掏出手机看了看，再过半个多小时就是五月十九日了。燕舞扬想：该走了，虽然明天是周日；因为两个孩子尚未成人，需要足够的睡眠时间，而白天小区附近在施工，噪音太大，根本无法休息。于是，他朝正在沉迷于打麻将的木子和另外三个同样来自宪城的同乡说："时间不早了，这一局结束之后，再玩最后四局就结束，怎么样？"

"着什么急？明天我们不上班，孩子不上学的，多玩一会儿嘛！"赢了钱的单芳高声道。

"就是，是不是因为木子今晚输太多了，而让你担心啦，老燕？"赌瘾特大的章莺随声附和着。

"我看不是，大概是因为老燕冷板凳坐得太长了吧，哈哈……"年纪不到三十岁却早已秃顶的余斌嘴不留情地朝燕舞扬腻歪道。

余斌的话刚落，包括燕舞扬在内的所有人都大笑不已，震动的空气嗡嗡作响。唯木子除外，因为她正专注于自己的牌面，思考如何打出一张别人不要又对自己有利的牌。半晌，木子打出个二条，对面的余斌立即推倒自己的牌，兴高采烈地说："胡了！清一色兼七小对！哈哈……这一下木子输多喽，哈哈……"

因为是清一色，所以其他两家也要多付三份奖励钱，惹得他们一连声地埋怨、挑剔木子："怎么应该打这张牌！你没看见余斌在做清一色？"

"一条出来完了，三条也没有了，很明显他在等二条嘛！"

"哈哈……我只能胡二条了，而且二条是绝张子，哈哈……不错，不错！"

……

木子被吵得头昏脑涨，摇了摇手，辩驳道："就你们聪明！你们来看看我的牌，个个都是事后诸葛亮！"

嘈杂的声音随着木子的牌落桌面而变得寂静。众人一看：原来木子只能打这张牌！因为打了二条后木子才能凑齐牌，才有赢的机会。看完牌后，众人表情颇有些不自然，讪讪中敲着麻将，再没人出声指责或者揶揄木子了。

一番算账找钱之后，麻将继续进行。坐于客厅一旁沙发里的燕舞扬时而百无聊赖地翻看着手机电子书，时而陷入沉思。望着窗外沉静的暗夜，燕舞扬突然感觉十分孤独，那种稠人广坐之下的孤独。燕舞扬的思绪不时被单芳卧室中传出的孩子们欢快的笑声打断。他们在疯狂地玩着手游、网游。另外三个未打麻将的成人则倒茶送水的倒茶送水，看电视的看电视，陪打的陪打。快乐是他们的，自己什么都没有，燕舞扬似乎有些厌世。

四局之后，困倦不堪的燕舞扬见四人赌性犹酣，便站起打了个长长的哈欠。透过窗户，俯瞰着城市的万千灯火，燕舞扬意兴阑珊，决意带着孩子先行离开。于是，他走到卧室，喊出燕秋生和木苔，和其他人打了声招呼后就下楼了。

甫一下楼，珍城特有的高原气候立即体现。虽已五月下旬，但夜晚的温度奇低。微风中，燕舞扬紧了紧外套，并提醒跟在身后的孩子穿好衣服，然后出单芳家的小区，朝公路对面走去。

公路上已不见了行人。穿越珍城市区的火车铁轨基柱，矗立于暗黄色卤素路灯之下，投射出巨大的暗影。"什么设计啊？竟然没有人行横道！看来只能选择较近的路口到对面了。"燕舞扬嘀咕道。他向路两边看了看，没有车辆，也没有行人。于是，他朝身后慢腾腾地走着的两个孩子招呼了一声，便踏上公路，欲横穿而过。

突然，一辆小型皮卡车顺坡形公路从左侧面拐弯后急驶而来。已经走到公路中间的燕舞扬进退两难：往前走，车可能会撞着孩子；往后退，车势必撞向三个人。在万分危急的情况下，燕舞扬只好站在路中间，朝车和孩子大声喊

"停"，并极速挥动着双手。孩子惊慌失措地停在了路边，然而高速行驶的皮卡却没有减速，迅疾撞向了燕舞扬。

"哐"一声巨响，燕舞扬感觉喧嚣的世界瞬间静了下来，自己则如一只没有丝毫重量的蝴蝶轻快地飞向空中。冰冷的金属味道长久地停留在他的脑海中，昏黄的路灯交织着巨大的基柱暗影，飞翔在燕舞扬的视野中。腹部有些疼痛，然飘飞的幸福感和战栗感冲淡了一切。人生、忧伤、结婚、牵手、别离、寂寞、孩子、前程……种种纷繁的念头一一涌现在燕舞扬心中，如蒙太奇一般，那么清晰、那么长久，又是那么短暂。

雪白的车灯刺激着燕舞扬似乎已经麻木的神经，他竭尽全力想看清孩子，可无论如何也看不见。嗓子有点淡淡的咸味，如上中学放假回去后母亲炒的菜。他想喊孩子，可是嗓子似乎堵上了，再也发不出声。燕舞扬挣扎着，无力地挥舞着手臂。皮卡车引擎发出的持续不断的轰鸣声不遗余力地盘踞在燕舞扬的耳朵中，仿佛整个世界只有这种声音，令他烦扰，让他痛恨，使他如坠冰窟，浑身发颤。

"扑通"一声钝响，燕舞扬的左膝首先触地。巨大的疼痛如滔天的洪水一般，瞬间淹没了他已经疲惫不堪的思维，完全覆盖了刚刚撞击过的胸腹之痛。他的大脑顿时一片空白，什么都消失殆尽，如暴雪后的茫茫天地，苍白、寒冷、寂灭。脑袋后仰，他徒然地尝试着用双臂去平衡已然失控的身体。他现在才发现：平时本来很容易完成的动作，现在却万分艰难，似乎有一种力量在耗散着潜藏于筋肉间的气力。

终于，他的左手触到了地面，微一借力，左侧躯干首先着地。巨大的惯性冲击他向前滑去，冰冷的地面好像升了温，高速的移动渐渐慢了下来，直至静止不动。有那么刹那，整个时空都安静了下来。散发着寒光的稀疏星辰，青一块、白一块的夜空，昏沉沉的路灯，巨大的暗影，一一闪现在燕舞扬已然有些模糊的视野中。极度疲倦的睡意袭上心头，燕舞扬渴望着大睡一场。他终于闭上了双眼。

再次醒来的时候，燕舞扬朦朦胧胧地感到有人在摇晃着他的身体，还隐隐约约地听到依稀的哭声。摇着他的人是木子吗？哭着的人又是谁呢？燕舞扬想极力分辨出来，可是不论如何努力，他总是做不到，漫卷整个身心的疲惫感让他再次睡去。

可是仅仅睡了一会儿，他又被摇醒了。我睡在哪里？为什么那么多人在附近？叽叽喳喳地吵什么？谁还在哭，好烦啊！真的好累，好困啊！能不能让我休息一下呢？哦，哭着的人好像是木子和孩子。唉，哭什么呢？他想说话，一张嘴，发现自己都听不清自己的话。燕舞扬想抬起手，去示意妻儿不要哭，可是就是没有力气。他想睡，便不管不顾地睡着了。

又醒了，唉……怎么颠簸得那么厉害！燕舞扬头痛欲裂，似被疾转的钻头穿凿着。他想弄明白到底发生了什么。于是，燕舞扬调动全身的力气，想睁开眼，却无法做到，眼皮颇有千钧之重。他只好收拢起已经散漫无序的注意力，极力去捕捉外部的声音。

"尽量弄醒老燕，不要让他睡着了。"

"下坡了，注意平衡，防止舞扬摔下担架。"

"速度快点，不然最佳抢救时间会错过！"

……

燕舞扬一会儿清醒，一会儿又迷迷糊糊地睡去。口音熟悉，但就是记不起来是谁。

恍惚中，一切安静了下来。燕舞扬忽然感觉心脏处阴气森森，冰凉一片。一会儿，沉重的眼皮被拨开，刺眼的光亮晃了晃。随后，门被关上，一切陷入死寂。疲倦如决堤的洪水般再次袭来，燕舞扬终于可以安睡了。

他再次醒来，天已经亮了，估计是五六点吧。细一打量，燕舞扬方知道自己已被送到了医院。他深吸了一口气，脑海中只记得昨晚一小部分片段。他想弄清楚前因后果，但看到满脸憔悴趴于床边的木子，又忍住，没有打扰有着轻微鼾声的妻子。

他想翻个身，以缓解睡姿给身体带来的不适。可是刚刚一动，燕舞扬感觉周身就疼，尤其是左腿膝盖处。不仅如此，他发现自己竟然移动不了左腿，稍一动弹就痛入骨髓。或许是骨折了吧，他暗自纳闷道。

无奈之下，他只好眼睁睁地看着天花板：孩子的学习如何安排？何时才能回到正常的生活轨道？工作怎么办？木子如何处理工作、家庭、生意、孩子的一系列事情？打印店的生意继续不下去了吗？该不该和爸妈讲自己遭遇车祸的事……一个个细小而现实的问题纷纷涌入燕舞扬的脑海，一时间竟理不出个头绪。他茫然无序地思考着，头有些痛。

病房的门被推开，女护士走了进来，打断了焦虑中的燕舞扬。木子和病房中的其他人都从沉睡中醒来。护士直接来到燕舞扬病床前，测血压、量体温，并叮嘱体检后才能喝水进食。木子一一地默默应了，而燕舞扬无言地看着。他明白，木子有很多话想冲他发泄，内心的怒火应该也在熊熊燃烧。于是，欲言又止的燕舞扬选择了沉默，他想让彼此冷静下来。

八点多，主治医师带着助理、护士、实习生检查病房。在询问了燕舞扬和值班护士后，便安排了一系列的检查项目。不久，肇事男司机出现。互相寒暄之后，燕舞扬仔细打量了一下这位李姓司机。中等偏上的个头，面黑微须，一望而知是位社会经验颇为丰富的人；语言不多，但思维极为清晰，为人低调内敛。初步了解后，燕舞扬得知：对方是一位商人，开了一家公司，从事农业器械的售卖，而车子则投了全险。木子和司机一块儿前往医院相关部门交费，办手续。随后，燕舞扬躺在轮式担架上，被推往各个科室去进行检查，直至十点多才结束。

回到病房，在司机搀扶下，燕舞扬一瘸一拐艰难地挪移到了洗漱间，方才发现竟然咯了血。他暗想：难不成内脏也出问题了？燕舞扬深吸了一口气，再缓缓呼出，然后细细内视与感知，却并未发现异样。但愿不要出现内脏问题！不管怎样，下午就有了结果，现在担心也没用。燕舞扬动动头，似乎想把脑海中不好的情绪全部清除。

下午两点多，检查结果出来，果不其然，燕舞扬左腿膝盖处骨折。万幸的是其他部位一切正常。两天后，燕舞扬进行了骨折手术，左腿被植入金属板。术后的一个星期，燕舞扬就在输液和生不如死的疼痛中度过，身体也迅速消瘦。随后长达两个多月的康复更是让他对健康有了深切的认知。

第四十八章　祸福难判

病房中浑浊的空气飘忽在每个角落，让人有些不舒服。阳光艳若鲜花，盛开在几米远的窗外，触手可及，可这对骨折了的燕舞扬而言却是远若天涯。唉，何时才能自由自在地行走在阳光之下，呼吸一下清新的空气？曾经因忙碌或不珍惜而被自己忽略的平平常常的东西，现在却变得如此重要，如此想得到和拥有，难道这就是骨折给自己带来的启示？他隐隐约约地感觉到这个想法似乎与自己曾经经历过的什么事情有些相似之处，还未仔细梳理，木子就提着饭盒走进来了。

收回神思，燕舞扬挣扎着坐起，默默地吃着饭，木子也一声不吭。见气氛压抑，他轻声问道："孩子中午怎么安排的？"

面容晦暗的木子用干涩的眼睛瞄了他一眼，透露着些许的无力和浓重的无奈。她的手并未停下，继续收拾着燕舞扬刚刚吃过的饭菜及用过的碗筷，半晌方不无担忧地道："我既要上班、买菜、做家务，处理打印店的事情，又要给你送饭，我已经顾不上了。很多时候，我只好给两个孩子一些钱，让他们在学校附近吃。我……"

说着说着，木子便眼圈一红，哽咽出声。燕舞扬看着一脸疲倦的妻子，眼睛似乎飘进了灰尘，涩而微酸。如果不出车祸，木子能这么累吗？家里能乱成一团糟吗？如不急着带孩子回去，或许不会发生车祸吧。一想到那天晚上的车祸，恍若昨日，不禁有些后怕，左腿似乎更加痛。而那些本应该自己去面对和处理的一切，如今都需木子去承担。想到这里，燕舞扬看了看妻子，抽了一张餐巾纸递过去。木子默默地接过去，转身坐到燕舞扬身边。燕舞扬拍了拍妻子的肩膀，紧紧地握住对方冰冷的手，充满愧疚地道："对不起……让你受累了……悠着点，不要着急。现在是特殊时期，生意就不要做了……"

木子一怔，摇一摇头道："嗯，你好好养病，我累点没关系。尽快恢复，早点出院，才是你现在考虑的。有时，我在想，如果车祸中你真的离开了我，这个家就没了。老天保佑，你还活着，一家人还能够生活在一起，我也有了主心骨……至于生意，你难道不知道现在是毕业季？打印的人很多，我还是凑合做吧。"

燕舞扬无助地看着固执好强的木子，内心叹息一下，不忍拂逆妻子，便道："好，好，你只要感觉不累，就继续做吧。不过，我最担心你的身体和孩子的学业。如果因为我和生意累坏了你，而两个孩子可能会误交不正当的同学或者朋友学坏了，那就后悔也来不及呀……"

木子沉思着，走廊上传来的痛哭声也没有打断她的思绪。燕舞扬注视着表情变幻不定的妻子，并没去打扰。半晌，木子方说："我会注意自己身体的。至于孩子，我担心的是儿子中午会不会进网吧，外甥女会不会到处游逛被人骗，被人欺负。"

两人一阵沉默，怔怔无言。空气中流淌着一股股药味，还有忧伤。良久，燕舞扬才道："以后让肇事方在附近买饭给我，你不用为我送饭，中午就有时间照顾孩子了？"

木子思考一下后道："也好。"空气中的忧伤似乎淡了一些。

一番沟通之后，接着的两个星期，肇事方便派了一名年轻男性职员来照顾燕舞扬的饮食起居。但不知什么原因，胃口很好且从不挑食的燕舞扬总是吃不惯买来的饭食，常常吃一半就丢了。不久，燕舞扬消瘦得更厉害，康复的速度也明显下降。主治医生了解了情况后，便把木子叫到办公室，叮嘱其克服困难，继续送饭。一切又回到了从前，燕舞扬无言又无奈。

两个孩子的教育及管理再也跟不上了。燕舞扬担心的问题终于出现：背着父母，曾经积极上进的儿子燕秋生真的开始利用中午时间出入于学校附近的网吧，迷恋上了网游，并逐渐养成了撒谎的坏习惯。当燕舞扬知道这些的时候，已经是几个月以后的事情了。那是燕舞扬刚刚出院不久，无意中从儿子最好的玩伴处得知的。为此燕舞扬一方面收紧了儿子自由时间的安排，另一方面安排更多的作业给儿子。可收效不大，毕竟管住了人，管不住心。儿子的成绩忽上忽下，父子间满满的信任和平心静气的交流日渐稀少。反过来，这也成了燕舞扬夫妻俩那几年常常争吵的导火索之一。所幸，随着儿子年纪的增长和燕舞扬持续不断的努力，燕秋生并未走上不归路，其语言表达、待人接物和为人处世仍是超过诸多同龄人。

"舞扬，出院了？感觉怎么样？事情都处理好了吧？"健谈的南宫飞雪连珠炮地问着。

躺在卧室床上的燕舞扬并没有立即回答问题，而是让木子沏茶招待南宫飞雪。一番谦让和忙碌之后，燕舞扬方回道："谢谢南宫主任的关心！也因耽误了工作而向你道歉！"

南宫飞雪连忙摆手，燕舞扬续道："前天刚刚出院，康复比预料的要好。至于和肇事方那边的事情尚未有眉目，好在对方比较讲理，又有保险公司介入，事情应该好处理，因为有相关规定。"

南宫飞雪点点头，保养姣好的面容浮现出职业般的笑容："很高兴听到这些消息，看来下学期你可以继续上课了。"

"应该没什么问题，虽然现在还拄着双拐。我会继续抓紧锻炼，让身体尽快康复的！"燕舞扬自信地道。

随后，二人又聊了一些其他话题，南宫飞雪便告辞而去，燕舞扬则开始了几十天不变的康复训练。送走南宫飞雪，妻子细心地照料着："你感觉南宫这个人如何？"

他停下锻炼，歪着头想了想："还不错！"想到在遭遇车祸的这段时间里，同事、学生等不停地看望自己，燕舞扬内心感慨万千，至少让他看清了自己认识的人的处事态度。要认清一个人，必须看这个人做事的态度和方式方法，而不仅仅是听其言；在一定程度上，观其行更为重要。

"经过这次车祸，希望你以后不要太在意别人，毕竟这个年龄了。身体和家人才是最重要的……"听着妻子的话，燕舞扬倒有些意外，没想到，学历不高的木子竟也能有较高的生活智慧。是的，身体健康最重要。名利地位对于健康者或许是最重要的，然健康一旦失去，这些想法将会完全改观。伴随健康失去的不仅仅是生活质量，还可能会是亲情、友情，甚至是活下去的勇气和尊严。只有自己健康了，才可能让自己活得开心、活得有质量、活得有滋有味，虽然心中可能会有种种缺憾。只有自己健康了，你才可能会给家庭带来幸福、带来快乐。久病床前无孝子、无爱妻、无密友，确也适用绝大多数人。

"嗯，你说得有道理。我以后会注重的，你也要注意。"燕舞扬透过窗子，看着仍然青葱的草木氤氲在薄薄的细雨中，心思有些飘忽。

只听木子絮絮道："因为你，我们一家这几个月哪也没去，像坐牢一般……"

"额……"燕舞扬浑身燥热，无言以对。是的，对人而言，自由太可贵。住院实际上就是坐牢，甚至还不如坐牢。因为住院的人不仅要忍受各样的手术之痛，输液之苦，吃药之虐，还备受身心的煎熬，圈禁于病房，丧失了人身自由。看窗外飞鸟翱翔蓝天，听房外市声喧嚣，熬日复一日病房单调的孤寂，总让你心灰意冷，魔障丛生。夫妻俩正有一搭无一搭地说着话，突然传来了敲门声。木子透过猫眼，发现竟然是燕舞扬在介水高中的同事龙飞。龙飞在燕舞扬的鼓励之下也考上了复旦大学硕士研究生。毕业后，在燕舞扬的引荐之下，龙飞便来到了珍城大学工作。

一番客套之后，燕舞扬停下训练，与龙飞聊起天，方才得知：在他住院期间，龙飞买了一辆雪佛兰轿车。而龙飞的观点让燕舞扬深以为然——走在路上，和车相比，行人总是处于弱势，受伤害的永远是手无寸铁的路人。

燕舞扬心道：看来自己无论如何也要拿到驾照，买一辆心仪的家用小汽车，而且越快越好。

为了不让已经年迈的父母牵挂，自出车祸以来，燕舞扬仍然按照之前的节奏和频率给父母打电话，绝口不提住院之事，直至完全康复。燕舞扬完全扔掉双拐是十月以后的事了。和同病房的其他病友相比，燕舞扬康复非常顺利。这得益于他乐观的心态，广泛搜集资料后根据自身情况而设计的康复计划并长期坚持训练。

扔掉双拐之后，接受从事保险工作的兄弟建议，燕舞扬到珍城市伤残鉴定中心进行了鉴定，结果是九级伤残，倒也为他争取了一些赔偿。和肇事方协商赔偿事宜的时候，对于赔偿的多少，燕舞扬倒也没放在心上。因为他心里有个底线和标准：一切都按照国家和地方的相关规定去做即可，没必要纠缠不休。而肇事方的积极主动使得事情很快处理完毕。

随后，在燕舞扬的动员之下，他和妻子一起来到驾校报名考取驾照。没承想，欲考者众，倒给燕舞扬一个不大不小的打击。驾校给的答复是等候通知，让其哭笑不得。夫妻俩只好打道回府，耐心等待。坐在公交车上，燕舞扬看着路上车来车往的景象，心想：看来今年买车的愿望实现不了啦！

直到第二年年中，夫妻俩方接到通知。科目一倒很简单，为理论考试，是机动车驾驶证考核的一部分，考试内容包括驾车理论基础、道路安全法律法规、地方性法规等相关知识。考试形式为上机考试，100道题，90分及以上过关。

了解了基本情况之后，燕舞扬向同事咨询后，便和木子在手机上下载了一个考试测试软件——驾考宝典，利用空闲时间学习并自测。一个多月后，夫妻俩顺利过关。可是科目二却并不那么容易。因为该科目又称小路考，是场地驾驶技能考试科目的简称，小车C1、C2考试项目包括倒车入库、侧方位停车、坡道定点停车和起步、直角转弯、曲线行驶五项必考。那一段时间，夫妻俩和另外两个学员在同一个教练的指导下学习。早八点到，晚六点结束，风雨无阻。好在恰好是假期，两人无需向单位请假，而燕秋生和木苔则自己在家做饭、学习。

燕舞扬很快掌握了驾驶要领，但木子却遇到了不小的挑战。由于教练的凶悍和暴躁，木子不停地受到指责，自尊心备受打击。越是受到嘶吼，木子越是紧张，驾驶状态自然不佳。坐在后排的燕舞扬也爱莫能助。如果自己是教练，是不是也是如此对待学员的？如果会驾驶，谁还掏五千元来听你指责和嘶吼呢？燕舞扬一边听着教练毫无耐心的说教与啰唆，一边反思着自己。该如何帮助木子？毕竟作为丈夫，教练对妻子的指责让他很是不爽。终于，木子学车拿驾照的信心和耐心丧失殆尽。燕舞扬一边安抚情绪低沉的妻子，把自己的驾驶体会告诉她，另一边则上网找驾驶视频资料，让木子反复观看，并揣摩驾驶要领。同时，燕舞扬通过自己在单位党政办工作认识的车队同事，联系陪驾。自那以后，每天六点培训结束，燕舞扬又带着木子到陪驾训练营，继续练习一个小时。苍天不负有心人，一个月后，夫妻俩顺利通过科目二的测试。科目三虽简单些，但为了确保过关，燕舞扬找来龙飞，让其利用闲暇时间对木子进行专门培训和辅导，自己则偶尔上车练练手。又一个月，夫妻俩的科目三路考考试毫无悬念地通过。木子的信心逐渐恢复，脸上也有了笑容。而剩下的考试倒没有挑战性。

两个月后，燕舞扬夫妻俩终于拿到驾照。领驾照的那天上午，看到站在旁边的木子高兴得合不拢嘴，燕舞扬心中也很开心。年底，夫妻俩从上汽大众4S全款开回一辆近三十万的途观，让珍城大学诸多同事艳羡不已。若干年后，木子一回想学车的经历，总不会忘记燕舞扬的鼓励：信心和勇气在一个人成长的过程中是多么重要啊！

七八月的武汉经常一丝风也没有，亮蓝色的天空仿佛琉璃般锃亮，常常从上午八点多开始，如火的烈日便高悬天际，散发着凶猛的活力，炙烤着每一个人。动辄一身汗，让人们躲进有空调或电扇的超市、办公室或家里。然而，时间一久，各样空调病便层出不穷——恹恹欲睡、嗜睡胸闷、头昏脑涨、食欲不振等。因此人们白天外出聚餐的少，而晚上吃大排档的多，导致酒店生意清淡，鸿利酒店自然也不例外。

已经营近两年酒店的梦依萍自然明白其间原因。她一方面按时营业，勉力维持着现状，添置了些大功率空调，另一方面则调整菜谱，多上一些清淡败火、调味养生的新鲜菜品，并降低价位，以增加吸引力和回头率。这些措施倒也起到了一定的作用，使得鸿利酒店营业额远远超过同等规模的餐饮店，但仍然无法和春秋冬尤其是秋冬二季相比。对此，冯光军倒是满肚子意见，嫌梦依萍自找苦吃，几次三番让酒店关门歇业，惹得梦依萍老大不高兴。

一天中午，吃过饭的冯光军见酒店只有一桌客人，便欲出门。站在前台的梦依萍立马高声叫住冯光军："嗯！又想溜？"

冯光军一听，心里很是不爽，便恶声恶气地回击道："什么叫溜啊！我这不是正大光明地走吗？说话真是难听！"

梦依萍一愣，万没想到丈夫竟然如此霸道，登时俏脸一寒，怒气勃发："冯光军，你自己好好想想，当初你是如何答应我好好待我的！你……自从买车以后，你总是隔三岔五借口出去，你到底想干什么……你……"说着说着，梦依萍眼圈一红，眼泪竟不由自主地掉了下来。

冯光军心情复杂地看着梦依萍，可是不知为何，最近一段时间他也心烦意乱，总想出去走走，和朋友们一块儿聊聊，然而梦依萍却一点也不理解。心中的火星似乎被烈日引燃，不管不顾地回敬道："怎么了？我对你怎么了？从结婚到现在，我自问对你非常非常好！家中的一切都是你做主，经济大权由你掌握，你还让我怎么做？你说啊！"

梦依萍越听越气，没想到这些年的默默付出竟落得个独断擅权的罪名，俏脸渐渐一片冰寒，遂边哭边骂："你个没良心的东西！没想想结婚以来，你为这个家带来了什么……两个孩子你不领，孩子学习你不操心，生意你做不成，你还有脸说我！你……"

就餐中的几个朋友被夫妻二人不加掩饰的吵闹声惊动，纷纷出包房来劝解："冯老板，不要冲动，生意场地不宜生气吵嘴，以免破坏财路。"

"光军，少说两句。男子汉大丈夫，不要算倒账嘛！"

"一日夫妻百日恩，何必说那些伤感情的话？你们都消消气，冷静冷静吧！"

……

不很熟悉的客人看着面容姣好的梦依萍一脸梨花带雨的模样，很是同情，也没想到这个看似温柔的女子如此彪悍。哪知不劝还好，越劝冯光军越来劲，好似嗑了药一般，涨红着脸，吼叫着："我就想吵架，我就想算旧账，我不需要冷静，怎么啦！你们不要多管闲事。红丽，你有本事，好！你不让我出去，我偏出去！"

说完，冯光军拿起桌上的车钥匙便朝外走去。劝架的熟人怔了怔，尴尬地笑着，劝也不是，不劝也不是，不禁摇着头，立在一旁。见此情景，浑身发颤的梦依萍朝着他的背影咬牙切齿地高叫道："冯光军，有种你以后就不要再回来了！你……你……"

愤怒已极的她，俏脸赤红，顺手拿起茶杯，穿过前台，狠狠地朝冯光军扔去。"嘭"的一声，杯子在冯光军不远处碎裂。碎片在烈日下璀璨夺目，一晃一晃地刺激着在场的每一个人，似乎有什么东西也在梦依萍的心中慢慢碎掉。

终于，冯光军头也不回地消失在人们的视线中。客人们何时离开，梦依萍并不知道。良久，她方才强制自己定了定混乱疲惫的心神，含着泪让服务员打扫了一下房间和餐桌，让厨师把剩余的菜肴放入冷柜，然后给他们放了假。锁上门之后，万念俱灰的梦依萍戴上太阳帽和墨镜，骑着电瓶车回到了租住房。

回到家，疲倦的梦依萍把门反锁，便瘫软在沙发上。汗似一股股溪流从身体里奔涌而出，如她止不住的眼泪。热烘烘的空气包裹着梦依萍潮湿的身体，她突然感觉世界如此灰暗和无奈。微信、QQ不时发出的提示音让她心烦意乱，掏出手机关上机后，颤巍巍地站起，打开空调，脸也没洗，汗也没擦，就无力地躺到了床上。她知道：两个已经放假的孩子在姥姥家，不到万不得已是不会回家的。

凌晨三点多，好不容易睡着的梦依萍被一阵砸门声吵醒，她知道是冯光军，但就是不开门。梦依萍睁着眼，看着窗外的夜空，想到自己从小被亲生父母送给大姨，上大学谈恋爱却无疾而终，结婚生子付出十几年美好青春后又落得个如此下场，不禁悲从心来，眼泪一颗颗掉了下来。

和冯光军交往的一幕幕闪现在梦依萍的脑海中。因为邻村，梦依萍小时候就和冯光军认识，不过没有什么交往，毕竟他比自己大了好几岁。因为小学、初中在武汉上，更是没什么交集，最多也就是逢年过节偶遇一下。没想到大学谈恋爱失败，爸妈勒令自己退学，不久就和冯光军结婚生子。自己一心一意和他生活，全心全意对他和这个家，而今他却是如此待自己！

唉，是我自己选择错了，还是爸妈把自己害了？梦依萍边想边流泪。或许一切都是错的，一切都是个圈套！如果自己坚持上学，坚持和燕舞扬在一起，或许一切都不一样了。燕舞扬，燕舞扬！这个让梦依萍一生改变了的人，陡然跳进她的脑海里。似万箭攒心，她失声痛哭。空调制冷的轰轰声也掩盖不了梦依萍哀婉的哭声，不很宽敞的出租房成了声调单一的八音盒。

舞扬，你在哪儿？你个狠心的人啊！你能感受我的心痛吗？你知道我是多么多么爱你吗？当初对你的冷淡，是因为爸妈的劝说。说你家穷，说你没有前途，说你是仇人之孙，跟着你会受苦一辈子！怪我怪我啊！我如果能坚持下去，我会和你在一起的，可是……可是……唉，都怨我自己，最后一次见面，为什么不告诉你妈妈已经同意我们在一起了呢？！梦依萍头痛欲裂。

梦依萍突然想到爸爸对自己的苦心。那是正常父亲可能都会做的，可从另外一方面何尝不是个欺骗和陷阱啊！结果生生地逼着自己离开了深爱着的人！或许燕舞扬现在活得自由自在、滋滋润润，毕竟她了解这个自己曾倾尽所有去爱过的人——善良包容、好强上进、积极进取。和燕舞扬分手后，虽然再也没有与其见面，但自己还是从闺密陈新枝处零零星星地获知了一些他的消息——几年前，燕舞扬考上研究生，离开了介水镇，离开了宪城。至于他到何处去工作，则莫衷一是，众说纷纭。

莫欺少年穷！这些年，梦依萍看过的影视剧中经常出现这样的主题。或许用在燕舞扬的身上最为合适。如今自己相夫教子，嫁为他人妻，再也没有机会与燕舞扬厮守。梦依萍想一会儿，哭一会儿，又迷迷糊糊睡去。

不知何时，梦依萍浑身一颤，醒了过来。摸摸脸，发现自己泪痕犹在，左腿被压，竟隐隐作痛。打开手机一看，已是凌晨四点多。上百条信息中，竟然没有冯光军的一条，让梦依萍愤恨不已。她强撑起来，扶着墙，到卫生间勉力洗了个澡，头却始终昏昏沉沉。随后，梦依萍喝点水，又躺到床上。定定地看着天花板，梦依萍想起了孩子。

十几年来，冯薇薇和冯异天成了自己最大的牵挂。孩子们的一颦一笑和每一个细小的进步都让自己欣慰。虽然冯光军不怎么操心孩子的事，但她清楚丈夫还是顾家的，还是爱着孩子们的。不过，冯光军不善言辞、不善沟通，有时不能体会梦依萍的心情，也照顾不了她的情绪。因为嫁给他的时候自己与燕舞扬同居过，虽然冯光军明确表示不在乎这个，可是自己总是感觉对不起丈夫。这个心结始终纠缠着自己，由此导致自己对冯光军诸多看不顺眼的地方只好睁只眼闭只眼，包容乃至纵容他的恶习、错误、不良嗜好……结果呢？自从买车后，冯光军总是找种种借口抛下自己，独自离开酒店，离开家。回来时，冯光军身上常常还残留着烟味、酒味，甚至香水味，让梦依萍大为恼火。为此，夫妻俩常常争吵不休。难道真应了那句话：男人有钱就变坏？

梦依萍猛然从床上坐起，杏眼里喷射出灼热的怒火，两手紧紧地攥着，指甲仿佛要陷到肉里。该怎么办呢？

第四十九章　裂痕渐现

赌气离开的冯光军快步走向停车场。坐到车里后，他深深地呼出了一口气，汗已经爬满了略微发胖的身躯。空气有些滞闷，他发动了车，把制冷阀门拧到了最大。制冷系统的噪音让他心烦意乱，他不停地敲打着屏幕，寻找着可以播放音乐的车载收音机调频波段。恰好一段熟悉的旋律出现了，那是他唱得最拿手的《你的眼睛背叛了你的心》："别装作仍然温柔／别装作一切平静如旧/我们曾捱过了多少个年头/了解你不会不算足够/请原谅我的坦白/别以为我什么都不明白/感觉渐渐缺少的一点点/告诉我你都已经在改变/你的眼睛背叛了你的心/别假装你还介意我的痛苦和生命/还介意我的眼泪/还介意我的憔悴/还骗我一切不愉快都只是个误会/你的眼睛背叛了你的心/为何不干脆灭绝我对爱情的憧憬/让我尽情的流泪/泪干了不再后悔/让我知道爱上你是最失败的误会/别装作仍然温柔/别装作一切平静如旧/我们曾捱过了多少个年头/了解你不会不算足够……让我知道爱上你是最失败的误会……"

1996年，这首曲子便流行于歌坛，一次逛商场的时候，冯光军偶然听到。忧伤迂回的节奏和郑中基深情的演绎击中了当时正陷入了感情低潮的他。后来他专门到音像店买了一张郑中基的专辑《左右为难》，并潜心学唱这首歌。近二十年过去了，冥冥之中，他再次重温了这首曲子。然而，物是人非，自己曾经的初恋，那位迫于家庭压力而与自己分手的武汉姑娘，早已嫁人并为人母，而自己已是两个孩子的父亲。

收音机中的歌曲早已换成了吵人的广告，他关上收音机，抽出一支烟，点着后，又陷入了沉思。烟雾弥漫中，往事如潮水般漫卷开去。与梦依萍结婚以来，他努力忘记初恋，全心全意待梦依萍，和梦依萍一块儿奋力打拼。无奈自己才疏学浅，能力有限，诸多生意都无很大起色，直到梦依萍主张开设酒店，年收入才渐渐突破三十万。

"唉，我今天怎么了？"冯光军自责地叹息了一声，狠狠吸了一口烟。烟雾缭绕中，红而肥胖的面颊有些灰白，近四十岁的身躯已有些臃肿。一阵电话铃声打断了他的思绪，是铁哥们，他无力地问道："喂，猴子，什么事？"

听着冯光军有气无力的声音，猴子连忙道："兄弟，遇到了什么事？是酒店遇到地痞流氓了？需不需要我带一批人过去？你……"

冯光军一听，赶紧截断："不是，不用。你说一下，你有什么事？"

"嗨，能有什么事！过来一块儿喝喝扎啤，吹吹牛皮呗！"

"行，告诉我地点和时间。"

"老地方。现在来更好，三缺一。兄弟们打不起来麻将，感觉无聊死了。"

"好，马上过去。"

挂断电话，冯光军扔掉烟头，打开了所有车窗，因为梦依萍讨厌烟味。他不想因为这个再去和梦依萍争吵。一路上冯光军总是走神，不时闪现出梦依萍的哭声和恶狠狠的叫骂声，车子行驶的状态明显不够稳定。虽然距离嘉湖宾馆不远，但冯光军足足用了一个多小时。他不想把恶劣的情绪带到酒桌上，让兄弟们嘲笑，所以尽可能地放慢车速，绕行而去。到了宾馆之后，他把车子停放在车库，又抽了一支烟，方才慢腾腾地走到8888房间。

冯光军一推开门，只见摊在床上的猴子如弹簧般跳起，拉着他，立马高声嚷道："光军，你总算来了！哈哈……马子，放下你的破手机！草鸡，不要追剧了，关掉电视！哈哈……过来，都过来，开打，开打！"

看着好赌的猴子喜笑颜开的怪模样，三人相视一笑。性情有些粗野的猴子看三人不怀好意的笑容，心里竟然有些发毛，遂朗声道："好，好！三个熊人，我可不怕你们，哥儿今天可是带了不少钱，有本事你们就赢过去。我可不怕你们玩什么猫腻，哈哈……"

几圈下来，冯光军竟然血洗三人，破天荒地赢了上千块钱，暗忖："莫不是应了'情场失意，赌场得意'的老话？"

瘦瘦的猴子也不再大呼小叫，而是认真地思考着每一张牌。冯光军看着少有严肃模样的猴子就想发笑。草鸡曹戟心不在焉，不时地拿出手机瞅一瞅。估计又勾搭上了新妹子，冯光军不由得笑了出声。马子马海波则一脸无所谓的神色，毕竟家大业大，一副奉陪到底的架势倒让冯光军的心紧了紧。

又几圈下来，冯光军仍是有进无出，而马子也有所起色，可苦了猴子和草鸡。不久，几个妹子相继到来，有猴子的新婚妻子、草鸡的准女友、马子的生意伙伴。大家起哄，让冯光军把梦依萍叫来，否则喊个女伴。冯光军明白，梦依萍绝对不可能过来，而女伴嘛，可也不是随便叫的，于是他摇了摇头。不是没有红颜知己，而是他没有心情，毕竟刚刚和梦依萍吵过，一旦让梦依萍知道，事情就复杂了。十几年的共同生活，他很了解梦依萍的个性：温柔漂亮的外表下有着很强的生活原则，处事得体的风度中蕴含着冰冷的寒意，善良干练的行为中流淌着一丝果决。他明白自己的处境，即使有心情，却不一定有胆量。

快人快语的猴子倒似乎觉察到了冯光军的异样，出言嘲讽道："冯老板，你是叫不来老板娘吧？嘿嘿，没关系，你就叫个其他妹子呗。喝完酒，我们开两桌。你说你不叫个妹子过来，这七个人怎么打呢？"

其他人立即附和，赞成猴子的说法。冯光军无奈地笑了笑，点了点头，略一思考，便闷声闷气地道："行，等一会儿吧。"

众人一听，也就不再吵闹，男士们专心打牌，女士们则站在自己相熟的男人们后面指指点点，冯光军的心思倒有些飘忽。梦依萍流泪的俏脸和责骂似乎还在耳际，那一地的玻璃碎似乎深深地扎在他的心上，围观者或同情或嘲讽或淡漠的神色一一浮现在眼前……

"呼……"他轻轻地叹了口气，吐出一口浊气，随意打出一张老筒。

只听"哗啦"一声，草鸡把牌一推，哈哈大笑："胡了，还是大牌！真爽！唯一一张九筒，谢谢冯老板，哈哈……"很久未赢牌的草鸡仰天长笑，声振屋瓦。

冯光军一拍桌子，强笑道："算你狠！结账吃饭去，吃完饭再报仇！"

"那可不行，还少一位呢！她不来，不准吃饭！去去，赶紧联系。"马海波立刻向冯光军道。

猴子双眼一翻，也朝冯光军嚷道："马子说得对，赶紧的！"

其他三位女士也用表情无声地抗议着冯光军不够义气的行为。冯光军面带苦笑地摇了摇头，遂走进卫生间，给蔡晓娟打了个电话。天遂人愿，蔡晓娟丈夫到外地采购，孩子在奶奶家，自己正闲着无事，一接冯光军电话，便立马坐出租车到了嘉湖宾馆。

饭后，八人两桌麻将打到将近凌晨方结束。冯光军本打算一一把七人送回家，但猴子等人坚决不同意，只让他把蔡晓娟送回家。

此时的武汉依然热浪滚滚，但和白天相比已经颇为凉爽，在外乘凉的人们也减少了很多。宾馆里的灯光渐次稀少，冯光军看着身边的蔡晓娟，再也挪不走眼睛，心中也有些异样。和几年前相比，她多了几分成熟，性感妖娆的身材在紧身的超短裙衬托下越发吸人眼球，白皙的皮肤在路灯的映照中散发着诱人的光芒，斜背的挎包慵懒地躺在她的丰臀之上。

蔡晓娟毫无做作地让这个人看着自己，心头泛起种种涟漪。绿化带中的夏虫不停地聒噪着、追逐着，一副荷尔蒙旺盛的模样。她看了看腕表，已凌晨两点多。冯光军从这个看似无意识的动作中反应过来，连忙抱歉地说："不好意思，我有些失态，对不起……"

"没关系。"她并未在意，笑着说。

冯辉开车回家的路上，差不多接近凌晨三点，方才将与其刚刚春宵一度的蔡晓娟送了回去。他思绪如潮，一会儿傻笑，一会儿呆愣，好在路上基本不见行人和车辆。唉，怎么还是如二十多年前一样，他似苦似甜地叹息了一声。

停稳车，走向租住房的时候，他忽然感觉后怕。隐隐约约的星光下，六楼租住房如一头欲择人而噬的怪兽，匍匐隐藏着。一想起愤怒的梦依萍，冯光军不由得打了个寒战。终于走到了门前，他窸窸窣窣地掏出钥匙，插进去，转了转，心中立即一片死灰，预感被证实：门被反锁。自结婚以来，虽然不止一次被反锁在外，并为此而与梦依萍吵闹，但这一次冯光军却再也不敢去吵闹了。他掏出手机，拨打一下电话，也如以前生气一样，梦依萍关机了。于是，他只好不停地敲门。敲了一会儿，见没有动静，因担心惊动左邻右舍，他只好颓然放弃，静立门外，如一具不会思考的木乃伊。良久，他方慢腾腾地下了楼。蚊虫密集，不停地叮咬着他，让他心烦意乱。捏着一只被活捉了的半死蚊子，冯光军凄然地笑了笑，自己多像这蚊子，为了讨口饭吃，忍辱受痛，有家不得归。他一脸木然地放飞了蚊子。

走出楼门，他抬头望了望天。天空辽远，没有月亮，星星很密，云不是很多，没有一丝风。虽是凌晨，他仍然出了一身汗。坐到车里，他拧开空调，放平座位靠背，打算在车里睡一觉。车里渐渐凉快下来，心情似乎也好了点，浓浓的倦意随之袭上心头，不久车里就响起了惊天动地的鼾声。早上醒来，他发现外面已是晨曦漫溢，烈阳蒸腾。

该怎么办呢？冯光军一想到昨天的梦依萍就头大不已。家进不去，手机关机，妻子根本就不给赔礼道歉的机会，关键是自己心虚。看来只有找岳父岳母了。但找他们是要冒着挨批的风险的，毕竟孩子是自己的好，对方能怪罪其女儿？更何况自己有错在前，自己都不能原谅自己，唉……可是，梦依萍那样的性子，自己不道歉、不主动，事情永远也解决不了。

于是，他硬着头皮给岳母打了个电话，把情况讲了一遍。果不其然，了解情况后的岳母首先狠狠地批评了他一通，数落了冯光军一身的不是，而他只有默默地听任批评，还不时地做出各种各样的保证，不停地道歉。岳母发泄了怒火之后，随即赶到冯光军租住的房子，打算敲开门，劝和劝和。不承想，梦依萍死活不吭声，也不开门。岳母实在无法，只好悻悻地打道回府，毕竟她也要做生意。

冯光军明白，梦依萍这一次是真的伤了心。他很是惶恐，焦急地想着其他办法。坐在车里，他百无聊赖地翻看手机里的信息和儿女的照片。时间倏忽而过，眨眼已是十点多，迫于无奈，他决定让已经十四岁的女儿冯薇薇出面劝说梦依萍。

一个多小时之后，冯薇薇从外婆家匆匆过来，找到停车的地方，打量着一脸憔悴的爸爸，心里很不是滋味儿。可是从父亲手中接过钥匙，她深深地看了一眼，竟然一句话没说就转身离开，往家走去。看着女儿的背影，冯光军心一阵刺痛，满含愧疚，颇感自己的无能。自己以前生意做得不好，却也占用了很多时间，很少陪孩子们，更不要说学业辅导、身心教育了。女儿已经一米六多，即将初三；儿子已八九岁，正上小学。他们享受过多少父爱？扪心自问，自己不是个合格的父亲。这几年和梦依萍开酒店，更是无暇顾及孩子。夫妻俩不停地争吵和冷战，想来不仅伤害了两人的感情，也影响了孩子们的情绪、情感了吧？女儿刚才无言的一瞥不正是很好的证明吗？以后该怎么办呢？难道梦依萍没错吗？愤恨、懊悔、憋屈、不满、后怕……纷纷涌上心头，他满心疲惫。烟一支接一支地抽着，他只能耐心地等待。看着停车场里车来车往，一家家的人开心路过，他更感孤独。

也不知道过了多长时间，沉睡中的冯光军被一阵敲玻璃的声音惊醒，揉揉眼才发现是女儿。他含混不清地问道："怎么样了，闺女？"

看着睡眼惺忪的父亲，冯薇薇心中一阵气结，不耐烦地回道："能怎么样啊！妈妈怒火攻心，几乎一夜未睡。爸爸倒好，说睡就睡，还把妈妈当回事吗？有你这样的父亲，真是倒了八辈子霉了！你看看……"

本来还不清醒，一听女儿数落，冯光军不由得火气直冒，屁大一点孩子，就批起自己来了。可他转念一想，女儿是劝服妻子的关键，得罪了女儿，一点转圜的余地就没有了。于是，他强压怒火，一副主动认错的模样。车窗外，女儿继续说着："妈妈是个女人，身体也不太好，本来应该在家享福，可是她坚持和你一起做生意，操那么多心，换来的是什么？嗯……你不仅不体贴她，关心她，还经常惹她生气，你应该吗？"

冯光军涨红着脸，讷讷道："闺女，爸爸……错了。不应该惹你妈生气，以后改正。宝宝……"

见父亲认错，聪明的冯薇薇见好就收："好了，回去吧。不过，我可警告你：你回去得好好向妈妈道歉，努力表现，不准再惹妈妈生气！"

冯光军如蒙大赦，重重地点了点头，像一个认错的孩子，惴惴不安地跟在女儿的身后回到了家中。甫一进门，罕见的凌乱让冯光军心头一沉。他默默地收拾着，从客厅到厨房、卫生间，再到卧室。梦依萍头蒙着被单，躺在床上一动不动。冯光军轻手轻脚地整理完卧室，便掩上门。随后，他来到厨房，打开燃气，煮几个咸鸭蛋，做点梦依萍喜欢的面汤，让女儿端给梦依萍吃，自己则出门到附近菜场买了一些新鲜蔬菜。回来后，见面汤剩了不多，他的心方有些安稳。于是，他一方面让冯薇薇给外婆打电话汇报情况，一方面又准备起午餐。几年开餐馆的经验让冯光军的厨艺大长。他卖力地炒了几样梦依萍爱吃的菜肴后，让女儿端进卧室给妻子，自己则在厨房狼吞虎咽凑合了一顿。

收拾完家务，冯光军躺在客厅的沙发上看着电视，而女儿则一直在卧室陪着梦依萍聊天。不知何时，冯光军又鼾声四起。当他醒来的时候，天已经完全黑了下来，而母女俩已经不在家中。冯光军立即给女儿打个电话，方知：下午梦依萍和女儿一块儿出门逛商场疯狂购物后，又吃了大排档，此时正在电影院看《不再说分手》。

他不知道的是，狗血而煽情的剧情让梦依萍哭得稀里哗啦。因为这部电影，让她想起了自己曾经的青春，青春时节里的爱情，爱情中的燕舞扬，也让她想起了失去爱情之后自己的心碎，婚姻后的无聊、无奈，甚至痛苦。冯薇薇不解地看着妈妈悲伤欲绝的样子，唯有不停地递去一沓沓的纸巾。在她的印象中，妈妈从来都是坚强的，哪怕是生病，也从来没有流过如此多的眼泪，如此失态过。她把这一切都归因于爸爸对妈妈的伤害，不禁怨恨起父亲来。她尚未成熟的心灵对婚姻似乎有些害怕和恐惧。若干年以后，夫妻俩才发现这一点，但为时已晚。

从电影院出来，梦依萍并未回家，而是带着女儿回了娘家，一待就是十几天。冯光军自己在家，刚开始还感觉虽然孤单，倒也自由，经常出门打牌、喝酒。一周后，他渐渐感觉不对劲：如此下去不仅生意无法做，而且夫妻关系日益冷淡，因为梦依萍一直不接电话。于是，他不得不到岳父家，希望梦依萍回心转意，和他一块儿回去。然而，效果并不好。冯光军不得不多次前往，瞅着机会就给梦依萍赔礼道歉，同时让两个孩子协助劝说。精诚所至，金石为开。经过若干次的努力，梦依萍终于答应回家并开始操持酒店。可是，一段时间过去了，冯光军总感觉和梦依萍间少了些什么，而梦依萍隐约发现丈夫似乎也变了。渐渐忙碌的生意让他们没有更多时间去思考彼此间的变化，而日子恰似一潭死水，波澜不惊地往前过着。

第五十章　追思慈父

父亲：

　　您在那边还好吗？在那个没有劳累、没有痛楚的地方，您应该过得很幸福吧！

　　您离开我们已有好几年了，在这个善于遗忘的世界里，别人可能早淡忘了您，但爱您的妻儿、您曾经关爱的后代们却永远不会忘记！在您刚刚离开我们的时候，儿子就想写点什么，可是锥心的疼痛始终萦绕着儿子，几次三番下来，只好作罢。时间一长，为文的念头竟如一只始终未孵化的茧，悬挂在灵魂的暗室，随风摇曳，时时啃噬着无边无际的柔软。蚕未出，而思念的丝一圈一圈地越裹越紧，横亘在颤巍巍的心头，渐次变大，几欲坠落，如此心惊胆战地度过每一个想起您的日子。如今，儿子想用文字来记写您卑微的一生，完成对您的忏悔，实现对您爱我一生的自我救赎。天堂中的您能收到吗？还记得，那是您离开我们前往天堂的前一天晚上。记忆是如此清晰，就像刚刚被刺了一刀。

　　那晚，您走进了儿子的梦中。儿子记不得有多久没做梦了，毕竟儿子不处在一个爱做梦、经常做梦的年纪了。那一晚，您骂每一个家人，骂得如此不堪！您用竹梢抽打亲人们，打得凶狠无情！您不管不顾地离开母亲，离开我和兄弟们，离开您最喜欢的那个操劳了一辈子的温暖的家！全家人的眼泪和苦苦的哀求也挽留不了您！那是怎样一个让人撕心裂肺的场景！那是怎样一个无情无义的您！终于，您缥缈的身影虚化在若有若无的浓雾里，留下一个哀痛遍地而冰凉的世界。

　　第二天早上，哭泣中的儿子并不是被闹钟闹醒，而是被您儿媳妇摇醒，因为号哭和颤抖惊动了她。头昏脑涨的儿子起床，缓缓拉开厚重的窗帘。天尚未大亮，阴沉着，如梦境一般，灰蒙蒙的一片，涂满了阴郁和凄怆。儿子又半躺半靠在床上，一动不动，梦中的情节一幕幕闪现在脑海。肯定是您的病情恶化了！担心打扰睡眠不好的母亲，儿子决定饭后往家中打个电话，问问您的情况。

十二月的珍城寒意十足，已经八点多，天却仍是灰暗，如儿子那时的心情，为数不多的落叶飞舞在路上。昨晚的噩梦挥之不去，苍白、晦暗纠缠于脸上，熟悉的同事擦身而过，打着招呼，儿子竟有些不知所措。

一夜未睡好的儿子打算歇一歇，就倒了杯茶。刚刚坐下，手机就响了：竟然是哥哥的来电！隐隐间，儿子就有种不祥之感：不到万不得已，哥哥是不会给我打电话的。因为紧张，儿子滑动了好几次屏幕，方接通电话。

"老父亲刚才走了……"哥哥的话如晴天霹雳，炸响在儿子的脑中，留下了大片大片的空白和难闻的硫黄味。周遭的世界仿佛晃动起来，心中似乎有东西轰然倒塌，儿子浑身发颤，全身竟无丝毫的力气。哥哥后面说的是什么儿子已经听不清了，哽咽中挂断电话，便瘫坐在椅中。

关上门，儿子眼泪便滚滚而下，失声痛哭，好像唯有眼泪才能化解失去您的痛苦！男儿有泪不轻弹，只是未到伤心处。记忆中，儿子流泪的次数很少。一次是上高中，爷爷去世的时候。一次是从武汉回来，自感和差点成了您儿媳妇的梦依萍长相厮守无望之际。这一次，儿子再次品尝失去您后那痛彻心扉的哀伤。

哭了半晌，儿子知道您已离我远去，可我得尽快回到您身边，见您最后一面。开车，路途遥远，近三千里路，儿子的精神状态不再适合。于是儿子强打精神，打开网页，快速地搜寻着票源。飞机票，当天全部售罄！12306网站竟然只剩一张到达宪城的火车票了！父亲，您知道儿子在那一刻是多么庆幸、多么激动吗？因为儿子心中明白：冥冥中，上天似乎自有安排，好让儿子回去见您最后一面！

躺在火车上，疲倦不堪的儿子无一丝一毫的睡意，如一具活着的木偶。悲伤流淌在每一根神经中，似乎这个世界所有的活动已经完全停滞，变成一座座无形大山，塞满脑子，堆叠于脆弱的胸中。思维结了冰，清冷而透明，您成了唯一的蜃景。"喔，喔……"火车运行的声音拖拽着儿子悠远的关于您的记忆，如裹了糖的药。

父亲，您还记得我和您最后一次聊天的情景吗？那天阳光温柔，微风恬淡，如您对孩子们温和的脾性。宁静的四合院包裹了浓重的亲情和不舍。斑驳的树影投射在您瘦弱的身上，一年多卧床不起的苍白巨细无遗地晕染于所有细节中。您不太利索的语言如一根根冰锥刺得我遍体鳞伤，让我全身寒意横流，可儿子仍笑容满面，承欢您的膝下。那久远的苦痛岁月铺满了您大半辈子的记忆，勤劳坚韧的性格凝固成后代子孙们取之不竭的巨大财富，纵横捭阖的豪气涂抹成您谦卑中的亮丽传奇。

生于20世纪30年代的您，兄妹八人，存活了七个，您排行第一。小时候，您见过日本人侵略中国时烧杀抢夺、穷凶极恶的样子，您亲历过国贫家弱、流离失所、饥寒交迫的穷愁岁月，您听闻过国民政府拉壮丁时无所不用其极的荒唐行为，您见证了旧中国穷苦人的悲愁与失望，您感受过新中国穷人翻身得解放当家做主人的自豪，您迷茫过大炼钢铁人民公社的政策，您痛恨过夺去一个弟弟生命的浮夸风，您忍饥挨饿度过成年时期发生的三年自然灾害，您谨守本分战战兢兢于"文革"十年而未伤害过一个人。

您辉煌于改革开放之初。在您任职生产队队长、村长期间，全乡第一个购买自行车、手扶拖拉机、缝纫机，打第一口机井，开第一座油坊、第一个蔬菜种植基地、第一个果木园、第一个水产养殖场、第一个旅游项目……规划宅基地，规定层高、间距，修缮道路、排水系统、渠坝……尊师重教，修筑校舍，礼遇乡贤、匠人……公平公正地对待邻里纠纷，大公无私地处理民情事务，尽心尽力地帮扶弱小……虽然您只是个文盲，可是您胸怀天下，有担当！虽然您只是个农民，可是您挥斥方遒，有作为！虽然您蜗居一方，可是您尽展光芒，序四方……那是怎样一个激情燃烧的奇异岁月啊！

虽然有此瞩目之绩，然终因看不惯官僚主义、贪腐行为，您愤然辞职，几起几落，此正所谓耿介之士不容于宵小之辈，冲天之龙不纳于龌龊腐鼠也。为官一任，两袖清风。您毫无怨言地从事着您喜欢的稼穑之劳，风里来雨里去，总是比别人勤劳些，总是比左邻右舍收成多些，总是较他人眼光高些。于是，一家人其乐融融、衣食无忧。眼看几间红砖大瓦房盖起来，眼看一个个儿媳妇娶进门，眼看读书的儿子去上班，眼看生活好起来……眼看着您变得苍老起来！唉，离开我们的几年前，虽然已经七十多岁，可是您的体力和干劲却丝毫不输于任何年轻人。

然而，上天不公。您先遭遇了一次车祸，让您卧榻好几个月。虽然治疗效果很好，但终不能再干力气活。儿子的眼中，车祸好似耗散了您曾有的精气神，风烛残年的魔咒提前降临。那是怎样的哀痛啊，不论对您，还是对家人！

祸不单行，两年后突然的中风更是给了您致命的一击。虽然抢救及时，半年之后，您已可下床行走，但留下的后遗症却让您行走蹒跚、视力模糊、语言不清。历经几次复发之后，您的身体越发衰弱。您苍老的气息飘浮在夕阳下的村落里，浓重的叹息声如厚实的冰雪，覆盖于远行在外的儿子的忧愁中。

儿子一周若干次的电话并不能排解您的烦闷和痛楚，儿子逢年过节汇的款项和礼物并不能安慰您的孤独与愁绪，儿子千里迢迢的跋涉与请假陪伴也淡化不了您的牵挂和担忧……父母在，不远游，多么质朴而深邃的古老智慧啊！年轻的时候，儿子并没有很好的体会。因为您还身强力壮，健康无恙。于是，儿子不管不顾地浪迹天涯，寻觅着自己所谓的事业，抛却了亲情，淡化了父爱。

可当儿子体会了的时候，你却老了。儿子希望陪您到处走走，可您哪儿也不去。甚至儿子工作的地方您都不愿意去。是您已经体会到了"七十不留宿"的古老智慧了，还是对儿子的一种惩罚？直至苍老到您无法舟车劳顿，儿子虽有些心安，可那遗憾却如一道深深的疤痕，清晰如昨地铭刻在心头。

离开我们之前，您把家中的事情都交代给了我——您的小儿子。当时虽很纳闷，但儿子并未推诿。因为那里面包含着您一生的智慧与考量，还有信任——儿子也是在您去世后的几年中才慢慢体会到的。您虽然走了，但您的安排和计划仍然在之后的几年乃至十几年继续影响或左右着家人、亲朋好友。父亲，倘若您生活在簪缨世家，倘若您学贯古今，您会是什么样的人呢？又会取得怎样的成就呢？

您中风期间，儿子尽可能地多回家，多陪您。可是，您的心脑血管堵塞严重，病情日益加重。去世前的一个多月，您再次病危，儿子匆忙赶回。幸运的是，您再次转危为安，可身体已经千疮百孔，四肢僵硬。眼看假期临近结束，儿子不得不离开您！

踏上归途之前，因您的身体原因，不便到理发店，儿子给您理了发，剃了须。那天，清冷的寒阳下，您稀疏、蓬乱而灰白的头发四处弥漫，记载着岁月的沧桑。打量着您疤痕纵横的头皮，儿子心不由得紧缩，如被雷电万千次暴击。您脸上的皱纹四处溢开，如干坼的农田，每一道都是历史。坚硬的胡茬在飞旋的剃须刀下翻飞。您闭着眼，微白的脸庞带着丝丝久违的笑意。不承想，那竟是诀别！这一幕曾长久地占据儿子的记忆，至今犹然。剃完胡子，您轻声地问："你马上就走？"儿子心一酸，虽然明白您的不舍，可还是点了点头。此后，您再也没有说话。

当看见拉着行李箱的我出现在您面前的时候，您深深地闭了闭眼，眼睛里都是明晃晃的东西。知道您心中有万千不舍，儿子何尝不是？！院子里一片寂静，树叶零散地飘飞，枯干的枝丫孤独而寂寞地挺立着。儿子蹲下，用力地握了握您那曾经有力而今孱弱的双手，眼泪再也没有忍住。温情脉脉的太阳，斑驳陆离的投影，四散飞舞的落叶，冰冷的轮椅扶手，柔弱无力的您，定格在儿子永远的记忆中。

火车终于停下，儿子急急忙忙赶往客车站。当到宪城时，已是第二天晚上七点多。穿过亲朋好友，穿过左邻右舍，穿过摆满花圈的门廊，终于看到您栖息的漆黑寿材！

悲声四响，穿云裂裳。踉跄前奔，扶棺号丧。哽咽无数，涕泗横淌。心痛口干，喉咙似伤。曾经嬉笑，而今永望。阴阳两分，父子不商。持续弥久，众亲相将。徐徐止住，两眼竟怅。长跪棺前，送烧纸墙。披麻戴孝，结草衔环。填油换腊，至诚至虔。告别之面，儿痛母恙。左眼射光，至今无忘。猜度良久，善待老娘。晚卧您旁，心之异样。黎明即起，送往天堂。饮食俱废，念你以往。小子舞扬，祭文忏肠。呜呼哀哉，伏惟尚飨！呜呼哀哉，伏惟尚飨！

儿舞扬于甲午年丙子月泣悼

第五十一章　微信遇见

从宪城回来后，燕舞扬厌食嗜睡，终于病倒了。躺在床上，他浑身发烫，软弱无力，时而清醒，时而迷糊，飘飘忽忽，若在云中。白天混淆了晚上的边界，晚上常常梦回宪城，呓语不清的口齿中不停地念叨着认识的人和曾经的事。

作为医生出身的木子倒十分冷静，按照悲伤过度、熬夜太久导致免疫力低下和身体机能紊乱来开方，并到珍城市药店买来生理盐水、葡萄糖和小型针剂药。一番输液之后，浑身燥热了一天一夜的燕舞扬果然有所好转——高烧退去，意识清醒些，但仍是浑身无力，茶饭不思。

静卧床榻，燕舞扬清晰地记得：最近二十年病过一次——和梦依萍分手，初到深圳之时。那次因为同学的帮助，方转危为安。不承想，此次父亲去世，奔丧回来，自己就躺倒了，原来人的情绪在一定程度上是可以控制身体健康的。或许是因为一个人情绪低落的时候，其身体的免疫力自然降低，病魔便会乘虚而入。自己人生最低落的时期，莫过于失去最爱的人。两次失去，两次生病。在木子的精心治疗和照料之下，燕舞扬的身体迅速好转，卧床后的第三天即可下地行走。

身体完全康复之后，燕舞扬投入到论文写作、专著编写和项目申报当中，毕竟评正高职称的时间越来越近。为此，燕舞扬关掉了打印店，推辞了所有应酬。除了上班之外，白天所有的时间都用来读文献，搞科研。他常常熬夜至凌晨一两点，而早上六点多则起床开车送孩子上学，木子包揽了全部家务。此时的木子偶尔咳嗽并痰中带血，睡眠也是不很好；到珍城市人民医院检查，医生总说木子是小病，吃点药即可，夫妻俩也就没当回事。这样的状态持续了两年多，燕舞扬各样成果也陆续产出，不仅写了十几篇论文，还出版了三本书，而木子则日渐消瘦，后到华西医院方才确诊为肺癌晚期，二人的生活从此发生了极大变化。

而武汉蔡家甸的鸿利酒店在运营了近四年之后也面临着关门的命运。因为梦依萍的两个孩子已经长大，女儿冯薇薇需要上高中，现行的高考制度对户籍仍然有着严格的要求。虽然梦依萍一直生活在武汉，但其一家四口的户口仍在宪城，如此则需考虑女儿的上学问题。

对于孩子的培养和教育，冯光军基本不关心。一方面是因为自己没上几年学，不了解，不懂得，也没那份耐心和细心；另一方面则是由于两孩子从小到大都是梦依萍一人带大，不论是生活还是学习，她全部尽心竭力，有着更大的话语权。

另一个更为重要的原因是最近两年多来冯光军心思恍惚，梦依萍已察觉异样，为此夫妻俩经常吵架。梦依萍倍感伤心和打击！在长大成人的重要时刻，她遇见了两个男人，一个是燕舞扬，爱了，倔了，分了，不见了踪影；一个是冯光军，结了，吵了，冷了，淡了，虽在身边，胜似天涯。于是梦依萍在收紧丈夫钱袋的同时，悄无声息地关闭了心门，全部心思放在养父母和两孩子身上，同时专注于自己美容与养生，由此导致夫妻二人的感情日渐冷淡。

在梦依萍的心中，现在的婚姻好似一个光洁靓丽的高档瓷器，但却裂了缝。从远看，这瓷器豪气奢华，招人羡慕。殊不知，裂缝却在人们看不见的地方。用它盛水或酒等液体是不成的了，但放些非液体的东西倒还可以，甚至摆放在那里也不错。已过而立之年的梦依萍确实也需要一桩婚姻来维持生活甚或面子，毕竟她上有老下有小，没有稳定的经济来源和属于男人的强有力的支撑，自感日子不会太好过。因此伤痕累累的她没有折腾，而是选择了隐忍，希望把父母养老送终，孩子们能尽快长大成人。

为了联系俩孩子上学的事，梦依萍动用了洪荒之力，挖掘了潜在的亲友资源，回几次宪城之后才搞定。随后，梦依萍把公婆闲置在宪城城区的房子装修一新，放置半年后，于孩子们开学之前全家就从武汉搬迁进去。

安置好孩子的事情之后，夫妻俩也曾多次思考家庭的经济来源问题。虽然过去的几年间开酒店赚了不少钱，但开支也日益增加。几次沟通后，冯光军决定利用父亲和哥哥的声望和资源，凭借其对驾驶技术的热爱和娴熟，买货车，搞运输。经过考察、了解和权衡，夫妻俩投资了三十多万购买了6×4中大型自卸货车转运砂石。货车投入运营之初，虽然起步平平，但冯光军的聪明和勤劳为他赢得了良好口碑。几个月后，冯光军的货源便源源不断，生意越做越好，成本已然回收上来。春节后，在梦依萍的建议之下，冯光军又从猴子、马子、草鸡甚至表弟崔浩等亲朋好友处借钱共投入二百多万购买了两辆8×4重型加长侧面自卸货车，自己驾驶跑运输，另两辆则由雇佣的司机负责。

自跑运输以来，冯光军干得有心有肠，家务和孩子的教育自然而然全部由梦依萍包揽。梦依萍倒也乐意，毕竟她能体会丈夫的辛苦。因此，自回宪城后，夫妻俩的摩擦和争吵就少了很多。因为冯光军一般下午五六点出发，到砂石场已是十点左右，装上货后往回赶，到宪城的工地已经是早上六七点，卸完货后基本八点左右。回到家，疲惫不堪的冯光军草草吃点东西便休息到中午或下午一两点。而此时的梦依萍则忙于家务、采购食材、统算运输账目、逛逛街等夫妻俩基本没有时间和精力去吵架，梦依萍倒也比较适应或者说喜欢这样的生活状态。日子虽然平淡无味，却也风平浪静。当你看淡了生活，它自然也就以平淡的面目示人。年轻人或者爱折腾的人倒未必喜欢这样的状态，或许每一个见惯世事的成人都会经历并喜欢上它吧。

这年的八月底，气质和侧影颇似梦依萍的冯薇薇到高中住校，冯昪天则在离家较近的小学五年级就学。这天，马上要去新的学校报到上学了，十一岁的冯昪天心中有些忐忑，看着正在化妆的妈妈，有些奶声地问道："妈妈，宪城的课堂上讲的是普通话还是家乡话？"

梦依萍伸手抱过有些微胖的孩子，缓缓道："老师们上课肯定是用家乡话，因为妈妈的高中老师就是如此，哪怕是语文老师也是。怎么了，儿子？你担心什么？"

见妈妈心里、脸上布满了温柔和关心，冯异天很是受用，乖巧地道："嘿嘿，没什么，我就是问问而已。从武汉回宪城以后，不论是逛大街还是聚餐，人们都讲家乡话，我在想学校是不是也一样，而我的普通话还行，所以……"

"哦，原来……儿子……哈哈……儿子最棒！哈哈……"梦依萍一听，便笑得花枝乱颤。不知所措的冯异天颇有些尴尬地搓揉着双手，直到梦依萍情绪稳定。随后，又听梦依萍道："儿子，宪城是个小地方，比不得武汉。你普通话的优势可能会英雄无用武之地喽！"

冯异天神色一黯，梦依萍知道不该如此打击孩子，忙安慰道："不过没关系，因为学校或者语文老师有时候会举行朗诵比赛，那时候儿子就会大放异彩的！"

听梦依萍一说，冯异天慢慢抬起头，目光灼灼地看着妈妈，表情渐渐鲜亮，展颜一笑："哦，那就好！妈妈最漂亮了！"

见儿子情绪转好，又得了儿子的夸赞，梦依萍的心里也美滋滋的，捏了捏儿子肉乎乎的腮帮，充满怜爱地道："宝贝，你是最棒的！你等一会儿，妈妈马上就收拾完毕，好不好？"

"嗯"了一声之后，冯异天顺手拿起梦依萍的手机坐到客厅沙发上，玩起游戏来。梦依萍看了看手表，发现时间已经不多，便赶紧描眉、定妆。十多分钟后，梦依萍带着孩子往学校赶去。一路上，梦依萍仔细地告诉儿子路线，叮嘱他安全事项，交代了一些与同学一起的相处之道。懂事的冯异天一一应承着，兴奋中有些紧张。

学校人山人海，似一锅已经沸腾的粥。因为尚未开始办理报名手续，一年级的父母们有的三个一群、五个一伙聊着天，家长里短个不停；有的无聊地玩着手机，看视频、打游戏、翻微信；有的躲在阴凉的地方发呆、抽烟、打盹……孩子们则人头熟，一会儿就彼此熟悉得似乎认识好几年的样子，你追我打，闹成一片。高年级的学生在老师的组织下热火朝天地打扫着卫生，搬移着桌凳，倒增添了宪城八月的温度。

此时一位少妇出现在校园里。只见她蓬松微卷的长发合着步伐随意地晃动着，抖落了万千风情。精致的五官中最引人瞩目的是那一双含情似水的丹凤眼，而下巴上的美人痣让每一个看见她的人印象深刻。颇显腰身的曳地长裙无风自动，性感的身材展露无遗。修长的双腿在十厘米高跟凉鞋的操纵下扭臀摆胯，吸引了无数男人的眼光。聊天的停下了，玩手机的放下了，发呆的来了精神，抽烟的被烧了指头，打盹的茫然无绪地醒来……万众瞩目下的梦依萍就这样领着孩子，袅袅娜娜地穿过人群，径直往政教处走去，身后留下了满地寂静。

因为是插班生，所以冯异天的手续很快完成。当梦依萍再次走出办公室的时候，校园里一片安静，原来家长们带着孩子到二楼排队报名了。她略微有些失望，轻轻一笑，扶了扶飘逸长发，戴上遮阳墨镜，骑上电瓶车，绝尘而去。

随后，她来到超市，购买了诸多食材和生活用品。到家时，已经十一点多，她连忙准备中餐，因为儿子中午要回家吃饭。下午送罢儿子回来后，梦依萍如惯常一样玩玩手机，刷刷屏。当浏览微信的时候，她发现自己被颍上大学的同学李小忠拉进了一个名为"颍上大学大联盟"的微信群。刚刚被拉进来的她还有点激动，因为她想找一个人，找一个一辈子都忘记不了的人。可是翻看了一遍又一遍微信名册，梦依萍也没发现熟悉的名字或头像，激动化为失望。群里有自己的同学，更多的是前后届不熟悉甚至不认识的颍上大学毕业生。看了看聊天记录，骨子里喜欢安静的梦依萍感觉非常无聊，便丢开手机，打开电视，浏览了一遍，也没发现可看的节目。不知为何，她竟然开始坐卧不安，总是想着儿子的普通话，想自己刚刚回到宪城上学时的不适，想"有求必应杂货店"……

接连几天，梦依萍情绪都十分低落，做什么事都没有精神。虽然已经不止一次地遇到梦依萍这种状态，冯光军始终没有找到开解之法。若干次之后，也就渐渐放弃，更何况他现在也没有太多时间和精力去关心梦依萍，毕竟业务繁忙。

静极思动，梦依萍偶尔会在周末带着儿子和闺女去影剧院看电影，而对冯光军则没要求，想去就去，不去也不生气。有时，她独自一人逛逛超市，买些化妆品、衣服……或者约几个谈得来的小姐妹泡泡吧、吃吃饭、喝喝小酒、打打麻将，熬上一夜。或者到美甲店美美甲、发发呆，一消磨就是半天。或者到美容店做做头发，享受着被伺候的感觉。日子就这样慢慢过着，在梦依萍的心中，如此的岁月似乎早已未老先衰，静好中有些颓唐，有些寥落，有些淡淡的忧伤和期待。时光在指缝中慢慢流逝，如往事般飘过，留下大小不一的印迹。有些人走着走着就散了，有些人走着走着就忘了，有些人却越走越被牵念，因为那里有着无法忘怀的真爱。每个人背后，都有别人体会不到的辛苦，都有旁人无法感受的难处。坚强的外表下，隐藏着不能说的心声；微笑的表情下，掩饰着不可露的心情。路一步一步走着，留下的脚印自己最清楚；事一点一点做着，其间的艰辛自己最明白。坚强的人，都是懂生活的人。

四川珍城。

几年后的一个下午。因文笔不错而已经调往珍城市委办公室工作的燕舞扬午休刚刚醒来。赶到办公室后，他感觉浑身没劲，便慵懒地趴在办公桌上。透过窗子投射而来的阳光照在办公室亚克力玻璃球上，璀璨了一屋子的华彩。空中的灰尘缓缓蠕动着，如迷路的虾，如无事的猫，如苍老的胃。他打开手机，连接上WiFi，只听得信息提示音一声接一声，有QQ的、有短信的、有推送消息的，也有微信的。燕舞扬慢慢地浏览着。

打开微信，"通讯录"栏有三条信息，他便点开查看，发现其中一条是手机通讯录中的李小忠发出的交友邀请。燕舞扬当然认识李小忠，因为李小忠既是介水镇人，也是颍上大学毕业的学生，曾和梦依萍是一个班的，经常找燕舞扬聊天、借书。那时梦依萍大学辍学已经消失不见，而燕舞扬也不想让别人知道这一段伤心的往事。十几年来，倒是李小忠始终和燕舞扬保持联系，而今微信的邀请在燕舞扬看来也是十分平常的事情，于是点了"通讯录"之"添加朋友"中的"接受"。微信系统跳转到正常聊天页面，并很快出现一行字幕："燕老板，我邀请您加入另外一个群，行不？"

"可以。"

"您稍等一会儿。"

"嗯。"

会是什么样的群呢，值得李小忠如此郑重其事地邀请自己？与李小忠有交集的也就是介水镇。燕舞扬猛然一个激灵：难道是李小忠建的班级微信群？果真如此的话，微信中遇见十几年未联系上的梦依萍的概率将会非常大！一想到此，慵懒的燕舞扬如猛踩油门的法拉利，思维瞬间加速，坐直身体，满怀不可遏制的激动心情，期待着李小忠的邀请。

虽然刚刚过去十几秒，可是在燕舞扬的感觉中，好像几个世纪那么漫长。已四十多岁的他不说经过大风大浪，但也遭受过诸多折磨，靠自己一个人的努力和打拼，方才脱离农村，走入城市，有了一份体面的工作，一个安稳的家。经历一番风雨之后，本来就比同龄人成熟些的燕舞扬更是含蓄、内敛，不事张扬，喜怒不形于色，心境很少会被外界扰乱。加上去年木子因患癌去世，自己肩负起抚养两个孩子的责任，生活没了妻子帮助，更加忙碌。

陷入沉思中的燕舞扬被信息提示音打断，他点开微信，发现自己已经被邀请到"颍上大学大联盟"群里。李小忠首先发了一条"热烈欢迎燕老板"的消息，若干学生纷纷表示欢迎，毕竟他在介水镇做生意的时候，颍上大学的很多学生常常到他的店铺里买东西，一来二去就熟悉了。燕舞扬为了感谢学生们的热情，同时希望梦依萍能出现，便发了一个拼手气红包。不一会儿，红包便被十几个人抢光，但梦依萍始终未冒泡。随后，燕舞扬压下寻找梦依萍的强烈愿望，心神不定地与群中的成员聊着天，直到聊天者意兴阑珊方才罢休。有了时间的燕舞扬立马查看群中的全体成员，带着焦急的心情逐一寻找着。

老天，梦依萍真的在！"轰"的一声，燕舞扬感觉血往上涌，脸有些发烫。喉咙有些干，仿佛在沙漠中行走了许多天却未喝一口。心脏剧烈地跳动着，似乎要飞出口腔。不热的珍城陡然热辣起来，他脱掉外套，不停地来回走着。他有些手舞足蹈，又有些手足无措，像一个犯错的孩子面对大人。是立即加她微信，和她联系，向其倾诉相思之苦，还是不打扰她的生活，只是默默地关注？燕舞扬犯了踌躇。

如果发出邀请，梦依萍不愿意呢？毕竟当初二人分手，有着太多误会和不可理解的事情。妻子去世后，燕舞扬常常回忆并梳理，可是没有丝毫头绪。或许只有两个人面对面，如当年一样，细细地沟通，平心静气地倾听，方能还原当年分手的真相。

如果发出邀请，梦依萍同意成为微信好友，或许是燕舞扬最期盼的。可是，下一步该怎么办？是成为彼此的红颜知己，还是做个无话不谈的异性朋友？梦依萍现在生活得幸福吗？他想了解她，如今有了再次联系的条件，有了遇见的机会，他如何能轻易放弃？更何况，梦依萍一旦退群，自己如何在茫茫人海中再次寻觅？自己曾利用网络发布寻找梦依萍的信息，可是等了很多年也没回信。所以他想立即和梦依萍联系上，哪怕是遭到拒绝。不尝试，又怎能知道结果？他不想重蹈十几年前和梦依萍分手的覆辙。

他长长地出了一口气，给自己倒了一杯水，怔怔地坐着，有一口无一口地喝着，平息着欲爆的心。半杯之后，燕舞扬方才似拉投放核弹开关般，紧张无比地向梦依萍发出了交友邀请，然后忐忑不安地拿着手机，焦急地等待着。

送走孩子回来，已是三点多。梦依萍提着从超市买回来的食材，悄没声息地到了厨房，准备熬些骨头汤。手机突然响了，是来信息的音乐。她赶紧拿出挎包里的手机，关闭了声音。打开微信一看，竟然是燕舞扬！是燕舞扬的交友申请！那申请似一股电流，瞬间击透了梦依萍的心魂。她泪流满面，透过窗户，呆呆地看着布满阴霾的天空。思绪穿过云层，回到了十几年前的介水镇。

她低头看了看手机屏幕上的名字，往事像风，如云，变幻着不同的形状，翻滚在梦依萍的心中，似颦似笑中，又成凄苦。是谁不管不顾地离开自己，让自己痛苦流泪、悲伤不已？又是谁曾让自己夹在爱情、亲情中左右为难，痛不欲生？又是谁最终因为倔强而选择了亲情，抛弃了爱情？是谁令自己屈从了现实而违背了初衷、海誓山盟？又是谁让自己选择了晃眼的物质生活而荒芜了精神的需求？又是谁促使自己生活在婚后的内疚、谴责与惶恐中，灵魂不得片刻的安宁？又是谁让自己快速成长，从一个少不更事的少女迅速转变成上得厅堂、下得厨房的女汉子？又是谁促使自己变成了一个安心操持家务、相夫教子的贤妻良母？又是谁让自己单枪匹马在商海闯荡，练就一副冰冷的模样……那是遇见后的迷途，难道现在又将开启迷途之后的遇见？再次遇见后又该怎么办？燕舞扬，你好似我一生的苦乐之源！

你离开我已经十几年了，为何又要出现在我的生活里？不联系也罢！梦依萍狠心揣起手机，芳心一片大乱的她心不在焉地收拾着购买的东西，并未如往常一样有条不紊地做饭。联系？不联系？如敌我交战的双方，彼此瞪着血红的眼，凶猛地撕咬着，拼杀着，互不相让。

一旦不通过交友邀请，燕舞扬一气之下再不和自己联系，该怎么办？自己生命中最重要的一个人从此音信全无，鸿飞冥冥，是自己内心愿意的吗？梦依萍想到此，手脚一片冰冷。分手不见的体验再次光临，让她握了握拳头。她摇了摇头，到化妆间照了照镜子，吃惊地发现泪痕犹在，眼睛有些红，便洗洗脸、补补妆，随后坐在化妆椅上，长叹了一口气。

口袋中的手机震动了一下，梦依萍一看，竟是燕舞扬的第二次交友邀请！罢了，前世孽缘，今生来还，一切顺其自然吧。犹豫再三，她终于点了一下"接受"。

"你还好吗？"很快屏幕上现出一行字。

瞬间，就这么简简单单的问候一下击中了她心中的柔软，击垮了她加固了十几年的心理防线。她轻轻地关上门，捂着嘴，哽咽着，尽量不发出声音。她一动不动地坐着，任凭眼泪掉落。这几年冯光军与自己感情一直不咸不淡，加上他之后投资成立公司，最终失败，便性情大变，喜怒无常，甚至时常对她动手。她不堪如此境况，便与他离了婚。

一直等待着的燕舞扬见梦依萍并未回信息，便仔细翻阅着梦依萍朋友圈中的信息——视频、文章，哪怕一句话，都如珍宝。尤其是梦依萍的照片，他都一一下载下来，保存在一个单独的文件夹中。

直到晚上九点多，两人方才逐渐互回信息，交流慢慢多起来。可是因为彼此不联系的时间太久，所以双方都小心翼翼。随后一段相当长的时间里，二人聊的话题渐渐多了起来，彼此也有了更多了解。

爱如空气，自如地流淌在二人的心中，还是那么熟悉。爱如水，恬静地滋润于二人的言谈里，还是那么幽深。爱如盐，融化在二人的血液中，还是那么有滋有味。双方枯燥无味的生活骤然变得多姿多彩起来，无聊空虚的日子突然多了一份牵挂和期待。

丙申年，看到诸多媒体对五月二十日铺天盖地的宣传和流传的各种各样的段子，燕舞扬颇为踌躇：该不该给梦依萍发个红包，表达自己内心浓浓的爱意？犹豫再三，他一直没有实际行动，毕竟和梦依萍二十多年未见，也未联系。虽然最近几个月交流了颇多，但燕舞扬始终小心翼翼，生怕哪一句话或行为惹得梦依萍不高兴而与自己断绝了联系。感情上经历了那么多的波折，他不想再次失去梦依萍。在一定程度上，如今的他比刚刚爱上梦依萍时更加关爱、呵护这来之不易的网上遇见。焦虑、敏感、烦躁、患得患失、发呆、失眠、喜欢情歌……只有初恋或者恋爱时才有的种种不理智、不成熟的情绪，无一不出现在燕舞扬的身上。

上午十点多，燕舞扬收到梦依萍的一条微信，一扫他自联系上梦依萍以来心中所有的阴霾与障碍！他喜极而泣，泪眼模糊中一遍遍看着那张模拟火车票的图片。赭红色背景的车票上方靠左处是"LOVE921314"，靠右处是"幸福站○售"；下一行是"幸福→永远"，字体稍大；接着一行从左至右分别排列着"爱上你那天""05：20开""13车14号"；下一行是"￥520.00""新空调一等卧"；再下一行则排列着"爱你一辈子"；最后一行是"终生有效"字样。

通过车票，离了婚的梦依萍明确地告诉了丧偶的燕舞扬：自己仍深深地爱着他，而且从来没有改变过！燕舞扬何尝不是如此？只是因为倔强，只是因为懦弱，相爱的两个人黯然分手，从此错过厮守一生的机会，一转身就变成了最熟悉的陌生人，怎能不让人悲伤！

燕舞扬回道："这张车票也是我的心声！谢谢你，萍儿！"并发了个520.13元的红包。梦依萍很快接收了红包。从此两人无话不谈，再无芥蒂，柔情蜜意中仿佛又回到了初恋时分。两颗备受折磨的心终于有了丝丝活气，从此又铿铿锵锵地跳动起来。

五月二十四日，燕舞扬发金南玲演唱的歌曲《逆流成河》给梦依萍："斑驳的夜色在说什么／谁能告诉我如何选择／每当我想起分离时刻／悲伤就逆流成河／你给的温暖属于谁呢／谁又会在乎我是谁呢／每当我想起你的选择／悲伤就逆流成河／失去了你也是种获得／一个人孤单未尝不可／每当我深夜辗转反侧／悲伤就逆流成河／离开你也是一种快乐／没人说一定非爱不可／想问你双手是否温热／悲伤就逆流成河／我想是因为我太天真／难过是因为我太认真／每当我想起你的眼神／悲伤就逆流成河……"略显狂野而又悲伤的旋律深深地打动了梦依萍，在徘徊往复的节奏中，她回道："每个人都有悲伤，相爱却分手是最大的悲伤。"让燕舞扬伤心不已。

六月二十一日，燕舞扬又发侯旭的《逃》给梦依萍："这个深夜有谁陪我买醉／尝下这杯孤独我会想谁／我才知道我回忆的回忆的回忆的全是你／只剩下我自己狼狈……放弃你是最痛苦的煎熬／我好想逃／却逃不掉／想抱着你／哪怕只有一秒……"梦依萍认真地听了好几遍，方回道："痛苦也要熬，好好生活！"

燕舞扬："嗯。"

六月二十二日，燕舞扬又发雷婷《痛哭的人》给梦依萍："今夜的寒风将我心撕碎／仓皇的脚步我不醉不归……爱上你从来就不曾后悔／离开你是否是宿命的罪……"

几个小时后，燕舞扬才接到回信："今天有些忙，回信有些迟，抱歉！"

"嘿嘿，没关系的。"

"你为我流过泪吗？为我喝醉过吗？"

"你说呢？"

那端出现了长长的沉默。

那年七月，燕舞扬到北京参加了一个会议之后又请假并带着两个孩子匆匆赶回宪城燕家庄，因为父亲去世后的几年间，母亲的身体每况愈下，日渐一日地衰弱。

母亲守着一个院子，空荡荡的。虽然有六个孩子，但只有一个在母亲身边。看着背驼眼花、走路不便的母亲仍不服老地坚持自己做饭、洗衣，燕舞扬心里沉甸甸的。检视了母亲起居用具之后，他为母亲更新或添置了诸多物件，如洗衣机、冰箱、电磁炉……购买了诸多食材及母亲爱吃的零食、水果等。每日除了陪母亲到池塘、河坝转转、聊天，穿行在人来人往的游客中，他还承担了一日三餐的料理。随后，燕舞扬检查了电路，清理了下水道，把冬装、被褥、鞋子等全部清洗一番，晒干之后，整齐地放置在母亲指定的地方。

每天晚上，燕舞扬会陪着母亲看看电视，给她讲述外面的事情，聊聊自己的家。有时，母亲会缅怀父亲，常常潸然泪下。每当此时，燕舞扬唯温言安慰。因为脑血栓压迫住了运动神经，母亲的四肢渐趋无力，燕舞扬只好为母亲洗澡、换衣。直到母亲休息，燕舞扬方才离开。

一有时间，燕舞扬就到村支部，找已是村支书的蔡有福和村长燕冰商量完善池塘旅游项目的优化事宜，部分不太合理且污染较为严重的项目被叫停。此时，老书书燕来贺、村长燕清义已先后去世。听说有商家准备投资燕家庄二期旅游（河坝）项目，燕舞扬很开心，但仔细一了解才发现，并不是表面的那么简单：燕家庄自然资源仅算49%的股份，投资方1000万资金须占51%的股份，投资方的利润分成则占70%。对此，燕舞扬极力反对，因为一旦采纳该方案，则潜伏着另外一个危机：投资方极有可能不会再为燕家庄的父老乡亲们提供就业岗位。然而，对此投资方案，蔡有福不置可否，燕冰赞成，村民则莫衷一是。焦虑中的燕舞扬，打电话咨询了已是县委书记的四叔燕清智相关政策，又与万家好、万家鑫交流了意见，并走访了几位年高德劭和已经致富的村民。几经奔波，上述方案方被紧急召开的村民代表大会否决，燕舞扬方放下心来。但二期项目迟迟不动，倒是让燕舞扬忧心忡忡。

其间，燕舞扬专门回介水镇一趟，"有求必应杂货店"还在，与姨妹一家、完颜烈、靳小媛等吃顿饭以后，又到颖上大学、介水高中、河堤、河滩、出租房等地转了转，因为那是与梦依萍恋爱的见证。每到一个地方，他都会录视频或者拍照片发给梦依萍。

梦依萍接到信息，或回或不回，燕舞扬倒也不是特别在意。不是不在乎，而是他不能太计较。他明明白白地知道：自己不能因为这样的小事去强求梦依萍，毕竟她有她的生活，有自己要面对的实际问题，而自己却什么也给不了她，除了自己心中对她的一片从未断绝的真情，一腔对她的切切实实的爱念。同时，他想让梦依萍知晓：任时光流逝，红尘滚滚，他还是当初的那个燕舞扬，他还是那个仍然深爱着她的燕舞扬。

不知不觉间，燕舞扬已经在宪城待了二十多天，请假结束的日子越来越近，他不得不离开忧伤的母亲。他当然没有提出和梦依萍见面的请求，因为他不想太唐突，不想让自己爱着的人为难。既然爱着，就要设身处地地为对方考虑。如果不顾对方的感受而仅仅考虑自己，那不是爱，至少不是真爱。于是，他满怀不舍和惆怅，踏上了回珍城的火车。

回到珍城，燕舞扬一面认真工作，一面照顾好两个孩子，而一旦空闲则与梦依萍天南地北地聊天，互传一些视频、照片、段子……分享生活中的点点滴滴，一时间两人心中都有很多的眷恋和不舍，却也有几许遗憾与惆怅。每当梦依萍传给她自己照片的时候，他都如获至宝般下载并保存下来，时时调出来浏览、端详，沉浸在回忆与思念当中，倒也能化解他心中的些许忧郁与悲伤，让他对枯燥无聊的生活有了丝丝怀念和热情。

第五十二章　鱼庄见面

虽然二人分手后，又因种种缘故而结婚并都有了孩子，但十余年的风风雨雨之后，燕舞扬和梦依萍都深切地体会到当初那一段美好恋情的纯洁、珍贵。因此，在微信遇见之后，两人倍加珍惜这来之不易的重逢。

二人在闲暇之余聊得最多的就是各自的家庭、孩子、生活、爱好、兴趣……偶尔分享些看过的电影、好笑的视频、打动人心的美文等，而对于双方之间曾经发生的一切，包括误会、伤心之事，却都讳莫如深，生怕引起对方误会而导致不快。那种感觉就像初涉恋爱的男女，有些牵肠挂肚，有些癫狂和沉醉，更有着小心与谨慎，像友情，淡淡的，很温馨，然又直率、私密，坦荡中处处都是关爱与呵护。

丁酉年四月十日晚上十点多，上六年级的冯昇天已经休息，冯薇薇从开学初便住校去了，空荡荡的房子里只有梦依萍一个人守着。躺在床上，她无聊地看看电视，翻翻电子书，看些搞笑的视频，打发着难耐的时光。后来，梦依萍打开公众号，细细地听了夜叔主持的《听夜》之《一个人的时候，好好疼自己》，内心很是感慨，于是她便转发给了燕舞扬。

接到信息，燕舞扬认真地听了一遍，然后回信道："一个人很累，又很孤独，不好好疼自己怎么才能面对明天？其实，说到底，能真正决定自己生活方式的人，只有自己。当你感觉孤单的时候，你可以吃上一顿喜欢的美食，听几首喜欢的音乐，翻阅一本喜欢的书籍，或者看一场喜欢的电影来抒泻自己的情感，而不是一个人在深夜里顾影自怜。多多保重，萍儿！"

"我会的，舞扬。一辈子太短，别明白太晚。缘来认真陪伴，缘去洒脱再见；情深多些眷恋，情浅少些纠缠。想留的不会走，要走的留不住；学会顺其自然，才能不沉迷，不深陷。别太看重金钱，吃不过一日三餐，穿不过夏凉冬暖，住不过房屋一间，行不过出入平安；够吃够花就好，养老育小就行；学会看轻看淡，才能没压力、没负担。要心情灿烂，愁眉苦脸也过一天，眉开眼笑也过一天，干吗让自己心情灰暗？本来就过一天少一天，多给自己一些心宽；学会露出笑脸，日子才能过得舒坦。一辈子真的太短，对爱你的人好点，下辈子可能会再见；对自己的心好点，这辈子不留遗憾！"

梦依萍长长的微信内容流露出淡淡的责备和遗憾，孤冷中有些哀婉，燕舞扬略感惆怅："嗯，萍儿，我曾以为离开你，你会更加快乐和幸福，可是……一个人是孤单，也是寂寞。但是想想你，还是挺快乐的！谢谢有你！时间已晚，再见！晚安！"

"晚安！"

放下手机，梦依萍有些不安和茫然。不安的是如此交往，必然会打扰燕舞扬的生活，渐渐加重自己在他心中的分量，长此以往是不是会带来不好的影响和结果？茫然的是自己，该怎么办？虽然和燕舞扬认识并交往了短短两年，但那是自己倾情付出的真爱，终因自己的一念之差而未与他很好沟通，导致二人劳燕分飞。虽历经波折，但如今终于联系上了，难道不该好好聊聊，联系联系？那一夜，梦依萍睡得很不踏实，而燕舞扬也是如此。

四月十一日上午，梦依萍发张镐哲的歌曲《再回到从前》给燕舞扬。他在手机搜狗音乐中打开，认真地听了几遍："如果再回到从前/所有一切重演/我是否会明白生活重点/不怕挫折打击/没有空虚埋怨/让我看得更远/如果再回到从前/还是与你相恋/你是否会在乎永不永远/还是热恋以后/简短说声再见/给我一点空间/我不再轻许诺言/不再为谁而把自己改变/历经生活试验/爱情挫折难免/我依然期待明天/如果再回到从前……"

每听一遍，燕舞扬的心就难受一次，如尖锐的匕首直刺心脏。分手后的锥心之痛再次降临，他双目微湿："萍儿，对不起！为我以前的行为向你道歉！如果回到从前，我还会与你相恋，再也不会和你分开。虽然一切都已无法挽回，但我仍然期待明天！"而梦依萍则长久地沉寂，整整一天未回燕舞扬任何信息，倒让他很是惴惴。

六月底，因母亲病重，燕舞扬再次请假回宪城。到县城的时候正是凌晨，他便在宾馆住下，并给梦依萍留言："已回宪城，住源国大酒店，若想见面，可前来。望中午十二点前回信。"洗过澡后，燕舞扬便休息了。

梦依萍送走孩子，顺道去菜市场买了些菜。回到家，已是九点多，坐在客厅，梦依萍打开微信，看到了燕舞扬的信息，一时间有些激动，又有些不安。从内心深处讲，她愿意立刻赶往宾馆去见燕舞扬，倾诉衷肠，互道相思。可是，现实允许吗？她虽已单身，但她有一双可爱的孩子，她不能那么任性，如果孩子不接受怎么办？不能那么不管不顾地为爱而毁了自己的家，甚至燕舞扬的家。在挣扎了许久之后，她简短地回道："有事不能前往，抱歉！"

　　十点多，燕舞扬醒来。看到梦依萍的回信，她并不知道自己现在已是独身，他颓然地扔掉手机，盯着天花板，眼光迷离而空泛。良久，他方起床，拉开窗帘，打开窗户，刺眼的光线和嘈杂的市声扑面而来，如一锅滚烫的菜籽油，欢实而诱人。他长时间地站着，一动不动，一切仿佛凝固了。临近十二点，他简单梳洗后，怏怏不乐地离开宾馆，回到了母亲身边。

　　了解了母亲症状之后，燕舞扬便于第二天带着母亲到宪城最好的医院。经过诊断，母亲罹患脑卒中、心脏病、肝病、腰椎突出，同时心衰已经达二型，心率不足六十，而心脏起搏器手术已然无法在七十五岁又多病的母亲身上进行。这个结果让燕舞扬倒吸一口凉气。于是，他立即安排母亲住院治疗。随后，一切住院事务，母亲的饮食起居，都由燕舞扬包揽尽净。

　　七月二日早上，正忙于母亲输液之事的燕舞扬接到梦依萍微信："如果明天晚上七点有空，就到幸福路'武汉鱼庄'聚聚。"

　　他秒回："好的。"幸福的感觉瞬间溢满了整个身心。走廊上浑浊的空气似乎有点香甜，横卧的病号也不再那么令人窝心。走进病房，看儿子如此高兴，母亲并没有打听，而是微笑着让其扶着上了卫生间。那一天，燕舞扬始终处于兴奋的状态中。

　　第二天下午，燕舞扬早早地安顿好母亲，随后便洗澡换衣服，走出了医院，到超市买了一个电瓷锅，并到花店买了一束鲜花——满天星，打的前往"武汉鱼庄"。车载着忧伤、悲愁、期待、兴奋，走走停停。两年前，他没想到会联系上梦依萍。一年前，他没想到会与梦依萍见面。世事难料，竟如自己当初和梦依萍分手一般。

　　向来守时的燕舞扬竟然比预想中的时间早到了四十三分钟。鱼庄比预想中要简陋些。两间门面靠东处是流行了若干年的玻璃门，宽大、透亮。靠西的三个包间依次排开，最外面的一个则镶嵌着密封的玻璃。靠东处的迎门大堂中摆了五个长方形餐桌。外面临街处则散落着若干圆形餐桌。因为宪城的天气炎热，用餐者贪图凉快，常常在外面边吃边聊。

当燕舞扬到达的时候，就餐者只有外面的一桌。他随即喊来五短身材、精壮能干的老板，询问包间情况，并实地看了看。在一番思量之后，燕舞扬选择了最外面的。随后，他索来菜谱，点了清蒸螃蟹、红炒河蚌、手撕大虾、清炖甲鱼，要了几瓶冰镇啤酒、饮料，并付了费用。一番忙碌之后，他透过玻璃，静静地看着屋外。橘黄色的路灯燃亮了天空，给本来燥热的空气平添了几分郁热；灯下密集着的飞虫乱哄哄地飞舞着，不时传来飞虫极速撞杆的噼啪声；不很高大的道旁树摇落一地花蕊和清凉，三三两两的行人穿着短裤，趿着拖鞋，边聊边走；偶尔有情侣卿卿我我、喁喁低语，丝毫不嫌热地拉着、搂着，旁若无人地穿街而过。

老板夫妇忙着炒菜、上菜，十岁左右的男孩在一旁打着下手，十多岁的女孩来回送些东西。当外面的一桌忙完之后，胖胖的老板满脸笑容地过来问上菜时间。燕舞扬看了看手机，道："上吧，早一点没关系，天热，不怕凉；只是甲鱼汤迟些，因为有女士。"老板爽快答应了，利索地转身走出包间。不一会儿，外面临时的灶台就传出"叮叮当当"的声音，只见老板掌勺，老板娘递送食材及碗筷，孩子送酒、端菜，火光明灭间，一道香气四溢的海鲜便热辣辣地出锅了。

正在此时，一位女子从东面款款而来。上身穿着素白色鸡心长袖棉质休闲体恤，下身是一袭亚麻色丝质长裙，脚穿黑色高跟凉鞋，波浪形的披肩长发随着步幅飘逸地律动着，坚挺的胸脯傲然耸立，袖子高高地挽起，一副干练飒爽的样子。燕舞扬并没有动，而是仍坐在包间椅子上。他透过玻璃，仔细端详着这个自己牵肠挂肚了二十多年的女人，直到梦依萍走进包房。

"不好意思，让你久等了。"梦依萍露齿一笑，还是那个沙哑的声音，还是那略带羞涩的面容，还是那风风火火的个性，似乎时间不曾在她身上留下丝毫的痕迹。燕舞扬忽然心中很痛，如凶残的仇人用世间最锋利的匕首迅疾地插入自己的心脏，一透而过。那一瞬间，时间仿佛又回到了从前：温馨、和谐、呢喃，直到梦依萍携一身他曾经非常熟悉的体香坐到他身旁。

口齿伶俐的他竟忘记了回答，只是默默地把一杯早已准备好的茶轻轻地推给了她。梦依萍侧过头，认真地看了看他，幽幽地喟叹一声："你还没变。"

"你也是，最近忙吗？"

"不忙。"

一问一答间，充满了小心，霎时间两人的过去、心事、哀愁、喜悦闪跃在脑海间。空间的距离近了，可是隐隐约约间，却又似乎有些看不见的隔膜。燕舞扬明白，那是二十多年不见的时空留下的创伤，那是成熟之后的代价，也是每个人必经之途。生活留给人的就是这些吗？他不禁有些沮丧，心中有些不甘，但他又能做些什么？什么也做不了！他只能无滋无味地吃着喝着，有一搭无一搭地聊着。中间因为要处理加油卡的业务，梦依萍出去了一下，独留燕舞扬慢饮啤酒，回忆着与梦依萍曾经的浪漫、疯狂、爱念、彷徨、不甘、绝望……等梦依萍再次回来，燕舞扬举起了手机，拍下了梦依萍的倩影，并传入通讯录作为头像。

当梦依萍提醒时间不早的时候，燕舞扬却感觉两人见面的时间仅仅那么一瞬。他只好恋恋不舍地站起，拿起电磁锅递给她："这个送给你煲汤，注意身体！"

梦依萍笑吟吟地抿着嘴，微微点了点头。燕舞扬又拿起鲜花，双手送给梦依萍："前面那是物质上的礼物，这是精神上的礼物。祝你如花一般，越活越年轻，越活越漂亮！"梦依萍很是开心，露出小虎牙，荡人心魄地笑着。出门后，燕舞扬提着电磁锅，梦依萍怀抱着花，往她家中走去，昏黄的路灯摇曳下一路温情。燕舞扬多么希望这条路永远也走不完啊！

"到了，就是这座楼，住在九楼。"梦依萍的话如禁入令，让燕舞扬顿时停了下来。他点了点头，忽然觉得要抱一抱她。于是，燕舞扬往前一步，双臂猛然环住梦依萍，温热而熟悉的气息瞬间汹涌在他的怀中。梦依萍浑身颤抖，抗拒中夹杂着期待。他默默地把锅递过去，她一言不发地接过，然后转身往电梯走去。燕舞扬一直没动，静静地凝视着梦依萍的背影，直到消失不见。

"花带回家很显眼，注意点。"回医院的路上，燕舞扬突然想起一个问题——如果梦依萍丈夫回家发现花怎么办，他便赶紧发信息提醒。

梦依萍很快回信："没事，我和他已经离婚几年了。况且我已把它拆了，分放在花瓶中，以长久保存，你快到医院了吧？"

"啊，你已经离婚了？我也单着，因为孩子他妈在两年前因病去世了。"

"哦。"

那一夜，两人都久久未能入睡。

不几天，冯异天放暑假了，嚷嚷着要到武汉找姥爷、姥姥，而梦依萍也想趁此出去散散心。于是简单准备之后，娘俩就坐着大巴出发了。七月五日上午，天气一片晴好，坐在车上的梦依萍发了一段自拍视频给燕舞扬。

此时的燕舞扬正在医院忙着看护母亲输液。三人一间的病房散发着浓重的药味，其中一位病人的气喘声嘶哑干涩，家属们个个表情凝重，无声地走动着或枯坐着。太阳的影子在一点点地变短，屋内的潮气和霉味似乎减轻了许多。燕舞扬百无聊赖地坐在母亲旁边，看着临走之前下载在手机里的电影。

屏幕上方跳动的信息条让燕舞扬有些开心，因为梦依萍来微信了。他立即关闭电影，打开梦依萍的自拍视频。视频中，梦依萍坐在大巴车靠前右侧的位置上，披散的长发蓬松柔软，如一匹昂贵的上等绸缎，黑色、褐紫色、淡黄色参差交错，于光影中熠熠生辉。修长白净的面颊略显丰腴，在左唇美人痣的衬托下，整个面部白净、雅致，高贵中散发着魅惑。满含春情的眉眼，逗弄、调皮的表情，一开一合的嘴唇。梦依萍的上身穿着网状瘦身短领黑色衬衫，外套一镂空白色丝质纱衣。黑与白，浓与淡，宽松与雅致，如行云流水，交织成一副相当唯美的画面。视频不长，却让燕舞扬反复观看，并回信道："谢谢你的视频，让我看到了鲜活而俏皮的萍儿！路上注意安全，想你！"并沉浸于美好的回忆和憧憬中。

"喂，还不赶快换水！"一声断喝打断了他。燕舞扬慌忙站起，一看输液瓶，药液竟然涓滴不剩。他急忙关了输液管上的阀门，满含歉意地看了看母亲。随后，他拿起放在床头柜上的药瓶，塞进瓶套，拴好，把针头从已经输完的瓶中拔出并插进刚刚挂上的药瓶里。看着药液缓缓流入母亲的静脉中，他方才定下神来，问母亲是否需要吃个水果，喝点水。母亲无力地摇了摇手，燕舞扬一阵黯然。不一会儿，母亲鼾声四起，沉沉睡去。燕舞扬轻轻地把被单盖在母亲身上，深深地叹息一声，心中充满了无奈与哀伤。

第二天，梦依萍又发一个自拍过来。燕舞扬仔细地看了看视频，听了听声音，发现梦依萍在电扇高速的旋转声中似乎在唱歌。于是，他便询问，方得知是在唱黄小琥的《没那么简单》："没那么简单／就能找到聊得来的伴／尤其是在／看过了那么多的背叛／总是不安／只好强悍／谁谋杀了我的浪漫／没那么简单／就能去爱别的全不看／面对实际／也许好也许坏／各一半／不爱孤单／一久也习惯／不用担心／谁也不用被谁管／感觉快乐就忙东忙西／感觉累了就放空自己／别人说的话随便听一听／自己做决定／不想拥有太多情绪／一杯红酒配电影／在周末晚上／关上了手机／舒服卧在沙发里／相爱没有那么容易／每个人有他的脾气／过了爱做梦的年纪／轰轰烈烈不如平静／幸福没有那么容易／才会特别让人着迷／什么都不懂得年纪／曾经最掏心／所以最开心／曾经／没那么简单……想念最伤心但却／最动心的记忆……"

满脸绯红的梦依萍浅唱低吟，虽然嘶哑又五音不全，但在燕舞扬看来，那是真情流露，是爱的宣言，质朴中透露出深情、爱意和万千不舍，还有那伤痛和无奈!

第二天,母亲出院,假期已完,燕舞扬匆匆回到珍城。丁酉年九月十九日,自母亲病重后,燕舞扬失眠的频次越来越高。

丁酉年的十二月十八日的下午,无所事事的燕舞扬坐在珍城市委办公室里翻看着里尔克《恶的象征》。此时的他不仅是教授,还是副秘书长,刚刚送走结对城市海兰市委考察团,又恰值周五。在煦暖的阳光照射下,他刚刚翻了几页,便恹恹欲睡,疲惫和困倦折磨着这个已经中年的男人。似乎这个年纪的男人都一样,上有老,下有小,不仅要赚钱养家,拼命工作,还要为家庭琐事烦心、操劳。或许缺乏爱情的婚姻让他一直遗憾终身,耿耿于怀。内外交困之下,燕舞扬有种发自内心的疲倦。暖洋洋的冬日终于夺走了他的清醒,打盹频频叩开渴睡的神经,不久鼾声游走在办公室的每一本书页上。

突然,张镐哲的《如果再回到从前》手机信息音吵醒了他。听着这首梦依萍推荐给他的音乐,燕舞扬有些失神,怔怔地望着前方,眼中空无一物。直到唱完,他方才翻阅信息,一条陌生的手机信息:"嗯,回来请你喝茶。"感到莫名其妙,估计是诈骗电话信息,燕舞扬打算删除,可又发现是来自宪城的,便搁置起来。睡意已经被搅得无影无踪,他收起了书,签发了几份文件,处理起明天事务。

三天后的周五下午三点多,还是那部陌生手机又发来了两个笑脸表情包,燕舞扬感觉此人肯定认识自己,但还是未及时回,犹豫再三,便回了一条信息:"请问你是哪位?"

"你猜猜我是谁。"

燕舞扬一听就头大,"你就饶了我吧!"

对方一时再无动静,燕舞扬越发纳闷。

四点多,梦依萍的手机短信发来了与陌生手机同样的两个表情包,燕舞扬颇感意外:"依萍,很高兴能收到你的信息!我想确认一下,尾号7993的手机是你的新手机号吗?"

"是喽。"

"哎呀,你搞得我好几天心绪不宁的。我原以为是电信诈骗,所以几天后才回复,你真是个坏蛋!"燕舞扬心情瞬间好了起来,和梦依萍开着玩笑。

"这下你放心了吧。"

"嘿嘿,不仅放心了,还很高兴呢!"

"我现在在上班,半天班,是在冠芝讯手机卖场。"

"嘿嘿，很为你高兴，经济独立了啊！"

"嗯。你这次回来待几天？阿姨身体如何？"

"会回的，因为母亲病情危重。"

"哦，注意身体。我现在在上班，有空再聊。"

"好的，再见！"

十二月二十二日晚上8:40，梦依萍通过微信发自己中午包的水饺图片给燕舞扬。

燕舞扬感觉生活真是最好的老师，想当初梦依萍作为家中独女，衣来伸手饭来张口，而结婚之后，在生活面前，学会了作为女人或者说家庭主妇该面对的一切。

燕舞扬因母亲生病再次回到宪城。真是一个新旧交替的年份，真是一个悲喜交集的日子。生活总是出现一些意想不到的事情，或许这就是生活的魅力所在。

第五十三章　品鑫之约

戊戌年一月十四日的宪城仍然是银装素裹的世界，大雪之后的融化总是那么缓慢，如伤痛消失的速度。燕舞扬起床后先把母亲穿好，为其洗漱完毕，已经全身微汗。

服侍母亲吃过早饭，想到梦依萍昨晚告诉自己见面的时间，他心中颇有些激动。考虑到梦依萍直到下午一点半才下班，燕舞扬想：她的中餐如何解决？倘若自己赶在其下班之前订下一个吃饭的地方，她就能吃上可口的饭菜，还可以边吃边聊，与她在一起的时间就会延长很多。于是他给梦依萍发了条信息："红丽，干脆我上午过去，在你公司附近找家餐馆，你一下班即可过来一块儿吃饭。你看行不？"

不一会儿，志忑中的他接到回信："不合适，因为我下班需要回家给儿子做饭，饭后两点半还要送他去辅导班，估计三点才有空。所以你在家吃过中饭，两点出发也不迟。"

遗憾地摇了摇头，燕舞扬回信道："好吧，下午见！"有些失落却又充满期待的他在温暖的冬阳下洗了洗头，换上一件干净的深棕色呢子风衣，吃过中饭，戴上围巾，就出门了。

虽然宪城的气温仅仅三度，但在阳光的照射下，体感并不是很冷。一丝风都没有，极目远眺，全是正在融化的银白冰雪。坐上车，燕舞扬的脑海中一路上全是梦依萍，有和她认识、牵手、亲吻、漫游、同居等的快乐时光，也有和她分手时撕心裂肺般的痛楚。他时而浅笑，时而蹙额，心神早已飘飞。

"兄弟，你要到哪里？"出租车司机的喊声打断了燕舞扬的思绪。

"你的终点站是哪儿？"燕舞扬反问。

"花街中学。"司机简短地应道。

燕舞扬一听，梦依萍的儿子就在花街中学初一年级上学。半年前，为了冯异天能上花街中学，梦依萍也没少操心。到那儿看看也好，反正离约会时间还远，就说："哦，那就到花街中学吧。"

半个小时后，车停在学校门前，燕舞扬跳下车，看了看花街中学紧闭的大门，方想起今天是周日。想着梦依萍经常骑着电瓶车走在这条路上，燕舞扬颇感亲切。虽然学校边门有学生进出，但燕舞扬失了进去看看的兴趣，便沿着校门前的路转了转。雪尚未融完，一堆堆杂乱无章地盘踞在路面上，黑白相间，雪水横流，四溅在行人的身上。

随后，他步行前往梦依萍上班所在地，从里到外转了一圈，心想从公司到家，也不知梦依萍需要多长时间。干脆实地测量一下。于是，他看了看手机，记下出发的时间，便朝南上了路。老城主街的路上鳞次栉比，摩肩接踵，着了冬装略显臃肿的人们行色匆匆，忙着准备春节的物什，边走边躲着路上的污水和雪堆。约六分钟后燕舞扬拐了个弯，踏上梦依萍家所在的街道。抬起头往东望去，视线被建筑物挡住，燕舞扬看不见梦依萍住的那栋居民楼。再走约七分钟，熟悉的十四层楼房出现在视野中。因为不是主路，雪堆多如累卵，甚至路中间尚有积冰，污浊的雪水随处可见，在阳光的照射下各据一方。燕舞扬小心地行走着，以防踏进水坑，并避让着随时可能阻止其前行的雪山。六分钟后，他终于到了梦依萍楼下，抬头仰望着九层，外封玻璃阳台内是不锈钢架子，那里面住着自己二十多年来一直朝思暮想的人儿！她离了婚，生活得并不十分幸福，而根源却是自己。锥心的疼痛弥漫在冬日微冷的空气中，缠绕着燕舞扬。

在楼下徘徊了几圈后，他步履沉重地沿着原路彳亍着。

14:30分的时候，燕舞扬接到梦依萍的微信："到了没？"

"已经到了。"他立即回条信息，并把位置地图发了过去。

"你想在哪见面？"

"随便，以你为主，你方便就好，比如茶室、宾馆、网吧……都可以。"

"那就到品鑫茶餐厅吧！刚刚送走孩子，估计3点左右到。"

"好的，马上见！"

燕舞扬加快步伐，穿过三个街区，他终于看见了品鑫商务宾馆，在第三层。品鑫网络在第一层，而茶餐厅在第二层。拾级而上，燕舞扬推门进去，不是很私密，但格调尚可。一看时间还未到，本想先点些茶饮，但无法确定梦依萍现在的习惯与口味，他只好作罢。长舒了一口气，他便在茶室外间坐了下来，一位女服务员走来，面带职业性的微笑问："先生，请问您需要什么饮品？"

燕舞扬面含歉意地摆摆手，道："对不起，我等人。人来后，需要什么，我再点，好不好？"

女服务员不悦而去，燕舞扬静静地坐着。笑声、点餐声、聊天声，混杂在若有若无的烟味里细细地传来。将近三点，梦依萍仍未出现，燕舞扬有些担忧地走出茶楼。没有很大威力的太阳悬挂在西方，微风把燕舞扬的风衣和围脖吹起。他不时地朝梦依萍可能出现的三个方向看着，希望在熙来攘往的人群发现那熟悉的身影。

15:15分，梦依萍终于出现在燕舞扬满含期待的视野中。黑色的秀发在微风的吹拂下飘散着，衬托着精致的面容。时尚的短袖黑袄裹不住好看的身材，贴身是一件高领棕黄色毛衣，脖子上围着淡粉色纱巾。裤子是黑色紧身皮草，足踏浅腰褐色保暖鞋。小巧玲珑的品蓝色挎包背于右肩，衬托着主人的高挑。看到候在门前的燕舞扬，梦依萍浅浅一笑，微微颔首。燕舞扬则伸手示意，很绅士地让梦依萍先走。到茶室坐定，燕舞扬喊来服务员，让梦依萍点些饮品。

"你来点吧。"梦依萍拿起茶谱，微笑着递给燕舞扬。

"还是你来，Lady first，女士优先嘛！"燕舞扬又把茶谱推过去。

梦依萍见状，也就不再矫情，翻了翻，随即为自己点了一份咖啡。然后抬起头，问燕舞扬："你想喝点什么？"

"无所谓，你点什么，我喝什么。"

"那就来份极品毛尖吧。"

"好。"

见梦依萍准备付费，燕舞扬赶紧站起，率先把费用结了。

"工作还好吧？"燕舞扬问道。

"还好。其实这份工作来得很偶然。自从九月份接到你的短信，建议我找工作之后，我就有意无意地注意起招聘信息来。有一次，独自一人逛商场，无意中看到这家手机卖场正在招聘。但一看招聘条件，发现自己年龄已经超了18-35周岁，而我已经40岁。于是我便抱着试试看的心态，走上前一问，当时负责招聘的就同意了，事后想想也不知为什么……"梦依萍侃侃而谈。

"嘿嘿，我知道。"燕舞扬含笑打断。

"为什么？"梦依萍大惑不解地问道。

"颜值呗！"燕舞扬笑道。

红晕飞上梦依萍双颊，宛如少女般羞涩地低下头，笑道："还颜值呢。你知道同事都多年轻吗？个个都才二十多岁，都可以当她们阿姨了，哈哈……"

燕舞扬夸赞道："年龄和颜值没有绝对的关系嘛！你看看你和他们同框时，你的颜值并不输于他们啊！而且你还有他们所不具备的成熟之美。"

"都老了，还美什么呀！"梦依萍摇摇头。

"在我眼中你就是最美的！"燕舞扬不失时机地夸赞着。

"喊！"满面笑容的梦依萍薄怒微嗔地剜了他一眼，不过梦依萍心里很是受用。想不到这些年过去了，这个家伙还是那么会说话。

"现在你能告诉我二十年前你父母对我们谈恋爱的态度了吗？"燕舞扬忐忑中有期待，希望能从梦依萍口中证实自己的猜想。

梦依萍放下手机，认真地看了看他，叹了一口气："当得知我俩事情的时候，一开始爸妈确实不同意，尤其是爸爸，毕竟两家有世仇。但后来我私下告诉妈妈：我已经和你同居。妈妈沉默很久之后，就同意我和你交往。从那以后，我就一直在家等你的电话或者再次到武汉来，可是没等到！后来我实在想你，便给你打电话，可是联系不上你。我是个女孩，我有我的矜持和倔强。在河堤上见你最后一面的时候，特别希望你能挽留我，可是你没有！"一口气说完，似乎吐尽了多年来始终压抑在她心中的块垒，梦依萍沉浸在对往事的回忆中，眉头皱在一起，浮现出痛苦的神色。

当听到梦依萍爸妈同意他们继续交往的时候，燕舞扬如中雷击！什么？难道是自己错了？因为自己的胡乱猜测而错失了与梦依萍厮守一生的机会？老天，你与我开了多大的玩笑啊！

抬起头看着燕舞扬变幻不定的神色，梦依萍真担心他做出什么傻事来。她目不转睛地盯着燕舞扬，看他紧握双手痛苦的样子，快意中夹杂着后悔。梦依萍突然确定了一件事——他确实是爱我的，一直都爱着！可是我那时为什么就不能直率地告诉他，我也是多么爱他啊！她心中陡然刮起了一阵寒风，身体仿佛置身在冰窖之中。

时间在一分一秒地流逝，两人都没有说话。灯光下的暗影兀自静立，咖啡与茶的香味散逸在每一个角落，如那昔年美好而忧伤的往事。茶叶浮浮沉沉，折射出青绿的日子。良久，燕舞扬才沉痛而缓慢地说："萍儿，谢谢你告诉我这个答案，虽然我预测了各种各样的可能，但唯独没有这个。我真的对不起你！是我错了！"

梦依萍愤愤地道："不要说对不起，事情已经过去了这么多年，虽然我也没有忘记你，可又有什么用？你知道吗，自从你离开我以后，我自己厌恶自己！"

燕舞扬满怀歉疚："天呐！怎么会这样？因我导致你的负罪感，导致你们夫妻之间的感情出问题。于是你就默认他对你的不忠或不好，于是就把一切归罪于自己，是这样的逻辑吗？"

梦依萍很直接，又很平静地道："总满足不了他，他出去找野女人不也是很正常的事情吗？"那种坦然和平缓的语调似乎在描述一个与自己无关的男人，毕竟已经离婚。

"这一切的根源都是我，而我又能怎么办？或许一辈子，我的灵魂都像我选择的婚姻一样，每天都生活在不安与忏悔中！"燕舞扬陷入深深的自责和愧疚之中，心像在滴血，轰响中钝钝地隐隐作痛。

梦依萍道："而今我身体出现的诸多小毛病，我一直都在喝中药，已五六年了，每年吃差不多四个来月的药。"

燕舞扬问："你也想改变自身的问题，努力去做，但效果不大，是吧？"

"嗯。"梦依萍若有所思地轻轻点了点头。

"唉，中医确实有作用，但就是疗效慢些。"燕舞扬理解般地应道。

梦依萍理了理秀发，表情有些凝重："现在都一把年纪了，把身体调好就行了！别的我都不去想，反正已经与他离婚了。"

"是该把身体调好！如果说一切都是浮云，都是虚幻的，唯有身体是自己的，健康才是最重要的！我也觉得我自己以前过于自信自己的身体，所以现在我也逐步意识到了健康的重要。"

"所以我现在很爱我自己。"梦依萍摇了摇头，似乎想把所有的烦恼和不幸都摇走。

怔怔地看着摆出一副无所谓态度的梦依萍，燕舞扬揪心地疼痛着，便转移话题："这就对了，比我做得好！这个得向你学习。可我有个不好的习惯，就是爱看书，一看就入迷，难免熬夜，于是问题就来了。"

"不要熬夜，偶尔一次可以。你看我现在，上上班、逛逛街、吃吃饭、打打牌、做做美容，不是挺好的吗？有时，人需要发泄一下，不然太累了！"梦依萍故作轻松地道。

"你说得很有道理，努力按照你说的，尽量不熬夜了。是的，人有时需要发泄一下。不过，我还得调整心态，把凌晨易醒的毛病去掉。唉，说来头疼啊！"燕舞扬边说边满含诙谐地道。

"嘿嘿，你把我忘掉，这易醒的毛病就没有了！"梦依萍微笑着调侃道。

"哎呀，估计这一辈子我是忘不掉你这个害人精了！下一辈子再去忘记你，欠你的前世情债，用这一辈子来还！"燕舞扬连忙说。

时间不知不觉间就已经过去了一个多小时，燕舞扬又点了一个果盘。两人边吃边聊，气氛渐渐好了起来。有好几次，燕舞扬想坐到梦依萍身边，去抱抱她、亲亲她，但都抑制住了。

随后，两人继续不停地聊着家庭、孩子、工作，开心而尽兴。直到六点多，二人方依依惜别。走前，梦依萍有些失落，因为燕舞扬竟然就坐在那儿，一动不动地，也不上来拥抱一下或者亲吻亲吻。她随后转念一想：当初是不是也因为双方这样的不主动而分手？于是像下决心似的，她微微一笑，淡淡地道："你回珍城前，我们再见一次面吧。"

燕舞扬心中一跳，以为自己听错了，结结巴巴地问道："什么？"

梦依萍俏脸故意一寒，嗔怪道："你不愿意再见一面了？"

燕舞扬一听，傻笑道："嘿嘿，愿意愿意，非常愿意！等你的消息。你先走，我再坐一会儿，再见！"

"再见！"梦依萍系好围脖，挎上坤包，这才朝燕舞扬挥挥手，面带微笑，转身离开。

到家以后，燕舞扬打开微信，方发现分手后不到半个小时，梦依萍曾欲和自己语音聊天。于是赶紧联系，方才知道，梦依萍欲请燕舞扬一块儿到汗蒸房汗蒸理疗，因联系不上燕舞扬而作罢。燕舞扬一时后悔不已。

那一晚，后悔与自责如一尊千钧之重的狰狞石兽，一直盘踞在他的心头，压得他呼吸困难，寝食难安。

第五十四章　雕琢时光

二月二日晚上7:20，已经躺在床上的燕舞扬接到梦依萍发来的照片——红包中放了现金——并留言："上月工资。加上业务提成及奖励，三千多元。不是很多，但只上半天班，离家又近，这个收入我还是比较满意。"

"恭喜恭喜！是的，离家近，方便又实惠，在宪城这收入也不错嘛！"

"过了年不想干了！"

"啊！那准备干吗？做其他生意，还是……"

"因为过了年，公司里有好几个人跳槽，届时肯定上全天班，太累！如果人招不够，就没法上半天班。公司今天开了会，节后上班时间是每天上午8:00—11:00，下午1:00—9:30。"

"哦，这样啊。这下午的上班时间也太长了！你也跳槽，找另外的工作呗。其实我觉得，你如果一直在家也有些无聊。累是肯定累，但也有些收获嘛。你能走出来，工作一段时间，也是一种收获或者挑战。如果长久待在家里，你就会失去独自飞翔的能力了，多少会与社会脱节的。"

"如果全天都上，我的腿受不了。公司规定一天只能坐一个小时，其他时间都要站着。我想上白天班，不然两个孩子和家没办法照顾，而且无法逛街和汗蒸了。"

"嗯，全天班确实累，尤其是下午，我能理解！实际情况确实如你所说，十多个小时，要命！再找找其他地方，看看有没有合适的工作。如果现在的工作维持现状，也不错。"

"是的！要是半天班我肯定愿意上啊！结果今天开会说：过两天，公司就开始上全天班了！这个会议前我还没跳槽的打算，而今有了。我想去新亚西看看有没有合适的。"

"嗯，去看看呗！反正我特别希望你能靠自己养活自己，不要一直在家。

你想想，当两个孩子都高中毕业了，离开宪城了，你一个人在家，不是更无聊啊！如果真的在新亚西找到工作的话，离你家又远了一点。不过可以先去看看有没有适合你的工作。"

"是的。据了解，节后公司将有六人离职，他们去外地找工作。"

"嗯，先考察一下新亚西再说。不论如何，我都希望你能走出家门，靠自己活着。"

"我在家也没闲着啊！你感觉我在家就是吃闲饭是吧！"

"是的，我知道你没闲着，因为很多事事还需要你操心。这一点，你以前和我讲过，我怎么会忘呢！快下班了吧，这都九点啦。"

"嘿嘿，这还差不多！离下班还早呢，今天晚上十一点下班，估计往后都需晚上十点半左右才下班。"

"天啊！这份工作真不能干了！强烈支持你跳槽！是不是因为春节将近，特地晚下班？"

"嗯！因超市延长时间，而在超市中设置的公司也跟着一起下班，哎！"

"给张照片呗，我想看看你，嘿嘿。"

随后，梦依萍发来一张照片，并问："新耳环好看吗？"

燕舞扬仔细看了看，但因手机拍摄角度问题，并不易发现，便回信息："看不太清，只看见线条。"

不一会儿，梦依萍又发了两张凸显耳环的照片。燕舞扬仔细一看，耳环由金属链串接，两端分别悬挂着白色珍珠状圆形体、银色镂空六角体。"挺好的，有错落之感，纤细中透露着独到，而坠饰尤其如此。"燕舞扬回道。

因为业务繁忙，十一分钟后梦依萍才发一个长十秒的视频，里面展示了晚上10:20的时候，顾客仍是络绎不绝。燕舞扬感慨地发了一条信息："这个点了，还那么多人！"

"嗯，今天营业到十二点！哎，想想过春节那几天都是这样度过，我都想流泪啊！"

"我也想哭，因为和你说好的约会岂不要泡汤啊？"

"明天下午两点多过来吧！看公司这个阵势，要不然真没时间约会了。"

"约会地点你来定。"

"好的，拜拜！"

第二天一大早，燕舞扬便起了床，把因患心脑血管病而瘫痪了的母亲穿起并洗漱后，就开始做饭。当一勺一勺喂母亲吃完饭后，燕舞扬看了看时间，是

8:15分，便给母亲服用了一杯消肿止痛、活瘀化血的三七粉。

宪城的太阳渐渐有点发烧。天空如一款极品蓝宝石，一点点瑕疵都没有。风也不知迷失在何处，已经落完叶子的白杨树静静地思考着问题，一动不动，颇有些严肃。十点多，他给母亲冲了一杯中老年牛奶，又喂食了几块饼干。燕舞扬洗过澡，又把换下的衣服洗了洗。时间已近中午，燕舞扬蒸上米饭之后，炒了母亲喜欢吃的两个菜，随后喂母亲吃饭。

12:18，梦依萍发条信息："吃过饭了吗？我下了班需回去弄点饭给孩子吃，估计得两点多才能去与你见面。"

而燕舞扬一直忙着喂母亲吃饭，饭后又收拾家务，并没有时间去翻阅微信，直到下午1:23分，才回信："好的，我还没出发。"

燕舞扬收拾停当，到达宪城"新亚西超市"的时候，已经是14:30。他并未立即联系梦依萍，而是到超市转了一圈，因为这个地方可能是梦依萍未来要工作的地方，他在熙来攘往的人群中从一楼到六楼慢慢地转悠着。

十分钟后，燕舞扬把自己的位置发给了梦依萍。一会儿，他接到微信："你先找地方等我，我才开始走。"燕舞扬立即感觉头大，毕竟离开宪城已经十多年，而这期间的宪城发展较快，所以对虽是故乡但已陌生的城市很不熟悉。不过，他并未多问，而是沿路寻找，每见一家茶室便进去看看，但并未发现合适的。正在心焦之际，他收到了梦依萍发来的一条询问信息："你可知道新联华超市旁边有个'雕琢时光茶餐厅'？到那儿去如何？"

燕舞扬心中暗喜，便回信道："好的。"他知道"新联华超市"，但并不清楚"雕琢时光"，于是他打开高德导航。因为心急，燕舞扬走在尚有厚厚冰层的路上，差点摔了跤。燕舞扬还在路上的时候，梦依萍已经赶到并订了一个较为私密的包间，随即发条微信："我已经到了，03号。"

看看手机，时间是15:36分，他回信："好的，马上到。"

"雕琢时光"终于出现在面前，燕舞扬三步并作两步拾级而上，打开3号包厢的布帘，身着白色针织宽松毛衣的梦依萍正温婉可人地坐着，一手玩手机，一手端着杯白开水喝着。桌上放着一个斟满茶的透明玻璃杯，一个浅灰色保温茶壶，一盘爆米花，满室幽香。见燕舞扬进来，梦依萍飒然一笑，道："坐吧。"

燕舞扬面带歉意地笑了笑，坐于梦依萍对面，端起茶喝了一口，便讲述起寻找"雕琢时光茶室"的过程。此后，二人有一搭无一搭地聊着孩子、家庭……诸多时候，梦依萍说得多些，燕舞扬则静静地听着，偶尔回应着。他想仔细观察这个自己深爱的女人，记住她充满成熟风情的一颦一笑，看着她掩口而笑的娇媚，欣赏着她低头甩动秀发的诱惑……每一个动作，都让他深悔自己曾经的不珍惜。他害怕忘记，便用手机拍摄梦依萍，并录上一段视频。见燕舞扬如此，梦依萍出声阻止，但他并未从中发现不悦，便微笑着继续拍摄。梦依萍轻笑之后，也就听之任之。

"舞扬，过来，让我给你展示一下上次提到的'头脑王者'小游戏。"梦依萍朝他晃了晃手中从自己公司刚买不久的手机，喊道。

听到喊声，燕舞扬心头暗喜，立即中止视频拍摄，走到对面，坐在梦依萍身边。一股属于梦依萍的淡淡体香撞入燕舞扬的鼻腔，使得他心跳加速。燕舞扬如一个未经世事的懵懂少年，痴痴地看着她。梦依萍拿过坐在自己身边的燕舞扬的手机，一手熟练地敲击屏幕，从微信中调出小程序，发现并没有她常玩的"头脑王者"。不甘心的她嘟囔着，又翻开自己的手机，打开一看，才发现该游戏因违规已经被封掉。失望的她接着又从其中调取一个跳跳游戏，展示给燕舞扬看。燕舞扬接过手机的时候，梦依萍纤手中的温热和滑腻让他震颤，心猛跳了一下。但他拼命压制住要去抓握梦依萍手的欲望，但心脏仍怦怦地狂跳着，他只好低下头去玩游戏。玩了一会儿，心不在焉的燕舞扬便去看梦依萍玩。看着梦依萍专注的样子，闻着飘散于鼻端的二十年前曾经熟悉的独有香味，燕舞扬沉睡的欲念被彻底激活。

他颤抖地把右手轻放在梦依萍的肩上，能明显感觉梦依萍的身体僵了一下，玩手机的动作也停了下来。见梦依萍并没有抗拒，燕舞扬便用了用力，把她紧紧环抱着。两人十指如二十年前般相扣，彼此默默地感受着对方传来的体温。午后阳光斜射进来，空气中的浮尘纤毫毕现。茶室里略显嘈杂的话语声隐隐约约地传来。燕舞扬一手环抱着梦依萍的纤腰，一手充满爱意地轻抚着梦依萍的手指。两人一句话都没说，静静地享受着别后难得的宁谧。燕舞扬把头靠在梦依萍的身上，呼吸着散发于她身上的氤氲幽香。良久，他方对梦依萍温柔耳语："真想就这样一辈子，让时间凝固，静静地拥着你，直到地老天荒！"

梦依萍内心深处的坚冰在慢慢融化，眼中有些迷蒙。她温柔地从燕舞扬的侧后位看着这个自己一直爱着却未能娶她的男人，又爱又恨。她想起了二十年多前燕舞扬像现在一样体贴地呵护着自己，一起坠入爱河，那是她迄今为止最快乐的一段时光。可是这个深爱着自己的人又是如此的高傲啊！如果分手前他哪怕说出一句挽留的话，自己也不会伤心欲绝地离开他！为什么彼此相爱的人，会过得如此痛苦？难道真的是因为两人爱得还不够吗？如果是这样，那为什么到现在两人还放不下彼此？以后该怎么办？前方是令人迷茫的人生之路，不知做何选择：他远在珍城，而自己则在宪城，想再见一面都非常不易，更何谈重新拥有？想到这里，梦依萍颤抖了一下，用力地握了握燕舞扬的手。然后，她拈起一粒爆米花，无限柔情地送往燕舞扬的嘴中。燕舞扬咀嚼着，又用了几分力，紧紧地抱了抱梦依萍，亲吻了一下梦依萍的樱唇和香腮。燕舞扬也送一粒到她的嘴里。梦依萍温顺地含着爆米花，慢慢地咀嚼着，柔情似水地凝视着燕舞扬。

她多么舍不得放开燕舞扬啊，就像二十多年前一样！可是她又必须放手，既然爱了，又散了，就让自己默默承受着这一切吧！真爱的双方就是要为爱着的人着想，为对方付出。再次遇见他，就是老天对她最大的恩赏，虽然自己一万个不愿意放手，可是又有什么办法！想到这些，梦依萍内心悲痛莫名，如万箭穿心般难受。可她并未表现出来，任由燕舞扬静静地抱着自己，享受着自别后难得的呵护和温暖。

时间一分一秒过去了，两人就这样静静地互拥着。不知过了多久，梦依萍的电话响了，她有些不舍地挣脱了燕舞扬温暖的怀抱，心不在焉地接听着电话。看了看手机，燕舞扬自己都不敢相信，已过去了近四个小时！接完电话，梦依萍默默地穿上浅粉色紧袖棉袄，燕舞扬于一旁为其整理前后衣摆。离别的时候到了，两人依依不舍地走出了茶室，挥挥手，互道了再见。目送梦依萍渐渐消失在茫茫人海中，燕舞扬才怅然若失地转身离开。

挥手自兹去，萧萧班马鸣。何时再相见？遥遥盼无期。

第五十五章　冬夜在线

恋恋不舍地在"雕琢时光"门前盯着梦依萍曼妙的背影渐渐融入人群以后，巨大的孤独感淹没了燕舞扬。虽然行走在车水马龙的宪城街道上，但他却发现，没有梦依萍的世界依然如此寂寞，正如他二十年来的感受一样，透彻而尖厉。因为宪城八年级考试刚刚结束，加之临近春节，坐车的人特别多。好不容易坐上一辆出租车，燕舞扬便收到了梦依萍的微信消息："坐上车了吗？"

燕舞扬立刻录制一段坐车的视频发过去，并配上文字："车不好等，刚刚坐上。谢谢萍儿关心！"

"嗯，车上小心点！"

"好的。想你！"

一个多小时后，燕舞扬才到家。下车后，他便给梦依萍发个信息："已经到家，吃完再聊。"

随后燕舞扬服侍母亲吃完饭，并照例帮母亲洗脸、洗脚后，放其到床上躺下，约19:58分才有时间打开微信。他看到梦依萍从18:51—19:12分一直在给自己发信息，讲其晚饭才做了一半，结果大姑姐家孩子放假到梦依萍家做客。不得已，梦依萍只好放弃在家吃饭，带小客人和冯异天、冯薇薇一块儿出去吃烤肉。待吃完烤肉，梦依萍再开车送冯薇薇上学。随后，梦依萍还发了自己领孩子们逛超市、吃烤肉的照片和视频。

燕舞扬连忙回信，向其道歉。他心中很是高兴。今天下午在"雕琢时光"，他与梦依萍见了面，长时间亲吻了她。在这个不谈爱情的世界里，两个曾经深爱着的人还爱着彼此，还有什么比这个更重要呢？20:27分，梦依萍问："你喜欢喝茶叶吗？"

"白开为主。有内热或者感觉口腻时，就喝点茶，去火或清洗一下肠胃。我看你也比较喜欢喝白开。"

"嗯！世界上最好的饮料就是白开嘛。"

……

21:03分，燕舞扬把歌曲《我跟你的三分钟长吻》发给了梦依萍。

听着有些疯狂，有些呓语，又有些自恋的音乐，回味着燕舞扬霸道、缠绵又温柔的吻，梦依萍陷入了沉思，内心充满了挣扎与矛盾。

一方面，自从认识燕舞扬以来，自己如蛾扑火，奋不顾身，把一切都给了他，因为爱他。虽然二十多年前他离开了自己，曾为此而骂过他，恨过他，试图忘记他。可是这么多年过去了，自己真的忘记他了吗？他的温柔，他的体贴，他对自己的好，还是如从前一样，让自己深陷其中，无法自拔。

另一方面，她清楚地知道自己的身份。她是两个孩子的母亲，虽已离婚，但怕重组家庭会伤害孩子，而燕舞扬也抚养着两个孩子。毕竟自己的两个孩子还小，但父母年事已高。还是和这个自己深爱的男人保持点距离吧！舞扬，对不起！我必须对你残忍些，亲爱的！擦擦已经湿润的双眼，她深深地吸了一口气。卸完妆后，她草草地洗漱一下，便躺下了。

二月三日22:15分，躺在床上的梦依萍整理一下思绪，便给燕舞扬发条信息："你躺下了吗？我觉得我们不能再见面了，回来后想想今天和你见面，真的好害怕！时间长了，我们的这种关系会对彼此都是伤害，你懂吗？尤其是对我！"

接到信息的燕舞扬，心中很不是滋味。他一直爱着梦依萍，只是因为年轻时的自尊和倔强而选择了无爱的婚姻，到现在独身带着孩子。他心有不甘，也有不舍，但他不是一个自私的人，他能理解梦依萍的处境，更何况梦依萍是他的最爱。既然爱着对方，就要为对方考虑，为对方着想，哪怕自己受苦、受累、受委屈、受埋怨、受打击。于是，他回复了一条信息：

"二十多年来，我们见面本就少，如今你又提出以后不再见面，徒增我对你的想念！如果我是一个绝情绝义的人，是一个不重情重义的人，是一个得到年轻的你后就再也不爱你的好色之人，我不会一直寻找你，也不会再联系你，更不会与已四十岁的你见面！上苍有好生之德，它让我们在二十多年后见了面，让我们发现彼此还深爱着！不论你如何看待，于我而言，这是多么重要的一件事啊！但不要不见我，好吗？更何况你我能见几次面？毕竟你我相隔千里，漂洋过海来看你，容易吗？"

"你很贪心。再见你，我怕我自己也控制不了我自己！"

"对你，我承认，我很贪心，但从另一个角度考虑，不也很正常吗？你的内心深处是不是有那么一点点不太清楚自己的需要呢？"

"我是不太清楚，那又怎样？"

"从内心深处讲，我既想得到你的心，也想得到你的人，这大概就是你所说的贪心。嗯，我尊重你，只当一个比普通朋友特殊一点的知己，行不？"

"嗯，可以，也就是红颜知己！但我希望你能尊重我。"

"我会尊重你的！我们彼此相爱，不是吗？有这一点就够了！让我们活在各自的生活与世界里，而情感上能互相交流，给对方以宽慰和温暖，好吗？"

"你所做的一切，都让我相信：你对我是真心的，你对我的爱是真的！可你以前抛弃我而给我留下的伤害，影响了我的一生！你知道吗？对，我承认我是需要男人的关怀和爱护，但那个人不会是你。"

"我对你一直是真心的，从认识到现在！而对你的伤害全部是我的错！因为分手而影响了你的一生，也是我不愿意看到的，想来我就痛悔不已！二十多年来，除了你，谁能了解我那伤痕累累的内心？！认识我的人都以为我很快乐，我很幸福，可是真的是这样吗？和你聊天与相处，还是和以前一样那么令人开心！我不能解除你的寂寞和空虚，那么会有谁能够做到？"

"没有谁能做到，因为我内心害怕、恐惧，甚至抗拒和男人接触！"

"这倒是真的！或许到目前为止，这个世界唯有我才能真正地给你安慰，给你精神上的需求，解除你的寂寞和空虚！"

"嗯，是的，只有你！从内心讲，我很不希望这个人是你，可是又很希望是你！"

"为什么从内心讲你很不希望这个人是我？我又错了？是不是担心再次失去彼此？茫茫人海中再也联系不上对方？"

"明知是错，就不要开始，也不能开始。以前我们有机会和可能在一起时，最终都没有再一起，而现在你我更没资格，你说呢？"

"适可而止就能防止犯错。你说的有道理。"

"如果我们不见面，你就不会有想法了，不是吗？"

"不是那么一回事。"

"那是怎么回事？你说。"

"那么，我问你，从你内心来讲，你不愿意和我见面吗？"

"你敢说实话吗？"梦依萍问。

"你我都说实话，行不行？你先回答我的问题，我再回答你的问题。"燕舞扬道。

"我很想见你，但又怕和你见面！"

"嗯，你的回答很实在。"

"我这辈子都不想再选择了。"

"选择什么？"

"选择接受另一个人啊，我会选择孤独终老。反正我都40岁了！又不再年轻。"

"如果你改变了主意，你就选择我啊，我相信我们是有机会的！我明天要到介水镇去给岳父母上坟，可能白天一整天不会和你聊天了。"

"嗯，再次选择你，需要重新考验哦！嘿嘿……没关系的，你去吧。快过春节了，我也有很多事情需要处理。"

冬夜的寒冷无声无息，渗透在宪城的每一个空间，可又似乎有点暖意，飘荡在两人心间。在爱的时空中，两人都默默地品味着、咀嚼着。

又过了半个小时，时间已是23:41分，梦依萍发了条信息："那你早点睡吧，我也要休息了。"

"其实就像今天晚上说过的那样，很多事情是计划赶不上变化，或许一切都会改变。行，晚安！谢谢你和我进行了如此深入地沟通！"

"如果我不想改变，那就改不了！"

"嘿嘿，你厉害！还想聊吗？睡了吗？"

"你想聊什么？我发现你脸皮变厚了。"

"啊！老了，肯定会厚些了，嘿嘿！想你不是？就想一天24小时一直和你聊天！"

"大叔！你想我哪儿呀？！"

"想你的一切！凡与你有关的，都想！"

"能具体点吗？我不太懂。"

"你装傻充愣，我不想说。"

"这可是你说的啊，既然你不想说，那我睡了啊！"

"晚安。"

是夜，燕舞扬睡得很踏实，如一个初生的婴儿，睡梦中不时发出笑声。

第二天，燕舞扬想起昨天梦依萍曾说欲到介水镇，为其父母住所打扫卫生之事。考虑到宪城城内的保洁员或者家政服务公司不愿派人到镇上，而梦依萍的腰身不好，时常疼痛，便发条信息询问梦依萍能否考虑让自己一并前往帮其打扫。梦依萍回信说："到时再看，需要的话，就联系。"

接着一天，宪城的天气非常好。梦依萍想利用下午时间到介水镇打扫卫生。想到燕舞扬的请求，她心中一时左右为难。从内心深处讲，她何尝不想让燕舞扬帮她？毕竟又可以和他在一起聊聊天、谈谈心，多相处相处，愉快又轻松。因为如她这个年纪，在这样的社会里，能找一个可以聊得来的伴，委实不易。可是，她又顾虑重重。因为房子在介水高中附近，熟人较多，一旦被发现，对两人都不好。还是不让他去了，生气就生气吧，估计他也会理解的。梦依萍便决定仅带两个已经放假的孩子去介水镇打扫卫生。

下班后，梦依萍开着车，载着俩孩子一起到了介水镇，直忙到晚上七点左右，累得腰酸背痛。回到家，已是19:59分，梦依萍方把打扫后的房子照片发了九张给燕舞扬。

一直等着梦依萍信息的燕舞扬立即秒回："这是什么地方？不会是介水镇你爸妈的房子吧？看前面的人行道非常像。"

"嗯。累死了！终于做完了，刚到家。"

"萍儿，你不够意思啊！让我等了个空，很失望哦！"

"我哪好意思让你受累啊！"

"我不多说了。我能够帮忙的，你都不愿让我去做，显得很生分嘛。"

梦依萍又发了几张打扫卫生后的房子照片，燕舞扬秒回：

"井井有条，光洁如新。你的小蛮腰又得痛了。"

"可不是嘛，打开门刚一进去，我都不知道该从哪下手！太脏了啊！"

"肯定啊！放了一大年，又靠近路边，灰尘一定很厚的。"

"嗯。我先洗澡去了，睡到床上再聊，腰疼得要命！即使戴手套，我的手都被弄得粗糙得很，洗涤液太伤手了！"

"唉，好吧！说你什么好呢？赶快洗洗吧，等着你！"

虽然身体很累，但梦依萍却很是愉悦和舒畅。洗澡的时候，梦依萍想：女人真是一个奇怪的生物，不愁吃，不愁穿，还希望被人宠；舞扬并没帮助自己打扫卫生，可是和他一聊天，全身的疲劳都减轻不少。唉，前世结冤孽，今生来偿还呐！一个小时后，洗完澡，喝完药，敷上面膜，浑身疲累的梦依萍躺在床上，把刚刚录制的吃药视频及一张敷上面膜的照片发给了燕舞扬。

燕舞扬仔细看了看，心中很是酸楚！一个如此纤弱的女子，不仅要上班，还要带孩子、做家务，处理油卡等诸多琐事。同时，梦依萍身上还有几种不大不小的暗疾，这就是自己爱着的人的生活状态！可是自己能做什么呢？自己并不能帮她解决任何问题，而自己的痴恋又可能会给她增加额外的心理负担。燕舞扬一时悲愤莫名，一时又悔恨不已，在心中把自己骂得狗血喷头，想：如果当初娶了她，她也不会如此劳累不堪吧，至少自己会始终陪伴在她左右，细心地呵护着她。

待心情平复后，燕舞扬方才回信："你看你白天累了一天，这晚上还在吃苦（药）。这日子过得，唉！照片上，你疲倦的模样很明显。打扫卫生特辛苦，因为平时我也没少干。俩孩子走了，家中就剩你一个人了，挺孤单的。"

"舞扬，你又错了。他们不在家，我清静两天不好吗？除了上班，我什么心都不用操。"

"也是。难得清静一回！可以放空自己，既然这样，我约你出来喝茶呗。"

"太累了！过两天吧！"

"好吧！"

不久，倦意袭上梦依萍心头。和燕舞扬互道晚安后，梦依萍便卸了妆。不承想，卸完妆，躺到床上的梦依萍一点睡意都没有，于是听着黄小琥的歌曲《没那么简单》，痴痴地想着燕舞扬。听了几遍之后，她把歌曲推荐给了燕舞扬并写道："我喜欢这首歌的歌词。"

"这首歌我很熟悉，自从你说你喜欢后，它就成了我手机的铃声。不错，聊得来的伴不容易寻找，找到了就不要轻易放弃！"

接着，梦依萍又发张宇演唱的《小小的太阳》过来，燕舞扬仔细听了听，看了看歌词："嗯，你是一颗小小的太阳，让我在冰冷的世界里感觉到了温暖！"

"太阳安静又释放温暖，我喜欢。"

"你骨子里是个安静的人，和我一样，喜欢沉浸在自己的世界里。你看我喜欢的东西都是很静的：看书、旅游、写作、钓鱼，而最烦的地方就是KTV。"

"嗯！但我喜欢去酒吧。"

"酒吧比KTV静多了。我喜欢酒吧的氛围和情调。"

"嗯，在酒吧，你想聊天就聊天，想跳舞就跳舞。而跳舞也可以发泄情绪的。"

"嗯，不过我不太喜欢跳舞，因此不会跳舞，说来你可能不信。就喜欢在那喝喝酒，静静地看或不看别人疯狂，独自面对着自己的灵魂。世界如此喧闹，就想逃避，钻进自己的小世界里，自从和你分手，我的社交圈子总是在不停地缩小。"

"你好像没有这么静吧！你挺爱说爱笑的。"

"看是和谁在一块儿啦。如果不上班，我可以整天整天地待在家中。"

"我也是啊！我可以在家不吃、不喝、不说话，静静地过好几天。"

"所以你我是一样的，骨子里都喜欢安静，可能也与我们分手有关。因为刻骨铭心过，所以一直无法释怀。"

"我们在一块儿的时候，你都二十多了，那么大了！分手后，我一直想，你为什么突然就不要我了，最后我以为我那时是个单纯的小姑娘，被你这个感情丰富而好色的大叔给骗了呢！"

"本质上，我是一个很传统的男人。和你在一起，我是奔着结婚去的，我是认真的。"

"那时我感觉你对男女之间的事懂得特别多，真的。"

"只是让你知道自从爱上你，我的心没有半点动摇或者减少过！"

"一直以来，我总感觉我稀里糊涂地就跟你在一起了，不是吗？你说我那时候是不是懵懵懂懂的？"

"傻话！如果不喜欢我，你会和我在一起吗？不要忘了，你的追求者可不止我一个人啊！"

"我被你骗了呗！"

"当初你为什么不自私点，把我带走？"

"因为我的自卑、胆小和软弱，还有可怜的自尊。那时你如果能够给我一点提示或者勇气，或许一切都会改变。"

"我觉得都不是，还是因为你不够爱我。不够爱我，更合理点。我回去找你，你都没有和我继续携手走下去的意思。"

"爱是需要勇气的！如果一个人很自卑，何谈勇气！面对着一个家庭的歧视，那时候真的很怯懦！"

"呵呵……"

"你回来找我，河堤见面后的聊天既不彻底，也未敞开心扉。你总是闪烁其词或者说仍在考验我、误导我，从而让我误解了你的意思。因为我曾经在离开武汉之前，我和你爸妈及你都说过：让你自己在你家人和我之间来选择，无论你选择了哪一方，我都尊重你的选择。结果，你不仅不上学，还很久很久不来电话，我就认为你最终还是放弃了我。毕竟你曾经说过：如果你是亲生的，你会义无反顾地选择和我在一起。但你不是，你不想让养父母过多地伤心，所以只好放弃了我。我那么爱你，在那种情况下，我怎么还会去纠缠你？爱你，就是无私地为你着想！至于二十多年后你说：当时经过斗争，你妈后来同意你与我交往。可是你从来没有向我透露过哪怕一丝一毫这方面的意思啊！电话中没有，见面也没有。萍儿，你让我怎么办？"

"当时我来找你，你那时连一句挽留的话都没有过，我怎么向你透露？"

"唉，又回到了前面的问题。我知道错了！我也输了，而且很彻底！到现在还在延续和品尝着失败带来的后果！"

"你知道吗？当你把我一个人丢到河堤上的时候，我哭了有一个小时！为此，我伤心了一辈子！到现在，这么多年过去了，每每想起你就那样不管不顾地离我而去，我的心还会疼！"

"我那时就是一个混蛋！非常非常对不起！我到现在都不知道该怎么去赎回自己的罪过！"

"你就是个混蛋！既然从我生活中已经消失了二十多年，你为什么还要在我的生活中出现？！"

"是，我承认我就是个混蛋！或许是上帝给我们开了一扇门！他也许知道相爱的人不应该一直那么痛苦，应该给双方一个机会，一个互相解释、互相理解的机会，一个用余生都应该珍惜的机会！重新出现在你面前，一直是我的梦想！我就想看看你活得好不好，看看自己爱过且仍然爱着的人如意与否。"

"你错了！二十多年前我们有很大可能在一起的时候，都没有在一起，现在更没有可能了！而今一切都物是人非了！"

"是的，一切都已物是人非！但爱你的心从没变过！我手机中保存了你131张照片。我不知道这个世界还有哪一个已经分手了的人，像我一样去用心地做这样的事情！如果不爱，会去做吗？"

"你也说，人都是骄傲和自尊的，难道我没有吗？"

"你肯定有你的骄傲和自尊。可也正是你的骄傲和自尊导致我们最终有缘无分，劳燕分飞！"

"我需要你爱我的时候，你选择不爱！那么，现在你的爱对我来说就是一种负担！"

"如果不是深爱着你，我能如此投入地折磨自己吗？我不是不爱！你不要当成负担啊！你应该去享受！那是你应得的！"

"我享受不起，也不是我应得的。谢谢你，我好累！晚安！"

"好吧，晚安！"

梦依萍颓然地放下手机，躺在床上，双眼雾气腾腾，悔恨、遗憾、不舍交织在一起，狠狠地撕咬着她的心。

燕舞扬则呆愣愣地窝在被窝里，直到凌晨尚无丝毫睡意。他知道自己又要失眠了。

二月六日凌晨五点多，一夜基本未睡的燕舞扬给梦依萍发了一个长长的信息："昨晚和你聊完天到现在，再也没睡着，因为脑海中一直不停地想着我们的一切！萍儿，我错了！带给你的那些伤害，不是我的本意，也并不是我愿意看到的！如果老天有知，我愿意接受它或者你给我的任何惩罚！我现在唯一能做的就是继续爱着你，把对你的爱放在心中最重要的位置上！爱一个人好难，好苦！而于我而言是因为自己活该，于你而言是因为我的不珍惜！可这些已经过去了，目前最重要的是你我都好好保重，注重养生！回宪城已经很多天了。这些天，很高兴与你再次见面，很高兴与你聊得那么深入，很高兴让我知道了分手的最终原因，也认识了我自己！另外，就是陪护母亲的过程中，让我更进一步知道健康是多么重要。所以，请你一定要注意身体啊！在这一方面，你比我做得好！我以后会向你学习，把身体好好修理一下。谢谢你，萍儿！"

头脑昏昏沉沉的燕舞扬到中午再也熬不住了，午餐后便睡了个觉，方感到好受些。那天，一直焦躁不安的燕舞扬到下午五点多才收到梦依萍的回信：是她吃药的视频。燕舞扬直到饭后把母亲安顿好了才找出时间与梦依萍聊天。

"终于可以和你聊天了。"

"这么短时间，就安排好了？"

"一个多月也没白过，伺候人也有了些经验了。"

"嫂子在世时有你真好！又温柔又体贴，她一定很幸福！"

"谢谢夸奖！我这人脾气就这样。其实也不老好，如果把我惹急了，脾气老大了！嘿嘿……"

"你对我发过火吗？"

"真还没有！因为你是我的至尊宝嘛！"

"没见过你发火，不知道是什么样子！"

"只是我眼瞎，没让你成我的新娘。若有机会，我娶了你，你就知道了！"

"呵呵！0%。"

"那么绝对啊！我不信。"

"就算现在我已经和他离了，我们也不可能。"

"为什么？我会想尽办法娶你，让你嫁给我！"

"因为我不想伤害任何人！"

"这只是你现在的想法，说不定哪天就改变了。"

"我很累！一个不再相信爱情的人，或说不再相信男人的人，离了婚，还会再嫁人吗？"

"阴差阳错下的爱情无果，并不是我们发自内心的选择，这么多次的沟通，你难道还在怀疑我对你的感情？我知道我们分手对你伤害特别巨大！对我又何尝不是？"

随后，梦依萍发了八张自己的照片过来，"马上要下班了，提前和你说晚安！"

"谢谢！晚安！路滑，路上注意点！"

接着一天的下午近两点，梦依萍来信息说自己在美甲。一个多小时后，梦依萍把已经做好的指甲拍成照片，发给燕舞扬几张。燕舞扬认真看了看，就评价一下："红白相间，很醒目。黄金色点缀其间，还有飘飘雪花，构思独特啊！”

梦依萍心中很高兴："那是，看谁选择的嘛！晚上时间比较充裕。"

"你晚上肯定要汗蒸喽？"

"嗯！待一会儿，我去洗澡、洗头、汗蒸。"

"是啊，把疲劳蒸掉，轻松过小年！"

"嗯！"

"到时多给我几张你的美图呗。或者，我约你出来玩啊。"

"肯定会给你几张照片。不过不能和你一起出去。我不是不想见你，而是想见不如怀念！"

"怀念随时随地，相见遥遥无期。"

随后，梦依萍发了几张刚刚做完头发的照片给燕舞扬，并说："你没事的时候，如果想我了，就看看我的照片吧！"

"谢谢！我就是这样想你的，也是这样做的啊！手机里存了你的所有我见到的全部照片，有空了，想你了，就翻出来看看！"

"下午做个指甲差不多两个小时。"

"嗯，这个时间有点长。"

"你现在多省心啊！既不麻烦，又少花钱。"

"是省心些，但男人有时候需要的不全是省心啊！你认为呢？"

"贪心！天下的男人都好贪心！"

"是有点贪心。我还是老老实实承认算了，以免你念我！我有时真怕你！"

"我是母老虎吗？"

"看来以后娶你当老婆有戏！因为你都称自己是母老虎啦！"

"不怕我咬你吗？"

"不怕！欢迎还来不及呢！不信的话，下次见面，我就让你大胆咬我，行不？"

"你脸皮厚。"

"二十年前如果有这样厚的脸皮，你肯定是我老婆啦。"

"又扎心了，你知道吗？"

"对不起！我不是故意的。莫生气！是我欠你的！"

"提以前，我自卑感就来了。我年轻又漂亮，你都不要我！"

"你也在扎我心啊！我这些年活得也是人不人鬼不鬼的。"

"我现在能保持现在的年轻漂亮，有你一半的功劳。"

"为什么？这逻辑我不懂。"

"我要继续漂亮让你后悔啊！"

"好吧，我接受这样的功劳，就让我后悔一辈子吧！"

"明天晚上的车，是吧？你什么时候走呢？"

"嗯，吃过午饭就走。"

"知道了。我洗洗去，不聊了，拜拜！"

一个多小时后，梦依萍发几张在汗蒸房里做汗蒸的照片。燕舞扬秒回："特别喜欢第四张！长发美腿，表情放松。"

"那张我也喜欢。我今天发十几张照片给你啦。"

"嗯，谢谢！多多益善嘛！一百张都不嫌多！我有点贪，是吧？"

"我美吗？和二十年前相比。"

"二十年前是清纯活力之美，现在是成熟优雅之美，各具气象，我都喜欢！"

"你发张照片给我看看。"

"我丑得要死，就算了吧！拿不出台面。"

"哼，不理你了！"

"好好，我找找看，别生气，行不？"

燕舞扬找了半天，才在微信收藏中找到两张照片，随后发了过去："因对自己的长相有自知之明，所以很少照相，这也是手机中仅有的照片。"

"除了头发少点，也没太大变化，大叔。"

"还记得我从前的样子？"

"如果能忘记，日子就会快乐很多。"

"也是。为了你更快乐，你就下狠心把我彻底忘了算了。"

"好，这是你说的。明天我就把你拉黑，关于你的一切记录，删了！这次我消失算了。"

"别啊，想吓死我啊！你就饶我一次呗，我错了还不行？"

"好吧。"

不久，梦依萍发张水疗图过来："蒸完了，在做水疗。水疗完了，再做面膜。我麻烦吧！还想娶我吗？"

"想娶啊！特别想！爱一个人，就爱她的全部，包括缺点！更何况这不是什么缺点，你说是不是？欢迎我给你过情人节吗？"

"你不在宪城，怎么过？你回来吗？况且情人节那天我一整天都在公司。"

"那就给你发个红包呗！行不？"

"低于五位数不收，不加小数点。吓到了吧！不用发，真的。我不想收你红包，我不想心理有负担，你懂吗？"

"想表达我的心情，你都不给机会，心里不舒服。那你的生日我总可以发个红包吧？就是一个玩意之仗，你不缺这个，但就是表表心意，说明我心中有你，说明那天我在记着你、想着你，其他意思都没有，何必当成负担！你不嫌礼物轻，我不怕送得少，就这么简单。你认为呢？我们都是这样一种关系了，何必在意？就享受这种被惦记着的小幸福吧！毕竟我们爱过且现在还彼此相爱！如今我不在你身边，没有资格或机会宠你、爱你，只能用这种俗而又俗的方式去表达。"

虽没接到回信，但想来是梦依萍默认了，燕舞扬倒也开心了很久。过了约一个小时，梦依萍方发个服装店模特试穿衣服的视频给燕舞扬，并问："这衣服好看吗？"

"不知材质如何，不敢妄下评论。你下单了？"

"没有，因为没小码。我是不是总想着花钱啊？"

"会花钱才会赚钱，不然钱从哪里来？"

"我赞成你的说法，因为我也曾说过：不会花钱的女人也挣不来钱！我以前销售衣服的时候，每个月基本上都可以拿五到八千元的工资，就是好累。我当酒店库管时工资三千五，加厂家回扣——主要是酒厂的，总计也有四千左右。我现在工资算少的啦！毕竟宪城的工资都不高。"

"这些都是何时的事？"

"就不告诉你！你自己猜呗，嘿嘿。"

"你能不能饶过我啊？你就告诉我吧！"

梦依萍把与燕舞扬分手后发生的主要事情简单地讲述了一下，随后道："宪城开的小龙坎火锅店，一朋友开的，让我去当大堂经理，当时给我每月六千元工资，我没干，太累了！开张的时候我和我朋友在那儿吃饭，非让我去，我一口回绝了！"

"一路走来，非常不易！"

"我现在除了父母和孩子能让我伤心，其余的人和事都不值得我去伤心难过。伤到深处是不爱、不恨、不管、不问！我现在心态很好，很平静、很淡定。"

"唉，心好难受！"

"我都不难受，你难受什么嘞！"

"这个世界上能触及这些事情的不多，谢谢你的信任！能聊得来的人很少，世界太孤单！七月份，我们还未聊得如此深。"

"就像你说的那样——真相会让我更伤心，我不知道就行了啊！如果是真的，我有耐心等啊！兵来将挡，水来土掩。"

"唉，自己独自承受，那种压力够大的。我现在才真正地理解你的苦衷、你的痛苦！七月份的时候，只是隐隐约约。"

"我现在有很多方式解压的，购物、旅游、养身……都可以缓解压力。比如和你聊天也可以啊！"

"欢迎你找我聊天！"

"嗯！"

"整体来说，你心态调整得不错。这需要不短时间吧？"

"从做饭店的时候开始。"

……

"你从宪城哪里坐车？"

"问这个干吗？"

"送送你。不想看我了吗？"

"想看你，非常想！那我就从你公司后面坐吧，反正到火车站的车多。不过你13：30得上班的。"

"明天小年不会太忙，半个多小时还是可以的。"

"不按时上班啊？那可不行。"

"没事，只要店长不在就行了。"

"好吧！到宪城后与你联系，我尽量早点走。"

"顺其自然吧！有空就见，没空就算了。"

"好吧。很多事不都是这样的？不过，还是谢谢你！让我对宪城充满了好感。总是让我怀念不已，因为你的存在。"

"我就是一个能吃、能睡，爱花钱不嫌累的主。我应该谢谢你，二十多年过去了，还愿意逗我开心！"

"也谢谢你，给我逗你开心的机会！要不然，这一辈子多遗憾啊！"

"人总是失去才会珍惜！"

"是的，失去才珍惜。莫哭啊，你一哭我就慌了神了！夜里我又要失眠呐。"

"马上深夜十二点了，睡吧，晚安！"

"好吧，晚安！萍儿，想你！"

晚上，燕舞扬醒了好几次，想到马上离开宪城，离梦依萍越来越远，总是睡不着。

第二天八点多，梦依萍把冯异天初一的成绩单发给了燕舞扬："他们班同学都很优秀，儿子的副科考得好差！"

燕舞扬仔细比对了冯异天的成绩，然后回了信息："看孩子成绩时，既要看他和别的同学间的差距，还要看他自己的进步。其实我觉得异天和自己进校时比，进步很大的！副科差点，正说明他的问题不大。因为放长远一点看，即使到高中，语、数、外仍然是重中之重！所以异天成绩在结构上没有很大问题，利于后期发力。稍加注意点副科，异天成绩很容易赶上来。和全校同年级学生比，异天进步很大了，进步224名！这个得好好肯定一下异天，和他谈的时候，一定要强调出来。另外，肯定的同时，不要让他放松语、数、外。班级上进步九名，虽然进步不是很大，但一分析他们班在全校排名上，也是好事。因为这说明他们班班风好，学风浓，大家都在积极追求进步，这对异天很重要！班级环境很重要，有这样的班级氛围，你多肯定和鼓励异天，他的进步会越来越大的！我相信你的智慧，能很好地激发异天的潜力，提高他的学习兴趣的！"

"嗯！如果你是他的父亲，他会更优秀。他爸以前不管他学习。"

"嘿嘿，我也想当他的父亲。"

……

返程前，燕舞扬专门到村部，特意找到蔡有福，结合自己在云南大学读研到云贵川实地考察的思考，告诫其切不可盲目上马旅游二期工程，以免出现污染、重大伤亡事故和群众集体上访的情况发生。同时，燕舞扬向其郑重承诺：会积极联系愿意投资且有良心的商家开发二期项目，争取为燕家庄父老乡亲的致富再做贡献。蔡有福爽朗地应下，并和其他村民一起将他送了老远。

下午，燕舞扬提前达到约会地点，点好饮品及零食，坐等梦依萍的到来。不到两点，梦依萍从公司脱身出来，与燕舞扬一块儿聊了聊天，方依依不舍地分手。坐于车上，他又写一首韵律不很工整的诗歌《浮萍》发给她：

萍漂大江流，难觅芳踪秋。
莽莽苍苍去，渺渺茫茫休。

黯然销魂者，混迹乾坤求。

而今频传信，聊做亲朋走。

念兹缘分巧，感惜冥冥守。

未来长久日，不负汝之求。

人生多不易，甚勿轻言丢！

生于浊世间，独立清风留。

第五十六章　遭劫失踪

己亥年七月，在成都至合肥的列车上，广播响起："亲爱的乘客朋友们，列车运行的下一站是合肥站，请下车的乘客做好准备。正点到达的时间是24:35分，但因晚点两个小时，列车将于明天凌晨2:35分到达。我谨代表本车列车长和全体乘务人员表达我们的诚挚歉意……"

几遍重复之后，燕舞扬再也没有睡意。他揉了揉发胀的太阳穴，掏出手机一看，才十一点多。他本想站起来走走，缓解一下因久坐而有些麻木和僵硬的双腿，可是两个鼾声如雷的同座乘客配合默契地以怪异的姿势阻住了去路。不爱打扰别人的燕舞扬只好作罢。他艰难地扭动了一下身子，如虾米一般弓着腰，缓缓立起，无力地靠着车窗。

夜如一团墨水染青了整个天地，疾行的列车似一把匕首穿透了夜的心脏，有节律地发出"哐当哐当"的跳动声。偶尔会有如古兽般高大茂密的植物近距离地骚扰着列车的专注，为如磐的暗夜增添些消极的活力。燕舞扬的心也随着夜飘飘沉沉，一会儿回到宪城，一会儿飞往珍城。

宪城有他最牵挂的两个女性，一个是母亲，一个是梦依萍。此次急急忙忙回宪城就是为了探望病中的母亲。几年前，燕舞扬的父亲去世，随后其母便生病至今。只要市委办闲些，并能请假的时候，孝顺的燕舞扬必回宪城陪护母亲一段时间。此次请假之前，燕舞扬安排好了已高中毕业正等大学录取通知书的儿子燕秋生和刚刚接到高中录取通知书的外甥女木荳。当然，燕舞扬协调了上海文化与旅游局、四川珍城文化与旅游局、云南大学、颍上大学、宪城人民政府、燕家庄，与已身价上亿的古月良、万家好等投资方，一起洽谈共同开发燕家庄二期旅游项目的事情。为了这件事情，他和上海文化与旅游局科长万家鑫博士多次联系、沟通并准备了翔实的资料，力图促成项目落地，以便造福一方。

因为临时决定，仓促之下已无卧铺，而今又长时间晚点，燕舞扬明白：从合肥到宪城的大巴估计是没有了，于是他只得做好辛苦一路的打算了。

儿子燕秋生高考成绩仅仅只是二本线，不是很理想；外甥女虽然考上了省级示范性高中，但也低于燕舞扬的预期。这些都压在燕舞扬的心头，折磨得他常常失眠。

终于到达合肥市，燕舞扬长长地舒了一口气。随着人流，他走出了火车站。虽已凌晨两点多，但站前广场仍有少量客车揽客者。他稍微停了一下，顿时有三五人围了上来，各样的方言噼里啪啦轰炸过来。

"同志，你到滁州吗？"

"老板，你到宿州不？"

"到不到宪城，大兄弟？"

……

见燕舞扬一言不发，只是不停地摇头，揽客者失去了热情，便一个一个扭头离开，去寻找下一个目标。根据以往经验，他判断：回宪城的最后一班客车已经离开合肥市，只能坐六点多的首班车了。可是，他还不死心，决定到客车站实地看看，反正也没什么事。于是燕舞扬拉着行李箱，沿着最近的一条路往前走去。

靠近火车站附近的路上，行人相对多些。可是一百米之后，难觅人影。偶尔会有出租车驶过，为寂静的街道增添些噪音和生气。十多分钟后，他出现在了客运站门前。果不其然，大门紧闭，里面漆黑一片。他站立了一会儿，思考着如何打发近四个小时的漫长暗夜。如果手机有电还好说，爱看书的他很容易挺过去。可是手机不仅快没电了，而且唯一的一块移动电源中的电也在二十几个小时的旅途中耗得七七八八，而合肥到宪城尚有近三个半小时的车程，这期间肯定得让手机有点电。

网吧和宾馆都可以用来打发时间，于是他打开高德地图搜了搜。最近的网吧约三公里，可是自己不喜欢游戏，还是算了。他又搜了搜旅馆，最近的旅馆在四公里左右，挺远。不过住宾馆即可补充睡眠，又可为手机充电。于是，他慢慢来到路口，在昏黄的路灯下等着出租车。十多分钟之后，疲惫不堪的燕舞扬终于等到了一辆。借着灯光，他发现车后座有一位留着长发、戴着墨镜的乘客。大晚上的，戴什么墨镜啊？他就满腹疑问地走向驾驶员的位置，问能否到万豪宾馆。得到首肯后，燕舞扬便把行李箱放到后备厢，自己则坐在副驾驶的座位上。虽然，期间司机频繁眨眼，后排的乘客露出一丝僵硬而诡异的笑容，却并未引起为人坦荡的燕舞扬多大警觉。

一开始，车按照高德导航往前行驶着，燕舞扬便关闭了导航，靠着座位闭上了困倦的眼睛。一会儿，后排传来低沉的声音："往左，走滨江路。"

燕舞扬想："先来后到，他先打此出租，理当先把他送达目的地。"当睁开眼睛的时候，燕舞扬发现，车竟然行驶在异常偏僻的路上。于是，他侧过头看了看司机。满面胡须的司机再次频繁眨眼，燕舞扬不禁疑窦丛生：该不会遇上劫匪了吧？睡意瞬间消失得一干二净，他开始琢磨着如何脱身。饶是他智计百出，惊惶之下，亦无良策。他盘算着最坏的结果：舍弃全部财物，保证人身安全。司机不会是和他一伙的吧？应该不是。那劫匪又是用什么唬住了司机？仔细一回想，燕舞扬才记起后排乘客的坐姿有些前倾，和一般的乘客相比，确实不太正常。估计是长刀吧，劫匪大概是在坐上车后用刀抵住了司机的左后侧。

车疾驶着，不一会儿路灯渐次消失。虽然经常路过合肥，可是燕舞扬对其并不熟悉。看来此次在劫难逃，原来的紧张一寸寸崩毁，松弛的神经有些缥缈，又有些荒诞。如果自己死了，最伤心的会是谁呢？这个问题从一出现便始终盘旋在他的心中，如西西弗斯推的那块被诅咒的石头，刚刚推到山顶，便滚落山脚，于是得重新推，循环往复，不得停歇。

"停下！熄火！"劫匪生冷的声音使得八月的炎热骤然降到冰点。

司机慢慢熄了火，世界复归黑暗与寂静，唯有争分夺秒竭力活着的夏虫还有些生机。劫匪迅速下了车，从外打开驾驶室门，伸手拽下司机，并凶狠地盯着燕舞扬。借着若明若暗的天光，燕舞扬发现凶悍的劫匪一手拿刀，一手持枪。抵着司机的刀在月光下反射着幽冷深邃的光，投射出一片浓重的杀机。黝黑的枪管直指燕舞扬，喷吐着噬人的死亡气息。或许因为书籍、影视剧看得太多，燕舞扬的脑海中竟然有种演戏的幻觉，虚无而可笑。如果是白天，先死的肯定会是燕舞扬，因为此时的他是一副若有若无的嘲笑样子。

甫一下车，两人便爆豆一般吵了起来。细瘦结实的劫匪比粗壮的司机高了半个头，枪头也朝司机移去。钱、毒品、私吞……飘荡在燕舞扬的耳朵，他决定趁着夜色偷偷溜走。他轻轻地抬起脚，小心翼翼地矮下身子，尽可能地不发出声音，慢慢挪到车后，弯下腰，悄悄钻进玉米地。露珠不时地滴落在他的身上，脸被叶子划得生疼，坑坑洼洼的路面和各样的藤蔓那么讨厌，总是让他深一脚浅一脚的，重心也是不停地摇晃。愤怒的咒骂声、拼命的厮打声、痛苦的惨叫声、沉重的倒地声渐渐远去。有豆大的灯光在右前方摇曳，夜被撕成了两瓣，求生的欲望使他毫不犹豫地调整了奔跑的方向。齐膝的植物前仰后合，他的心随之摇摆，泛起了一丝热望。

突然寂静的身后传来了劫匪追赶的脚步声，恐惧和慌乱拖慢了燕舞扬的速度。他大口大口地喘着气，拼命往灯光处跑去。"扑通"一声，燕舞扬跌入一个不小的水坑。他挣扎着，想赶快爬出，可是劫匪已然赶到。

"哈哈……"劫匪鸱鸮般的桀桀笑声刺破夜空，"老天都站在我这一边，哼！还想跑！兔崽子，你怎么不跑了？"

蓬头散发的劫匪气喘吁吁地立在坑边，俯视着倒地的燕舞扬。劫匪的墨镜不见了，择人而噬的目光闪烁在如水的暗夜。

燕舞扬索性不再挣扎，坐在水坑边，喘了喘气，然后平静地问道："你想怎么样？"

"我想怎么样？哈哈……"劫匪再次发出刺耳的笑声，扬了扬手中的枪，指着燕舞扬，"看你戴副眼镜，老子也不折磨你了，这就送你上西天！"

"等等，既然必死，那你就不要让我做个糊涂鬼，能否解释一下杀我的原因？"燕舞扬平静而好奇地说。

劫匪一愣，没想到这个身量不高的文弱人竟然如此镇定："好，老子佩服你的临危不惧，量你也逃不出我的手掌，时间也来得及，索性就告诉你事情的原委。你知道司机是谁吗？"

见燕舞扬摇了摇头，劫匪猛地把长刀插在坑边，用枪朝停车的方向指了指，嘶吼着："他可不是一般的出租车司机！八年前，他威震金三角，号称铁狼，是我大哥最贴心、最得力的干将。可是在一次大买卖失手之后，不仅钱货没了，铁狼也销声匿迹。老大怀疑是铁狼出卖了他，于是便先后派出四拨人寻找铁狼的下落，每一次都无功而返。大哥异常震怒，再次出重金挑选十余人到全国各地搜寻，要求活要见人，死要见尸。我负责河南、安徽两地，今年年初我侥幸偶遇铁狼，发现他行踪不定，居无定所。幸运的是他不认识我，而我早已从大哥提供的资料中详细地掌握了他的体貌特征。此人心狠手辣，是个搏击高手。为了一击致命，我悄悄跟踪了近半年，方才熟悉他如今的生活规律……"

听着劫匪滔滔不绝的讲述，倍感倒霉的燕舞扬却在琢磨着如何脱身或避免被杀的厄运。远处十分平常的灯光此时却充满无限的诱惑，燕舞扬多么怀念那些岁月静好的日子，怀念曾经意气风发的青葱岁月，怀念与家人的其乐融融，担心自己回不去两个孩子该怎么办……

"你在听吗？"恶狠狠的声音打断了他的思绪。他一怔之下，微微点了点头，只听劫匪续道，"一个多月前，铁狼又改头换面，开起了出租。经过长时间观察，今天晚上我终于发现他没随身携带挎包，机会来了。你知道吗？他的挎包里藏着一把杀人无数的进口手枪，而且铁狼的枪法之准名扬金三角，如果不是畏惧老大庞大的实力和森严的戒备，铁狼早已单干了。"

大概很久没有和人聊天了，这个口才很好、有着极强倾诉欲的劫匪口若悬河，让处于生死边缘的燕舞扬很是无奈。他只好硬着头皮继续听下去，寄希望于奇迹的发生。

"为了掌握先机与主动，我总是把枪和刀放在背包里，游走在大街小巷，像一个长年在外漂泊的务工仔。发现铁狼踪迹后，我首先记下他出租车的车牌号，随后买来一张合肥市最新地图，租了一辆车尾随其后，寻找铁狼出租车的运行轨迹。一切准备就绪后，今晚终于坐上他的车并先发制人，控制住了他。本来一切进展顺利，却在中途遇见你搭车，要怨也怨你自己……"

燕舞扬惕然而惊。遇见？遇见！人生何处不遇见？一出生就遇见燕家庄贫穷的现状和独异的自然资源；十多年前遇见了媒人，介绍了木子，心如死灰般地走进了婚姻，有了孩子，有了家；十多年前遇见熟人，一席夜谈，让他走上考研之路，从而离开宪城，遇见了更多更陌生的城与人；二十多年前因遇见梦依萍而改变了自己的生活、感情；如今，遇见了凶悍的劫匪，生死难料……多么可笑的遇见！

"……经过常年的颠簸和藏匿，铁狼的体力和灵活性大不如前，所以我才有机会击杀了他。本来我要砍掉他的头，送给老大……"劫匪似乎在讲一个与己无关的故事或者杀的并不是一个活生生的人。让杀鸡、宰鹅还行的燕舞扬凭空打了一个寒战，他明白故事马上就要结束，而自己的命运即将呈现在这个肮脏的水坑边。

"为了保密，为了万无一失，我必须杀了你，于是我不得不暂时放弃砍掉铁狼的头。"暗夜中，劫匪如饿狼般的眸光灼热炙人，烘烤得燕舞扬心惊胆战。

燕舞扬竭力控制住自己的情绪，用一种奇异的声调向劫匪或许叫杀手更贴切道："嗯，遇见你们，我自认倒霉，我带的钱不多，也就几万……"

尚未说完，便被杀手的大笑打断："钱？你看我缺钱吗？你的钱再多，能和我大哥比吗？哈哈……笑死我了，哈哈……"

"那……我……我这个年纪，上有老，下有小，只要你别杀我，你让我干什么都行。"燕舞扬啜嗫着。

"真的？"杀手不再大笑，满腹疑问地朝燕舞扬看了看，绕过水坑，往前走了两步，来到燕舞扬身边，用枪挑起他的下巴，冷冷地问，"你是干什么的？仔细讲讲，我看大哥需不需要你这种类型的人。听着，不要说任何假话。从现在开始，如果发现你说了一句假话，我随时都可以要你的狗命！嗯？"

燕舞扬点了点头，随后把自己的经历和从事的行业讲了一遍。听完，杀手沉默了良久，方道："金三角需要懂生意、会电脑、会网络，能写东西的，你恰好合适。我请示一下老大，如果他同意，你和我一起去金三角。如果他不同意，我立马砍了你！"唾沫飞溅而来，蒜臭味黏稠浓重，燕舞扬厌恶不已，却又不能表现出来，只是一动不动地坐在坑沿。

随后，杀手用一种奇怪的语言打起电话来。夜空高远而静默的，田间散发着熟悉的气味，周围植物生长的声音和夏虫繁杂的聒噪声充盈耳畔，燕舞扬暗自盘算：如果老天有眼，让自己躲过今晚必死之局，无论以后如何活着，以后再讲吧，他还不想死。毕竟在这个世界上，让他牵挂的人和事还有很多很多。一阵叽里呱啦之后，杀手收了电话，默默地看着燕舞扬。燕舞扬心头微颤，未知的命运抄在别人手中的感觉总是让人不好受。沉默了一段时间，杀手沉声道："大哥同意你过去。你随我来。"

杀手转身就走，并不担心燕舞扬逃掉。他忐忑不安地跟在杀手的后面，发现竟是出租车停放的方向。现场一片狼藉，粗壮的司机仰天朝上，倒在路边的水沟中。

"过来，你拉着另一条腿，把他拽上来。"杀手命令道。

把铁狼装车？焚尸灭迹？还是……燕舞扬满腹疑问，但不敢发问，生怕激怒杀手。尸体还有余热，触之还挺柔软。燕舞扬虽然年纪不大，但亲历过很多病死者或罹难者现场，心中倒也不怕。只是双手沾满了黏液，估计是鲜血，扑面的腥味让他有些作呕。尸体拖到路面之后，杀手粗暴地扯脱燕舞扬的挎包，凶巴巴地质问："你的手机及所有能证明你身份的东西都在里面吗？"

"嗯。"

失神的燕舞扬无力地瘫坐于地，眼见杀手一把火点燃了尸体和车，眼见一辆高档汽车缓缓驶来，眼见从车上下来两个彪形大汉。一人从车上抄起垒球棒，朝燕舞扬走来。手起棒落，燕舞扬头部刺痛，立即陷入一片黑暗中。

　　醒来之后，燕舞扬发现自己被塞在后备厢中。好在是大型越野车，空间尚可，而燕舞扬个头也不很高。可是此前到底发生了什么，他无论如何也想不起来，唯感头痛欲裂。越野车走走停停，时而平稳，时而颠簸。一路上，车里面竟没有任何声音，支撑了几个小时后，他迷迷糊糊地又睡去。再次醒来，已是几天后的晚上。被拖下车后，杀手扔给他一套崭新的衣服和一双鞋子，并命令他赶快换上。其间，杀手问了他好几个问题，燕舞扬竟茫然不知，让杀手很感意外。焚烧了燕舞扬脱下的衣服与鞋子，杀手让其坐在后排。一番对白之后，杀手和同伙确定燕舞扬被打失忆了。

　　"既然已经失忆，还有必要带着他越境吗？"司机说。

　　"我看没必要，即使给他带到大哥面前，估计大哥也不会收留一个残障人。"副驾驶说。

　　"还残障人，哼！如果你下手不那么重，他会这样吗？本来我已经请示了大哥，大哥也需要这样的人才。结果呢？你一棒子下去，他失忆了。回去后，让我如何向大哥交代？"杀手说。

　　"哼，就是我打的，怎么样？回去你告诉大哥。不要以为你杀了铁狼似乎立了什么大功。我可警告你，休要猖狂！"

　　"事实就是事实。回去后，我当然要如实向大哥汇报。"

　　"行了，你们俩就不要吵了，先想想如何处理这个失忆的兔崽子。现在已经在云南境内，不提前设计好，麻烦事在后面。千万不要给大哥惹麻烦！"

　　一时间，车内寂静无声，唯有胎噪不绝于耳。

　　"在下一个路口出省道。"半晌，杀手方闷闷地道。

　　"好。前面不远就有一个。"司机迅速回道。

　　一个小弯，车驶下省道。燕舞扬抬头看了看路标，是昆明。昆明在哪儿？有那么一瞬，他似乎感觉这个地方很熟悉。可是究竟为什么熟悉，他却不知道。行驶到一个植被和树木都很茂密的山丘，车停了下来。

　　满脸刀疤的杀手拍了拍燕舞扬的肩膀，尽量温和地说："兄弟，既然你已经失忆了，我们也就不害怕你泄露我们的秘密了，便不杀你了，你的证件和手机我已经烧掉了。以后你如何，自求多福，就看你自己的造化了。"燕舞扬怔怔地看着杀手上了车。不一会儿，车消失不见。

燕舞扬环顾了四周，找一个石块坐了下来，不久又昏昏沉沉地睡了过去。也不知过了多长时间，他浑身燥热地醒来，痴痴呆呆地看着八月火热的太阳，不时露出一丝莫名其妙的笑容，也不知道想起了什么。远处传来雷声，天上的乌云渐渐增多，注定是一个风雨交加的日子。

第五十七章　二代相遇

乙卯年，上海。

"已经找您十五年了，爸爸您在哪呢？"看着窗外的万家灯火，坐在宽敞又简约的办公室里的他喃喃地道，痛苦而疲乏地揉了揉太阳穴，"如果您活着，您会为儿子取得的成就而自豪吧！十五年前，您回家探望奶奶，从此下落不明，生死不知，唉……如今奶奶也去世了，可是父亲您……"手机铃音打断了他的自伤自悼，看了看屏幕，是铁哥们儿王俊杰。

"燕总，有空吗？"王俊杰平时调皮的嗓音中故意装出一副严肃的腔调，让燕秋生忍俊不禁。

他故作轻松地问："王处，什么事？和别人说没空，敢和你说没空吗？"

"嘿嘿，我的码农，能不能中断一下你那伟大的编程事业，出来放松放松啊？"

燕秋生抬头看了看墙上的钟，已近十点，确实有点晚了，而晚餐还没吃。奇怪，肚子霎时便开始"咕噜咕噜"起来，他只好顺水推舟："好啊，既然王处有请，恭敬不如从命，你告诉我地点吧。"

"老地方，回见！"

"回见！"

刚刚走出办公室，扑面而来的热浪让燕秋生倍感燥热。地下车库更是闷热异常："夏天如此热，这上海有什么值得留念的？还不如珍城，唉……"

一打开车门，他立即发动车子，依次打开空调和音乐设备。舒缓而略带忧伤的歌熨帖着他疲惫不堪的身心。静坐一会儿后，他驱车驶离了办公区。人依然很多，车到处拥塞。他耐心地开着，谁让上海不仅经济发达，拥堵程度在世界上也小有名气呢？急也没有办法。到了路口的时候，他开进小巷，走起了近道。十几年来，为了寻找父亲，每到一个城市，他都会穿街走巷，踏遍每个地方，更何况他上大学和工作地都在上海。这些路他已非常熟悉了。赶到"喜来登餐厅"，王俊杰点的菜刚刚送上。燕秋生并不客套，喝了一碗汤之后，便狼吞虎咽起来。王俊杰也不见怪，因为从初中开始，燕秋生的饭量就出奇的好，而吃相一般，至今犹然。有时，他很羡慕燕秋生这一点。看燕秋生吃得差不多了，王俊杰方徐徐道："老燕，女朋友怎么样了？"

燕秋生微微皱了皱眉，略微肥实的脸漾起一丝笑意："你还能不知道？现在没时间也没心情找……"

王俊杰还未等他说完，立即摆着手打断了他："什么叫没时间啊！就你码二进制有时间呐？哼！燕叔要是在上海，看你都三十多了，还没女朋友，他不气坏了！"

一听王俊杰提到父亲，燕秋生任何胃口都没有了。他放下筷子，侧脸望向窗外。王俊杰明白：父亲的失踪是燕秋生这十多年来的心结和伤疤。以前的老燕可是个活泼分子。可是，日子还得继续下去，不能因为甲事而放弃了乙事，乃至更多的事。自己虽然多次劝说，但收效不大，燕秋生总是把除了找父亲之外的任何时间都用在了工作上。他很担心长此以往，燕秋生承受不住压力而崩溃，因此他总是找各种各样的借口拉这位最好的同学出来散心。

"唉，秋生，你变了很多。"

燕秋生一愣，回过头看了看王俊杰，颓然道："是的，我变了，自从父亲失踪之后……"鼻子一酸，眼泪一行行掉了下来。

王俊杰递来纸巾，他默默接过。泪眼朦胧中，燕秋生道："对不起，我……"

"不要说废话了，我们是好兄弟！下次有时间我们一块出去找找燕叔，不要灰心，嗯？"

"好的，谢谢！"

"看看，又来了！"

"好，好，不说了。俊杰，如果你遇到我这样一种情况，你有心情去谈恋爱吗？"

王俊杰认可地点了点头。两人一时间也不再说话。窗外繁星点点，如点缀了万千宝石的丝绒。诸多高楼大厦仍灯火通明，尚能看见繁忙的人影穿梭往来。路灯如一串串碧玉琉璃，织出一座繁花似锦的不夜城。川流不息的大小车辆是翩然起舞的萤火虫，飞翔在凡俗的人间。看燕秋生呆呆地看着窗外，王俊杰知道他又走神了，便拍了拍他，"走，上酒吧坐坐去。"

燕秋生看了看时间，已经22:30，忙道："太迟了，明天还要上班呢！"

王俊杰哈哈一笑："你真是个名副其实的工作狂！明天是周末，我的燕总！"

他一愣，赧然一笑："哦，好。你看我这记性，唉……"

王俊杰一招手，服务生立马过来，问："先生，有什么可以为您服务的？"

还未等王俊杰反应过来，燕秋生已经拿起手机准备扫码结账。

服务生忙道："对不起，先生！账已经结了。"

燕秋生如看火星人一般盯着王俊杰，傻笑着："好你个俊杰，摆了我一道，看我怎么收拾你！"说着便站起，握着拳头，作势要打王俊杰。王俊杰故意"哇哇"乱叫，飞奔出包间。燕秋生在后追着，直到出了"喜来登"。

随后，二人来到附近的"雅尔乐酒吧"。晦涩的光线，嘈杂的人群，悠扬的贝斯，暗烈的装饰，他们各自点了一份饮料，慢慢地沉浸在这有点安静又潜伏着疯狂的氛围中。

虽然已十二点，可上海的夜生活似乎才刚刚开始。酒吧的人渐渐增多，服务生不停地在人群中穿梭，送着酒水、饮料和食物。一曲现场吉他弹奏之后，有着朋克风格发型的男主持出现了。他那一声嗲声嗲气的问候，让人浑身陡起鸡皮疙瘩。随之，他嗓音粗豪："现在让我们用热烈的掌声有请红遍上海滩的DJ，玛丽小姐！"

燕秋生边随着众人鼓掌，边好奇地朝台上望去，只见从幕布后面袅袅婷婷地走来一个身材中等、颇为瘦削的女子。长发盘卧，发梢朝前，随着步伐而不停抖动。眼睛很大，颧骨略高。烟熏妆化得有些浓，颇有些西洋味道。坚挺的鼻梁撑起来全部表情，更加重了她幽深的眼神。窄小的白色滚黑条上衣凸显着丰满的胸部，两段白皙的藕臂尽露无遗。下身是水洗带洞毛边牛仔短裤，纤腰仅可盈盈一握，而臀部则紧翘有致。刚走到碟机前，她玉指轻划，悠悠暗暗的颤音混杂着尖锐之声，在其拒人千里之外的高冷神态传递下，直击吧客们柔软的心房，整个大厅竟因此而寂静无声。酷爱音乐的燕秋生久已掩蔽的内心似乎被狠狠地撞击了一下，虽然很轻。此女必定深谙音乐，不然就不会仅凭如此简单的一个动作而抓住了自己及众多吧客们。

"嘭！"碟机发出沉闷而厚重的敲击声，似一记小小的惊雷，炸醒酣睡的人们。音轨变幻，音线开始拉长，爵士、乡村、摇滚、民族……纠缠、交织、飘离，撕扯成一片奇异的天空，那里有阳光的突现、阴云森然的密布、自由自在的奔跑、灵魂痛苦的嘶吼……短短的一瞬，燕秋生品尝了诸多况味，略有些惊讶地瞧着DJ专注的样子，他有种惺惺相惜的萌动。

性感而专业的DJ看到吧客们的注意力已经开始转移到音乐上，于是乐风一变，转而成劲爆的舞曲，似一场突袭人间的雷暴，煊赫而狂野，吧客们纷纷离开座椅，邀请异性共舞。燕秋生和王俊杰一动不动地坐着，因二人都不喜欢跳舞。他们默默地品着酒，看着帅男辣女们卖力地摇摆着身体，沉浸在荷尔蒙的刺激中疯狂的样子。

有那么一瞬，DJ诱人的大眼飘忽过桌前，燕秋生敏感地捕捉到她透露出的淡淡忧伤。或许玛丽小姐有很多故事，如她的身材一般诱人吧。在打碟的间隙，DJ巧妙地驳接了两首风格基本一致的舞曲。估计吧客们的精力已经到了极限，她便顺畅自如地结束了敲击。DJ弯腰致谢，在吧客们的嘘声和掌声中隐于幕后。而意犹未尽的吧客们则力邀舞伴们共坐长谈，徒留霓虹投射下的斑驳陆离的光影。

因为喝了酒，燕秋生和王俊杰便叫了代驾。回到家，已经两点多。燕秋生并无睡意，而是打开电脑，浏览了一下自己注册过的几个寻亲网站。让他很失望，并没有父亲的消息。他给自己倒了杯茶，看着电视里煽情的剧情，双眼空洞而茫然。那一夜，他在沙发上睡下。

第二天，他被电话铃吵醒，是远在美国的博士生导师James David打来的。作为留学生，燕秋生曾在美国待了五年。毕业回国后，利用自己博士研究方向作为股份，燕秋生成了上海一家中外合资编程公司的技术经理，而导师David则成了技术顾问。电话中得知产品有瑕疵的时候，燕秋生惊出了一身冷汗。要知道，这批产品是专门为美国环保部门设计的，订单总额为3亿美元。为了竞标成功，公司动用了所有资源，花费了无数心力。如果因为技术问题而导致订单取消，自己不仅经理之位不保，而且可能会给业界留下一个不好的印象，对公司和自己的未来发展都会产生负面影响。

放下电话，他钻进浴室，洗了个冷水澡，心头的担忧渐渐平息。和公司高层汇报完毕后，他立即通知了技术部门的所有人员于当天开了个协调会，紧急启动技术验证程序。经过一系列的检测、验证和模拟，瑕疵终于消除，而时间已是三天以后。走出办公室，疲惫不堪的燕秋生坐上早已停在楼下的王俊杰的车。

"码农，今天到哪吃晚饭？"

"随便。几天来，我这脑细胞已经被摧残得七零八落了。俊杰，你决定吧，钱我付。"

王俊杰一听就知道燕秋生想放松放松，于是他把车开到洗浴城。二人沐浴按摩之后，又开车到黄浦江畔的大排档，吃了海鲜。随后临时决定到"希尔顿酒吧"，没想到又遇见了"上海滩第一DJ"玛丽小姐。此次玛丽小姐并未敲打碟片，而是抱着个贝斯，正无比忧伤地演绎着一首老情歌："回忆里想起模糊的小时候/云朵飘浮在蓝蓝的天空/那时的你说/要和我手牵手/一起走到时间的尽头/从此以后我都不敢抬头看/仿佛我的天空失去了颜色/从那一天起/我忘记了呼吸/眼泪啊永远不再/不再哭泣/我们的爱/过了就不再回来/直到现在/我还默默的等待/我们的爱/我明白/已变成你的负担/只是永远/我都放不开/最后的温暖/你给的温暖……"

"老燕，你喜欢音乐，你说玛丽小姐唱的这首歌是谁唱的？"

"这个可难不倒我。这首歌唱的人很多，不过我喜欢飞儿乐团的，因为这首歌的歌词本来就是F.I.R.和……和谢宥慧填写，曲子大概就是F.I.R.谱的吧，流行于十多年前了，没想到玛丽小姐还挺恋旧的……"

"算了，你不恋旧吗？你不恋旧，你早都结婚了吧，哈哈……"

"就你行，动不动损我，哼！看我哪一天不向你那海关科长告状去！"

"我怕死了！你就去呗，反正我和她在一个科室，我的行踪她完全知道，嘿嘿……结婚证都已经拿回来了，害怕你告状？"

燕秋生一愣，一脸惊喜道："恭喜恭喜！老王，你够神速的啊！何时结婚？"

"你忙晕了不是？都三十多岁了，还神速啊？我们有个同学，叫什么……叫崔文宇，结婚早，孩子已经会打酱油了。至于我什么时候结婚，还没定。"

"哦。定了的话，告诉我一声。"

"那还用说！谁都可以不告诉，但必须告诉你。你就准备点银子吧，哈哈……"

"那必须的！好兄弟，祝福你！来，来，喝一个！"

二人端起酒杯，碰了一下之后，一饮而尽，脸上都是笑意。

"二位如此高兴，可否讲来听听？"两人正在品味零食的时候，一阵香风袭来。抬头一看，竟然是一袭白色曳地长裙的玛丽小姐，端着酒杯，款款玉立于桌旁。

靠近走道的燕秋生连忙站起，口齿伶俐地道："让玛丽小姐见笑了。这位是王俊杰，我的闺密……"

身材瘦长、面容白皙的王俊杰微愣，她一瞥，随即花枝乱颤，玉手轻掩樱唇："闺密？哈哈……好一个闺密啊！"

只见王俊杰满面通红，一脸黑线，燕秋生只是傻傻憨笑。待得玛丽小姐气息均匀，燕秋生方道："如果不介意的话，诚邀您一起共饮一杯，可否？"

看了看高大挺拔而又帅气的燕秋生，她微一思考，便大方地放下酒杯，拖起长裙，坐了下来："恭敬不如从命！"

王俊杰道："很感荣幸！服务生，过来一下。"

侍者随即赶到。燕秋生道："玛丽小姐，请您不要客气，您需要点什么？"

玛丽没想到两位帅小伙竟如此客气、豪爽，于是也不再扭捏，朝侍者道："那就来个水果拼盘吧，谢谢！"

待侍者走后，健谈的玛丽小姐立马问："我好像在'雅尔乐'见过二位。你们是不是去过？"

"玛丽小姐好记性，我们确实去过。那一次你是DJ，可把我敲晕喽！"燕秋生幽默地道。

"哎呀，真是人生何处不相逢啊，想不到我又遇见了二位……"玛丽小姐略带惊喜地说。

王俊杰立即端起酒杯，笑呵呵地道："来，为再次相见碰一下！"

三人端起酒杯，一饮而尽。燕秋生见玛丽小姐如此干练，心知此人必是深谙江湖之道的人，要不然也不会在娱乐场所混得风生水起。细观此女，他发现对方年纪也是不小，可其语言中根本就没有沪上一带的痕迹，估计此人亦来自长江以北。王俊杰见燕秋生一副沉思的样子，也不知他在想什么，而玛丽小姐也是凝而不发，颇有些冷场的味道，就故意挑起话题："玛丽小姐音质醇厚，音域宽广，实在佩服！"

玛丽俏眼瞥了王俊杰一眼，徐徐道："哪里哪里，让你见笑了！"

回过神的燕秋生接过话头，含笑道："并非见笑，而是你太谦虚了，你的音乐功底深厚，音色脆亮，想必是经过系统训练。"

媚眼一扫二人，她略带羞涩地道："谢谢你们夸奖，本人确实学习过音乐，但也不是特别系统。其间发生的事情颇多，就不在此讲述给二位听了。只是因为个人爱好，用功甚勤，方才有此小小成绩，不值一哂。呵呵……"

"玛丽小姐是个有故事的人，干啦！"燕秋生端起酒杯，朝她及王俊杰一晃，扬脖喝个底朝天。见此情景，玛丽微怔后，有些呆愣。王俊杰则知道燕秋生唯开心方如此，便道："为玛丽小姐能有此成就，干啦！"也是一口喝完。

玛丽掩口而笑，轻抚秀发，默默地看着手中酒杯，思量着自己是否也喝尽杯中之酒。昏黄的灯光之下，毫无做作的娇媚之态，释放出无限诱惑。王俊杰收摄微荡心神，侧眼看向燕秋生，只见他直视玛丽小姐，竟透明无碍，无遮无拦，遂心中一动：秋生一直没有女朋友，倘对方也没有男朋友，岂不是缘分一场？遂道："秋生，倒酒！"

燕秋生收回目光，面色微赤，忙拿起酒瓶，依次往玛丽、王俊杰和自己的酒杯中添了些酒后，端起杯子，自我调侃道："见到美女，有些失态，见谅，见谅！我先干了，以示赔罪。"话完杯干。

王俊杰微笑不语，看着二位。玛丽被逗乐了，微微摇了摇头，甜甜一笑道："承蒙谬赞！那俊杰同志，我们也喝了？"

"好，一起喝了！"

看着玛丽喝酒时摆动着的颀长柔美的秀发，纤细白皙的玉颈，修理过的素淡个性的指甲，荡人心魄的身体弧线，燕秋生的心竟有些异样，而这种异样已经是第二次出现了。第一次是读高中在面对着初恋的时候，而对方在自己出国读博的第二年已嫁人生子。这些年来，为了事业，为了完成母亲遗愿，为了寻找父亲，感情的事早已经被自己淡化了。没想到，在面对萍水相逢的玛丽小姐的时候，竟然有了这种情感上的波动。仅仅见了两次而已！燕秋生努力控制住自己的情绪，不动声色地问："玛丽小姐，可以问你一个比较私人的问题吗？你可以回答，也可以不回答。"

她回眸一笑，温婉地做个"请"的手势："说来听听。"

"听你口音，不像是江浙一带人，更不是上海人。"

"当然不是。那你就猜猜我是哪个地方的人。"玛丽小姐饶有兴趣地道。

"根据你讲话时，偶尔带的'俺'字，可以大致确定你是山东、安徽、河南交界处的人，是不是？"

她瞪大美目，看着戴了一副眼镜的燕秋生，用略带夸张的口吻，惊叹道："哇，你真厉害，一下就猜中了！不错，我是安徽人。"

燕秋生、王俊杰颇感意外地迅速对视了一眼。燕秋生呵呵一笑，得胜般地道："有福啦，我也是安徽人。你可是我老乡啊！来来来，干一杯！"

玛丽小姐也是颇为豪爽地端起酒杯，与燕秋生的杯子轻轻一碰，俏眉一轩："好！老乡，干杯！"

　　随着聊天的深入，燕秋生方才惊喜地得知：玛丽小姐名叫冯薇薇，和自己一样，出生地都是宪城！是夜，三人漫步黄浦江畔，谈人生、谈理想、谈事业，很是投机，好像认识了许多年的知己，直到凌晨三点多，各自留下联系方式后，方兴尽而归。

第五十八章　彼此靠近

　　第二天下午，燕秋生正在主持部门会议，王俊杰来电话，告知其已做通女朋友思想工作，答应国庆节结婚。他为好朋友的终身大事有了着落而高兴，却又为自己还是个单身狗而有些失落。不过，毕竟是豁达之人，那种失落并不能长久地影响他。而在接到玛丽也即冯薇薇的信息之后，这种影响已是春梦了无痕。

　　冯薇薇邀请他周末一起去参加音乐节。对于Creamfields CHINA音乐节，燕秋生关注了很久，即使冯薇薇不邀请，他也会前去。如今有佳人作陪，他倒是有些迫不及待了，但仅仅平平淡淡地回了一条信息："收到，谢谢！我会按时到达你指定的地点。"

　　会议结束，已是中午。燕秋生又参加了董事会一个简短的活动后得知：自己负责的产品经过美国方面严苛的验证，美国的订单已经走完全部程序，只待产品上线。心头的巨石轰然滚落，他长长地出了一口气，吹着口哨，轻快地走出了办公区。

　　离周末还有两三天，他打算给王俊杰买些结婚礼物。可面对琳琅满目的礼物时，他倒有些踌躇了："要是有位女士帮助参考一下就好了，唉……"脑海中瞬间闪现出冯薇薇性感俏皮的模样，让他吃了一惊。"难不成自己喜欢上了这个刚刚见过两次面，谈过一次话的女人？不应该啊！毕竟自己对她没有丝毫了解啊！"他摇了摇头，无奈地笑了笑，"到国庆节还有几天，暂时不买了。"

三天一晃而过，音乐节如期举行。那是一个周末，燕秋生早早地开着车来到约好的地方，期待中有些忐忑。他希望能与冯薇薇有些进展，可是会成功吗？他心中并没有把握。车载音乐熨烫着有些焦虑的心，燕秋生靠在座椅上，神思恍惚着，沉浸在空洞中。

"嗨，发什么呆？"一阵温柔的敲窗声传来，透过玻璃，他看到穿着薰衣草颜色马甲的冯薇薇嫣然地笑着。按下车窗，在燕秋生的示意下，冯薇薇乖巧地坐到副驾驶位置上。

"燕总……"刚刚坐上车，冯薇薇就欲问他一些问题，却被对方打断："得，打住！叫我燕秋生或者秋生或者老乡，或者其他什么都行，总之不要喊我燕总，行？"

冯薇薇有些意外，侧眼看了看正在发动车子的燕秋生，心想：喊你哥哥你愿意吗？或者喊你阿猫阿狗，你也愿意吗？她"扑哧"笑了起来，刹那间整个车内似乎都荡漾着煦暖的阳光，让燕秋生心神一荡。

"真的喊你什么都可以吗？"蕴含笑意的甜美嗓音冲击着耳膜，他下意识地点了点头，往常清晰的博士大脑一瞬间有些短路。

"让我想想，喊你什么好呢……喊你老乡吧，太老套……喊你老燕吧，你又太年轻……"听着冯薇薇的自言自语，燕秋生登时头大：台上庄重大方，一副淑女形象，可这台下却是个百变精灵，唉……

"哎，对了，你多大？"

"啊……这个……"他猝不及防，没想到对方直接问起了年纪这个很隐私的问题。看来这个家伙也是心直口快之人，不过……不对啊，如果她是这样的人，又如何在上海这个地方混下去呢？或许是她对我也有那么一点点意思？一想到这一层，他有些担忧，又有些高兴，一时间不知该怎么回答。

冯薇薇故意一言不发，用眼睛的余光斜瞥着支支吾吾中的燕秋生，心想：傻瓜，你以为我是个口无遮拦的笨女子吗？我这可是在试探你，看你有没有诚意。嘿嘿，给你机会，就看你喽，相信你这个大博士不会太笨吧。

"老乡……不，这样喊太俗气……那个……冯薇薇……"

他尚未说完，冯薇薇便哈哈大笑，花枝乱颤："算了，算了，不逗你了。你就直呼我的名字就行了，我也如此，如何？"

"好，我年纪是……"

"行啦，那是你的隐私，你不愿意讲，也不勉强你……"

"没什么，我告诉你，我属龙……"

"啊！你也属龙……我……"她立即捂住自己的嘴巴，可是话已出口，窘得她满面绯红，好在燕秋生正专注开车，并未看见。

"我是十月出生，你呢？"

"十二月。"她的声音几不可闻，用手不安地抚弄着头发。

"嘿嘿，我是你哥哥哦……"他回过头，颇为得意地笑了笑，看了看仍然红着脸的她一眼。

"呸，你是谁哥哥啊，臭美样子！"她故意恶狠狠地道。

"你啊，哈哈……"畅快的笑声弥漫在四周，塞满了冯薇薇的耳膜，让她内心有些异样的感觉，竟说不出一句反驳的话来。车子仍在疾驶，却不再说话，似乎都陷入了沉思，而两人的心仿佛已悄然拉近。

因为是周末，音乐节人声鼎沸，各国人等都有。看着燕秋生从后备厢里大包小包地提出各样美食与小吃，冯薇薇内心很是触动，毕竟每个女孩对此都没有多少免疫力啊。难道这家伙对自己有"不良"企图？

昨晚妈妈在电话中的告诫犹在耳边："宝贝，你年纪也不小了，该找个人嫁了，只要对方对你的感情好就可以了……"

她立即打断了妈妈的话："等等，老妈。你以前可不是这样说的，我记得很清楚，你说感情不是最重要的，关键是对方家境要好，经济条件不错。用现在流行的话来说就是宁可在宝马车里哭，也不要在自行车后面笑。结果你现在提起感情来了，嗯，你什么意思啊？我当初……"

"好了，妈妈连一句话还没说完，你就说了一大通。唉……"

"行，女儿知道错了。对不起，我再听着呢，你继续说吧，妈。"

"宝贝，你还能不理解妈妈的心思吗？女人怕嫁错郎，男人怕入错行，所以啊，找到一个对你好的人很重要。如果这个人人品好，经济条件又不错，那当然更好了。"

"可是，妈，你闺女都是剩女了，还能找到你说的那样的极品男人？痴心妄想！当初我大学谈恋爱，你认为对方是单亲家庭，非逼着我和别人分手。结果呢？人家现在不仅有儿有女，还是知名企业家，而你女儿还单着，漂在外面……"

"唉，闺女啊，那是爸妈的错，还不是关心则乱嘛！毕竟那时你年纪还小啊，你懂得什么？所以……"

"好了，妈，事情已经过去，我不想和你分辨和争论。一会儿我还有事，你说的事情我都记在心里。爸爸不在了，您注意自己的身体。拜拜！"

……

看冯薇薇站在车旁发呆，燕秋生并没有打扰，直到整理好所有携带的物品，方才静静地靠在车上，心情大好地等待着。太阳柔和，微风送来了黄浦江有些潮湿的空气。天空不时飞过一群群鸟雀，五颜六色的，欢快地嬉戏着。

"燕总，您也来了？哈哈……"一阵笑声传来，燕秋生回头一看，是同部门的一个小伙子邹州。他微笑着点了点头。冯薇薇也从沉思中回过神来。

"燕总，这位是您女朋友吧！好漂亮啊！"

燕秋生脸上刹那间腾起一片红色，急忙摆手，连忙说："不是，不是。这是……这是老乡……"心中不停地埋怨着这个工科直男，冯薇薇有些诧异地看了看小伙子。不过，当她见燕秋生的囧样，心中倒是乐呵了，没想到高大的燕秋生脸红的时候挺可爱的。

邹州看着平时口齿伶俐的上司结结巴巴的样子，心中顿时大乐。平时这位上司总是一副指挥若定、干练沉着的样子，而今是怎么了？于是他无视燕秋生羞恼的样子，立即接过话头："燕总，我记得您一直都没有女朋友吧。再说了，老乡和女朋友是可以画等号的嘛，哈哈……我就不在这当电灯泡了，拜拜！"

燕秋生两眼喷火，脑际穿过一条条黑线，指着已经走出老远的同事，发狠道："好啊，你个臭小子，回单位我们再算！"

回头一看，燕秋生登时痴了。冯薇薇正用白皙的小手掩着嘴偷笑，微风吹得薄裙紧紧贴在那娇躯上，轻颦薄笑中风情万种，很有种弱不禁风的样子。冯薇薇见他一副傻样，捏起粉拳，轻轻打了他肩膀一下，娇嗔道："看什么呢？"

略带尴尬地回过神，燕秋生扶了扶眼镜："没……没看什么……唉……"顺势弯下腰，提起零食袋，期期艾艾地问："我们可以走了吗？"

捕捉到他慌乱躲闪的眼神，冯薇薇心中有些得意，却又有些抱歉，忙收拾收拾表情，点了点头。燕秋生如蒙大赦，遂大步朝前走去，冯薇薇只好一路小跑跟在后面，却又不好意思提醒对方走慢些。看着燕秋生宽厚挺拔的后背，孔武有力的举止，冯薇薇心头渐生安全之感。可一想到父母的痛苦婚姻和妈妈的告诫，她又心生戒备：不行，得好好考察考察，可不能上了当，虽然燕秋生符合自己的审美要求——高大魁梧，文质彬彬，学历又高，是个博士。可是妈妈提出的择婿条件他能达标吗？从不多的了解看，他至少有车，倒不知道有房没有。作为一个部门经理，应该不会差到哪里吧！唉，这找对象就好像在找饭碗一样，多俗气啊！亏自己还是个艺术爱好者，怎么就如此现实与功利呢？如一个上了年纪的大妈大叔般，真是让人羞愧！再说，别人还不一定对自己有意思呢。如果人家已经有了女朋友，那就更没戏了。整理一下自己的思绪，摇了摇头，把脑中不好的念头给甩飞后，她快步朝燕秋生奔去。等赶到燕秋生身边，入场券已经被他购买到手。两人便随着人流进入现场。搭起的主唱台已经被围个水泄不通，铁杆唱友和粉丝早已经把最好的位置占去。到处是身背各式乐器的爱好者，三个一群两个一伙地聚在一起。离主唱台远的，干脆架起了望远镜。更多的听众则呼朋引伴，或席地而坐，喁喁低语；或喝着啤酒，吃着零食，高声划着拳；或轻挑慢拢地弹着乐器，沉醉于自己的音乐世界里；或用手机放着音乐，和着节拍跳着、扭着。年纪小的孩子们互相追逐打闹，父母则含笑围观。

燕秋生回过头，用征询的眼光看了看冯薇薇。她便朝一个人较为稀少的地方指了指："如何？"他点了点头。找到意中的地方后，冯薇薇还在犹豫着要不要直接坐到沙滩上，燕秋生如变魔术似的，拿出一张素淡的布料，摊在地上，双手很绅士地朝她挥了挥。好体贴的家伙！冯薇薇提了提裙子，顺从地坐了下来，饶有兴趣地看着燕秋生一样样地取出各样零食和饮料。把袋子掏空后，燕秋生打趣地道："妹妹，你想吃什么？哥给你拿。"

冯薇薇故意狠狠地剜了他一眼，故作无奈地说："好吧，小哥哥，麻烦你给我一袋黑白配吧。"

"遵命！"燕秋生大声道，吓得冯薇薇一个激灵。互相看了对方一眼，二人皆开怀大笑，一扫刚才的尴尬。

不久，音乐节开始，两人因各怀心事，并未挪动，一直坐在沙滩上，吃着零食，有一搭无一搭地聊着天，倒也开心。坐久了，两人便顺着黄浦江畔散步。聊天中，冯薇薇方才知道：来自宪城的燕父高中毕业后便做生意，同时自考获取大专、本科文凭；后考上研究生，毕业后成了大学老师，评上了教授；没几年又到市委办公室当秘书，官至副秘书长，十五年前失踪；其母为医生，早年因积劳成疾去世；仍然单身的燕秋生便肩负起寻找父亲的任务。

了解燕家情况后的冯薇薇，心中突然多了些母性情怀。看着燕秋生落寞、伤感的表情，她有种想照料燕秋生的念头。因为她能切身体会到他的疲惫、忧郁和沧桑，毕竟自己父亲也曾遭遇过类似的劫难：生意破产，与妈妈离婚，罹患抑郁症后，跳楼自杀身亡。

当想到父母对她的期待、照料，父亲临终前的痛苦，而自己仍然没有结婚，飘荡在上海，冯薇薇不禁悲从心来，潸然泪下。一脸茫然的燕秋生连忙手足无措地拿出纸巾小心翼翼地递了过去，也不敢询问原因。冯薇薇抽泣的嘤嘤声、微抖的瘦削娇躯、微红的媚眼，让燕秋生又爱又怜，可……直到第五张纸巾用完，冯薇薇情绪稍稍平息，方窘态万状地向燕秋生道歉："对不起，失态了。"

燕秋生连连摆手："无妨，无妨。"

过了一会儿，只听冯薇薇幽幽地叹息了一声，茫然地看着前方。见冯薇薇空洞的眼神中无复青春的神采，燕秋生的心毫无来由地疼了一下。

他明白，冯薇薇要讲些有关她自己的事情。果不其然，静默了一会儿之后，冯薇薇抬起一双俏丽的大眼睛，定定地看着他，长长地出了一口气，小心地问道："秋生，你愿意听我的过往吗？"

燕秋生毫不犹豫地点了点头，郑重地道："薇薇，只要你愿意讲，我就愿意听。毕竟有些话，应该讲出来，不要闷在心中，那样对自己身心都不好。"

第五十九章　真相揭开

"其实，我生活在一个不是很幸福的家庭……"冯薇薇一开口，就惊到了燕秋生。他极为意外地盯着这个略有些瘦弱的女孩，心中涌起一股复杂的情绪。一方面为她的坦诚和信任而高兴，毕竟一个异性能和你分享自己的内心，说明了很多东西。另一方面又有些不安，因为这时候的冯薇薇并不是很理性，多年的教育使得他不想乘人之危。他只能伸出手，安慰性地轻轻拍了拍冯薇薇的肩膀。

泪眼渐渐朦胧的冯薇薇神思有些恍惚，紧紧握住尚在撤回途中的手，如抓一根载沉载浮的船。梨花带雨的玉容，冰冷瘦弱的纤手，激发了燕秋生的守护本性。他毫不犹豫地用宽大而温暖的手掌包裹住那仅可盈盈一握的小手，有些霸气地一拉，对面的冯薇薇温柔入怀。她哭得更加厉害。燕秋生万千怜惜地环着她，一动不动，唯有那颗心在"扑通扑通"有力地沸腾着。远处的音乐如天上的云，朦朦胧胧，似乎已经停歇，两个喜欢音乐的人却不再关心音乐，不息的黄浦江倒还是安静地流淌着，世界仿佛只剩下他俩。唯有城市的风总是吹来一阵阵暧昧的气息，撩拨出漫天的情绪。

冯薇薇的抽泣声良久方止，微一用力，欲挣脱燕秋生的怀抱，可是并未成功，也不知道是因为自己力气小，还是因为自己不愿意。多久没有像现在这样被一个人抱在怀里了？大概是爸爸去世前的一周吧？那时候，与其说是爸爸抱自己，倒不如说是自己抱爸爸，因为重度抑郁的爸爸害怕与任何人发生肢体接触。拥抱没有给她带来任何快乐，反而是痛苦。后来，爸爸去世，她又与悲伤中的妈妈拥抱过，那感觉竟是苦涩与无奈，无复小时候的依恋和温馨。

闻着燕秋生身上散发出的男人独有气息，她有些沉溺。自己以前可不是这样啊！甚至说，因父母不幸的婚姻而有些心理阴影的她，以前很是讨厌男人身上的气味。如今这是怎么了？难道真的如一本书上说的那样：能结成夫妻的人是依靠气味联系彼此的？偷偷抬起红肿的双眼，不承想正遇见一双充满关爱的大眼睛。她连忙羞窘地移开目光，躲躲闪闪，好似干了一件大错事。心第一次如此剧烈地跳动，浑身如置蒸笼，燥热而无力。

"你没事吧？"燕秋生边说边温柔地摸了摸她的额头。她抬起头，满脸疑惑地看着他。

"你浑身发烫，脸也红通通的，莫不是发烧了吧？"

无言！无语！什么臭博士？一本正经地胡说八道！混蛋！恨死你了……冯薇薇更加羞窘，在心中把他骂了个几千遍。

"来来来，喝点水，降降温。"也不知道是调侃，还是故作不知，他竟然打开水杯就往她唇边送，不容丝毫反抗。这要是平时，冯薇薇非要他半条命！不要忘了，她有洁癖，他竟然用他的杯子喂自己喝水！这是什么情况啊？

水一口口喝下，却没有一丝异常，真是奇了怪了！她心中一阵哀号。

喝完水，燕秋生就那么直接地用手为冯薇薇拭去唇边的水渍，也不知是有意还是无意，擦得很慢，很细心。此时的冯薇薇少了些羞恼、困窘，多了些坦然，甚至喜悦。

"你的话还没说完，如果你不想讲就算了……"低头看着怀里如小鸟一般的冯薇薇，燕秋生轻轻地说。感受着对方温热的呼吸和太阳般温暖的怀抱，冯薇薇不忍打断这拨动她心弦的话语。

"直到你认为合适了，你才告诉我。或者你以后讲也行，好不？"

冯薇薇静静地听着，看着远处一对对情侣亲昵地相拥着，喁喁低语，竟有一种地老天荒的感觉。她想让时间就这样凝固下来，永远躺在他的怀抱里。

逆风而来的汽笛声打破了沉默，冯薇薇坐直了身子，整理一下有些凌乱的裙子，幽幽叹息了一下。拢了拢迎风飘拂的秀发，认真地看了看燕秋生，低沉而忧郁地道：

"还是给你讲讲吧，或许对你我都有好处。我还是个高一学生时候，爸爸决定投资创立自己的公司。因为投资太大，约需500万～1000万，妈妈曾经激烈反对。因妈妈知道，家中积蓄不是太多，而投资额度远远超过家庭的承受能力；生意好，万事大吉；生意不好，则必定会是灭顶之灾。当时，我和弟弟都在上学，妈妈为了照顾家，找了一份较为自由而工资不高的工作。一家人靠着父亲经营的几辆大货车跑运输，经济收入还算不错。妈妈就想过一个平安悠闲的日子，毕竟他们已经四十多岁，身体开始出现一些小问题。

"可是，不知道什么原因，爸爸非要做这个生意。为此，他们没少吵架，激烈程度甚至超过以前……"

冯薇薇的嗓音越来越低，身体如筛糠一般颤抖，似乎遭遇了可怕梦魇，任凭燕秋生紧紧抱着。她奔涌而出的泪珠滚滚而下，打湿了他的袖口。

"好了，好了，过去的事情已经过去，你就不要那么伤心了！"

拭去眼泪，冯薇薇倔强地摇了摇头，满含歉意地说："对不起！你让我讲下去。"燕秋生点了点头。

"我之所以到现在还未嫁出去，除了我自己的原因外，最主要的还是我害怕结婚！害怕找一个爱吵架的对象，如我爸妈那样，总是不停地吵架。在我的记忆中，他们两个好似仇敌，会为一件又一件鸡毛蒜皮的小事吵个不停。

"直到有一次，我看他们又吵了起来，便含着眼泪恶狠狠地冲着他们吼道：'你们再这样吵个不停，我马上跳楼去死！'那一瞬间，整个世界都静了下来。爸妈你看着我，我看着你。愣怔了好一会儿，妈妈才蹲下身，亲了亲我，滚烫的眼泪润湿了我半个脸颊，那一年我十岁。

"从此，爸妈不再争吵，至少不会当着我和弟弟的面。爸妈常常陪我俩旅游、看电影、吃大餐……欢笑似乎又回来了，不懂事的我和弟弟都很开心。后来，爸妈做了各种各样的生意，家里的条件越来越好，可是他们也越来越忙，甚至弟弟和我一周才能见他们一两次面。随着年龄增大，我才渐渐发现父母的感情出了问题。回想起以前他们吵架的样子，我估计从我还不记事的时候，爸妈已经貌合神离了。这样家庭长大的孩子，能对婚姻有信心吗？"

说罢，冯薇薇抬起头，微红而妩媚的眼睛盯着燕秋生。燕秋生缓缓地摇了摇头，紧了紧双臂，无言地把脸颊靠在冯薇薇的头上。远处的音乐会不知何时已然停止，人们四处星散了。沙滩上尽是垃圾的残骸，似一幅幅苍凉的大写意。

"走，我们也去吃点东西。"他用脸颊挨了挨冯薇薇白皙的耳朵，轻声细语地说。冯薇薇点了点头，顺从地借力站起。两个人的手再也没有分开，直到吃饭。

饭后，两人又手牵手找了一个幽静的茶吧，冯薇薇又开始了讲述："后来，不知是什么原因，妈妈不仅不反对父亲投资，而且自己还入了股。刚开始的几年，爸爸的公司运作很好，利润空间很大，毕竟是爷爷出面，和政府合作。那时，爸妈关系似乎改善了很多，但在公司刚成立时，他们已经离婚，而我已经去上大学，专业是会计学。毕业后，按照爸爸意见，我进入了他的公司，帮助打理财务。随着对公司财务的了解，我才发现：公司采取的是合伙制。爸爸抵押了房子和车子从银行贷款两百万，从亲戚朋友处借了一百万。妈妈注资五十万，除了自己积蓄和抵押贷款外，借了亲戚五十万。爸爸的儿时伙伴——侯叔、马叔、曹叔各入股一百万。而宪城政府则以资源和项目作价入干股四百万。

"自从知道了资金来源后，我曾劝爸爸把生意缩小，以防政府出现人员上的波动而影响公司运营。可是爸爸不听，认为我还是个孩子，并不了解生意。我又把我的担忧告诉妈妈，而妈妈也劝我不要多管公司业务。凡是投资的人，都认为我刚刚毕业，不懂生意。我只好强忍怒气，很不开心地干了两年。因为不是自己喜欢的专业，也不是理想中的工作环境，和爸妈大吵一架之后，只身来到上海。

"这一待就是十多年，从事着自己喜欢的音乐。后来的事情发展果然被我不幸言中。由于好几任县长、县委书记涉及贪腐问题而被逮捕、判刑，宪城政府工作人员出现了塌方似的腐败，负责与爸爸公司业务对接的干部也身陷囹圄，几乎给公司带来灭顶之灾。

"那时，面临纪检监察查账，爸爸的公司资金冻结，业务停顿，无任何利润可言。虽然前几年赚了一些钱，但除去还利息，支付工人工资，地皮租金，设备、车辆维护，合伙人分红，逢年过节打点各个部门费用等，所剩不多。那几年，外公外婆、祖父祖母因为这件事，才知道爸妈已经离婚，也拿出积蓄补贴公司，但公司还是有气无力地挣扎着，他们备受打击，先后去世；爸妈老得很快，而我也是爱莫能助。后来，弟弟考上了大学，毕业后在武汉工作，爸妈也曾高兴了好长时间。

"正在公司濒临破产的时候，崔浩表叔带着黎斌出现了。表叔告诉爸爸：他和黎斌可以给公司注资，前提是他们要占公司51%的股份。爸爸一听，便立即回绝。几经商谈，爸爸最后才同意其占20%的股份，注资二百万，且黎斌不得参与公司决策。当公司破产后，才听侯叔叔他们说：黎斌之所以注资公司是因为喜欢妈妈；而黎斌后来卷款而逃，销声匿迹，正是由于妈妈严词拒绝了他，黎斌因爱生恨所致。

"自破产后，爸爸一直神思郁郁，深居简出，很少说话，并出现暴力倾向，哪怕是我春节回宪城，他也是如此。七年前，爸爸被医院诊断出得了病——抑郁症，不久爸爸跳楼自杀……"

冯薇薇再也忍不住，眼泪哗哗往下流。燕秋生环住她的腰，不停地安慰着。良久，冯薇薇方才平息翻滚激涌的情绪，又道：

"自此以后，妈妈独守空房，常常饮泣吞声，任何地方都不去，我和弟弟百思不得其解。弟弟后来在武汉结婚，却不知道是什么原因，一直没有孩子。我们两个作为子女的，也无力去陪伴妈妈，让我如何不心痛？"

言罢，冯薇薇又是涕泣涟涟，燕秋生自是又一番极力劝慰。当他们走出茶吧，天已经大黑。燕秋生开车，把冯薇薇送回家，正欲出门下楼，冯薇薇却从后抱住他、燕秋生反身搂住冯薇薇。

当冯薇薇从晨曦中醒来，发现燕秋生已经不在，便立即喊："秋生，你在哪儿？"

"起来吧，小懒鬼，早餐已经准备好。"厨房里传出声音。

冯薇薇翻身便起，飞奔过去，紧紧抱住燕秋生。正在盛粥的燕秋生吓得哇哇怪叫："哎哎……干什么……哎哎……注意烫着！"

"烫着就烫着，反正有人伺候，哈哈……你说是不是？"

说笑之间，如胶似漆的两人走出了餐厅。

"哎，这幅挂像是谁？怎么有点眼熟呢！"燕秋生一抬头，立即指着隔断问。

"我妈呀，还能有谁？不对，你刚才说什么，你有点眼熟？你怎么能认识我妈呢？没道理啊！"

"一点也没错，我绝对没认错，就是眼熟。让我想想，嗯……好像是我上大一的时候，我爸爸刚刚失踪，随后……随后，我就尝试破解爸爸的信箱、支付宝、QQ……密码……密码……对，在他美篇文章中有一张照片和这张一模一样。虽然时间已经过去了十几年，但我还是清清楚楚地记得。"

"你不会是文学博士吧，如此会编故事！我妈妈怎么会认识你爸爸？"

"等等，等等，让我想想……想想……"燕秋生打断了冯薇薇的话，眉头紧皱，陷入沉思。

一会儿，他抱住冯薇薇："宝贝，你接着说的话对我而言很重要，我希望你认真地回答我，好吗？"

见燕秋生如此严肃，冯薇薇收敛了一下表情，郑重地点了点头。

"你妈妈是不是在颍上大学读过书？"

"啊，你怎么知道的？"

"你妈妈的姓名中是不是有一个字是'萍'？"

冯薇薇紧掩小嘴，吃惊地瞪着燕秋生，如见了鬼一般。

"赶快回答我，宝贝！"燕秋生双手用力地抓着她的双肩，似乎要嵌进她的肉里，急切的双眼中充满了期待。

冯薇薇赶紧点了点头，燕秋生突然哈哈大笑，状如疯虎，复又仰天长叹："我明白了，我明白了！你妈妈是我爸爸曾经的恋人！哈哈……"

冯薇薇大眼一瞪，指着燕秋生："怎么可能！胡说八道，你！"

"不不不，我绝对不是胡说八道，我是有根据的。除了你刚才回答我的问题，我且问你，你妈妈是不是只上到大二就辍学？你妈妈是不是龙年结的婚？你妈妈是不是和你爸爸关系一直都不好？你妈妈是不是卖过服装、干过库管、开过饭店？说啊……哈哈……"

看着冯薇薇一脸惊恐的样子，燕秋生走到厨房，为她倒了一杯水，并拉着她坐到客厅的沙发上，兴高采烈地道："宝贝，你先喝水，随后我给你讲讲原因。"

冯薇薇乖巧地喝了口水，静等着燕秋生开口。只见燕秋生温柔地拉过她的手，含情脉脉地看着她，深吸了一口气，缓缓道：

"我之所以能如此准确地说出你妈妈的信息，是因为我爸爸失踪前的一部未完成的小说。在这部小说中，他把自己在介水生活的经历及和你妈妈从相见、相识、相恋、分手的事情写得很清楚，小说中有一张照片就是你客厅的这张。这部小说是利用手机美篇创作的。爸爸失踪之前也曾在电脑中创作，后来可能因为不如手机方便，就使用了手机。虽然电脑中也有你妈妈照片，但却并没有这一张。当我利用自己的计算机技术，找到并破解爸爸美篇账户及密码后，我阅读了他利用美篇所写的全部文章，才知道爸爸爱的是一个叫'萍'的女孩，而不是我妈妈。我当时曾有一段时间恨过爸爸，因为他竟然如此不公平地对待我妈妈！后来，随着年龄的增长，我渐渐理解了爸爸。况且妈妈在世时，他对妈妈也是包容理解、呵护有加。他是在妈妈去世之后创作的，所以渐渐地我也不怪他了。"

他长长地吁了一口气，好似吐出了三十几年积郁在他心中的所有块垒。随后，他抱起冯薇薇，放在自己腿上。理了理冯薇薇的秀发，声音有些发颤地问："薇薇，你愿意做我女朋友吗？"

冯薇薇头一低，趴在他的肩上，羞涩地道："你坏死了，这不明摆着吗，还问这个干吗？"并用牙狠狠地咬了燕秋生一下。

颤抖一下身子，燕秋生欲言又止，一副沉思的样子："那就好，我会用全上海最盛大的婚礼仪式迎娶你！不过……"

冯薇薇立即跳下，摆正身体，怒视着他，握着粉拳，在他眼前晃了晃，恶狠狠地问道："不过什么？"

"不过，那得等我找到爸爸……"

"嘭"的一拳，砸在燕秋生的身上后，冯薇薇转身就朝卧室走去，扑在床上，随即悲声四起，独留他怔怔地坐在沙发上。

过了一会儿，哭声有增无减，燕秋生只好赶来劝慰，温言道："行了，行了，再给我一年时间。如果再找不到我爸爸，我们就结婚，如何？"

见哭声小了些，燕秋生立即做出各种保证，使出了浑身解数，方才哄得冯薇薇破涕为笑。当再去看时间的时候，冯薇薇惊恐地发现上班就在三十分钟以后，顾不得补妆，便飞奔下楼，燕秋生则在后面紧追。好在燕秋生路熟，驾着车，穿街走巷，风驰电掣般将其按时送达。

第六十章　谈婚论嫁

目送身姿曼妙的冯薇薇消失在楼宇中，燕秋生不舍地发动了车。刚刚走进公司，漂亮的行政秘书便走向燕秋生，嗲声嗲气地道："燕总，早上好！"

"嗯，妮可好，今天很精神啊！请你把技术部的邹州叫到我办公室来。"燕秋生心情大好，但一想到昨天的事，恶作剧的念头便不可抑制地往外溢。

妮可妙目一转，心中明白燕总肯定遇到了开心的事了，于是很爽快地应道："谢谢燕总！我马上打电话联系，再见！"说完，便一扭一摆地走向工作间。

吹着口哨，他很快到了办公室，盘算着如何惩罚邹州。正思量间，看了看放于宽大办公桌上待签发的文件，他迅速地翻阅起来，很快沉浸在思考中。不知过了多久，门外传来了敲门声，他应声道："请进！"

走进来的正是邹州，看到燕秋生正在批阅文件，他问候一声后，便知趣地站在旁边。半个小时过去了，邹州不由得有些焦躁，因为燕秋生始终没有讲一句话。他渐渐明白，燕总因为昨天的事情在惩罚自己。邹州很是忐忑，想道歉，可又不知从何说起。想到自己可能会被开除，邹州凭空出了一身冷汗。在这一行里，自己虽刚刚三十岁，但已不算年轻，更关键的是要供房、供车，还要为生病的父亲治病，哪一样不需要钱啊？！自己的嘴怎么就如此欠呢？因为嘴欠，得罪了不少人，吃了很多亏，可就改不了。唉，山难改，性难移啊。悔不当初……正在五脏翻腾的时候，只见燕秋生盯着自己，邹州赶紧收摄心神，嗫嚅道："燕总，我……我……知道错了，下次……下次，我……"

"啪"的一声，燕秋生把文件夹拿起来往他面前一摔，故意恶声恶气地道："什么下次！我找你来谈工作的，坐下。"

邹州乖乖地坐在侧面的椅子上，满腹疑问地看着燕秋生，见上司不像生气的样子，便轻轻地呼出了一口气。燕秋生见邹州这个熊样，心中的火气早就没有了，便指了指文件夹："有家公司要我们验证一下产品，开价五千万。我打算把任务交给你，你先把文件拿过去复印一份，搜集一下资料，今天之内拟定个方案送给我，怎么样？"

邹州一听，喜忧参半，毕竟燕总并未公报私仇。可是五千万的大单子，自己从来没有接过，结局如何，难以预料。但不接也不好，如此既得罪了燕总，又必然失去一次锻炼的机会，以后再想接活、发展，估计很难。同时，如果自己作为项目负责人，一旦完成任务，回报将会十分巨大。于是他稍加斟酌，便挺直胸膛，响亮地回答道："没问题，燕总。保证完成任务！也谢谢您的信任！"

燕秋生笑呵呵地看着他，大手一挥："去吧，活干漂亮些。"

"是！"邹州满面笑容地应道后，立即走出了房间，生怕上司提起昨天的事。

待邹州掩上门，燕秋生轻笑一声。看着冯薇薇送的艺术品摆件，他的脑海中全是佳人的影子。突然想起了今天早上看见冯薇薇的妈妈照片之事，感到自己很不孝。父亲无缘无故消失了十多年，音信全无，如今自己发现了一点线索却不去追踪，反而狂笑不止。悔恨如一条毒蛇，啃噬着他的心，让他浑身难受，回忆着父亲小时候对他的关爱，眼泪不由自主地流了出来。

城市的另一端，装饰厚重的乐器店"浪漫Kate"正在紧张地调试音响。冯薇薇作为音乐总监，台前幕后地指挥着十几个人试音、调弦，摆放各样设备，直忙到中午时分，方才有时间看看手机。燕秋生打来好几个电话，并发来信息："电话未接，估计你忙。有空回电，约你吃饭。哥哥。"

一看时间，已经12:30，薇薇赶紧拨过去："秋生，你在哪儿？"

"在你公司楼下停车场，早上送你的地方。"燕秋生低沉的嗓音中夹杂着忧伤，让冯薇薇心有些发颤，忙关心地问道："你怎么啦？出什么事了吗？"

"没事，见面再聊。"

"嗯。"挂断电话，背上坤包，她飞奔着离开公司，好几个同事诧异于慌张中的冯薇薇。

"冯姐平时不是这样子的啊！"

"是啊，你发现没有，总监这一段时间有点不对劲。"

"冯大总监莫不是谈恋爱啦？"

"差不多吧，嘿嘿……"

几个爱嚼舌头的女同事有了共同认识，又叽叽喳喳谈起其他人的八卦。

"遇到什么事情了吗？看你眼睛有点红。"一坐进副驾驶，冯薇薇便立即问道。

正欲启动车子的燕秋生没有立即回答，而是睁着一双微红的眼睛盯着冯薇薇。

"看什么看？还没回答我的话。"冯薇薇故意凶蛮地吼道，斜着美眸，举起粉拳，作势欲打。

燕秋生抓住她的手，放在嘴上亲了亲，缠绵了一会儿后，燕秋生载着她来到公司附近，携手前往提前预订的餐馆。吃饭期间，细心的冯薇薇发现燕秋生似乎不是很开心，有心询问，却又担心惹对方更为伤心。遇到这种时候，她明白急不得。于是，她只好耐下心来，享受着一桌美食。用完餐，燕秋生拿出手机给冯薇薇看："看看这张照片是谁。"

满脸疑惑地接过一看，冯薇薇顿时惊呆了，尖叫了一下，引得周围诸多正安静进餐人的注意和不满。可是她并未在意，遂大声地质问："你……你……你怎么有我妈年轻时候的照片？"

没想到她反应如此大，他连忙示意，让她安静，并喊来侍者结账。随后，便拉着她迅速离开了餐厅。来到车旁，他让薇薇坐在车的后排，自己挨着她，长长地呼出一口气，道："薇薇，还记得今天早上在你客厅里我和你说的话吗？"

冯薇薇一脸茫然："今天早上你和我说了很多话，我哪能都记得啊！"

"还记得你妈妈的照片吗？"他提醒道。

冯薇薇陷入沉思，期期艾艾地说："嗯，你说你认识我妈……还有……就是你爸是我妈的恋人……后来……后来怎么了，你并未讲吧？"

燕秋生夸赞道："你记性真好！我还有很多你妈妈年轻时候的照片……"

"什么！"薇薇睁着大大的杏眼，不敢置信地盯着他。

燕秋生忙道："我说的是真的。你听我细细讲来。讲完后，我给你看更多的照片。"

看着燕秋生帅气的脸和真诚的表情，冯薇薇平息了一下情绪后，点了点头。

"在介水镇做生意期间，你妈和我爸一见钟情。我爸很爱你妈，你妈也很爱我爸。后来因为种种原因，两个人还是分了手。二十多年间，两人再未见面，也未联系。后来通过微信，两人终于联系上了。那时你妈妈已经离婚，我妈妈已患癌去世，双方都单着，于是二人不仅利用微信聊天，你妈还给我爸传过很多很多照片，爸爸都精心地收藏在电脑里，估计手机中也有，但因爸爸失踪，手机也未找到，故无法确定。后来，两人还见过几次面。作为一名文学研究生，爸爸就利用闲暇时间，写了一部未完成的小说，故事的主要人物就是你妈和我爸……"

"啊，妈妈真前卫！我妈真的有如此大的魅力？会让一个男人为她写小说？！你爸也真够浪漫的，哼！"看着冯薇薇一副生气娇俏又略带羡慕、神往的样子，亲了她一下后，他无奈地摇了摇头，继续道：

"我根据小说的情节很容易推测：我爸还未写完小说就失踪了。而你妈为了联系我爸，也曾利用手机在微信、支付宝甚至美篇中询问过。等待的结果自然是无人回答，后来你妈也就不再联系我爸。我也不敢冒昧打扰她。随后，我就满世界地寻找我爸，全国也就新疆、西藏等少数几个省未去，直到现在……"

说着说着，燕秋生哽咽着，再也说不下去。冯薇薇温柔地搂着他的头，替他揩拭着眼泪，一双眼也是噙满了泪水。

看着如孩子一般哭泣着的燕秋生，冯薇薇想起了自己已然离开人世的父亲，她不禁也号啕大哭起来，紧紧地抱住这个或许会陪伴她一生的男人。她想起独自一人孤寂生活在宪城的妈妈，突然明白妈妈为什么总是和爸爸吵架，因为妈妈不爱爸爸，她始终爱着燕秋生的爸爸啊！她开始理解十多年来妈妈为何一直不离开宪城，她是在等自己的初恋啊！她开始明白了爸妈对自己的苦心，也明白了妈妈对情感的执着，明白了以前不明白的恋爱、婚姻的真谛。

冯薇薇默默地想：我要珍惜眼前的一切，善待妈妈、弟弟，善待怀中的这个重情重义的男人，善待这个早已注定和自己有着千丝万缕联系的男人。难道这就是自己一直苦苦寻觅却又难以获得的缘分？难道这就是一个女人的命吗？自己的初恋被爸妈拆散，自己恨过、怨过，他们难道没有初恋？为何对我如此狠心？虽然与身边的这个男人认识的时间不长，可自己又是那么快地成为他女朋友，难道冥冥之中早已注定？这一次我再也不听妈妈的话了，不管这个男人是贫穷，还是富贵，我决定和他厮守一辈子！

她边想边哭，似乎比燕秋生还痛苦。她又想起弟弟结婚了几年却一直没有孩子，她想立刻联系上海最好的医院，把弟弟和弟媳接过来，做一个全面检查，为冯家应个后。但不论是弟弟，还是自己，因为一直在还父亲生意破产而欠下的巨额债务，目前的条件都很有限，根本无法实现这个愿望。一念及此，她不禁又是哀伤不止，伏于燕秋生怀中，大恸不已。

悲伤一阵，燕秋生的情绪渐渐停息。可是怀中的冯薇薇却总是没有停下来的样子，他甚为宽慰，毕竟有了一个可以和自己一起哭、一起笑的女人，终于要结束自己单身狗的现状。失去爸爸的十几年，孤孤单单的十几年啊！好在老天保佑，遇见了冯薇薇！遇见了早已和自己有着联系的女人！诚如爸爸在小说的开头写的那样："人生就是一场遇见。因为人世间几十年，你总会在一个特定的时间和场合碰到一个让你牵肠挂肚的人。如果对方同样对你牵念不已，那么两人走在一起，会是很幸福的一对。"妈妈去世，爸爸不在身边，就让我自己来决定自己的另一半吧！既然冯薇薇已经是我的女朋友，自己就要负责到底，就要陪伴她一生，让她和我成为幸福的一对，实现爸爸未曾实现的理想。

感受着怀中的温软，他百般怜惜，任薇薇失声痛哭。因为他明白，长久压抑着自己的内心，需要找机会去宣泄，否则人的精神会如一根一直紧绷着的琴弦，迟早会断裂、崩溃。

随后，燕秋生把冯薇薇带到自己家中，便钻进浴室洗澡去了。听着浴室传来的哗哗声，坐在宽大柔软沙发里的冯薇薇便站起，吹着空调的冷气，边走边打量着燕秋生的房子：复式结构，约有五百平方米。一楼是客厅、餐厅、厨房和卫生间，二楼有一个书房，一个健身房和五个卧室。书房中，四壁皆书，层峦叠架，门类丰富。楼上楼下装修考究，时尚而稳重。健身房与楼顶平台相连，一百多平方米的平台上种植了各样珍奇花卉，生机勃勃。更让她惊讶的是竟然还有一片造型别出心裁的假山，山中流水潺潺，各样浮萍点缀其间。风吹萍摇，露出碧碧青水，锦鲤徜徉其间，煞是悠闲自在。她竟痴了，绝没想到在嘈杂浮泛的沪上之地会有如此优美而又让人沉醉其间的一角。

如果这房子是燕秋生的，他得多富有啊！一想到此，她竟然恨自己，恨自己太现实、太功利，真想狠狠地抽自己一巴掌。哎，或许受爸妈影响吧，一谈起婚姻，就是钱啊、穷啊、富啊的，真是小家子气！以后得改改，看看人家燕秋生，从认识到现在，没有提任何家庭的穷富、名利什么的，唉，真是让人羞愧！

楼下传来喊声，冯薇薇收摄心神，连忙下楼而去。燕秋生已经收拾完毕，扶着冯薇薇下了最后几层楼梯，边走边说："这房子是我两年前买的。书房中的书有一部分是爸爸的，我从珍城运过来了，原封不动地放着，一旦爸爸回来了，他可以看。楼顶的花池和假山也是为他设计的，因为他喜欢山水，喜欢种花养草，尤其是喜欢浮萍……嗯……慢着，爸爸为什么喜欢浮萍？"

他转了几圈，点了点头，尚未干的头发上摔下几滴未擦干的水滴，指着冯薇薇说："我爸喜欢浮萍与你妈有关！"

冯薇薇俏脸一怔，不解地用美眸看着他。燕秋生笑道："是因为你妈妈的姓名中有个'萍'字啊。"薇薇只得点了点头，算是勉强同意了他的观点。

来到客厅，燕秋生双手环住冯薇薇的纤腰，一脸严肃地看着她，似乎有话要和她说。不过，她感觉就是不太舒服，于是便轻轻地用粉拳捶打着燕秋生的双肩，娇嗔地问："你干吗这样看我？坏坏的……"

"薇薇，我的确有些事情要和你讲，也请你认真思考。如果你还没考虑好，就不要急着回答我，我会等着，直到你考虑清楚为止，好吗？"

见燕秋生如此郑重，收敛起打趣他的心思，她认真地点了点头。见冯薇薇如此，燕秋生放开她，走到吧台，倒了杯果汁，递给她，并拉她面对面地坐到沙发上，然后道："薇薇，很高兴认识你！你知道吗，自从第一次见到你，我就觉得你很特别、很优秀，所以我渐渐喜欢上了你。我想问你的第一个问题就是你爱我吗？"

看着燕秋生严肃又认真的表情，她顿时泪如泉涌，哽咽不能言语，唯频频点头。见她如此模样，燕秋生小心翼翼地为她擦去眼泪，生怕弄坏了妆容，然后动情地抱住她，在她耳边喃喃细语道："谢谢你，薇薇！我会好好爱你，陪着你，与你一起慢慢变老！"并温柔地拍着她挺直的后背。冯薇薇心中倍感幸福，似乎整个世界都是那么美好。

"能搬过来和我住吗？这是第二个问题。"燕秋生附在她耳边又问。

冯薇薇一听，身体陡然有些僵硬，很快又松弛下来，沉默一会儿后，几不可闻地"嗯"了一下，便感觉如置炭火中，浑身炙热异常。感受着她的变化，偷偷瞥了一眼，燕秋生发现怀中的美人两腮绯红，心中很是高兴，吻了一下她后，便趁热打铁道："择日不如撞日，干脆今天就搬过来，如何？"

"哎呀，那怎么行？还要上班的。猴急猴急的，你急什么呀？"她虽口头不愿，心中其实早已飞到此处，可是女孩子的矜持让她无力地挣扎着。

"没事，你上班还是得好好上，我认为不论男女，不论穷富，也不论结没结婚，各自有一份属于自己的事情去做，才能更好地赢得彼此的尊重。另外，我可以不去上班，一会儿我联系搬家公司，你把钥匙交给我就行，你只管去上班。下班后打个电话给我，我去接你，晚上一块儿出去吃，让王俊杰请客，好不好？"

冯薇薇美目斜瞥了他一眼，没好气地道："燕总就是燕总，办事效率真是高啊……"

尚未说完，嘴已经被燕秋生捂住。厮闹一阵后，燕秋生又道："薇薇，今天就给你妈打电话，把我的情况和她讲一讲，征求一下她老人家的意见，毕竟你爸已经不在。如果她不同意，我们再想办法。如果她同意，一年后我们就结婚。结婚前，我要去找寻一下父亲。倘老天有眼，借你的福气，找到我爸，由他老人家为我们证婚，岂不是十分圆满的事情？你以为呢，宝贝？"

冯薇薇握弄着自己的乌发，认真地点了点头："那样最好。妈妈那边应该不会有问题的，因为我估计妈妈一旦知道你是燕伯父的儿子，她绝对会答应的。我今晚就打电话，行不？"

"好。不过，你得和你妈妈讲述一下我爸爸失踪十多年的情况，另外征求她的意见，问她愿不愿意到上海来和我们一块儿住。再者，为了更好地了解她和我爸的事情，一会儿我把整理好的父亲残本小说发一份到你的电子信箱里。看完以后，你再打电话给你妈妈，如何？"

"那样最好！我也很想了解他们两个人的过去，他们真的好浪漫啊！"

"嗯，我就原封不动地发给你呗。对了，如果你妈妈同意，明天我们就买戒指，举办一个订婚Party。如果她老人家愿意来最好，我们开车去接她。哦，还有，你还要打电话给你弟弟和弟媳，让他们一块儿过来。我是这样打算的，如果你弟弟来了，我找上海最权威的不孕不育专家为他们夫妻二人查一查。因为这个医生是我美国博导的姐夫，那可是世界一流的大夫啊！费用嘛，就不用你担心了。你……"

冯薇薇立马激动地一跃而起，捧过燕秋生的脸就一通乱吻，然后四肢乱舞，兴奋得像个孩子，口中不停地叫着："好，好，世界一流！你怎么不早说呢？唉，如果妈妈知道了该多高兴……哈哈……我一会儿就打电话给我弟弟……秋生，你是我的幸运星啊！哈哈……"

第六十一章　昆明惊现

下午上班的时候，冯薇薇总是心不在焉，惹得很多同事不满，但她并不在乎。如不是害怕燕秋生分心，她早已请假不来上班了。时间是那么漫长，周围的人是那么无聊。草草地处理完公司的事务之后，她再也忍受不了煎熬，便请了一个小时的假，找一个僻静之处，用手机打开了电子邮箱，读起残本小说来。看着妈妈一张张年轻时候的照片，读着一段段文字，她仿佛感受到了青春的美好和岁月的无情。很多次，她笑出声来，为妈妈的开心，为妈妈的快乐，为妈妈曾经的幸福。可是又有很多次，泪奔涌而出，为妈妈的痴情，为妈妈的决绝，为妈妈的无奈，也为妈妈和自己喜欢的人在一起时的浪漫，哪怕是分手之后。

那一章章文字时而如一块红通通的烙铁，烧灼着她的灵魂；时而像一条潺潺的溪流，抚慰着她的灵台；时而若一副恐怖的森罗，撕扯着她的心扉。

当她读了十几章后，她忽地有些怅然：燕伯父走失了那么久，能找到吗？她突然十分想念妈妈：妈妈还好吧？她感觉如果不立即和妈妈聊聊，她会不得安宁，如小时候得到了自己爱吃的巧克力一样，必须第一时间吃掉。到洗手间洗把脸，重重地喘口气，她才拨通妈妈的电话：

"喂，妈，在干吗？这么久才接电话。"

"哦，在准备晚餐。你怎么有空给妈打电话了？你不开心吗？"

"想你了，妈。"鼻子有点酸。

"真的还是假的？以前怕我啰唆，半个月才给我打一次电话，现在既不是周末，也不是节日或者特殊日子，你打什么电话？不会有事吧，宝贝？"电话那头有些焦急。

"嗯，以前是女儿不对。妈，我好想你！呜呜……"想起以前对妈妈的态度，冯薇薇再也忍不住，躲在卫生间里哭了起来。

梦依萍一听，很是着急，连忙安慰："好了，好了，我的乖女儿，不哭，不哭，啊！如果真的想妈妈了，你就请假回来住几天吧，或者妈妈去上海待几天也行。"

这一劝，更惹得冯薇薇哭声大起。梦依萍知道女儿脾气，叹了一口气："唉，薇薇啊，想哭你就哭哭吧。哭哭也好，妈听着呢。"

几分钟后，哭声终于停了下来，梦依萍忙安慰："好了，宝贝，你是不是有什么事情要和妈说？"

"是的，妈。"

"那就讲讲吧，妈听着呢。"

"妈，我找了一个男朋友……"还未说完，就被打断。

"是不是他欺负你了？"

冯薇薇"扑哧"笑出了声："哪里，他对我好着呢！妈，你不要打断我的话，好不好？嘿嘿……"

听着女儿又哭又笑的，梦依萍知道薇薇恋爱了，心中倒也平静下来，就道："你个傻丫头，妈这不是担心你受欺负了嘛，关心则乱！赶快跟我讲一下对方的情况吧。"

听完冯薇薇的介绍，梦依萍很是满意。不过，当女儿说对方姓燕，又是宪城人，她平静的内心似乎被什么扰动了一下。

然而，她不能确定女儿口中交往的对象是不是自己深爱着的那个人的儿子。是与不是，还重要吗？那个人早已消失得无影无踪，十几年来没有任何消息。如果不发生意外，他绝不会如此绝情而不和自己联系的吧？以女儿目前的条件，尤其是有些偏大的年纪，能找到如此优秀的对象，已很是幸运。哪怕是那个人的儿子又如何？岂不是正好可以了解那个人的境况，以了却自己的心愿？听着女儿絮絮叨叨的言语，梦依萍的心有些漂浮不定，直到女儿提及了一个名字，方把她拉回。真的是燕舞扬的儿子？她再三确认，得到的答复是一致的。

尘封的往事曾经像一潭死水，如今却被女儿投进了一块巨石，清凌凌地活泛起来，一幕幕奔涌于心肺间，她有些紧张，又有些恍惚，手出了汗，腿有些软。当听说那个人已失踪了十几年的时候，她感觉喉咙干燥燥的，十分口渴，火辣辣的，浑身出的全是汗。保养尚好的脸瞬间灰败如土，她颤巍巍地坐到沙发上，一丝力气都没有，手机重如千钧。女儿后来说了什么，她一点儿也没有听清。已经准备好了的晚餐，她也没有吃，就那么失魂落魄地蜷缩在沙发里，怔怔地出神。直到女儿第二次来电话，她方才看看时间——已是晚上十点多。

"嗯，宝贝，不要担心妈妈，我很好。另外，我同意你和燕秋生交往，至于订婚就不要那么着急，你先把对方的生辰告诉我，我找先生算一算，看看合不合。你弟弟那边……"

"弟弟已经同意。"

"哦，你弟弟同意了就好。我会尽快赶过去，至于费用，如果太大，就先让小燕垫付，以后我们再想办法。"

"嗯。妈你就不用担心费用了，我和弟弟会想办法解决的。女儿主要担心您的身体……"

"不要担心，我才五十多岁，身体好着呢！倒是你，在感情上要把握好分寸，好好与小燕相处，不要耍小孩子脾气……"

"好了，好了，妈。您又来了，又开始训我了，唉……我都这么大了，您能不能……"

"行，算妈啰唆了。你也注意点身体，没事的话，我就挂电话了。"

"没事了，妈。那您就休息吧，天很晚了。"

那一夜，梦依萍睡得极不踏实，往事历历在目。六岁离开妈妈，上学、恋爱、结婚生子、做生意、离婚、丈夫去世、初恋失踪、孩子……如旋转木马，奔腾不息，搅扰得她辗转反侧。或许因为燕秋生的出现，一切都会出现转机吧。睁着眼，看着枕旁碧荧荧的床头灯，她不禁幽幽地叹了一口气，"这个家伙失踪了十几年，还会出现吗？"这一切似乎就是那个家伙描摹好的：

天正黯，星亦冷，薄衾难耐湿露来。

夜无声，人不寐，孤枕唯流思汝泪。

那天下午，燕秋生把冯薇薇送到公司后，立即联系了搬家公司赶到冯薇薇租室。经过三个多小时的努力，搬家之事终于弄妥。刚刚休息一会儿，燕秋生便接到王俊杰电话，让燕秋生去他家和其商量婚宴安排事宜。因为已经快到下班时间，燕秋生便接上冯薇薇一块儿前往。

车上，燕秋生方得悉了冯薇薇妈妈的态度，很是高兴。订婚的早迟，他倒没有特别放在心上，两个人只要彼此爱着对方，就够了，何必在乎那些形式上的东西？至于算命打卦，他更是不信了，毕竟自己好歹还是个海归博士。但冯薇薇妈妈愿意去做就让她做呗。待其反馈回来信息后，就和冯薇薇订婚吧。

冯薇薇又将弟弟冯异天的态度告知了燕秋生，他明白：这件事不能耽搁。于是他立即把车停于路边，给大夫打了个电话。对方很爽快地答应约见冯异天夫妻，言其三天后有空。薇薇立即联系弟弟，令其和弟媳请假，尽快到上海。

王俊杰的婚房在黄浦区，因为塞车，二人到达目的地的时候已经八点多。和王俊杰的未婚妻一块儿四人到大排档要了个火锅，喝着啤酒，吹着江风，商量着王俊杰举行婚礼仪式的酒店、接待等事宜，直聊到十点多，方才把事情商定。席间，听说燕秋生准备订婚，王俊杰高兴得差点跳了起来，狠狠地灌了燕秋生几杯才算放过，惹得两女笑得前俯后仰。

回家的路上，燕秋生因为喝酒不能开车，冯薇薇只好当了一回司机。谁知，还未走出没多远，燕秋生已经鼾声如雷，冯薇薇气得直哼哼，却又没有办法。回到燕秋生的住处，冯薇薇建议两人分房睡，毕竟没有结婚，再加上妈妈和弟弟要来，确实不好意思面对，善解人意的燕秋生爽快地同意了。

第二天晚上，冯异天夫妻俩便赶到，而妈妈则是第三天下午。冯薇薇妈妈带来了算命先生的口谕：八字相合，婚姻天成。冯薇薇和燕秋生高兴得合不拢嘴。

当得知不孕的原因不是以前医生误诊为冯异天肥胖，而是由于弟媳输卵管隐形堵塞且很容易疏通的时候，一家人终于长舒了一口气。一周后弟媳做了个疏通手术。得知手术颇为成功且费用很低，守候在医院的梦依萍一连声地感谢主治医生。回到燕秋生家，梦依萍又一再感谢准女婿，倒让燕秋生颇为不好意思。

又过了半个月，一家三口返回武汉。第二年，冯家果然有了孙子，而且是双胞胎，把梦依萍喜欢得成天乐呵呵的。这是后话，暂且不提。

且说王俊杰十月一日大婚，燕秋生奔前忙后，累得够呛。随后，燕秋生便携冯薇薇前往新疆踏上寻父之途。茫茫人海中，二人又是张贴广告，又是探问收容所、救助站，而结果仍如十几年来一样，毫无音讯。也正是这次寻亲之途，让冯薇薇更加了解了燕秋生内心的煎熬和痛苦，更加理解这个男人的不易和脆弱，也更加爱这个重情重义而又细心体贴的男人。

她常常想：上帝何其公平，总是让每一个人都不是那么圆满，总是让人活于世间并留下诸多遗憾。比如爸爸，踏实肯干，却忧郁而终，撒手人寰。比如妈妈，漂亮大气，却错失燕伯父，一生郁郁。比如燕秋生，优秀能干，却死母丢父，仓皇于寻亲。比如弟弟，憨厚诚挚，却迟迟不得子嗣。而自己呢，孤苦飘零于上海，几成"剩斗士"，所幸遇见燕秋生，不然自己还不知何时才能碰上有缘之人。唉，当珍惜身边之人，好好爱妈妈、弟弟，更要呵护好燕秋生这个可怜的男人。从此以后，冯薇薇变得更加懂事，哪怕是梦依萍都感觉到了女儿的成熟与稳重。

十一月的上海已经颇为寒冷，燕秋生心境并没有因为冯薇薇的陪伴改变很多。只要有空闲时间，他都要开车载着冯薇薇到上海周边省市转一转，希冀能碰上父亲。可是希望越大，失望越大，就好像奶奶临终前老泪纵横地嘱咐自己那样："孙子，你爸爸是在回宪城看我的路上走失的，如今已经三年了，我盼星星，盼月亮，希望能再见你爸爸一面，可是我已经等不及了，我要走了。孙子，这是你奶奶一辈子最大的遗憾……你……你一定要找到你爸爸，活要见人，死要见尸。不然，奶奶到阴间也不安生呐……"

燕秋生知道：奶奶最喜欢爸爸，因为爸爸懂事、孝顺，又争气，不仅仅读了研，成为大学教授，失踪前官至市委副秘书长，还为父老乡亲们投资开发旅游项目，带着他们共同致富，而今已成为全省典型，很为她挣了些面子。可是，距奶奶去世已经十几年，而爸爸仍未找到，让他如何不自责？可是，除了不停地寻找，他又能怎么样呢？以前一个人默默地承受，如今有了冯薇薇，他感觉好多了，至少可以与她交流、沟通，减缓内心的压力和痛苦。

这一天晚上，他照例浏览了一下寻亲网站，心情沮丧地排除了志愿者推送的几条寻亲信息。而后他又登陆了父亲的QQ，发现有人几分钟前给爸爸留了一条信息："舞扬，你好！我是你曾经在介水镇和珍城大学的熟人龙飞，博士毕业后在云南大学工作。十几年来一直惦记着你。舞扬，你还好吗？"

燕秋生立即回复："龙叔叔，您好！我是秋生。爸爸失踪后，一直未找到。"

"哦，这样啊！有你这句话，我就能确认一些事情。"对方马上回道。

燕秋生心中"咯噔"一下："难道龙叔叔有爸爸的消息？"

"暂时还不能确定，因为和你爸爸十几年未见，即使面对面也不一定敢认啊！"

"嗯，也是。难不成龙叔叔看到一个和爸爸很相似的人了？"

"是的，但我无论如何也不会相信这个人就是你爸爸。"

"为什么？"

"因为这人是个乞丐！"

"啊！龙叔，能否把您的电话号码给我？"

接到电话号码后，燕秋生立即拨通了对方电话："龙叔，请您继续讲讲这个乞丐的情况。"

"嗯。所以啊，我很犹豫。即使这个乞丐就算是你爸爸，事情也不是那么简单，因为他被人控制了！"

"等一下，龙叔，让我捋一捋思路。不管如何，麻烦龙叔您抽空盯梢一下这个乞丐。然后，我立即赶往昆明，确认一下是否是爸爸。一旦确认，我再想办法解救。您以为如何？"

"我这边没问题，只不过你有时间吗？"

"龙叔，再忙也要去，十几年来我一直没放弃寻找他老人家，如今好不容易有个线索，我怎么会轻易放掉！唉……叔……"说着说着，燕秋生哽咽不能出声。

"孩子，莫难过。这事放在任何一个人身上都不好受。现在不是难过的时候，你赶快处理一下手边的事务，抓紧过来吧！天也挺冷的，如果真是你爸爸，还得立即着手啊！"

"好的，叔。谢谢您！"

"傻孩子，不要见外，见面再聊。我先挂了。"

"好，再见！"

挂掉电话，燕秋生擦了擦泪水，立即打开网站，搜寻最快一趟航班，发现也只能是第二天早上7:25从浦东的南航CZ3677。于是，他立即在网上预订了一张。随后，他电告公司总裁相关情况。总裁立即准假，并嘱咐其注意安全。

从洗漱间出来的冯薇薇得知消息后，连忙安慰秋生，并为燕秋生整理着行李，嚷嚷着要一块去。考虑再三，燕秋生没有同意，惹得她很不高兴。不过，她也知道：此去面对的事情纷繁复杂，自己去了也帮不上多大的忙。见燕秋生一副忧心忡忡、坐立不安的样子，冯薇薇乖巧地闭上了嘴，收拾完行李，又整理着家务，以分担燕秋生的忧愁。那一夜，燕秋生辗转反侧，失眠良久。

第二天一大早，冯薇薇开车送燕秋生到机场，路上一再叮嘱燕秋生注意身体，倒让燕秋生倍感温暖。

三个多小时后，燕秋生已经在龙飞家的客厅。看着挺拔帅气的燕秋生，龙飞很是开心。了解了燕秋生情况后，他更是高兴，毕竟老友之子如此优秀，他也是没有想到。随后，龙飞再次详细地介绍了发现神似燕舞扬的那位乞丐有关情况。

几天前，龙飞送一从北京来昆明参加学术会议的学者到机场返程。因为北京大雾，航班推迟，龙飞便开车载着客人到昆明市区吃特色食物。正在享受美食的时候，龙飞透过一楼玻璃幕墙发现一个蓬头垢面的乞丐频频看着自己，他当时并未在意。可是，不一会儿，远处草坪上走来一个人，见旁边并无行人，便走到乞丐旁边，狠狠地踹了他一脚，并把乞丐的头往下摁了摁。龙飞立即意识到：他碰上了传说中的"丐帮"。据说这些"丐帮"头头利用控制的人去行乞而谋利。

于是，富有同情心的龙飞便不动声色地观察着乞丐。这一观察倒让他大吃一惊：因为这个人越看越像一个曾有恩于他的故人老友，而这个故人却早已失踪。这个人就是燕舞扬。可是天色已晚，加上乞丐面色污垢纵横，并不能看得清楚。他本来想找个机会近前看个仔细，奈何控制者一直徘徊附近，始终不能实现。迫于无奈，他故意拿出零钱，走出餐厅，靠近乞丐，弯腰细细一看，果真与燕舞扬有极大的相似。

为了不打草惊蛇，龙飞不动声色地投完钱就离开了。随后，他返回餐厅，和同行的学者一讲，对方立即要报警。在龙飞力劝之下，学者方才作罢。不过，他交给对方一个任务：靠近乞丐，专门看其右手关节处有没有胎记。但因为天色已黑，学者并未看清。

随后的几天，龙飞有意无意地改换服饰接近乞丐，终于发现其关节处果有一红色胎记，然乞丐似乎已忘记了很多事，龙飞感觉又与故人燕舞扬不相类似。不得已，他只好联系燕秋生前来，以便确认。

吃过中饭，龙飞携燕秋生前往乞丐行乞的地方，却并未发现乞丐的踪影，让两人很是担忧，尤其是燕秋生。直到第三天，乞丐方蹒跚而来，控制者远远尾随。

燕秋生从一看见乞丐起，眼睛再也移不开，因为他百分之百地确认，那就是失踪了十几年的父亲！泪眼模糊中，他跟跄欲跌，几欲冲到父亲身边，好在龙飞及时提醒，方才作罢。

第六十二章　营救回沪

在龙飞的搀扶下，跌跌撞撞的燕秋生好不容易走进了附近的咖啡店。瘫坐在椅子上，他只感觉喉咙发干，浑身的力气似乎瞬间消失。一切空洞起来，虚无缥缈中寂静得可怕！他蒙眬的泪眼中唯有窗外蹒跚挪移的父亲：不太高大的身材已颇为佝偻，瘦削而单薄，破絮般摇摆在苍黄的阳光中；一顶已十分破旧又肮脏不堪的褐色圆帽歪歪地躺在头上，没有丝毫的活气；眼镜片支零破碎，就那么有气无力地横躺在污浊的鼻梁间；花白的胡子与鬓须纠缠不清，在嶙峋清癯的脸颊上蔓延成荒诞无稽的黑山暗水；褴褛的衣衫已分不清颜色，层层叠叠地挂在身上，随意而散漫。

这个蹒跚于街头的乞丐，就是那个曾经温文尔雅的爸爸吗？就是那个叱咤商场的儒商吗？就是那个曾经神采飞扬的大学教授吗？就是那个众多学生心目中曾经侃侃而谈的精神导师吗？就是那个文采飞扬、倚马可待、文不加点的市委办大秘书？一阵阵钻心的刺痛让燕秋生泪流满面。龙飞打量痛苦不堪的燕秋生，心中五味杂陈，一时间亦无良策。

燕舞扬彳亍至惯常行乞的地方，木然地坐于冰冷的台阶上，缓缓地从肮脏的褡裢中拿出一个破旧的瓷碗，摆放在身前，疲惫不堪地闭上眼睛。斑驳的午后阳光慵懒地打量着燕舞扬。一阵微风掠过，一片梧桐的落叶飘然而入他的衣领。燕舞扬慢吞吞地取出，拿在手里把玩着，似乎想起了什么，板滞的脸上有了些许笑意。他突然感到附近好像有人在盯着自己，便抬头瞄了瞄四周，除了胖驴，其他人都不认识。因为胖驴就是几年来负责盯梢自己的人，他当然清楚。可是，除此之外，他仍然强烈地感到附近有双炽烈的眼睛在看着自己。今天这是怎么啦？他深吸一口气，平静一下乱糟糟的心情，开始不着痕迹地用眼睛的余光慢慢地搜寻起来。

草坪、大型超市、公交站台、各色商店，没发现谁在注视自己啊！继续找。基金公司、债券公司、银行、KTV，还是没有发现。侧面呢？盲人按摩室……嗯，咖啡馆！那里面的两个人正看着自己，他们是谁？他有些惶恐。这么多年，没谁注意自己，没人关注这个游走于街巷的乞丐，虽然街道上车水马龙，行人众多。除了共处一室的几个乞丐，自己好像也不认识这个城市里的任何人，虽然有些地方看着很熟悉，而我又是谁呢？他茫然地摇了摇头，定神再看，咖啡馆中的两个人确乎有点熟悉。可是，他们到底是谁？而我又叫什么名字？一动脑子，头就痛。思维混乱的时候，脑袋中会闪现出闷热的夏夜、一辆燃烧的出租车、殴打、辱骂、迫不得已的乞讨……思维越混乱，头就越痛，浑身就越不舒服，十几年来都是如此。时间一长，他不得不迫使自己沉沦于浑浑噩噩中，不想事情，不动脑子。

摸着几欲炸裂的头颅，燕舞扬又侧过脸，仔细观察了一下：那个年轻人很熟悉，肯定是自己十分亲近的人，可是叫什么名字呢？大脑空洞洞的，似滔天洪水过后留下的淤泥，黏稠而死寂。有意思，对方似乎还在流泪，因为他发现年轻人旁边的中年人在给小伙子递纸巾，而小伙子接过纸巾后总是不停地擦拭眼睛。啊，这个年轻人擤鼻涕的样子如此熟悉！他是谁？他是谁啊？老天，你就让我想起他吧！脑中传来一阵阵剧痛，如万千钢针刺入，燕舞扬有些发狂，强忍头痛，双眼赤红，紧张地思考着。朦朦胧胧中，燕舞扬有那么一会儿似乎抓住了要领，可又是那么虚无缥缈，隔了一层纸似的。但终不得要领，燕舞扬不得不于痛苦中颓然放弃，喘着粗气，无奈地摇了摇头。

他痛苦而茫然地看向了英俊的中年人：比较熟悉，自己好像与他交往很多，可在什么地方，干了什么事情，甚至叫什么名字，都想不起来！唉，他不由地深深地叹息了一声。自己无依无靠地在外流浪了多长时间？三年？五年？十年？从来没见过这么熟悉的人，可偏偏又记不起他们两个是谁，这该如何是好！他重重地捶打着自己的脑袋，内心满是痛恨、焦虑和自责。

"啪！"一声浑厚圆实的拍击声惊醒了他。不知何时，该死的胖驴踱至燕舞扬的身边，粗重而让人作呕的喘息声扑面而来："眼镜，你的病又患了？那不是什么大毛病，也不是一次两次地发作，如果继续装腔作势而讨不到钱，你今天晚上就不要吃饭了！"

我是眼镜？他遽然一惊。细一思考，又不由地恍然：我不是眼镜！那么，我叫什么？我到底是谁呢？思维如进了一个生死循环的巨大迷宫之中，永远也走不出来。燕舞扬痛苦不堪地抬起头，用择人而噬的眼神狠狠地剜了胖驴一下。通红而又仇视的双眼让胖驴陡然吃了一惊，他如遭电击，因为他绝没想到一贯温顺的眼镜竟有着如此吓人的眼光。胖驴笨拙地往后挪动着肥胖滚圆的身躯，不曾想一脚踩空台阶，身体在趔趄晃动中，"噗"的一声，仰面朝天，重重地跌于地上。

燕舞扬哈哈大笑，尽扫胸中浊气，头疼之感业已消散，遂敲着面前的瓷碗，喜笑颜开地看着胖驴，灰白而虬结的胡须在风中兴奋地颤抖。一时间，路人纷纷围观。龙飞知道救人的时机已到，立即上前台结账并要来纸笔，飞快地写了几行字，拉起燕秋生朝门外冲去。

几经挣扎的胖驴终于站起，出汗的双手和胳膊沾满了灰尘。愤怒中，他习惯性地摸了摸鼻子，面红耳赤地朝围观的人吼了吼："看什么看！"众人看着这个鼻子满是灰尘似小丑般的大汉，哄然大笑，更让胖驴志忑，本想教训教训燕舞扬，可一想到自己一个正常人去欺负一个叫花子，肯定会引起众怒。于是便拍了拍身上的灰尘，恨恨地看了燕舞扬一眼，笨拙地钻出人群，朝附近的超市走去，找水洗手去了。

见胖驴消失不见，龙飞立即走到燕舞扬身边蹲下，把纸条伸开，摆放在正喜笑颜开的燕舞扬面前。燕舞扬一愣，这两个有些面熟的人干什么呢？怎么不给我钱，而给我纸条呢？

好奇中夹杂着犹豫，他用布满伤疤和污垢的手抖抖地接过纸条，颇为惶恐地看了看面前的两人，缓缓地摘掉镜片已破碎的眼镜，只见纸上写着两行字："舞扬，我是龙飞，你曾经的熟人、同事。我身边的这个人是你的儿子燕秋生。我们找你十多年，你赶快和我们一起走！不然，会很危险！"

燕舞扬的脑海如一阵霹雳，瞬间爆炸："我叫舞扬吗？什么！我还有儿子？儿子秋生！同事龙飞！"多熟悉的字眼，多熟悉的名字，他瞬间愣住了，头脑中风起云涌，电闪雷鸣，混乱一片。

看着陷入沉思和呆滞的燕舞扬，早已痛哭流涕的燕秋生不停地嘶喊着"爸爸"。而龙飞则当机立断，拉着燕舞扬就跑，燕秋生跟在后面。褐色的帽子滚落在人来人往的路上，寂寞而无人理睬。褡裢从燕舞扬的身上飞离，随风散落在凄冷的斜阳里。不一会儿，气喘吁吁的三人便消失在茫然的围观者的视野里，徒留一个孤零零的瓷碗在乱飞的树叶中。再次回到燕舞扬乞讨的地方，胖驴无论如何也找不到燕舞扬。他也没有特别在意，毕竟燕舞扬脑子不正常，常常走丢。不过，当他寻找了燕舞扬常去的几个地方而并未发现目标的时候，胖驴方才意识到问题的严重性。于是，他立即给疤哥打了一个电话："老大，眼镜丢了！"

"什么？丢了！你个混帐，回来我们再算账。还不赶快找，我马上派人过去，你……你个混蛋……"电话中，疤哥咆哮不已，胖驴心惊胆战地听着那直穿耳膜的怒骂，沮丧不已。挂掉电话，他只好振作精神，四处寻找燕舞扬。找到了眼镜的帽子和褡裢，胖驴一路追踪，直到晚上十二点多，仍一无所获。

斯时，燕舞扬父子在龙飞的带领下，故意穿街走巷，七拐八抹，迅速来到地下停车场。龙飞立即发动车子，驶离燕舞扬生活了十几年的街区。而坐于后排的燕秋生丝毫不嫌弃父亲身上散发出来的刺鼻气味，反而如珍宝似的抱着浑身褴褛的父亲，哽咽出声，竟一句完整的话都不能说出。

燕舞扬老泪纵横，浑身颤抖，不停地语无伦次着："我叫舞扬，是不是？我不叫眼镜……嘿嘿……我是舞扬，你是我儿子……秋生啊……嘿嘿……"他哭哭笑笑，死死地抓住燕秋生的胳膊，生怕儿子甩脱自己般。脑海中又出现了夏夜、燃烧的大火、飞驰的车、幽冷的砍刀……他惊恐万状，嘶叫着。

燕秋生轻拍着瘦弱而颤抖的父亲，极力抑制着内心的悲伤："爸爸，不怕，不怕，我们马上就到家了。我是您的儿子秋生，不要害怕。前面开车的是龙飞叔叔，您曾经的熟人、同事，您的好朋友。我们一起接您回去！从今以后，再也没有人能伤害您了！"

龙飞倒是很开心，因为他没想到竟能如此顺利地救出燕舞扬。他小心地驾驶车辆，绕了一大圈，确认没有任何可疑车辆跟踪后，方驶进自家住宅小区。待停稳后，燕秋生搀着仍自语不停的父亲下了车。龙飞甫一下车，便一把抱住燕舞扬："燕大哥，对不起……现在才把你救出来……你受苦了！呜呜呜……"说着说着，龙飞再也忍不住，哭声大作，而燕舞扬灰尘满布的脸颊也是涕泗横流。看到两个年近花甲的老兄弟相拥而泣，十几年来压在燕秋生心中的愁闷顷刻间烟消云散。可是父亲为何走失，为何精神失常，十几年来遭遇了什么，仍然是未解之谜。

回到家，龙飞拉着燕舞扬去卫生间洗澡，而燕秋生则到附近的超市去给父亲买衣服及其他生活用品。随后，燕秋生又带父亲去理发，配眼镜。或许是因为常常被人欺负，瘦弱的父亲总是惊疑不定、谨小慎微。

燕秋生试图弄清父亲失踪后的情况，可是父亲根本就讲不清，急得坐卧不安。龙飞见此情景，就安慰道："侄儿啊，不要着急，慢慢来。"

"可是龙叔，您看父亲他……"燕秋生忧心忡忡，却欲言又止。

"我能理解你的心情，难道我心情就愉快了？你没看到你父亲精神有些不正常吗？"

"嗯，我发现了，只是想弄明白原因。"

龙飞皱着眉，想了想："估计是脑部受损，影响到你父亲的记忆中枢，从而导致他记不起来曾经遭遇的事情。"

"那怎么办？唉……"燕秋生如热锅上的蚂蚁，不停地走动着。

"你啊，还是个博士，遇到点问题就不能镇定点？"龙飞故意装出一副生气的样子，呵斥着燕秋生。

燕秋生一怔，方渐渐冷静下来，思考着下一步的行动。失踪了十几年的父亲终于找到，虽然父亲精神上有些问题，但总算了却了自己、奶奶及亲人们的心愿；当务之急是及时返回上海，找一家最好的医院为父亲看病。想明白这些以后，他抬头看了看龙飞。龙飞平静地点了点头。

服侍父亲就寝的时候，燕秋生吃惊地发现父亲的身上疤痕纵横！愤怒中他暗暗发誓：不论是谁欺负父亲，绝不轻饶！是夜，燕秋生特意和父亲在一个房间休息，给他讲家里发生的事。可是，痛苦不堪的燕舞扬似乎什么都不记得了，燕秋生忧愁不已，却又不能表现出来。

待父亲睡着后，燕秋生给博导的医生姐夫打了个电话。对方建议燕秋生尽快带父亲回上海诊断。燕秋生思来想去，打算让冯薇薇立即开车和木苢一起到昆明接父亲回上海。因为燕舞扬身份证丢失，飞机、火车都不能乘坐，而龙飞又得上班。征得龙飞同意后，燕秋生立即打电话把父亲的情况告诉了冯薇薇和在上海人民医院当护士的木苢，二人悲喜交加，连夜开车奔赴昆明。

到上海已是一周之后，毕竟十几年飘荡不定的生活已使得燕舞扬瘦骨嶙峋，一路上燕秋生尽量缓行，每到一个高速服务区就住下，让父亲得到最长时间的休息，而饭菜都是最好的。虽然燕秋生和妹妹不停地讲述自燕舞扬失踪之后的事情，但呆滞的燕舞扬竟十不记一，而一有触动，便双眉紧缩，不停地敲打自己的脑袋，一副痛不欲生的样子。

梦依萍早已从武汉来到上海，那是冯薇薇来昆明前的安排。自住进燕秋生的家后，梦依萍把一切安排得井井有条。每当闲暇的时候，她都会走进书房，翻看着燕舞扬的相册、工作记录、发表的文章、出版的专著……却没有发现属于自己的任何东西，但她并没有丝毫的失落和责怪。那是铅华洗尽的从容，浮世看透后的优雅。因为她明白：爱一个人，最好的方式是把对方放在心上，默默地牵挂着，而不是向世人炫耀；真正相爱的人，是不会随着时间的增加而淡忘对方。

几日来，从女儿的电话中，梦依萍了解了燕舞扬的现状。这让她有些忧愁，有些不宁。不过，她并不是特别担心，因为她有一种直觉：燕舞扬从此以后定会平安吉祥！

燕舞扬到上海的那天是下午三点多，梦依萍正在书房看书。当听到门铃响，梦依萍立即打开了门，看见燕舞扬的那一瞬，她呆住了，眼中瞬间布满了雾气：这还是燕舞扬吗？还是自己日思夜想的那个人吗？脸颊似冬天北方的湖水，瘦削而无活气，曾经有神的眼睛茫然而空洞，似乎在想着什么，双眉掩映在纵横交错的皱纹间。

甫一看见梦依萍，燕舞扬愕了一愕，眼中有着吃惊，好像记起了什么，欲去深想，岂料头疼欲裂。他又抬起手，狠狠地敲打着自己的头，长长地"唉"了一声，欲从梦依萍身边穿过。梦依萍轻轻揽过燕舞扬，无言地抱住，眼泪滚滚而下。看见梦依萍如此，燕秋生、冯薇薇和木苔不禁双眼微红，不停抹泪。良久，梦依萍方哽咽道："舞扬，不怕，到家了。我是梦依萍啊，从此以后，我们再也不分开了！"

梦依萍？梦依萍是谁？多么熟悉又陌生的名字！燕舞扬心中剧烈地跳动了一下，迟疑中也抱住了曾经熟悉的那一具温热的身躯。燕秋生泪洒衣衫，竟悲声不止，惹得冯薇薇、木苔二人也是失声痛哭。

第二天，燕舞扬住进了脑科医院。经查，燕舞扬的小脑处有一块淤血，压迫了记忆中枢，使得其暂时性失忆，而身体的其他方面则没有很大问题。得知消息后，梦依萍、燕秋生等人方放下心来。随后，在专家的精心治疗和梦依萍、燕秋生、冯薇薇、木苔的细心照顾下，燕舞扬的病情迅速好转，记忆在慢慢恢复。尤其是梦依萍的陪伴，让燕舞扬老怀大慰。

第六十三章　乡村美景

还不到六点，燕秋生就醒来。他先看了看熟睡中的父亲，便轻手轻脚地下了床，到卫生间洗漱了一下。随后，他坐在床上，看着呼吸均匀的燕舞扬，心中一片安宁。

十二月的阳光如母亲绵柔的手掌，抚摸着高等病房中的一切。回想起父亲失踪以来的一幕幕，一切恍如昨日。而今父亲已可正常交流，公司业务平稳，邹州负责的项目已经顺利完成，更为重要的是梦依萍阿姨来到父亲身边！倘若父亲能与梦依萍阿姨牵手，真可谓有情人终成眷属。这一切似乎都是从认识冯薇薇开始的！

"笃，笃……"门外传来了敲门声，燕秋生一看时间，已经6:30，护士来查房了。他赶紧开了门，燕舞扬也被惊醒。量了量体温，测了测血压，叮嘱了几句之后，护士就离开了。不久，又来了一个护士，为燕舞扬输液。待一切安定，燕秋生俯身问道："爸，今天感觉怎么样？"

已恢复正常的燕舞扬看了他一眼，轻轻道："挺好的，不用担心。燕家庄的旅游如何了？"

燕秋生一怔，没想到父亲清醒后问的第一件事竟然是这个！他整理着十几年间燕家庄的发展，思考着如何回答。

一见儿子沉吟不觉的样子，燕舞扬心中一凝，眉头皱起，盯着燕秋生，闷声地问道："怎么了？难道出问题了？"

燕秋生连忙应道："是出现一些问题，但整体还好。"

"啥问题？快给我讲讲！"燕舞扬颇为急切地催促道。

"好的，爸。您失踪的那一年，我正好高考结束。为了找您，我先后回宪城好几次，多次走访了完颜伯伯、靳小媛阿姨、蔡有福表爷、燕冰叔叔、万家好表叔、章非叔叔等亲朋故交，也给古月良叔叔、万家鑫表叔等打了多次电话，但都不知道您的消息。可也从他们口中得知：您正在协调各方，推进燕家庄旅游二期项目，就等着您召集大家会商，结果您失踪了，项目不得不暂停。所幸两年后，万家鑫表叔经过精心准备，细心沟通，重启了该项目，得到了几乎所有人尤其是燕家庄村民的同意，大家都说这是为了完成您曾经立下的带领燕家庄父老乡亲共同致富的心愿，必须把该项目启动并做好……"

"后来怎么样了？"燕舞扬激动地问。

"后来经过充分讨论，大家一致同意在云南大学工商管理和旅游管理学院提出的方案基础上，结合颍上大学、上海文化和旅游局、珍城市文化和旅游局、宪城县文化和旅游局的建议，进行修改并实施。资金则由万家好表叔、古月良叔叔各出 1000 万，宪城县政府出资 1000 万，部分已经富裕了的燕家庄村民出资 1000 万，燕家庄的自然资源作价算 6000 万。利润则按照总投资 1 个亿中的出资结构进行分配。其中，凡是出资了 1000 万的燕家庄村民不参与股权结构中属于燕家庄的 6000 万自然资源部分的利润分配，以贯彻先富带后富的国家政策。"

"嗯，这个方案好！后来呢？"

"经过村民大会讨论，二期开发方案得以顺利通过，不到两年时间，项目建成，但是……"燕秋生欲言又止。

燕舞扬一听，心知不妙，也未催问。燕秋生喘口气后，又喝了口水后道："在项目施工过程中，村长燕冰叔叔为了保护洪水中的物质被突然倒塌的建筑设备砸中……结果没有……没有抢救过来，不幸……去世……"

"啊！你燕冰叔叔走了？"燕舞扬一阵恍惚，脑海中浮现出与燕冰一起玩耍、求学的情景，回忆起因为误入传销而与他在广东珠海斗门吵架的一幕幕。

见父亲沉浸在回忆中，燕秋生端起一杯白开水送过去，燕舞扬没滋没味地喝了一口，然后瓮声瓮气地说："继续。"

"爸，你也不要太伤心。燕冰叔叔出事后，我们都很伤心，已按照顶格条款进行了赔偿，且将其家人都安排了工作。后来，郝斌主任亲自过来监工，整个项目的建设质量非常高。这几年，燕家庄不仅旅游产业发展得好，而且带动了种植业、花卉业、养殖业、加工业甚至制造业，有劳动力的村民全部就业或者创业了，真正实现了产业兴、人民富、环境美的良性互动！老爸，燕家庄现在可出名了，不仅是省市县里面的致富典型，而且还被国家、省授予了不少荣誉，比如全国脱贫攻坚奖奋进奖、全国脱贫攻坚先进集体、省致富典型村、省生态环保村、省脱贫先进村，等等。省市县电视台经常报道燕家庄的事迹和相关新闻。"

燕舞扬目光灼灼地问："你小子讲的都是真的？"

燕秋生横了父亲一眼："哎，老爸，你是什么意思？不相信我？不信就问梦阿姨，她还是燕家庄旅游协会的名誉顾问呢。"

燕舞扬颇感意外："不会吧，她能当顾问？呵呵……"

"我怎么就不能当了？"门外传来不满声。

燕舞扬瞬间哑火，尴尬地看着手提饭盒、立于门边的梦依萍。燕秋生见此情景，虽有很多话要与父亲讲，但还是立即悄悄地溜走了。

见儿子离开，又看梦依萍脸有愠色，燕舞扬讷讷道："那……我……我是说你哪有时间去当顾问……没……没其他意思。"

梦依萍摇了摇头，故意板着脸道："我可警告你，不要小看人哦。"

"是，是，不小看，不小看。"燕舞扬连忙点头应道。

"这还差不多，吃饭吧。"

见梦依萍露出了笑容，燕舞扬方放下心，开始享受着梦依萍亲手做的香喷喷的饭菜。边吃边聊中，他才知道：梦依萍自与冯光军离婚后，把自己的一部分积蓄用于投资，一部分用来抚养两个孩子。待两个孩子大学毕业后，又联系不上燕舞扬，梦依萍便深居简出，看看自己曾经喜欢的旅游管理方面的专业书籍，并考取了导游证。后在梦家远房亲戚靳小媛院长的帮助下，梦、燕两家消除了世仇，大度的燕家庄人还聘请梦依萍担任燕家庄旅游协会的名誉顾问，至今已担任了十年。

听梦依萍讲完，燕舞扬很开心：在带领燕家庄父老乡亲致富的路上，梦依萍也贡献了力量。

第六十四章　捐资千万

第二天一大早，燕秋生刚刚起床，燕舞扬就闷闷地问："你奶奶还在吗？"

看着尚未恢复，满脸沧桑的父亲，他轻言道："已经走了。"

燕舞扬怔怔地点了点头。

父子俩再也没有吭声。

良久，燕舞扬问："你阿姨还没来？"

燕秋生会心一笑："还没有，时间还早呢，估计梦阿姨在做早饭吧。"

燕舞扬好似刚刚想起："哦，我不是说了，在外边随便买点就好了……"

还未说完，燕秋生就打断了他的话："是，您和我说了。我也和梦阿姨讲了，可是她不听啊。阿姨说做的饭卫生、合口，又有营养，坚持自己做，您让我怎么办？"

燕舞扬无奈地摇了摇头，可是表情却又很是幸福。梦依萍做的饭真的好吃，比住院之初自己记忆有些恢复的时候买的饭菜有味道多了。不让梦依萍做饭，主要是担心她操劳过度，有损健康。虽然自己曾劝过梦依萍，可是都被她一笑置之。梦依萍，你还像年轻的时候一样，有点小固执啊！

见父亲如此模样，燕秋生便故意板起脸，打趣道："爸，如果您觉得阿姨做的饭不好吃，您说一声，我转达给阿姨……"

还未说完，燕舞扬就急急地怒喝道："臭小子，你敢！"

燕秋生嘻嘻一笑，连忙举起双手，做投降状："老爸，老爸，不要上火，儿子只是随便说说。"

见父亲情绪稳定下来，燕秋生赶忙给父亲倒了一杯老年高钙牛奶，让他喝下，随后，又给父亲洗了脸，擦洗了身子。

距梦依萍到来还有十几分钟，燕秋生又动起了心思，思考着该如何捅破最后一层纸，让两位老人走到一起。思来想去，他感觉还是得冯薇薇和自己分头做工作才行。于是，他坐到父亲病床上，替父亲披了披被子后，看着脸色已经有些红润的父亲，小心翼翼地问道："爸，儿子有些事想和您谈谈。"

燕舞扬见儿子一副郑重的样子，便微微颔首。

燕秋生盯着父亲道："爸，您喜欢梦阿姨……"

燕舞扬一听，脸色一变，忙摇手阻止，有些生气地道："不要再说了，我们的事情我们自己解决。"

燕秋生一怔，拉着父亲的手，安慰着："爸，您别急，能不能让我把话说完？"

见儿子凝重的表情，燕舞扬好半天才勉强"嗯"了一声。

燕秋生重重地出了一口气，续道："爸，我知道您和阿姨感情很好，虽然你们没有生活在一起，但感情还是有的。您失踪了十几年，大脑受损，健康也不如从前，年纪也大了，需要人陪护。妈早早去世，谁能胜任这个任务？"

燕秋生说着说着，心中酸楚，眼睛一红，滴滴眼泪溢出眼眶。瞧着这个已经三十多岁尚未结婚的儿子，燕舞扬内心似乎被什么击打了一下，沉重地叹息了一声。

"爸，过去的事情就不提了。"燕秋生担心父亲忧伤、动脑，对恢复不利，忙擦擦眼泪，强装笑容，安慰燕舞扬。

刹那间，燕舞扬心灰意冷起来，面色极为难看。燕秋生见此情景，知道眼下不是商量的好时机，便道："您失踪也不是故意的，一会儿梦阿姨就要来了，您不要愁眉苦脸的，行不？"

一听说梦依萍即将过来，燕舞扬一惊，立即强笑道："行了，儿子，爸爸知道该怎么做。你好好工作，对薇薇好些，这一大家子都靠你一个人，挺不容易的。因为我的事，耽误了你很多时间和精力……"

听着父亲啰里啰唆的，燕秋生想起了妈妈，一股股暖流洋溢心间。他暗暗发誓：一定要珍惜好眼前的一切，努力工作，让自己变得更加强大，更有实力去守护好亲人，善待他人！

燕秋生不停地点着头，回应着："爸，您说的我都记下了。您要尽快好起来，如果需要我给阿姨传话，您就告诉我，毕竟还有薇薇呢。"燕舞扬爽快地答应了。

发现父亲心情有所好转，燕秋生便换了一个话题："爸，还有几件事情需要解决，儿子想征求一下您的建议。"

"哦，那你把我扶起来。"燕舞扬向儿子招了招手。燕秋生麻利地操作父亲病床的手柄，把父亲上半身的床摇起，在头下塞一个枕头。

"是这样的，医生昨天说这个星期您就可以出院了，今天周二。我想问一下，您打算何时出院？"

燕舞扬沉吟了一下，扬眉道："根据医生说的，这个周末吧，你们有时间办理出院手续。"

"我无所谓，您儿子我作为公司经理，随时有空。当然，您想多住几天也没问题。还有，您住院不是按照正常程序住进来的，因为您没有身份证啊！没办法，我就走关系让您住了进来。如今出院，也就不用像其他人那样，不需要去办繁杂的手续。"

燕舞扬一听，眉头一皱："原来是这样啊！那何时才能办个身份证呢？你打听了吗？"

燕秋生笑道："这就是我要和您谈的第二件事。我了解了一下：如果想办身份证，尤其是像您这样的，需要本人前往户口所在地的公安局解除失踪人口信息，然后才能补办身份证。"

"我的户口在珍城啊，难不成还要到珍城？"燕舞扬郁闷道。

"必须的，您老不大驾光临，这事怎么能成？"燕秋生调侃一下。

"唉，窝心。臭小子，你就不能正经点？"燕舞扬呵斥道。

"好，好，正经点。爸，没有身份证您就没法坐飞机，也没法坐火车，所以等您出院了，我开车载您过去，顺便回珍城、宪城看看，如何？"

看着燕秋生一副胸有成竹的样子，燕舞扬不由得乐了：儿子终是长大了，一切都安排好好的。于是，他开心地颔首。

"另外，关于十几年前您受到袭击、绑架的事情，用不用报案？"

燕舞扬浑身一哆嗦，合肥市郊那一夜如梦魇一般漂浮于脑际。燕秋生见父亲脸色苍白，赶紧抓住他冰凉的双手，只听父亲痛苦地嗫嚅道："报案？不……不……不报案了！一切都让它随风而逝吧！"燕秋生重重地点了点头，无言地看着父亲。从父亲那双饱经风霜的眼睛里，燕秋生读出了无奈、恐惧、忧伤和痛苦，内心深处涌起了重重的痛惜之情。

沉寂了好一会儿，燕秋生方道："爸，您看这样行不行？我们开车先回宪城，去给爷爷、奶奶上个坟，到燕家庄您牵挂的旅游区看看，到颍上大学、介水镇转转，然后再去珍城办身份证，顺便到珍城大学、珍城市委办、妈妈的墓地看看，如何？"

"好，我也听说你龙飞叔叔已调往珍城大学当校长了，是真的吗？"

"是的，正好可以去了解一下您的工作关系，不要忘了，按照现在的国家规定，您还未退休，因为您还没六十五岁。"

燕舞扬一怔，抬头看了看燕秋生，一脸的不可思议。

"爸，您不要想多了。您估计以您现在这状况，市委办会让您上班吗？"

陷入沉思的燕舞扬缓缓地摇了摇头，燕秋生轻轻地拍了拍父亲的肩膀："老爸，您就不要想那么多，一切都由儿子去处理，您就安享晚年吧！"

燕舞扬"嗯"了一声，再也没有说一句话。阳光中的浮尘往来飘飞，似起伏的人生，静静地布满整个病房。父子俩也都沉默不语，享受着难得的宁谧。良久，燕秋生又道："爸，您打不打算去昆明了？"

燕舞扬脸上瞬间阴云密布，在刺眼的阳光下也可拧出水来，一双瘦弱的手紧紧地攥着，似乎要捏碎什么，胸脯起伏不停，燕秋生立即走过去默默地抱住父亲。

自己十几年来所受到的折磨、痛苦，乃至屈辱，无不与昆明有关。不去捣毁"丐帮"，又怎能平复心中的愤怒！可是，自己现在有这个能力吗？即使有儿子陪着，可自己得亲眼看到其毁灭，方能泄自己心头之恨。想到此，燕舞扬方道："儿子，这件事必须解决，但不是现在，等等再说吧！"燕秋生点了点头。

不久，梦依萍提着早餐来了，燕秋生便以要上班为借口，离开了病房。

敏感的梦依萍发现今天的燕舞扬与往常不一样，便柔声问道："今天怎么啦？"

现在的梦依萍虽然已五十多岁，但因保养得当，故身材依然苗条有致、皮肤白皙，甚至连皱纹也很少，如果说有什么变化，那就是更加成熟、优雅、仪态万方。见燕舞扬盯着自己，梦依萍用手指温柔地点了他一下额头，燕舞扬不好意思地拍了拍她的手，粲然一笑，温言答道："和秋生谈些事情，心情有点激动……"

"他又刺激你啦？我曾经提醒过他，不要讲那些让你情绪激动的事……"梦依萍嘟囔着。

燕舞扬听着梦依萍有些沙哑的话语，心却已飞到介水镇，那个他俩曾经甜甜蜜蜜生活了几年的地方。直到梦依萍把早餐端在面前，燕舞扬方收回思绪，伸手欲去接碗，不想却被梦依萍打了一下手。他有些羞赧地放下手，嘿嘿笑了一下，知道梦依萍要喂自己吃饭，心中既有些不安，又有些幸福。因为自从回上海以来，一日三餐都是如此。

"萍儿，我现在恢复得挺好，可以自己吃饭了……"燕舞扬期期艾艾地说。

还未说完，梦依萍就气鼓鼓地道："不行，等出院再说。"

燕舞扬见梦依萍仍然光洁的脸颊上略显的怒气，只好道："那好吧。"

看燕舞扬像个乖孩子似的坐在床上，梦依萍"扑哧"一笑。燕舞扬面色一红，颇为尴尬，却又无法，只有无奈地咧着嘴，含笑看着梦依萍。

吃完饭，梦依萍又把碗筷洗了。随后，她又喊来护士，把药水换了。拖地、抹桌、洗衣，梦依萍忙里忙外，外套都脱掉了，让燕舞扬很是心疼，却又无可奈何，只能和她聊天。当得知梦依萍的儿媳妇已经怀孕，明年能抱上孙子，燕舞扬很是开心，便问梦依萍："今年春节在哪儿过？"

"不出意外，应该在武汉，因为儿子在那里。时间还早呢，你问这个干吗？"梦依萍一翻眸子，满腹疑问地道。

见燕舞扬老半天没有回答她的问题，梦依萍走到床前，伸手在他面前晃了晃："哎，你发什么呆啊？"

"哦，随便问问而已。"燕舞扬一囧，忙道。

"有话就说，有屁就放，不要遮遮掩掩的。"梦依萍故意怒瞪双眼，恶狠狠地说道。

燕舞扬讪讪一笑："嗯，你到武汉过年，薇薇怎么办？"

"儿大不由娘，女大留不住，她想在哪儿过年都行。"梦依萍略一沉思，又问道，"你有什么想法？"

"我想让你和你儿子、媳妇都到这边过年。"燕舞扬鼓足勇气道。

梦依萍嗔怪道："你说什么？让我们到你这边过年？不可能的，我儿子肯定不会同意，毕竟名不正言不顺的。"

燕舞扬满面笑容地道："那好办啊，阴历春节还有两个多月，让秋生、薇薇结婚，我和你也一块儿，行不？"

"什么？你说什么？"面红耳赤的梦依萍边说边用拳打着燕舞扬。燕舞扬顺势搂住梦依萍的纤腰，在她耳边道："嫁给我，好吗？"

梦依萍喘着气，不吭一声。燕舞扬又道："不说就是默许喽，嘿嘿……"

梦依萍立即挣脱燕舞扬的怀抱："想得美，我还没想好呢。"言罢，如少女般满面绯红地跑到卫生间。

卫生间里，梦依萍心潮澎湃：这个家伙，到现在才说这句话。介水镇的时候，你的勇气跑到哪里去了？兜兜转转，历经世事沧桑，方说"嫁给我吧"，唉！不过，能与自己喜欢的人在一起，终没白过这一生。还是答应他的求婚吧！

走出卫生间，梦依萍穿上外套，给燕舞扬倒杯蜜蜂水，便坐在床边削水果。燕舞扬见梦依萍脸色红云一片，也不敢看自己，便知道她心中已有定计，便道："萍儿，如果没有想好，我会等你。如果你想好了，就不要说任何话了。"

梦依萍默默削着水果，心中爱意潮涌，水果刀有好几次差点碰到了手。燕舞扬紧张地等待着，心里渐渐被幸福充溢。他激动得有些语无伦次地道："萍儿，我爱你！像在介水镇时候一样爱你！年前先让两个孩子结婚，如何？"

梦依萍蛾首微点，款款道："只要两个孩子愿意就行。"

燕舞扬道："听秋生说，只要找到我，他就娶薇薇；即使找不到我，也会在一年内结婚。所以，孩子们不成问题，现在就看你啦。"

梦依萍轻轻地"嗯"了一声，在燕舞扬听来，好似天上仙乐一般，心如泡在蜜糖里。他忽然感到胳膊微疼，抬头一看，发现瓶中的药液不知何时已经输完，针管中满是血液，便赶紧让梦依萍喊护士。

护士来了以后，急忙处理。临走前，护士交代道："下次注意，生命要紧！"

梦依萍和燕舞扬相视一笑，不过二人内心巨大的幸福感瞬间淹没了那份尴尬。

梦依萍按了按输液贴，嗔怪道："都怨你！"

燕舞扬傻傻一笑："嗯，都怨我！"

随即，两人敞怀大笑，几十年的压抑、不满一扫而空。

周末，燕舞扬出了院。梦依萍想立即回武汉看看儿媳，但燕舞扬一再挽留，让其和自己一块儿，因为他想回宪城看看。

又几天，燕秋生处理完公司事务，便开车载着两人，先到武汉住了几日。梦依萍见儿媳一切正常，便陪着燕舞扬回了宪城。

燕舞扬先给父母、大哥上了坟，后又到两个哥哥姐姐家坐了坐。走在燕家庄宽敞明亮的大路上，穿行于人来人往的游客中，看着各项旅游活动的有序开展以及优美整洁的环境，和熟悉的乡民们打着招呼，见家家生活有声有色，燕舞扬由衷地高兴！这可是小时候的梦想啊，终于实现了！晚上，蔡有福在自己的饭馆招待燕舞扬一行，特意邀请了万家好、古月良、郝斌、章非等人作陪，大家尽兴而归。燕家庄夜生活的丰富让他大吃一惊！看着池塘、坝上熙来攘往的行人、照彻夜空的灯光、仍不见停歇的旅游活动，他如一个被判几十年又刚刚出狱的犯人，事事好奇，样样开心。见他如此，随行的万家好、古月良、梦依萍、燕秋生、蔡有福等人自是欢喜无比。

随后，三人又到梦依萍的养父母和冯光军坟前祭奠了一下，并到介水镇转了转，看了看颍上大学、介水高中、"有求必应杂货店"、各自老宅，拜访了已经退休的完颜烈、靳小媛等熟人后，便一路直奔珍城木子的墓地，祭扫后才沉重地来到珍城大学。

校长龙飞隆重接待了一行三人，方才了解到虽然燕舞扬还未到退休年纪，并在市委办工作过，但户籍一直在珍城大学，所以燕舞扬在珍城大学保卫处户籍工作人员的陪同下，到公安局很快就办了一张身份证。为了彻底解决燕舞扬的问题，龙飞携校组织部、人事处、保卫处等主要负责人一起前往市委办。接待他们的是秋亦非市长，也是燕舞扬曾经一个办公室的同事，故事情解决得很顺利，市里经研究后同意其提前病退。临走前，秋亦非交给燕舞扬一张工资卡，二人才依依惜别。燕舞扬又拜访了几位老友，一周后才万千不舍地离开珍城。

回到上海，梦依萍拿着燕舞扬的工资卡去取钱，以购买孩子们结婚用品，方才发现卡里有三百多万。她立即给燕舞扬打了个电话，问是不是搞错了。燕舞扬略一沉思，方说"无误"。

这年年底，薇薇生日的那一天，燕秋生和冯薇薇结了婚，盛大而豪华，沪上有头有脸的人悉数到场。而燕舞扬和梦依萍也悄悄领了结婚证。

在燕舞扬盛情邀请之下，除夕之夜，两家人都在上海度过。

是正月初一，也是梦依萍的生日，燕舞扬公布婚讯，二人各自邀请了三五好友一聚，算是正式结了婚。

元宵节一过，两人拿着护照，周游世界，度蜜月去了。

一个多月回来后，燕舞扬和儿子一起到昆明，在警方帮助之下，"丐帮"被捣毁，胖驴等二十多人被逮捕。而曾害得冯光军破产的黎斌竟也在此"丐帮"之中，倒让梦依萍惊讶不已，正所谓法网恢恢，疏而不漏。

八月，冯昇天喜获双胞胎，燕舞扬、梦依萍到武汉，去过孙儿绕膝，颐养天年的幸福日子了。

第二年，燕舞扬、梦依萍到宪城乡村振兴局，与燕秋生一起，捐出1000万元，设立了"扬梦乡村振兴基金"，成了宪城历史上最大的单笔慈善基金，至今仍被宪城老百姓津津乐道。

是夜，坐卧不安的燕舞扬于宪城贵宾馆睡意全无，想起自己在宪城曾经的一幕幕，想起父母、兄弟姐妹，尤其是未能为母亲养老送终，不禁大放悲声，于泪眼中赋《回家》诗一首：

> 温暖的文字
> 诉说不完蒸腾着的过往
> 视线的尽头总是父母关爱的眼神
> 一次次的远离早已风干了双亲的忧伤
> 父母在
> 不远游
> 始终悬挂在心灵的祭坛上

一遍遍体会古老箴言对自己的伤

小时候
回家是一把糖
充满了甘甜和芳香

长大了
回家是一种恩赏
疯玩中忽视了亲情的流淌

结婚后
回家成了奢侈的梦想
绕膝父母则是不多的愿望

如今啊
回家不仅有记忆中的恓惶
还是阴阳两隔的悲怆